EINE UNBELIEBTE FRAU

Das Buch

An einem Sonntagmorgen im August wird in den Weinbergen bei Hochheim eine Leiche gefunden. Es handelt sich eindeutig um einen Selbstmord: Der Frankfurter Oberstaatsanwalt Dr. Joachim Hardenbach hat sich mit dem Jagdgewehr in den Mund geschossen. Kaum eine Stunde später werden Kriminalhauptkommissar Oliver von Bodenstein und seine neue Kollegin Pia Kirchhoff vom Hofheimer K11 zu einem weiteren Leichenfund gerufen. Unterhalb eines Aussichtsturms im Taunus liegt eine tote junge Frau. Doch diesmal sieht es nur auf den ersten Blick nach Selbstmord aus; in Wirklichkeit handelt es sich um einen eiskalt geplanten Mord. Die Ermittlungen führen Oliver von Bodenstein und Pia Kirchhoff auf die noble Reitanlage Gut Waldhof. Dort erfahren sie, dass Isabel Kerstner, die schöne junge Frau des Pferdetierarztes, zu Lebzeiten alles andere als beliebt war; sie betrog ihren Ehemann nach Strich und Faden und war ein intrigantes Biest, lautet die allgemeine Aussage. An Verdächtigen mit dem Mordmotiv Eifersucht herrscht kein Mangel. Aber Isabel Kerstner kannte auch den toten Oberstaatsanwalt – ein bisschen zu gut, wie ein pikantes Video beweist. Der Fall bekommt eine neue Dimension.

Die Autorin

Nele Neuhaus, geboren in Münster / Westfalen, lebt seit ihrer Kindheit im Taunus. Sie arbeitete in einer Werbeagentur und studierte Jura, Geschichte und Germanistik. Seit ihrer Heirat unterstützt sie ihren Mann im familieneigenen Betrieb und schreibt schon seit längerem nebenher Krimis und Pferdebücher. Ihre Krimiserie mit den Ermittlern Oliver von Bodenstein und Pia Kirchhoff, die sie zunächst im Selbstverlag veröffentlichte, machten Nele Neuhaus über die Grenzen des Taunus hinweg bekannt.

Von Nele Neuhaus sind in unserem Hause außerdem erschienen:

Mordsfreunde
Tiefe Wunden
Schneewittchen muss sterben
Wer Wind sät
Unter Haien

NELE NEUHAUS

EINE UNBELIEBTE FRAU

Kriminalroman

List Taschenbuch

Besuchen Sie uns im Internet:
www.list-taschenbuch.de

Überarbeitete Neuausgabe im List Taschenbuch
List ist ein Verlag der Ullstein Buchverlage GmbH, Berlin.
1. Auflage Mai 2009
25. Auflage 2012
© Ullstein Buchverlage GmbH, Berlin 2009
Konzeption: semper smile Werbeagentur GmbH, München
Umschlaggestaltung: bürosüd° GmbH, München
Titelabbildung: Charles O'Rear/Corbis
Satz: Pinkuin Satz und Datentechnik, Berlin
Gesetzt aus der Sabon
Druck und Bindearbeiten: CPI – Clausen & Bosse, Leck
Printed in Germany
ISBN 978-3-548-60887-7

Für meine Eltern
Bernward und Carola Löwenberg
Und für meinen Mann Harald

Danke.
Für alles.

Sonntag, 28. August 2005

Pia Kirchhoff lehnte am Zaun der Koppel. Sie hatte die Arme auf die oberste Stange gelegt und beobachtete zufrieden ihre beiden Pferde, die durch das taufeuchte Gras schritten, hin und wieder ein Maul voll abrupften, jedes für sich auf der Suche nach der Stelle, an der das Gras am saftigsten erschien.

Die aufgehende Sonne ließ die Tautropfen glitzern und das Fell der Pferde schimmern. Pia sah lächelnd zu, wie die beiden Pferde Schritt für Schritt nebeneinanderher mit gesenktem Kopf über die große, mit hohen Bäumen bestandene Koppel zogen, und stieß einen zufriedenen Seufzer aus. Die Trennung von Henning hatte, im Nachhinein betrachtet, nur Gutes gehabt. Nach sechzehn Jahren in der Stadt, in schicken und luxuriösen Altbauwohnungen im Frankfurter Westend und Sachsenhausen, nach sechzehn Jahren, in denen sie die Rolle der Ehefrau des Dr. Henning Kirchhoff gespielt hatte, war sie nun mit achtunddreißig Jahren ganz sie selbst. Glückliche Umstände hatten sie den kleinen Hof direkt an der A66 Richtung Wiesbaden finden lassen, auf dem sie mit ihren beiden Pferden leben konnte. Statt eines BMW Cabrio fuhr sie jetzt einen Geländewagen. Ihre Freizeit verbrachte sie damit, den kleinen Hof auf Vordermann zu bringen, die Pferdeboxen auszumisten, Stroh- und Heuballen zu stapeln und das Haus zu renovieren. Seit einem Monat arbeitete sie wieder in ihrem alten Beruf bei der Kriminalpolizei. Es war eine ebenso glückliche Fügung wie der Erwerb des Birkenhofs in Unterliederbach, dass sie eine Stelle beim erst vor zwei Jahren eingerichteten K11 der Hofheimer Kriminaldirektion bekommen hatte. Eigentlich hätte an diesem Wochenende ihr Kollege Frank Behnke Bereitschaftsdienst gehabt, aber als er sie gefragt hatte, ob sie den Dienst übernehmen könnte, hatte sie ja gesagt. Es war Viertel nach sieben, als ihr die Leitstelle mitteilte, dass ein Winzer aus Hochheim eine halbe Stunde zuvor die Leiche eines Mannes in seinem Weinberg gefunden habe. Pia verschob das Stallausmisten auf später, tauschte die alte Jeans gegen eine saubere und fuhr die geschotterte Auffahrt des Birkenhofes hinunter. Ein letzter Blick auf die beiden Pferde, die Gras, Wasser und ausreichend Schatten hatten. Dann konzentrierte sie sich auf den ersten eigenen Fall in ihrem neuen Job.

Es wäre das erste Mal gewesen, dass Cosima vor dem Abflug nicht irgendetwas Lebenswichtiges in ihrem Büro vergessen hätte. Deshalb war Oliver von Bodenstein auch nicht sonderlich überrascht, als seiner Frau morgens um halb acht siedendheiß die Frachtpapiere für die Kameraausrüstung einfielen, die noch im Tresor in den Räumen ihrer Firma lagen. Das bereits vorbereitete Abschiedsfrühstück wurde gestrichen, und der Abschied von Tochter und Hund fand überstürzt zwischen Tür und Angel statt.

»Wo ist dein Bruder?«, fragte Cosima ihre siebzehnjährige Tochter, die mit zerzausten Haaren und glasigen Augen gähnend auf der untersten Treppenstufe saß, unsanft mitten aus dem sonntagmorgendlichen Tiefschlaf gerissen. Eine überstürzte Abreise der Mutter in irgendein fernes Land und ihre wochenlange Abwesenheit war sie von Kindesbeinen an gewohnt.

»Der liegt wahrscheinlich noch irgendwo im Koma«, Ro

salie zuckte die Schultern. »Seine Schnalle hat zur Abwechslung mal ihm den Laufpass gegeben. Das hat ihn ziemlich fertiggemacht.«

Die schnell wechselnden Freundinnen ihres älteren Bruders waren ihr ebenfalls schon zur Gewohnheit geworden, die regelmäßig auf eine leidenschaftliche und nervtötende Verliebtheit folgende Trennung nach etwa vier bis sechs Monaten war im Hause Bodenstein längst kein Gesprächsthema mehr.

»Wir müssen los, Cosima«, Bodenstein erschien in der Haustür. »Es muss nur noch etwas dazwischenkommen, dann fliegt das Flugzeug ohne dich nach Südamerika.«

»Pass auf dich auf, meine Kleine«, Cosima zauste ihrer Tochter liebevoll das Haar. »Und geh in die Schule, auch wenn ich nicht da bin.«

»Klar doch«, Rosalie verdrehte die Augen und stand auf, um ihre Mutter zum Abschied zu umarmen, »pass du auch auf dich auf. Ich komm hier schon klar.«

Mutter und Tochter sahen sich an und lächelten ein wenig gezwungen. Sie waren sich zu ähnlich, um sich wirklich gut zu verstehen.

Es war ein trockener, goldener Spätsommermorgen. Der blaue Himmel wölbte sich wolkenlos über dem Taunus, die Sonne schmolz die dünnen Schleier des Morgennebels und versprach einen warmen Tag.

»Lorenz hat Liebeskummer«, Cosima klang halb belustigt, halb mitleidig. »Das hätte ich niemals für möglich gehalten.«

Bodenstein warf seiner Frau einen Blick zu. Cosima war eine aparte Frau mit klaren Gesichtszügen, faszinierend grünen Augen und tizianrotem Haar. Sie besaß ein leidenschaftliches Temperament, einen präzisen Verstand und eine großzügige, wenn auch oft zynische Weltsicht. Noch immer, nach all den Jahren, erfüllte ihn bei ihrem Anblick ein tiefes Glücksgefühl. Vielleicht lag es daran, dass sie durch Cosimas Beruf häufig für längere Zeit getrennt waren, vielleicht hatte es etwas mit der beinahe diametralen Gegensätzlichkeit ihrer Charaktere zu tun – aber irgendwie war es ihnen trotz der Kinder und anstrengender Berufe gelungen, den kostbaren Funken der Verliebtheit zu bewahren, der in anderen Beziehungen oft sehr schnell der Trivialität des täglichen Einerleis zum Opfer fiel.

»Kenne ich seine letzte Freundin eigentlich?«, erkundigte Bodenstein sich bei seiner Frau.

»Solltest du zumindest«, Cosima lächelte, »Mona. So eine große Stille. Rosi behauptet, sie sei stumm. Ich habe sie auch nie ein Wort reden hören.«

»Zum Schlussmachen wird sie den Mund schon aufgemacht haben.«

»Oder sie hat ihm eine SMS geschickt«, Cosima grinste. »So funktioniert das heute doch.«

Bodenstein war in Gedanken ganz woanders. Wie jedes Mal, wenn Cosima zu einer ihrer abenteuerlichen Filmexpeditionen aufbrach, beschlich ihn das verzweifelte Bedürfnis, sie niemals wieder loslassen zu wollen. Er kam sich wie eine Seemannsbraut vor, die ihren Mann an den Hafen begleitet und ihm nachblickt, wie er in eine ungewisse Zukunft davonsegelt. Sie fuhren aus Fischbach hinaus Richtung Ruppertshain. Vor ein paar Jahren hatte Cosima in dem kleinen Ort im Taunus eine neue Bleibe für ihre Filmproduktionsgesellschaft gefunden, weil die Räumlichkeiten in Frankfurt nach einer dritten Mieterhöhung einfach zu teuer geworden waren. In dem imposanten, denkmalgeschützten Gebäudekomplex der ehemaligen Lungenheilstätte, die vor ein paar Jahren von einem geschäftstüchtigen Investorenkonsortium gekauft und von einem dem langsamen Verfall entgegendämmernden Monstrum in das prestigeträchtige Objekt »Zauberberg« mit Eigentumswohnungen, Künstlerateliers, Arztpraxen, Büroräumen und Restaurant verwandelt worden war, waren die Mieten noch erschwinglich. Nicht zuletzt aus diesem Grund war Bodenstein die Entscheidung, sich vor gut zwei Jahren freiwillig als Leiter des neu gegründeten K11 von Frankfurt in den Main-Taunus-Kreis versetzen zu lassen, nicht schwergefallen. Im Zuge der Umstrukturierung der hessischen Polizei war ein eigenes Dezernat für Gewaltkriminalität bei der Regionalen Kriminalinspektion in Hofheim entstanden, und Bodenstein hatte den Wechsel in die Provinz nach über zwanzig Jahren in der hektischen Großstadt nicht bereut. Zwar hatte er als Kriminalhauptkommissar in Hofheim nicht viel weniger Arbeit als früher in Frankfurt, aber die Arbeitsbedingungen hatten sich bedeutend verbessert. Bodenstein bog auf den leeren Parkplatz des Zauberbergs ein.

»Wir könnten noch am Flughafen zusammen frühstücken«, schlug er vor, als er den BMW anhielt. »Bis du einchecken musst, haben wir noch jede Menge Zeit.«

»Gute Idee«, Cosima lächelte und stieg aus, »bin gleich zurück.«

Bodenstein stieg auch aus, lehnte sich an den Kotflügel seines Autos und genoss für einen Moment die sensationelle Aussicht über das Rhein-Main-Gebiet. In diesem Moment summte sein Handy.

»Guten Morgen, Chef«, erklang die Stimme seiner neuen Kollegin Pia Kirchhoff an seinem Ohr. »Tut mir leid, dass ich so früh störe.«

»Kein Problem«, erwiderte er, »ich bin schon auf den Beinen.«

»Das ist gut, wir kriegen nämlich Arbeit«, sagte Pia Kirchhoff. »Ein Winzer aus Hochheim hat heute Morgen die

Leiche eines Mannes in seinem Weinberg gefunden. Ich bin schon dort. Es war wohl ein Suizid.«

»Wozu brauchen Sie mich dann?«, fragte Bodenstein.

»Der Tote ist jemand, den Sie kennen«, Pia Kirchhoff senkte die Stimme, »Oberstaatsanwalt Joachim Hardenbach.«

»Wie bitte?« Bodenstein richtete sich auf und spürte, wie er unwillkürlich eine Gänsehaut bekam. »Sind Sie sicher?«

Oberstaatsanwalt Dr. Joachim Hardenbach war der wohl bekannteste Verbrecherjäger der Frankfurter Staatsanwaltschaft, gefürchtet als unbarmherziger und humorfreier Hardliner mit beträchtlichem politischem Ehrgeiz. Es war kein Geheimnis, dass er im Falle eines Wahlsieges der CDU bei der Bundestagswahl im September und dem damit verbundenen Umzug des derzeitigen hessischen Justizministers nach Berlin dessen Nachfolge antreten sollte. Bodenstein war fassungslos. Er kannte Hardenbach seit mehr als zwanzig Jahren, hatte in seiner Frankfurter Zeit regelmäßig mit dem Mann, der als überkorrekt und gnadenlos galt, zu tun gehabt.

»Ja, das bin ich«, sagte Pia Kirchhoff. »Er hat sich mit einem Jagdgewehr in den Mund geschossen.«

Bodenstein sah Cosima, die mit schnellen Schritten über den Parkplatz auf ihn zukam. Das Frühstück am Flughafen musste zu seinem Bedauern auch ausfallen.

»Ich bin in einer halben Stunde da«, sagte er zu seiner neuen Kollegin. »Wo finde ich Sie?«

»Was gibt's?«, erkundigte sich Cosima neugierig, als er das Gespräch beendet hatte. »Ist etwas passiert?«

»Allerdings«, Bodenstein öffnete ihr die Beifahrertür. »Oberstaatsanwalt Hardenbach hat sich erschossen. Unser Abschiedsfrühstück fällt leider aus.«

Auf der Fahrt nach Hochheim war Bodenstein schweigsam. Schon unzählige Male war er am Schauplatz von Verbrechen gewesen, hatte Leichen in allen Formen der Verstümmelung und allen Stadien der Verwesung gesehen, aber jedes Mal beschlich ihn dieses eigentümliche Gefühl. Er fragte sich zum wiederholten Mal, ob er eines Tages abgebrüht oder fatalistisch genug sein würde, um nichts mehr dabei zu empfinden, wenn er zum Fundort einer Leiche gerufen wurde.

Pia Kirchhoff sprach gerade mit dem Leiter der Spurensicherung, als sie ihren Chef mit unbewegter Miene den Weg zwischen den Weinstöcken hinunterkommen sah, wie immer korrekt gekleidet von Kopf bis Fuß. Gestreiftes Hemd, Krawatte, heller Leinenanzug. Sie war mehr als gespannt darauf, wie es sein würde, mit ihm gemeinsam an einem Fall zu arbeiten. Bisher hatte sie kaum zehn Sätze mit ihm gewechselt.

»Guten Morgen«, sagte sie, »es tut mir leid, wenn ich Ihnen den Sonntag verderbe, aber ich dachte, es wäre besser, wenn Sie die Leitung der Ermittlung selbst übernehmen.«

»Guten Morgen«, erwiderte Bodenstein, »das ist schon in Ordnung. Ist es denn wirklich Hardenbach?«

Pia war mit knapp eins achtundsiebzig ziemlich groß, aber zu ihrem Chef musste sie aufblicken.

»Ja«, sie nickte, »zweifellos. Von seinem Gesicht ist zwar nicht mehr viel übrig, aber er hatte seine Brieftasche bei sich.«

Bodenstein ging weiter, um sich die von einer Ladung Schrot grausam entstellte Leiche des Oberstaatsanwalts anzusehen, die man bereits mit einem Tuch abgedeckt hatte. Beamte von der Spurensicherung waren dabei, den Leichenfundort Zentimeter um Zentimeter zu untersuchen und zu fotografieren.

»Sind Sie Frau Kirchhoff?«, hörte Pia eine Stimme hinter sich und drehte sich um. Vor ihr stand eine schlanke Rothaarige und blickte sie neugierig an. Pia nickte.

»Cosima von Bodenstein«, die Frau lächelte und hielt ihr die Hand hin. Pia ergriff sie überrascht.

»Freut mich, dass wir uns kennenlernen«, sagte sie und fragte sich, was Frau von Bodenstein um diese Uhrzeit am Fundort einer Leiche machte.

»Mich auch«, erwiderte Cosima von Bodenstein. »Leider muss ich gleich wieder weg. Wir waren gerade auf dem Weg zum Flughafen, als Sie angerufen haben. Meinen Sie, ich kann auch mal kurz einen Blick auf die Leiche werfen?«

Pia musste sich anstrengen, damit sie die Frau nicht wie eine debile Zwölfjährige mit offenem Mund anstarrte. Offenbar war die Frau ihres Chefs ganz und gar nicht das elegante, vornehme Geschöpf, als das man sie ihr geschildert hatte. Cosima von Bodenstein bemerkte Pias Erstaunen und grinste amüsiert.

»Ich habe schon jede Menge Leichen gesehen«, erklärte sie. »Früher, als ich noch fest beim Fernsehen war, gehörte das zu meinem täglichen Brot. Blutige Körperteile auf der Autobahn und im Straßengraben verteilt. Einmal habe ich selber den Kopf von einem Toten gefunden, nach einem Motorradunfall oben am Feldberg.«

Pia war sprachlos.

»So habe ich übrigens meinen Mann kennengelernt«, verriet Cosima von Bodenstein, »quasi zu Füßen eines Selbstmörders, der sich in seinem Büro aufgehängt hat. Ich war mit meinem Kamerateam da, und mein Mann war ganz frisch bei der Polizei. Es war seine erste Leiche, und er musste sich übergeben. Ich habe ihm ein Kleenex gegeben.«

Pia unterdrückte ein amüsiertes Grinsen, denn gerade kam ihr Chef zurück.

»Und?«, fragte seine Frau. »Ist es wirklich Hardenbach?«

»Ja, leider«, erwiderte Bodenstein und verzog das Gesicht. »Kannst du ein Taxi zum Flughafen nehmen? Das wird hier eine größere Sache.«

Pia entfernte sich diskret, damit ihr Chef von seiner Frau

Abschied nehmen konnte. Der bisher so unnahbar und perfekt wirkende Hauptkommissar von Bodenstein war also auch nur ein Mensch, der sich beim Anblick seiner ersten Leiche übergeben hatte. Diese Schwäche machte ihn in Pias Augen plötzlich sympathisch.

Die Witwe von Oberstaatsanwalt Hardenbach war nicht in der Lage, mit Bodenstein und Pia zu sprechen, nachdem sie ihr die schreckliche Nachricht vom Freitod ihres Mannes so einfühlsam wie möglich überbracht hatten. Sie hatten auch keine Zeit mehr, darauf zu warten, dass die Frau ihren ersten Schock überwinden würde, denn die Zentrale forderte sie zu einem weiteren Leichenfund an diesem herrlichen Augustsonntag an. Bodenstein ließ Frau Hardenbach und ihre schluchzenden Kinder in der Obhut einer Nachbarin und eines befreundeten Arztes zurück und machte sich mit Pia auf den Weg in den Taunus. Ein junges Pärchen hatte unterhalb des Atzelbergturmes zwischen Ruppertshain und Eppenhain die Leiche einer Frau gefunden. Während der Fahrt telefonierte Bodenstein mit Kriminaldirektor Nierhoff, seinem direkten Vorgesetzten, versorgte diesen mit den notwendigen Details über den Fall Hardenbach und bat ihn, die für ein Uhr anberaumte Pressekonferenz im Frankfurter Polizeipräsidium zu leiten.

»Ich kann auch alleine nach Ruppertshain fahren«, bot Pia an, als Bodenstein das Gespräch beendet hatte, »die Pressekonferenz ist doch sicherlich wichtiger …«

»Nein, nein«, unterbrach Bodenstein sie schnell, »Nierhoff und ich haben in Fällen wie diesen klare Arbeitsteilung vereinbart. Im Gegensatz zu mir mag er das Rampenlicht und macht so etwas gerne. Gerade bei so prominenten … Kunden.«

»Kunden?«

Die Andeutung eines Lächelns flog über Bodensteins angespanntes Gesicht.

»Hört sich doch netter an als ›Leiche‹, oder?«

Eine halbe Stunde später erblickten Bodenstein und Pia kurz vor der Ortseinfahrt von Eppenhain einen Streifenwagen am Straßenrand. Nach einer kurzen Fahrt durch den Wald erreichten sie die Lichtung mit dem Turm, an dessen Fuß ein weiterer Streifenwagen und ein Mercedes Cabrio standen. Bodenstein und Pia stiegen aus.

»Ah, der Herr Hauptkommissar«, begrüßte sie einer der Uniformierten, ein großer Mann mit Michael-Schuhmacher-Kinn und einem Gesicht voller Aknenarben. »Sie hätten sich den Morgenausflug sparen können. Das war ein Selbstmord.«

»Hallo, Schöning«, Bodenstein kannte die Bereitschaft zahlreicher Berufskollegen, einen Todesfall vorschnell als einen Suizid oder Unfall abzutun, aus eigener Erfahrung und ging nicht darauf ein.

Im Schatten der hohen Bäume war es kühl. Das Gras war noch feucht vom Tau der Nacht.

»Guten Morgen«, sagte Bodenstein zu dem Arzt, der neben der Leiche im Gras kniete und den Gruß mit einem knappen Nicken erwiderte. Die Frau lag auf dem Rücken im Gras, den linken Arm unter dem Körper, die Beine angewinkelt. Das helle Haar breitete sich wie ein Fächer um das bleiche Gesicht, sie hatte die Augen weit geöffnet, ihr Blick war starr und gebrochen. Bodenstein hob den Kopf und blickte den Turm hinauf. Es war ein massives Holzbauwerk, das sich weit über die Kronen der Bäume in den blassblauen Himmel erhob. Pia stemmte die Arme in die Seiten und betrachtete die Tote im hohen Gras eingehend.

»Suizid?«, fragte sie zweifelnd und blickte zu dem Arzt hinüber, der sich wieder über die tote Frau gebeugt hatte.

»Ich weiß nicht. Keine Jacke, keine Handtasche, dafür zehn Zentimeter hohe Absätze. Kein besonders passendes Schuhwerk für einen Waldspaziergang.«

»Ist ein Selbstmord«, beharrte Schöning impertinent, »klarer Fall.«

»Das glaube ich nicht«, sagte Pia. »Selbstmörder stoßen sich instinktiv ab, wenn sie irgendwo hinunterspringen, und landen dann ziemlich weit entfernt. Aber diese Leiche hier liegt beinahe direkt unter dem Turm. Sie ist nicht gesprungen.«

Schöning hob eine Augenbraue, sein überhebliches Grinsen wurde grimmig.

»Wie sieht es aus?«, erkundigte sich Bodenstein bei dem Arzt.

»Schlecht«, erwiderte der, »sie ist tot.«

»Ist ja nicht zu fassen«, versetzte Pia kühl. »Ist das etwa alles, was Sie herausgefunden haben?«

Der Arzt warf ihr einen gekränkten Blick zu. Er erhob sich, und Bodenstein stellte fest, dass er seiner Kollegin kaum bis zum Kinn reichte. Ein Zwerg, der seine geringe Körpergröße offenbar mit unpassend witzigen Bemerkungen zu kompensieren versuchte.

»Weibliche Leiche, ungefähr Mitte zwanzig«, sagte er, als er merkte, dass seine Art von Humor nicht ankam. »Genickbruch, diverse Verletzungen, die wohl durch den Aufprall aus dreißig Metern Höhe verursacht wurden. Rigor mortis voll ausgeprägt. Das bedeutet, dass die Frau seit mindestens zehn Stunden tot ist, denn man sagt, dass …«

»Leichenflecken?«, unterbrach Pia ihn.

»Noch gut wegzudrücken«, der Zwerg war jetzt angesäuert. »Sie ist nicht länger als vierundzwanzig Stunden tot. Ich schätze, sie ist gestern Abend zwischen zwanzig und dreiundzwanzig Uhr verstorben.«

»Können Sie Hinweise auf Fremdeinwirkung feststellen?«, mischte sich Bodenstein ein.

»Nein«, der Zwerg schüttelte den Kopf, »sieht wie ein Suizid aus. Wäre ja nicht das erste Mal. Hier stürzen sich immer wieder Leute runter.«

Schöning nickte selbstgefällig.

Bodenstein hielt den Blick auf das Gesicht der Toten gerichtet und versuchte sich vorzustellen, wie sie im Leben ausgesehen hatte. Ihre Haut war fein wie Porzellan, sie hatte ausgeprägte Wangenknochen und eine zierliche Nase. Selbst der gewaltsame Tod hatte der perfekten Symmetrie ihres Gesichts nichts anhaben können. Er beugte sich dichter über die Leiche. Ihr Bauchnabel war gepierct, und oberhalb des Nabels befand sich eine Tätowierung in Form eines Delphins. Pia hockte sich hin und betrachtete den Schuh am linken Fuß der Frau.

»Manolo Blahnik«, stellte sie fest, »sie hatte einen exklusiven Geschmack.«

Sie richtete sich wieder auf und streifte durch das Gras rings um die Leiche.

»Was ist?«, fragte Bodenstein.

»Der zweite Schuh fehlt.«

»Können wir?«, fragte einer der Männer des Bestattungsinstitutes, die Polizeiobermeister Schöning herbeordert hatte.

»Nein«, sagte Bodenstein und betrachtete nachdenklich die Leiche. »Was ist mit dem Schuh?«

»Was für ein Schuh?«, erwiderte Schöning unwirsch.

»Sie hat nur einen an«, bemerkte Pia, »sie ist ja wohl kaum mit nur einem Schuh herumgelaufen, oder? Und auf dem Turm haben Ihre Mitarbeiter nichts gefunden.«

»Wie ist sie überhaupt hierhergekommen?«, fügte Bodenstein hinzu. »Vor zehn Stunden war es zweiundzwanzig Uhr und schon ziemlich dunkel. Steht irgendwo in der Nähe ein geparktes Auto, mit dem sie durch den Wald gefahren ist?«

»Allerdings«, triumphierte Schöning, denn diese Neuigkeit schien seine Selbstmordtheorie zu untermauern. »Auf dem Parkplatz am Landsgraben steht ein Porsche Cabrio. Abgeschlossen.«

Bodenstein nickte nachdenklich, dann wandte er sich an die wartenden Polizeibeamten. »Alle verlassen sofort den Fundort. Schöning, lassen Sie das Kennzeichen des Porsche überprüfen, und Frau Kirchhoff, Sie fordern die Spurensicherung an.«

Schöning konnte seine Verärgerung kaum noch verhehlen. Pia ergriff ihr Handy und forderte das Team von der Spurensicherung an, das gerade mit dem Fundort der Leiche von Hardenbach fertig war. Dann wandte sie sich wieder dem Geschehen zu.

»Ich schreibe in den Totenschein, dass die Todesursache ungeklärt ist«, sagte der Arzt gerade zu Bodenstein, »ist das okay?«

»Wenn Sie dieser Auffassung sind, dann sollten Sie das tun«, erwiderte dieser sarkastisch, »oder denken Sie, die Frau ist eines natürlichen Todes gestorben?«

Der Zwerg lief rot an.

»Sie sitzen ganz schön auf dem hohen Ross!«, fauchte er.

»Ich arbeite nicht gerne mit Dilettanten«, entgegnete Bodenstein scharf, und Pia musste sich ein Grinsen verkneifen. Ihr erster Job in der Provinz besaß einigen Unterhaltungswert. Bodenstein zog zwei Paar Latexhandschuhe aus der Tasche seines Jacketts, von denen er eines seiner Kollegin reichte. Sie knieten sich neben die Leiche und begannen vorsichtig, die Hosentaschen der Jeans zu durchsuchen. Aus der Gesäßtasche förderte Pia ein Bündel Geldscheine und ein paar Zettel hervor. Sie reichte das Geld ihrem Chef und faltete vorsichtig die Zettelchen auseinander.

»Eine Tankquittung«, verkündete sie und blickte hoch.

»Gestern um sechzehn Uhr fünfundfünfzig hat sie noch gelebt. Sie hat an der Aral-Tankstelle an der A66 Richtung
Wiesbaden getankt, außerdem hat sie drei Päckchen Zigaretten, Eis und Red Bull gekauft.«

»Das ist doch schon mal ein Anhaltspunkt«, Bodenstein
erhob sich und zählte die Geldscheine.

»Fünftausend Euro!«, staunte er. »Nicht schlecht.«

»Hier haben wir noch einen Abholschein von einer Reinigung in Bad Soden mit Datum vom 23. August«, Pia griff
in die vorderen Hosentaschen der Jeans, »und einen Autoschlüssel.«

Sie reichte den Schlüssel mit dem Porsche-Emblem ihrem
Chef.

»Ich glaube immer weniger an Selbstmord«, sagte Bodenstein. »Wenn jemand mit fünftausend Euro in der Hosentasche sein Auto volltankt, drei Päckchen Zigaretten kauft und
Kleider in die Reinigung bringt, dann hat er nicht vor, sich
umzubringen.«

»Das Fahrzeug mit dem amtlichen Kennzeichen MTK-IK
182«, verkündete Schöning gerade, »ist auf eine Isabel Kerstner zugelassen. Wohnt in Kelkheim. Feldbergstraße 128.«

»Das ist sie«, sagte Bodenstein. »Sie hatte einen Porsche-
schlüssel in der Hosentasche.«

»Na, also«, begann Schöning, aber Bodenstein ließ ihn
nicht weiterreden.

»Wir fahren gleich mal hin«, sagte er. »Außerdem rufe ich
den diensthabenden Staatsanwalt an. Wir brauchen auf jeden
Fall eine Obduktion der Leiche.«

Die Nachricht vom Freitod Hardenbachs war die Topmel-
dung bei allen Radiosendern. Auf der Pressekonferenz hatte
Kriminaldirektor Nierhoff nicht viel mehr als die Tatsache
mitgeteilt, dass Hardenbach nach dem derzeitigen Stand der

Ermittlungen durch eigene Hand aus dem Leben geschieden war, aber wie Bodenstein es nicht anders erwartet hatte, ergingen sich die Medien sofort in den wildesten Spekulationen.

Das Haus in der Feldbergstraße 128 in Kelkheim war ein schmuckloses Haus aus den fünfziger Jahren, dem man durch den Anbau eines Erkers und eines Wintergartens eine individuelle Note zu geben versucht hatte. Unter dem Carport standen nur ein Mountainbike und zwei Mülltonnen. Der Vorgarten, der von einer ziemlich wild wuchernden Thujahecke umgeben war, wirkte ungepflegt. Der Rasen war lange nicht mehr gemäht worden, und in den Blumenbeeten hatte das Unkraut offenbar ungehindert eine Vormachtstellung erobern können. Vor der Haustür standen ein Kinderfahrrad und mehrere Schuhpaare. Bodenstein und Pia stiegen aus und blieben vor dem Holztor stehen, an dem die weiße Farbe abblätterte. »Dr. Michael Kerstner« stand auf einem bronzenen Schildchen neben der Klingel. Bodenstein zog die Post aus dem Briefkasten, einen ganzen Stapel Briefe und die Kelkheimer Zeitung samt Amtsblatt, ein Zeichen dafür, dass zumindest gestern niemand mehr die Post hereingeholt hatte. Bereits das zweite Mal an diesem Tag hatte er die unerfreuliche Pflicht, das Leben ahnungsloser Menschen an einem sonnigen Sonntagvormittag ohne Vorwarnung durch eine grausame Nachricht tief zu erschüttern.

»Bringen wir's hinter uns«, entschlossen drückte er auf die Klingel. Nichts regte sich in dem Haus, auch nach einem zweiten und dritten Klingeln nicht.

»Da brauche Se net zu schelle«, eine Stimme ließ sie herumfahren, »die sin beide net da.«

Hinter der Hecke im benachbarten, penibel gepflegten Vorgarten tauchte das Gesicht einer älteren Frau mit schütterem, grauem Haar und einem faltigen Koboldgesicht auf, in deren Augen gleichermaßen Neugier und Misstrauen standen. Sie zwängte sich durch eine Lücke in der Hecke und schüttelte missbilligend den Kopf, als sie das Unkraut und den ungepflegten Garten sah.

»Die sind doch nie dahaam, die Kerstners«, sagte sie geschwätzig. »Wisse Se, der Herr Doktor, der fährt morgens in aller Herrgottsfrühe fott und haam kimmt der oft erst nach Mitternacht. Mein Mann, der Kalleinz, der hat gleisch gesaacht, so was macht 'ne Frau wie *die* net lang mit. Und so isses dann ja aach gekomme, gell? Seit die fott is mit dem Mädsche, is der Herr Doktor gar net mehr dahaam. Na ja, so sieht's hier ja aach aus. Des is e Schand!«

»Seit wann isse denn fott, die Frau Kerstner?« Pia befleißigte sich mühelos der hessischen Mundart, und Bodenstein musste ein amüsiertes Grinsen unterdrücken.

»So genau kann man des net saache«, die Alte bückte sich, um ein Unkraut neben ihren Füßen auszuzupfen. »*Die* war ja oft taachelang net dahaam. Der Herr Doktor, der hat sisch mehr um des Kind gekümmert wie *die*.«

Es war eindeutig, wo die Sympathien der Nachbarin lagen.

»Nackisch auf der Terrass hat se gern geleesche, wenn se net grad bei ihrem Gaul oder auf der Juchee war«, sie schnaubte verächtlich. »Und der arme Mann, der hat sich für se abgerackert, Taach und Nacht.«

»Wissen Sie, wo wir Herrn Dr. Kerstner jetzt finden können?«, fragte Bodenstein höflich.

»Ei, in seiner Klinik. Da isser doch immer. So ein fleißischer, netter Mensch, der Herr Doktor«, setzte die Nachbarin zu einer neuerlichen Tirade an, die Bodenstein aber rasch abwürgte.

»Klinik?«, erkundigte er sich erstaunt.

»Ja, die Pferdeklinik. In Ruppsch obbe. Dr. Kerstner ist Tierarzt«, erst in diesem Moment schien sich die Frau zu fragen, wer der Mann und die Frau überhaupt waren, die an einem Sonntagmorgen nach den Nachbarn fragten, aber da waren Bodenstein und seine Kollegin schon auf dem Weg zum Auto.

»Was wolle Se eigentlisch von dem?«, rief die Nachbarin noch, aber sie bekam keine Antwort mehr.

Bodenstein fuhr durch Fischbach, um ein drittes Mal an diesem Morgen hinauf nach Ruppertshain zu fahren. Seine Gedanken waren bei Cosima. Das vertraute Gefühl der Verlassenheit war wieder da, genauso wie sein Wunsch, sie möge eines baldigen Tages die Lust an diesen strapaziösen Abenteuern verlieren. Er hätte sich eher die Zunge abgebissen, als sie darum zu bitten, die Filmexpeditionen sein zu lassen, weil er nur zu gut wusste, dass sie ihre Arbeit liebte und darin aufging. Dennoch fiel es ihm immer schwerer, wochenlang ohne sie zu sein.

»Wir hätten uns nach der Adresse dieser Tierklinik erkundigen sollen, bevor wir uns jetzt durchfragen müssen«, schreckte Pia ihn in diesem Moment aus seinen Gedanken.

»Ich weiß, wo sie ist«, erwiderte Bodenstein.

»Ach?« Pia warf ihrem Chef einen erstaunten Blick zu.

»Ich bin hier ganz in der Nähe aufgewachsen«, erklärte er ihr, »auf Hofgut Bodenstein. Das kennen Sie vielleicht. Es liegt zwischen Fischbach und Kelkheim.«

»Ja, klar. Das kenne ich«, bestätigte Pia, die allerdings bisher noch keine Parallele zwischen dem historischen Hofgut und dem Namen ihres Chefs gezogen hatte.

»Bei uns auf dem Hof gab es immer Pferde«, fuhr Bodenstein fort, »und Dr. Hansen aus Ruppertshain war damals der einzige Tierarzt in der Gegend. Er ist vor ein paar Jahren tödlich verunglückt, und seitdem leitet seine Tochter Inka die Pferdeklinik.«

»Ach«, Pia betrachtete ihren Chef neugierig. »Ich wette, Sie sind früher Fuchsjagden geritten.«

»Wie kommen Sie denn darauf?«

»Na ja«, Pia zuckte die Schultern, »in Ihren Kreisen reitet man eben Jagden, oder nicht?«

»In welchen Kreisen?«

»Gräfin Soundso lädt Herzog Sowieso zur Jagd auf den Fuchs ein.«

»Also wirklich, Frau Kirchhoff«, Bodenstein schüttelte den Kopf, aber seine Stimme hatte einen leicht erheiterten Tonfall, »so ein Unsinn! Was sind denn das für altertümliche Klischees?«

Er verlangsamte die Fahrt und bog direkt hinter dem Ortseingang von Ruppertshain nach rechts ab.

»Ich hätte in diesem Nest gar keine Pferdeklinik erwartet«, gab Pia zu.

»Wieso nicht?«, erwiderte Bodenstein. »Es gibt hier in der Gegend genug Pferde und vor allen Dingen genug gut betuchte Pferdebesitzer. Die Reitanlage hinten am Wald gehört übrigens Ingvar Rulandt.«

»Ingvar Rulandt?« Pia war beeindruckt. »Der berühmte Springreiter? Ach was!«

Auf dem Parkplatz der Pferdeklinik stand an diesem frühen Sonntagmorgen nur ein einziger Pferdetransporter mit herabgelassener Verladerampe. Das große, grün gestrichene Hoftor war weit geöffnet, aber im Hof herrschte kein Betrieb. Im Vorbeigehen las Pia auf einem Messingschild »Fachklinik für Pferde. Dres. med. vet. Inka Hansen, Michael Kerstner, Georg Rittendorf«.

Sie betraten einen großen Hof, der von einer gewaltigen Kastanie beherrscht wurde. Links und rechts befanden sich Pferdeboxen mit grün gestrichenen Türen, deren obere Hälften geöffnet waren. Bodenstein fühlte sich jäh in die Vergangenheit zurückversetzt. Es mochte an die fünfundzwanzig Jahre her sein, dass er das letzte Mal hier gewesen war, und plötzlich erinnerte er sich sogar an das Pferd, das er damals in die Klinik von Dr. Hansen gebracht hatte. Doch nur der Hof war derselbe geblieben, alles andere hatte sich vollkommen verändert. An das alte Stallgebäude schloss sich an der Stelle, an der früher die große Scheune gestanden hatte, ein moderner, zweckmäßiger Flachbau an. Hinweisschilder verrieten, dass sich dort Anmeldung, OP, Labor, Röntgenraum und die Untersuchungsräume befanden. In dem Augenblick trat eine untersetzte, sommersprossige Frau mit einem brandroten Haarschopf und einem Mopsgesicht aus einer der Pferdeboxen und baute sich vor ihnen auf.

»Wir haben heute keine Sprechzeit«, bellte sie.

»Guten Tag«, Bodenstein hielt ihr seine Polizeimarke vor die Nase, »mein Name ist Bodenstein, Kriminalpolizei Hofheim. Das ist meine Kollegin, Frau Kirchhoff. Wir möchten Herrn Dr. Kerstner sprechen.«

»Kriminalpolizei?«, die Frau musterte Bodenstein und Pia scharf. »Der Doktor ist gerade im OP. Ein Notfall. Das kann dauern.«

»Vielleicht ist es Ihnen möglich, Dr. Kerstner von unserer Anwesenheit in Kenntnis zu setzen«, insistierte Bodenstein höflich, »es ist sehr dringend.«

Die Frau starrte ihn an, dann wandte sie sich um und marschierte vor ihnen her auf eine Tür am Kopfende des neuen Gebäudes zu. Aus den Hinweisschildern zu schließen, waren hier Empfang, Verwaltung und Klinikapotheke untergebracht.

»Die sieht ja aus wie Frankensteins Gesellenstück«, murmelte Pia.

Bodenstein grinste und ließ seiner Kollegin den Vortritt in eine nüchterne, vier Meter hohe Eingangshalle mit weiß gestrichenen Wänden und einem hellen Fliesenboden. In der Mitte des Raumes befand sich ein halbrunder Empfangstresen, über die beiden Computerbildschirme flimmerten Bildschirmschoner. An den weiß gestrichenen Wänden hingen gerahmte Diplome, in der Mitte ein großes Foto mit sechs fröhlich dreinblickenden Menschen. Bodenstein blieb stehen und betrachtete das Bild. Er lächelte, als er Inka Hansen in der Mitte erkannte. Die beiden Männer links und rechts von ihr mochten Dr. Kerstner und Dr. Rittendorf sein.

»Sie können da drin im Wartezimmer warten«, der rothaarige Mops deutete auf eine der Türen. »Kaffee gibt's am Automaten.«

»Danke«, Bodenstein schenkte ihr ein freundliches Lächeln, das seine Wirkung aber völlig verfehlte. Im Wartezimmer saßen ein älterer Mann und ein junges Mädchen mit verweinten Augen, die aufsprangen, als die Tür aufging. Das mussten die Besitzer des Notfalls sein.

»Möchten Sie einen Kaffee?«, fragte Pia ihren Chef, der sich den zahlreichen gerahmten Fotografien an den Wänden zugewandt hatte.

»Gerne. Schwarz.«

Sie holte einen schwarzen Kaffee und reichte ihn Bodenstein. Dann studierte auch sie die Fotos von springenden, bockenden und galoppierenden Pferden, die wohl belegen sollten, wie gesund die ehemaligen Patienten dank der tüchtigen Tierärzte waren, dazu die glücklichen und dankbaren Kommentare ihrer Besitzer. In dem Moment ging die Tür auf. Die Besitzer des Notfallpferdes sprangen wieder wie elektrisiert auf, diesmal zu Recht. Im Türrahmen stand der Mann, den Bodenstein eben auf dem Foto gesehen hatte, aber seitdem das Foto gemacht worden war, hatte sich Dr. Kerstner ziemlich verändert. Über Jeans und Sweatshirt trug er einen grünen Kittel voller Blutspritzer und schien nicht gerade davon angetan, bei seiner Arbeit von der Polizei gestört zu werden. Bodensteins erster Eindruck war, dass der Mann entweder krank oder völlig überarbeitet war. Sein hageres Gesicht wirkte unnatürlich blass und ausgezehrt, unter seinen geröteten Augen lagen dunkle Schatten. Gerade, als Bodenstein sich vorstellen wollte, schoss das verweinte Mädchen an ihm vorbei.

»Was ist mit Kira?«, rief es mit schriller Stimme. Kerstner starrte sie verwirrt an und schien ein paar Sekunden zu brauchen, um sich daran zu erinnern, wer Kira war.

»Sie hat die Operation gut überstanden«, sagte er dann. »Wir haben sie jetzt in den Aufwachraum gebracht. Aber es sieht so aus, als ob sie wieder gesund werden könnte.«

Das Mädchen begann vor Erleichterung zu schluchzen und fiel dem älteren Mann um den Hals.

»Herr Dr. Kerstner?« Bodenstein zog seine Polizeimarke aus der Tasche und stellte sich und seine Kollegin vor. »Wir würden gerne einen Moment mit Ihnen sprechen.«

Kerstner warf einen flüchtigen Blick auf die Marke, dann einen fragenden auf die Gesichter der beiden Beamten.

»Ja, natürlich«, er nickte und bedeutete ihnen, ihm zu folgen. Sie durchquerten den Empfangsraum und gingen gegenüber in eine Art Aufenthaltsraum, in dessen Mitte ein wuchtiger Bauerntisch mit acht schlichten Holzstühlen stand. In einer Ecke des Raumes befanden sich ein Bett, ein Fernseher und eine alte Couch, auf der zwischen ein paar abgeschabten Kissen ein alter Hund lag, der nur kurz den Kopf hob, dann aber wieder uninteressiert die Augen schloss. Kerstner ging um den Tisch herum und ergriff die Lehne eines Stuhles. Entweder war er nicht der Mann, der sich mit unnötigen Höflichkeitsfloskeln aufhielt, oder er war einfach zu erschöpft, um höflich zu sein. Pia ließ ihren Blick durch das Zimmer wandern. Sie konstatierte Regale voller Aktenordner und Bücher, gerahmte Fotografien und Urkunden und dazwischen ein seltsam altertümlich anmutendes Wappen auf einem wuchtigen Holzbrett. Etwas Ähnliches hatte sie schon in Studentenkneipen gesehen. Zwei griechische Buchstaben, die in zwei ineinander verschlungene Hände übergingen. Ein Schwert durchbohrte die Hände. Sehr martialisch. Den Satz darunter konnte sie nicht entziffern.

»Herr Dr. Kerstner«, begann Bodenstein, »sind Sie der Ehemann von Frau Isabel Kerstner?«

»Ja«, erwiderte der Tierarzt überrascht und richtete sich unwillkürlich auf. »Warum fragen Sie das? Ist etwas passiert?«

Seine Hände umklammerten die Lehne des Stuhles so fest, dass seine Fingerknöchel weiß hervortraten.

»Fährt Ihre Frau einen silbernen Porsche Boxter?«, fragte Bodenstein. Kerstner starrte ihn mit undurchdringlicher Miene an, ohne sich zu rühren. Seine Kiefermuskulatur spannte sich an.

»Wieso wollen Sie das wissen? Hatte sie einen Unfall?«

»Wann haben Sie Ihre Frau zuletzt gesehen?«

Der Tierarzt reagierte nicht auf die Frage.

»Was ist denn passiert?«

»Heute Morgen wurde die Leiche einer jungen Frau gefunden«, Bodenstein ließ die Details absichtlich aus, denn irgendetwas am Verhalten Kerstners machte ihn misstrauisch. »In ihrer Hosentasche wurde ein Autoschlüssel gefunden, der zu einem silbernen Porsche Boxter passt. Und dieser Porsche mit dem Kennzeichen MTK-IK 182 ist auf Ihre Frau zugelassen.«

Das bleiche Gesicht des Mannes wurde bei Bodensteins Worten noch eine Spur blasser. Er starrte Bodenstein wie betäubt an, sein Gesichtsausdruck war leer und tranceartig, und das Ausbleiben jeglicher Reaktion ließ Bodenstein zuerst annehmen, sein Gegenüber habe ihn nicht verstanden.

»Die Frau hat eine Tätowierung oberhalb des Bauchnabels.«

»Einen Delphin«, murmelte Kerstner tonlos, »o Gott.«

Er fuhr sich mit der Hand durchs Haar, dann ließ er sich auf den Stuhl sinken und legte seine Hände vor sich auf die Tischplatte, beinahe so, als ob er an einer Séance teilnehmen würde.

Bodenstein und Pia wechselten einen raschen Blick.

»Wären Sie so freundlich, uns nach Frankfurt zu begleiten, um Ihre Frau zu identifizieren?«, fragte Pia den Tierarzt. Es dauerte wieder ein paar Sekunden, so als ob er das Gehörte erst einmal begreifen müsste. Dann erhob er sich abrupt und ging zur Tür. Im Gehen zog er den grünen Kittel aus und ließ ihn achtlos auf den Boden fallen. Der rothaarige Feldwebel mit Mopsgesicht öffnete in dem Augenblick die Tür, ohne vorher angeklopft zu haben.

»Micha, ich …«, begann sie, verstummte aber, als sie die versteinerte Miene ihres Chefs sah. Der rothaarige Mops und der Doktor schienen miteinander auf vertrautem Fuß zu stehen.

»Ich muss weg«, sagte Kerstner. »Isabel ist tot.«

»Das ist nicht wahr!«, sagte der Mops, und Bodenstein glaubte, sie zweifelte daran, dass die Frau tot sein könnte, aber ihre nächsten Worte belehrten ihn eines Besseren.

»Du kannst doch jetzt nicht einfach wegfahren! Das Pferd ist noch nicht aus der Narkose aufgewacht, und …«

»Ruf Georg an«, unterbrach Kerstner sie schroff und ging zur Tür hinaus.

Kerstner sprach während der Fahrt zum Rechtsmedizinischen Institut in Sachsenhausen kein Wort, saß nur da, blicklos und stumm, wie versunken in einer unheimlichen, abgrundtiefen Ruhe. Das Zentrum der Rechtsmedizin befand sich in einer stattlichen Villa aus der letzten Jahrhundertwende an der Kennedyallee. Schon von weitem sah Bodenstein den Auflauf der Presse mit Ü-Wagen und Massen neugieriger Reporter. Oberstaatsanwalt Hardenbachs sterbliche Überreste waren offenbar auch bereits eingetroffen.

»Fahren Sie zum Kundeneingang«, sagte Pia und erntete dafür einen erstaunten und belustigten Blick ihres Chefs, als er verstand, was sie mit dieser Anspielung gemeint hatte. »Gleich die nächste links bis zu dem grünen Tor. Da lassen Sie mich raus.«

Mit irgendeinem geheimen Trick öffnete Pia das Tor, und Bodenstein fuhr in einen Hinterhof, in dem drei Autos und ein Leichenwagen parkten. Wenig später betraten sie unbehelligt das Gebäude. Kerstner folgte Bodenstein und Pia stumm die Treppe hinunter in den Keller des Gebäudes, in dem sich die Sektionsräume befanden. In der Mitte des ersten Raumes stand eine Bahre mit einer Leiche, die von einem grünen Laken verdeckt wurde. Ein Mitarbeiter der Rechtsmedizin erschien im Türrahmen. Auf seinem Gesicht breitete sich ein erfreutes Lächeln aus.

»Hi, Pia«, sagte er, »lange nicht mehr gesehen.«

Bodenstein warf seiner Kollegin angesichts der vertrauten Begrüßung einen erstaunten Blick zu, den diese nicht bemerkte.

»Hey, Ronnie«, sagte sie mit gesenkter Stimme zu dem Rechtsmediziner, »ist das die junge Frau aus dem Taunus? Ihr Ehemann ist hier, um sie zu identifizieren.«

Ronnie nickte Bodenstein und Kerstner grüßend zu, dann schüttelte er den Kopf.

»Nein«, sagte er, »das ist der, weswegen die Pressefritzen den Belagerungszustand ausgerufen haben. Kommt mit.«

Er ging vor ihnen her zu einem anderen Sektionsraum. Dort wartete eine zweite abgedeckte Bahre. Bodenstein warf

Kerstner einen kurzen Blick zu. Auch in dem hell erleuchteten weiß gefliesten Raum blieb das Gesicht des Mannes ausdruckslos und ohne alle Emotionen. Bodenstein hatte schon häufiger, als ihm lieb war, Angehörige von Toten in diese Räumlichkeiten begleitet, Menschen, die bereits erschüttert vom Tode eines Partners, Freundes oder Verwandten hier noch zusätzlich durch die nüchterne Atmosphäre, die der einer Großküche nicht unähnlich war, schockiert wurden. Die bis unter die Decke reichenden Metallschränke, das unbarmherzige Neonlicht, die gefliesten Wände und abwaschbaren Böden – all das raubte dem Tod und dem Toten die Würde, an die sich die Lebenden so gerne erinnern möchten. Der Mitarbeiter der Rechtsmedizin mit Namen Ronnie entfernte das grüne Laken vom Gesicht der Leiche. Kerstner betrachtete die Tote ein paar Sekunden, ohne auch nur die Andeutung einer Gefühlsregung zu zeigen.

»Das ist sie«, sagte er und wandte sich ab. »Das ist Isabel.«

Bodenstein ließ es sich nicht anmerken, wie eigenartig er die emotionslose Reaktion des Mannes fand. Ronnie zog gleichmütig das Tuch hoch, löste die Feststellbremse der Bahre und schob die Leiche zu einem der Metallschränke hinüber. Kerstner schauderte, als sich die Tür des Schrankes mit einem Klicken öffnete und ein Schwall kalter Luft in den Raum drang, dann folgte er Bodenstein mit schnellen Schritten hinaus auf den Gang.

Eine Dreiviertelstunde später nahm Kerstner auf einem Stuhl vor Bodensteins Schreibtisch in dessen Büro in der Hofheimer Kriminalinspektion Platz, seine Finger umklammerten die Tasse mit Kaffee, die Pia ihm eingeschenkt hatte. Er war einverstanden, dass ein Aufnahmegerät mitlaufen sollte, machte die notwendigen Angaben zu seiner Person und wartete dann mit gesenktem Kopf auf die erste Frage, während Bodenstein erklärende Bemerkungen über die Anwesenden und die Ermittlungssache machte.

»Es tut mir leid, dass wir Ihnen einige Fragen stellen müssen«, wandte Bodenstein sich an den Arzt. »Aber es handelt sich bei dem Tod Ihrer Frau womöglich um Mord.«

»Was ist überhaupt geschehen?«, der Blick von Kerstner wanderte langsam hoch zu Bodensteins Gesicht. »Wie ist sie ... gestorben?«

»Sie lag am Fuße des Atzelbergturmes«, erwiderte Bodenstein, »auf den ersten Blick sah es aus, als sei sie vom Turm gesprungen, aber es gibt Indizien, die gegen einen Selbstmord sprechen.«

»Selbstmord?« Kerstner schüttelte den Kopf. »Warum hätte Isabel sich umbringen sollen?«

»Erzählen Sie uns etwas über Ihre Frau«, forderte Pia den Mann auf, »sie war beträchtlich jünger als Sie, nicht wahr?«

Kerstner zögerte eine Weile mit einer Antwort, seine Augen schweiften in die Ferne.

»Neunzehn Jahre. Sie war die Schwester eines meiner besten Freunde«, er trank einen Schluck Kaffee, wobei seine Hand stark zitterte. »Meine damalige Verlobte und ich waren gerade aus Amerika zurückgekehrt, als ich Isabel traf. Das war im Herbst 1998. Drei Monate später haben wir geheiratet, weil Isabel schwanger war.«

Kerstner versank in Erinnerungen, Bodenstein und Pia warteten, bis er weitersprach.

»Alles schien perfekt zu sein, aber kurz nach der Geburt unserer Tochter begannen die Probleme.«

»Welche Probleme?«, fragte Pia nach.

»Isabel wollte so leben, wie sie es gewohnt war«, sagte Kerstner, »große Villa, genug Geld für Urlaub, Pferde, Shopping. Aber ich investierte mein Geld lieber in unsere Zukunft.

Inka, ich meine, Frau Dr. Hansen, suchte damals noch einen zweiten Teilhaber für ihre Pferdeklinik, die sie in dem Jahr nach dem Tod ihres Vaters übernommen hatte. Ich bekam den Kontakt zu Inka Hansen durch meinen Freund Georg Rittendorf. Wir wurden uns schnell einig. Dr. Hansen hatte – ähnlich wie ich – in Amerika studiert und gearbeitet, und die Chemie stimmte sofort zwischen uns dreien.«

Bodenstein und Pia schwiegen, warteten geduldig darauf, dass Kerstner weitersprach. Das tat er auch nach einer Weile.

»Wir mussten kostspielige Anschaffungen und Umbauten machen«, fuhr Kerstner fort. »Inka hatte zwar aus der Lebensversicherung ihres Vaters Geld bekommen, aber das reichte bei weitem nicht für das, was wir vorhatten. Um unsere Mittel nicht zu sehr zu strapazieren, beschlossen wir, am Personal zu sparen. Inkas Mutter machte die Buchhaltung, Georgs Frau arbeitete als Tierarzthelferin, und Isabel hätte den Empfang machen sollen.«

Kerstner stieß einen Seufzer aus.

»Daran war nicht zu denken.«

»Wieso nicht?«, fragte Pia.

»Sie konnte Georg nicht ausstehen«, antwortete Kerstner und rieb sich die müden Augen, »er sie übrigens auch nicht. Vor allen Dingen aber hatte sie sich wohl in finanzieller Hinsicht sehr viel mehr von mir versprochen. Ich hatte meine gesamten Ersparnisse in den Aufbau der Klinik gesteckt und muss oft fünfzehn, sechzehn Stunden am Tag arbeiten, auch an den Wochenenden. Das passte ihr nicht.«

Er verzog gequält das Gesicht.

»Ich habe lange um sie gekämpft«, Kerstner starrte vor sich hin, »auch wenn ich immer deutlicher spürte, wie gleichgültig ich ihr war. Dauernd gab es Krach, meistens wegen Geld. Sie verließ mich, kam wieder, verließ mich wieder … es war die Hölle.«

»Wann hat Ihre Frau Sie verlassen? Und warum?«

»Vielleicht, weil ich sie irgendwann nicht mehr zurückgehalten habe«, Kerstner zuckte die Schultern. »Ende Mai packte sie endgültig ihre Siebensachen, und als ich abends nach Hause kam, war sie weg. Mit Sack und Pack.«

»Und Ihre Tochter hat sie mitgenommen?«, fragte Pia.

»Zuerst nicht«, sagte Kerstner leise. »Sie hat sie vor ungefähr vierzehn Tagen vom Kindergarten abgeholt, und seitdem habe ich auch Marie nicht mehr gesehen.«

Bodenstein beobachtete den Mann und versuchte zu analysieren, was er sah. Kerstner war am Boden zerstört, aber war es wirklich der Tod seiner Frau, der ihm die Tränen in die Augen trieb?

»Wo wohnte Ihre Frau, seitdem sie Sie verlassen hatte?«

»Das weiß ich nicht.«

»Und Ihre Tochter? Wo ist sie jetzt?«

Kerstner blickte auf, dann wandte er sein Gesicht sogleich wieder ab und starrte mit steinernem Blick auf seine Hände.

»Das … das weiß ich auch nicht.«

»Wann haben Sie Ihre Frau das letzte Mal gesehen?«, fragte Pia.

»Gestern«, Kerstner flüsterte fast, »sie tauchte plötzlich in der Klinik auf.«

Pia warf ihrem Chef einen raschen Blick zu.

»Um wie viel Uhr?«, fragte Bodenstein.

»Ungefähr um Viertel vor sechs«, erwiderte Kerstner, ohne aufzublicken. »Ich kam gerade aus dem OP, als sie auf mich zustürzte und sagte, sie müsse mit mir reden.«

»Und was wollte sie von Ihnen?«

Der Mann schüttelte nur stumm den Kopf.

»Herr Dr. Kerstner«, sagte Pia sanft, aber nachdrücklich, »wir wissen, dass Ihre Frau um halb fünf nachmittags ihr Auto getankt hat, danach war sie bei Ihnen in der Klinik, und ein paar Stunden später muss sie gestorben sein. Sie waren womöglich der Letzte, der sie lebend gesehen hat. Bitte antworten Sie auf die Frage.«

Kerstner starrte stumm vor sich hin, beinahe so, als habe er gar nicht zugehört.

»Haben Sie sich gestritten? Um was ging es? Sie muss ja irgendetwas Bestimmtes von Ihnen gewollt haben.«

Schweigen.

»Wo waren Sie gestern Abend?«, fragte Bodenstein. Plötzlich hatte sich die Situation völlig verändert. Vor seinen Augen war aus dem schockierten Witwer ein möglicher Mordverdächtiger geworden. Es gab ein Motiv, mehrere sogar. Zurückgewiesene Liebe, Enttäuschung, Eifersucht.

»Sie müssen uns nichts sagen, was Sie belasten könnte. Möchten Sie einen Anwalt anrufen?«

Da hob der Mann ungläubig den Blick.

»Sie wollen doch nicht etwa sagen, *ich* hätte Isabel …?«

»Sie haben sie nur wenige Stunden vor ihrem Tod gesehen«, antwortete Bodenstein. »Ihre Frau hatte Sie verlassen. Sie wussten nicht, wo sie sich aufhielt. Wahrscheinlich waren Sie wütend und eifersüchtig.«

»Nein, nein! Das stimmt nicht!«, unterbrach Kerstner ihn heftig. »Ich war nicht wütend auf sie und auch nicht eifersüchtig … nicht mehr.«

»Wieso – nicht mehr?«

»Weil«, begann er, verstummte dann aber.

»Sagen Sie uns doch einfach, was Ihre Frau gestern von Ihnen wollte.«

Kerstner biss sich auf die Lippen und senkte den Kopf. Und ganz plötzlich fing er an zu weinen. Es war das gequälte Schluchzen eines Verzweifelten, und er machte keinen Versuch, die Tränen, die ihm über das Gesicht strömten, abzuwischen.

Montag, 29. August 2005

Die Woche begann mit einer Besprechung sämtlicher Mitarbeiter des K11 um sieben Uhr morgens. Nach ein paar relativ ruhigen Wochen hatten sie nun gleich zwei Fälle zu bearbeiten, wobei der Suizid von Oberstaatsanwalt Hardenbach vom Landeskriminalamt übernommen werden sollte. Bodenstein war nicht unglücklich darüber, den Fall Hardenbach, der leicht zu einem Politikum werden konnte, in übergeordneten Kompetenzbereich abgeben zu dürfen. Er hörte zu, wie seine Mitarbeiter die ersten Fragmente des Falles »Isabel« zusammentrugen, die hoffentlich in kurzer Zeit ein komplettes Puzzle ergeben würden. Frank Behnke war als Kriminaloberkommissar nach Bodenstein der Ranghöchste im Team, er war mit seinem Chef vor zwei Jahren von Frankfurt nach Hofheim gewechselt. In Frankfurt geboren und aufgewachsen, bezeichnete er alles, was sich außerhalb der Stadtgrenzen befand, leicht überheblich als tiefstes Hinterland. Kriminalkommissar Kai Ostermann war Ende dreißig. Bei einem SEK-Einsatz vor zehn Jahren hatte er ein Bein verloren und seitdem ein trauriges Schicksal bei der Innenrevision gefristet. Als Bodenstein nach Hofheim gegangen war, hatte er Ostermann angefordert und bekommen, und mittlerweile war der Mann mit seinem Scharfsinn und einem computerähnlichen Gedächtnis aus dem K11 nicht mehr wegzudenken. Der Vierte im Bunde war gleichzeitig der Älteste im Team: Andreas Hasse war Kriminalkommissar und das schon seit Jahren. Er war Mitte fünfzig, trug das mausbraune Haar mit einem toupetähnlichen Seitenscheitel und hatte eine Vorliebe für braune Anzüge und braune Schuhe mit Gummisohlen. Bei der Umstrukturierung vor zwei Jahren hatte er gehofft, selbst Leiter der neuen Abteilung zu werden, war aber wieder einmal übergangen und nicht befördert worden. Bodenstein argwöhnte, dass Hasse mehr oder weniger hinter dem Schreibtisch auf seine Pensionierung wartete. Die jüngste Mitarbeiterin des K11 war Kriminalassistentin Kathrin Fachinger, eine magere, blasse Frau Mitte zwanzig, die seit dem Winter zu Bodensteins Team gehörte und einen guten Job machte. Bereits gestern Nachmittag hatte Ostermann Nachforschungen über den Polizeicomputer und das Internet angestellt und in Erfahrung gebracht, dass die tote junge Frau aus polizeilicher Sicht kein unbeschriebenes Blatt war. Führerscheinentzug wegen Führen eines Fahrzeuges unter Alkoholeinfluss, Verstöße gegen das Betäubungsmittelgesetz, Fahren ohne Führerschein, Ladendiebstahl, Erregung öffentlichen Ärgernisses – Isabel Kerstner hatte einiges auf dem Kerbholz gehabt. Bodenstein war es gelungen, den zuständigen Staatsanwalt davon zu überzeugen, dass eine Obduktion dringend notwendig war, um die Umstände des Todes der jungen Frau aufklären zu können, und Pia Kirchhoff hatte einen vorläufigen Bericht für den Staatsanwalt verfasst. Aus ihrer Akte wusste Bodenstein, dass sie früher bereits in Frankfurt beim K11 gearbeitet hatte, allerdings nicht in seiner ehemaligen Abteilung. Nach sieben Jahren Berufspause hatte sie zurück in ihren Job gewollt, aber statt nach Frankfurt hatte man sie nach Hofheim gesteckt. Über ihr Privatleben wusste Bodenstein nichts. Wie auch immer, er war froh, sie als Unterstützung für sein Team zu haben.

»Die Obduktion von Isabel Kerstner ist für heute Vormit-

tag um zehn Uhr angesetzt«, verkündete Ostermann gerade.
»Gehen Sie selbst hin, Chef?«

»Nein«, Bodenstein schüttelte den Kopf, »ich fahre noch mal in die Pferdeklinik und spreche mit Kerstners Mitarbeitern. Frank, Sie übernehmen das.«

»Muss das sein? Ich war im letzten Jahr schon dreimal bei so was dabei«, protestierte Frank Behnke.

»Wenn es Ihnen recht ist, Chef, gehe ich hin«, sagte Pia nun, und Bodenstein hob die Augenbrauen. Wollte sie sich bei ihm beliebt machen oder Behnke mit ihrem gewiss verlockenden Angebot einen Gefallen tun? Behnke ging so ungern wie jeder andere zu einer Obduktion, aber die Anwesenheit eines Kriminalbeamten und eines Mitarbeiters der Staatsanwaltschaft war bei einer gerichtlichen Leichenöffnung unerfreuliche Vorschrift.

»Kai, Sie versuchen, den Lebenslauf der Toten nachzuvollziehen«, ordnete Bodenstein an. »Eltern, Kindergarten, Schulen, Ausbildung und so weiter. Uns interessiert grundsätzlich alles. Frau Fachinger, Sie und Hasse fahren nach Kelkheim und klappern die Nachbarn ab. So weit alles klar?«

»Und wer fährt in die Rechtsmedizin?«, fragte Behnke.

»Frau Kirchhoff«, entgegnete Bodenstein, ohne aufzublicken. »Sie fragen im Labor nach, wie weit sie dort mit der Untersuchung des Autos sind. An die Arbeit, Leute. Die nächste Besprechung findet um Punkt vier Uhr statt. Und da wünsche ich erste Erkenntnisse.«

Alle nickten und erhoben sich, um an die Arbeit zu gehen.

»Einen Moment noch, Frau Kirchhoff«, sagte Bodenstein. Pia blieb stehen. Er lehnte sich in seinem Stuhl zurück und betrachtete sie aufmerksam.

»Wie Sie sicherlich schon bemerkt haben«, sagte er, als die anderen den Raum verlassen hatten, »mag ich keinen autoritären Führungsstil. Aber in jedem Team muss es jemanden geben, der das Spiel bestimmt. In unserem Team bin ich das. Und ich erwarte, dass meinen Anweisungen Folge geleistet wird.«

Pia erwiderte seinen Blick. Sie begriff, was er meinte.

»Ich wollte nicht Ihre Anweisung in Frage stellen«, gab sie zu. »Aber ich habe gemerkt, dass Behnke nicht besonders scharf auf den Job war. Und da ich schon ziemlich viele Obduktionen miterlebt habe und es mir nichts ausmacht, habe ich angeboten, an seiner Stelle hinzugehen.«

Bodenstein nickte nachdenklich.

»Na ja«, er schob den Stuhl zurück, erhob sich und lächelte sie an, »die Rechtsmedizin scheint vertrautes Terrain für Sie zu sein. Ich habe gestern bemerkt, wie unbefangen Sie sich dort bewegt haben.«

»Stimmt«, Pia nickte, »ich war sechzehn Jahre mit Doktor Henning Kirchhoff verheiratet. Wir wohnten nicht weit vom Institut entfernt, und da er ein Workaholic ist, musste ich dorthin, wenn ich ihn sehen wollte. Daher meine einschlägige Erfahrung auf dem Gebiet der Rechtsmedizin.«

»Sie waren verheiratet?« Bodenstein erkannte eine günstige Gelegenheit, mehr über seine neue Kollegin zu erfahren.

»Ich bin es noch«, entgegnete Pia, »aber mein Mann und ich haben uns vor einem knappen Jahr getrennt. Sie sind nicht sauer auf mich?«

»Unsinn«, entgegnete Bodenstein, und plötzlich grinste er, »ich hätte Behnke nur zu gerne zu dieser Obduktion geschickt. Jedes Mal schafft der Kerl es irgendwie, sich davor zu drücken.«

»Pia! Wie schön, dich wieder einmal zu sehen!« Professor Thomas Kronlage, der Leiter des Zentrums der Rechtsmedizin in Frankfurt, Mitte fünfzig, mit der Figur eines athletischen Dreißigjährigen, kurz geschnittenen weißen Haaren und flinken, hellen Augen, breitete die Arme aus und strahlte über das ganze Gesicht, als Pia den Raum betrat, in dem die Sektion der Leiche von Isabel Kerstner stattfinden sollte.

»Hallo, Tommy«, Pia lächelte und ließ sich umarmen, »ich freue mich auch.«

Es hatte Zeiten gegeben, in denen Kronlage ihr beinahe vertrauter gewesen war als ihr eigener Mann. Er hatte ihre vergeblichen Bemühungen um ihre Ehe mit Henning Kirchhoff, dem stellvertretenden Leiter der Frankfurter Rechtsmedizin, hautnah miterlebt. Pias Noch-Ehemann war kein einfacher Rechtsmediziner, sondern einer der wenigen Spezialisten für forensische Anthropologie in Deutschland und ein Star in seiner makabren Zunft. Seine Mitarbeiter hatten ihm den heimlichen Spitznamen »Totengott« gegeben, und es waren irgendwann auch die Toten gewesen, die Pias Ehe zum Scheitern gebracht hatten, denn sie machten keinen Halt vor ihrer Haustür. Henning genoss als Wissenschaftler allerhöchstes Ansehen, und auch Pia hatte ihren Mann bewundert und angebetet, aber als sie angefangen hatte, mit den Möbeln und Bildern zu reden, hatte sie gemerkt, dass eine Ehe mit einem Genie eine sehr einsame Angelegenheit war. Als er im März vor einem knappen Jahr zum Schauplatz eines Seilbahnunglücks nach Österreich geflogen war, ohne sich von Pia zu verabschieden, hatte sie die gemeinsame Altbauwohnung an der Kennedyallee in Sachsenhausen verlassen. Es war ihm erst zwei Wochen später aufgefallen.

»Wie geht es dir?«, Kronlage hielt Pia auf Armlänge von sich und musterte prüfend ihr Gesicht. »Gut siehst du aus. Ich habe gehört, es hat dich ins Mord- und Totschlagdezernat verschlagen.«

»Ja, ich bin seit einem Monat in Hofheim beim K11«, Pia lächelte. In dem Moment klopfte es an der offenen Tür, und ein junger Mann trat ein.

»Guten Morgen«, grüßte er forsch.

»Ah, der Herr Staatsanwalt!«, rief Kronlage fröhlich. »Na, dann können wir ja anfangen.«

Pia stellte sich vor und reichte dem jungen Mann die Hand.

»Jörg Heidenfeld, Staatsanwaltschaft Frankfurt.«

»Ihre erste Sektion?«, erkundigte Kronlage sich und fixierte den Staatsanwalt über seine Halbbrille. Heidenfeld nickte nur.

»Nun denn«, Kronlage gab seinem Assistenten ein Zeichen, woraufhin dieser das Tuch von der Leiche entfernte, »Ihre erste Leiche ist auf jeden Fall eine hübsche, frische Leiche.«

»Eine ›frische‹ Leiche?«, fragte Heidenfeld misstrauisch.

»Wenn Sie erst mal eine gesehen haben, die vier Wochen in einer verschlossenen Wohnung gelegen hat«, erwiderte Kronlage heiter, »dann werden Sie sehnsüchtig an die von heute denken.«

»Alles klar«, murmelte der Staatsanwalt und wurde blass.

Schweigend hörten er und Pia zu, wie der Professor die äußerliche Betrachtung der Leiche in das Mikrophon diktierte, das um seinen Hals hing.

»Was würden Sie auf den ersten Blick sagen, Flick, wann ist der Tod eingetreten?«, fragte er seinen Assistenten.

»Die Livores sind nicht mehr wegzudrücken«, der junge Arzt drückte mit seinen behandschuhten Fingern am Rücken und den Schulterblättern der Leiche herum, »das bedeutet, sie ist seit mindestens vierundzwanzig Stunden tot. Rigor mortis voll ausgeprägt, noch keine erkennbar einsetzende Fäulnis.«

Er schnupperte.

»… also auch noch nicht viel länger als sechsunddreißig Stunden, würde ich sagen, hm, irgendwann am Samstagabend.«

»Gut, gut«, der Professor ergriff ein Skalpell, das er für

den Y-Schnitt an der rechten Schulter ansetzte und mit einem raschen und geübten Schnitt bis zum Brustbein der Leiche führte,»das sehe ich genauso.«

Das Lob des Professors brachte Farbe in das angespannte Gesicht des jungen Arztes, und er beugte sich mit einem eifrigen Gesichtsausdruck über den toten Körper.

»So ein hübsches Mädchen«, Kronlage schüttelte den Kopf,»kerngesund und trotzdem tot.«

Staatsanwalt Heidenfeld hatte vom makabren Humor des Rechtsmediziners gehört, aber er hätte besser darüber schmunzeln können, wenn er nicht direkt am Sektionstisch gestanden hätte. Das Knacken der Rippen, die mit einer stabilen Schere durchtrennt wurden, veranlasste sein Frühstück, das in Anbetracht dessen, was heute Morgen auf ihn zukam, entsprechend karg ausgefallen war, seine Speiseröhre emporzukriechen. Er warf Pia einen hilfesuchenden Blick zu, aber sie schien gänzlich unbeeindruckt und lächelte ihm nur aufmunternd zu.

»Wir entnehmen jetzt das Herz und wiegen es«, sagte Professor Kronlage im Plauderton wie ein grün gekleideter Metzger,»dann die Lunge … Vorsicht, Flick, nicht wieder fallen lassen.«

Das war zu viel. Mit einer gemurmelten Entschuldigung stürmte der nicht mehr sehr forsche Staatsanwalt hinaus auf den Flur.

Bodenstein parkte auf dem Parkplatz vor der Tierklinik. Sein BMW war die einzige Extravaganz, die er sich leistete, und es störte ihn nicht, dass das Auto schon früher auf dem Parkplatz des Präsidiums in Frankfurt neidische Blicke auf sich gezogen hatte. Während seines unaufhaltsamen Aufstiegs bei der Polizei hatten Kollegen hinter seinem Rücken oft behauptet, er habe es nicht wirklich nötig zu arbeiten und tue dies nur aus Langeweile, aber er hatte die boshaften Unterstellungen mit seinem Einsatzwillen und seinen Erfolgen im Laufe der Jahre Lügen gestraft. Noch immer war der deutsche Durchschnittsbürger fest davon überzeugt, ein adeliger Name sei gleichbedeutend mit finanziellem Wohlstand. Bodenstein stieg aus und betrachtete die Gebäude der Pferdeklinik. Inka Hansen und ihre Teilhaber mussten tatsächlich eine Menge Geld in den Um- und Ausbau des alten Bauernhofs investiert haben. Er betrat den Hof.

»Oliver?«

Bodenstein wandte sich um und erkannte Inka Hansen. Sie saß schon halb in ihrem Geländewagen, stieg nun aber wieder aus und schlug die Tür hinter sich zu. Bei ihrem Anblick nach mehr als zwanzig Jahren wusste Bodenstein sofort wieder, weshalb sie damals über Monate hinweg das Zentrum seiner sehnsüchtigen Träume gewesen war. Inka war drei Monate jünger als er, musste also vierundvierzig Jahre alt sein, aber weder ihr anstrengender Beruf noch die vergangenen Jahre hatten ihrer Schönheit etwas anhaben können. Sie hatte naturblonde Haare, klare Gesichtszüge mit hohen Wangenknochen und helle, leuchtende Augen. Die enge Jeans und das knappe, rosafarbene Polohemd unterstrichen ihre leicht maskuline Anmut.

»Hallo, Inka«, sagte Bodenstein. »Wie schön, dich wiederzusehen!«

Ein Lächeln erschien auf ihrem Gesicht, aber etwas in ihrer Haltung strahlte Kühle und Distanz aus. Für eine Umarmung reichte die Vertrautheit früherer Tage nicht aus, deshalb gaben sie sich nur die Hand.

»Das finde ich auch«, sagte sie mit derselben rauen Stimme wie früher, »auch wenn der Anlass für unser Wiedersehen ein eher tragischer ist.«

Sie sahen sich an, prüfend, aber wohlwollend.

»Du siehst gut aus«, stellte Bodenstein fest.

»Danke«, Inka lächelte und musterte ihn von Kopf bis Fuß. »Dir hat die Zeit auch nicht gerade geschadet. Mein Gott, wie lange ist es her, dass wir uns gesehen haben?«

»Ich glaube, das war auf der Hochzeit von Simone und Martin«, erwiderte Bodenstein, »und das ist sicher zwanzig Jahre her. Kurz danach bist du nach Amerika gegangen.«

»Zweiundzwanzig Jahre«, sagte Inka, »Juli 1983.«

»Tatsächlich. Nicht zu fassen. Du siehst noch genauso aus wie damals.«

Inka lehnte sich an den Kotflügel ihres Autos. Auf dem Beifahrersitz saßen zwei Jack-Russell-Terrier und verfolgten aufmerksam jede Bewegung ihrer Herrin.

»Oliver von Bodenstein«, sagte sie, und es klang ein wenig spöttisch, »so charmant wie eh und je. Was führt dich hierher? Micha ist heute nicht da.«

»Ich wollte eigentlich mit dir und deinem anderen Kollegen sprechen«, erwiderte Bodenstein. »Wir stehen ja noch ganz am Anfang unserer Ermittlungen und müssen mehr über Isabel Kerstner erfahren. Kannst du mir etwas über sie erzählen?«

Inka Hansen warf einen Blick auf ihre Armbanduhr.

»Isabel war nur selten hier. Ich habe sie nicht gut gekannt«, sagte sie dann. »Sie hat Micha das Leben wohl ganz schön schwergemacht. Am besten redest du mit Georg. Er kennt Micha schon ewig.«

»In Ordnung«, Bodenstein nickte, »danke.«

Eigenartig, so viele Jahre hatte er überhaupt nicht mehr an Inka Hansen gedacht, aber nun, da er ihr gegenüberstand, fielen ihm tausend Fragen ein, deren Antworten ihn eigentlich nichts angingen und die ihn überraschenderweise trotzdem plötzlich brennend interessierten.

»Ich muss leider los«, Inka öffnete die Tür ihres Autos,

»es war schön, dich wiedergesehen zu haben, Oliver. Komm doch einfach mal auf eine Tasse Kaffee vorbei, wenn du in der Gegend bist.«

Hinter dem Empfangstresen der Pferdeklinik thronte der rothaarige Mops, heute aber in einen grünen Kittel gekleidet. Ein Namensschild oberhalb ihrer linken Brust wies sie als Sylvia Wagner aus.

»Dr. Kerstner ist nicht da«, beschied sie Bodenstein knapp und ohne Begrüßung.

»Ich möchte heute zu Herrn Dr. Rittendorf«, erwiderte Bodenstein.

»Der hat zu tun.«

Das Telefon klingelte.

»Ich auch«, Bodenstein bemühte sich um Liebenswürdigkeit. »Würden Sie so freundlich sein und ihm Bescheid sagen?«

»Moment«, sie nahm den Anruf eines Patientenbesitzers entgegen. Dann noch einen. Rasch und professionell notierte sie die Daten und machte Termine. Tüchtiges Mädchen.

»Kannten Sie Isabel Kerstner?«, erkundigte Bodenstein sich, als sie ihr Gespräch beendet hatte.

»Klar«, erwiderte der Mops überraschend heftig. »Und ich konnte sie nicht leiden. Es ist mir egal, auch wenn man über Tote nicht schlecht sprechen soll. Isabel war eine arrogante, blöde Kuh und hatte einen Mann wie Micha überhaupt nicht verdient.«

»Wieso?«

»Micha … ich meine Dr. Kerstner … rackert sich von morgens bis abends ab, damit die Klinik in Schwung kommt«, sagte sie. »Er ist ein wirklich guter Tierarzt.«

Das Telefon klingelte wieder. Frau Wagner beachtete es diesmal nicht.

»Isabel war das alles total egal«, ihre Miene verfinsterte sich, »sie hatte nur ihr Vergnügen im Kopf: Disko, Party, Spaß haben, bei ihrem Pferd herumhängen. Hier hat sie keinen Finger krummgemacht.«

Ein dunkelhaariger Mann mit einer runden Hornbrille betrat den Empfangsraum.

»Ach, Georg«, sagte Sylvia Wagner zu ihm, »der Kripo-Typ hier will mit dir reden.«

Bodenstein nickte Kerstners Kompagnon zu.

»Hallo«, sagte der und musterte ihn neugierig, »kein Problem.«

Dr. Georg Rittendorf war im gleichen Alter wie Dr. Kerstner, etwa Anfang bis Mitte vierzig. Er hatte ein schmales, freundliches Gesicht und war beinahe so groß wie Bodenstein. In sein volles, dunkles Haar mischten sich erste graue Strähnen, und die blauen Augen hinter den dicken Gläsern seiner Brille blickten wachsam und abwartend. Er schien ein gesundes Selbstbewusstsein zu haben, denn von der Nervosität, wie sie beinahe jeden Menschen befällt, der nicht täglich mit der Kriminalpolizei zu tun hat, war ihm nichts anzumerken.

»Lassen Sie uns in den Aufenthaltsraum gehen«, schlug er vor. »Möchten Sie einen Kaffee?«

»Gerne«, Bodenstein folgte ihm und nahm an dem Tisch Platz, an dem Kerstner gestern die Nachricht vom Tod seiner Frau erhalten hatte. Rittendorf machte sich an einer Kaffeemaschine zu schaffen.

»Sie wissen, was mit der Frau Ihres Kollegen geschehen ist?«

»Ja«, Rittendorf nickte, »schlimme Sache. Aber ich kann nicht behaupten, dass ich sehr traurig bin. Es ist kein Geheimnis, dass Isabel und ich uns nicht leiden konnten.«

»Können Sie sich vorstellen, dass jemand einen Grund gehabt haben könnte, sie zu töten?«, fragte Bodenstein.

»Allerdings«, Rittendorf schnaubte verächtlich. »Ich zum Beispiel.«

»Ach ja? Wieso das?« Bodenstein musterte den hoch gewachsenen dunkelhaarigen Mann und versuchte, ihn einzuschätzen. Intelligent war er zweifellos.

»Diese Frau hat meinem Freund das Leben zur Hölle gemacht. Ich konnte sie so wenig leiden wie sie mich.«

Bodensteins Blick wanderte durch den Raum und blieb kurz an einem Wappen hängen, das an einer Wand zwischen gerahmten Urkunden und Fotografien hing. Zwei ineinander verschlungene Buchstaben bildeten sich kreuzende Schwerter.

»Studentenverbindung?«, fragte er und kniff die Augen zusammen, um den lateinischen Spruch auf dem Wappen zu entziffern.

»Oh«, Rittendorf wandte sich um, »das Wappen. Ja. Micha und ich waren auf der Uni in derselben Verbindung. Wir unterstützen sie bis heute noch, als sogenannte ›alte Herren‹.«

»*Fortes fortuna adiuvat«,* las Bodenstein, der ein humanistisches Gymnasium besucht und seine Lateinkenntnisse noch nicht ganz vergessen hatte. »Das Glück begünstigt die Mutigen.«

»So ist es«, Rittendorf grinste und stellte Bodenstein eine Tasse Kaffee hin. »Milch? Zucker?«

»Nein, danke«, Bodenstein nickte dankend und nahm einen Schluck Kaffee. »Erzählen Sie mir etwas von der Klinik.«

Rittendorf setzte sich ebenfalls an den Tisch und zündete sich eine Zigarette an. Er blinzelte, als ihm der Qualm in die Augen geriet.

»Interessiert Sie das wirklich? Eigentlich wollen Sie mir doch Fragen über Micha stellen, oder?«

»Stimmt«, Bodenstein lächelte freimütig, »sparen wir uns den Umweg. Wie lange kennen Sie Dr. Kerstner schon?«

»Seit dem ersten Semester an der Uni«, erwiderte Rittendorf, »fast genau vierundzwanzig Jahre.«

»Und Sie sind nicht nur Kollegen oder Geschäftspartner?«

»Nein. Wir sind Freunde. Gute Freunde«, Rittendorf inhalierte den Rauch seiner Gauloise, und in seinen Augen erschien ein leicht amüsierter Ausdruck. »Und Verbindungsbrüder.«

»Seit wann sind Sie Teilhaber dieser Klinik?«

»Seit fünf Jahren«, sagte Rittendorf.

»Sie haben sehr viel Geld in den Aus- und Aufbau der Klinik gesteckt«, stellte Bodenstein fest.

»Stimmt«, Rittendorf lächelte kurz, aber das Lächeln erreichte seine Augen nicht, die nach wie vor wachsam blickten, »ein kleines Vermögen. Aber das wird sich auszahlen.«

»Und wegen des knappen Geldes ging die Ehe von Dr. Kerstner in die Brüche«, bemerkte Bodenstein. In die klaren hellblauen Augen des Tierarztes trat ein unergründlicher Ausdruck, und er zog den schmalen Mund in einem Winkel herab.

»Da gab's nichts zum In-die-Brüche-Gehen«, sagte er sarkastisch. »Isabel hat Micha von Anfang an belogen und betrogen. Und sie wusste, dass ich sie durchschaut hatte.«

»Wie meinen Sie das?«

»Hören Sie«, Rittendorf beugte sich vor, »vielleicht sollten Sie ihn das lieber selber fragen.«

»Ich frage aber Sie«, Bodenstein lächelte freundlich.

»Isabel hat im Leben eines jeden Menschen, der so leichtsinnig war, sich mit ihr einzulassen, eine Spur der Verwüstung hinterlassen«, sagte Rittendorf. »Sie war berechnend und nur auf ihren eigenen Vorteil bedacht. In dem Sommer, bevor sie sich Micha krallte, fing sie etwas mit einem guten Freund von uns an. Seine Frau war hochschwanger, aber das scherte sie nicht. Als sie seiner überdrüssig war und ihm das sagte, erhängte er sich im Rohbau des Hauses, das er für seine Familie gebaut hatte.«

Rittendorf verstummte und schüttelte den Kopf.

»Sie konnten Isabel nicht leiden«, stellte Bodenstein fest.

»Das ist das falsche Wort«, Rittendorf lächelte kühl. »Ich habe sie gehasst.«

In dem Moment ging die Tür auf, und Kerstner erschien im Türrahmen. Rittendorf sprang auf.

»Du musst heute nicht arbeiten, Micha, wirklich nicht. Inka und ich kriegen das schon hin.«

Bodenstein registrierte die ehrliche Besorgnis und Zuneigung im Verhalten des Mannes.

»Doch, ich muss«, erwiderte Kerstner, »ich werde sonst verrückt.«

»Ah, da sind Sie ja wieder«, stellte der Professor fest, als Staatsanwalt Heidenfeld mit grünem Gesicht den Sektionsraum betrat. »Wir kommen der Sache langsam näher. Allmählich gibt das hübsche Kind einige Geheimnisse preis.«

»Ach ja?«, Heidenfelds Stimme klang matt.

»Sie hat vor sehr kurzer Zeit eine Abtreibung vornehmen lassen«, sagte der Professor, »ich schätze, etwa vor drei bis vier Wochen. Aber das ist wohl weniger interessant als die Tatsache, dass das Mädchen auf keinen Fall durch den Sturz gestorben ist.«

»Tatsächlich nicht?«, fragte Heidenfeld erstaunt.

»Nein, sie war vorher tot«, bestätigte Kronlage. Er blickte auf und hob den rechten Arm der Toten.

»Sehen Sie hier«, sagte er, und Heidenfeld musste sich zwingen, nur auf den Arm und nicht auf den ausgeweideten Leib zu starren. »An den Handgelenken, Armen und Schultern finden sich Unterblutungen der Haut. Man hat sie ziemlich grob festgehalten. Aber das Interessanteste ist wohl dieser relativ frische Einstich in der rechten Armvene.«

Er ließ den Arm wieder sinken.

»Ich wage die Vermutung, dass dieser Einstich etwas mit dem Tod der Frau zu tun hat. Jemand hat ihr mit Gewalt eine Injektion verpasst.«

»Sie war mehrfach wegen Verstoßes gegen das Betäubungsmittelgesetz aktenkundig«, gab Pia zu bedenken. »Kann es nicht sein, dass sie sich selbst etwas gespritzt hat?«

»Nein, das ist anatomisch unmöglich«, widersprach der Professor. »Die Frau war Rechtshänderin. Wenn du dir als Rechtshänder selbst eine Spritze gibst, dann wohl kaum mit der linken Hand in den rechten Arm, oder? Außerdem kann man selbst nicht in dem Winkel spritzen, wie die Spritze in diesem Fall verabreicht wurde.«

»Und was wurde ihr gespritzt?«, fragte Staatsanwalt Heidenfeld. »Kann man das feststellen?«

»Wir führen ein toxikologisches Screening durch«, erwiderte Professor Kronlage. »Mit einem solchen Schnelltest können wir rund 3000 verschiedene Substanzen identifizieren. Und wenn sich mein Verdacht bestätigt, wissen wir in kürzester Zeit, ob sie an einem Gift gestorben ist.«

»Aha«, Staatsanwalt Heidenfeld nickte, »okay.«

Kronlage murmelte unablässig medizinische Fachausdrücke in sein Mikro, während er mit einem Skalpell die Innenseite des rechten Oberarms der Leiche sezierte.

»Eine derart stümperhaft gesetzte Injektion«, dozierte er, »führt zu einem Bluterguss, allerdings nur bei einem lebenden Menschen. Bei dieser Toten sind nur leichte Unterblutungen vorhanden, weil sie kurz nach der Injektion gestorben ist.«

Pia nickte zufrieden. Das war der eindeutige Beweis dafür, dass ihre Theorie stimmte. Kein Selbstmord, kein Unfall, sondern Mord.

Bodenstein musterte Dr. Kerstner, der nur noch ein Schatten seiner selbst war, verglichen mit dem Foto, das vorne im Empfangsraum an der Wand hing.

»Darf ich Ihnen noch ein paar Fragen stellen?«

»Ja. Natürlich«, Kerstner setzte sich auf den Stuhl, auf dem vorher sein Kollege gesessen hatte. Er wirkte geistesabwesend, und Bodenstein argwöhnte einen Moment, der Mann habe Beruhigungsmittel geschluckt.

»Wie konnte sich Ihre Frau einen Porsche leisten?«, fragte er. Im Hof vor dem Fenster erklang das Klappern von Pferdehufen. Bodenstein blickte kurz aus dem Fenster. Zwei junge Frauen luden einen Schimmel aus einem Pferdeanhänger, ein älterer Mann führte einen Braunen herum, der immer wieder nervös tänzelte und schrill wieherte. Kerstner schien das alles nicht zu bemerken, vielleicht waren es für ihn auch einfach alltägliche Geräusche. Er nahm eine Zigarette aus dem Päckchen, das Rittendorf auf dem Tisch hatte liegen lassen, drehte sie gedankenverloren in den Fingern und steckte sie schließlich zwischen die Lippen. Mit diesen Händen, ging es Bodenstein durch den Kopf, führt er komplizierte Operationen aus. Hatte er mit ihnen auch seine Frau getötet?

»Ich habe das Auto am Samstag auch das erste Mal gesehen«, sagte Kerstner mit einer Spur Bitterkeit, »vermutlich hat sie das Geld von einem ihrer … Liebhaber bekommen. Sie hat mich immer betrogen. Ich wollte es nur viel zu lange nicht wahrhaben.«

»Erzählen Sie mir etwas mehr über Ihre Frau und Ihre Ehe«, bat Bodenstein, aber wieder verstrich beinahe eine Minute, bevor Kerstner antwortete.

»Was gibt es da zu erzählen?«, er zuckte die Schultern. »Isabel hat mich nie geliebt. Heute muss ich mir eingestehen, obwohl es demütigend ist, dass ich nichts anderes war als Mittel zum Zweck. Ich kannte sie als Schwester meines

Freundes Valentin, seitdem sie ein kleines Kind war. Als ich sie nach meiner Rückkehr aus Amerika wiedersah, war sie schon schwanger und musste eine schnelle Lösung für ihr Problem finden. Da kam ich ihr gerade recht.«

Kerstner drückte die Zigarette im Aschenbecher aus, um sich gleich darauf die nächste anzuzünden.

»Sie hatte mich aus reiner Berechnung geheiratet. Es war nicht so, dass sie mich hasste, ich war ihr einfach vollkommen *gleichgültig*. Und das tat weh.«

Draußen auf dem Hof brach ein Tumult aus. Schrilles Wiehern, wilder Hufschlag, laute Stimmen, das Hoftor knallte zu – aber Kerstner zuckte nicht mit der Wimper. Er hob nicht einmal den Kopf und schien innerlich weit weg zu sein. Mit dem Daumen und Zeigefinger der linken Hand rieb er sich die Augen.

»Vor ein paar Wochen eskalierte ein Streit zwischen uns, und sie eröffnete mir, dass ich überhaupt nicht der Vater unserer Tochter sei«, Kerstners Stimme schwankte, es dauerte ein paar Sekunden, bis er sich wieder unter Kontrolle hatte. »Das war das endgültige Ende. Ich habe sie seitdem nicht mehr gesehen. Bis letzten Samstag.«

Bodenstein empfand einen Anflug von Mitleid mit dem Mann, der ihm gegenübersaß, und fragte sich, wie man mit so einer Demütigung fertig wurde. Durch seinen Beruf blickte er gezwungenermaßen immer wieder in die Abgründe der menschlichen Seele. Hin und wieder kam es vor, dass er insgeheim Verständnis für einen Täter hatte, der sich durch die Aussichtslosigkeit seiner Situation zum Äußersten getrieben sah. Wenn Kerstner seine Frau getötet hatte, was Bodenstein nun immer sicherer erschien, dann war es höchstwahrscheinlich im Affekt geschehen. Der Leidensdruck war über Jahre hinweg so stark geworden, dass es zur Tragödie hatte kommen müssen.

»Was wollte Ihre Frau am Samstag von Ihnen?«, fragte er. Kerstner schloss kurz die Augen, dann öffnete er sie wieder und zuckte die Schultern. Für einen Moment herrschte völlige Stille, die jäh vom Summen eines Handys unterbrochen wurde. Ärgerlich ergriff Bodenstein das Gerät.

»Ich kann jetzt nicht«, sagte er in das Handy.

»Es ist aber wichtig!«, rief Pia Kirchhoff auf der anderen Seite. »Wir wissen jetzt, wie die Frau gestorben ist. Kronlage hat in der rechten Armbeuge die Einstichwunde von einer Spritze gefunden. Bei der Schnellanalyse von Blut und Urin kam heraus, dass sie an einer tödlichen Dosis eines Barbiturats gestorben ist. Genauer gesagt handelte es sich um Natrium-Pentobarbital.«

Bodenstein warf Kerstner einen raschen Blick zu, den dieser nicht bemerkte.

»Ist das ganz sicher?«

»Ja«, sagte Pia, »der Triage-Schnelltest ist ziemlich sicher. Kerstner hat Zugang zu Pentobarbital. Es ist Bestandteil von Arzneimitteln, die in der Veterinärmedizin zur Euthanasie von Tieren benutzt werden.«

»Was ist mit dem Todeszeitpunkt?«, erkundigte Bodenstein sich.

»Der Arzt hatte ganz gut geschätzt. Kronlage meint, am frühen Samstagabend, zwischen halb acht und halb neun. Ach ja, noch etwas: Isabel Kerstner hatte vor kurzer Zeit ein Kind abtreiben lassen.«

»Alles klar«, sagte Bodenstein knapp, »bis später.«

Er sah Kerstner an, der versunken vor sich auf die Tischplatte starrte. War es wirklich so einfach? Hatte dieser Mann seine Frau, die ihn jahrelang belogen, betrogen und gedemütigt hatte, mit einem tödlichen Medikament ermordet, als er sie am Samstagabend wiedergesehen hatte? Es gab einiges, was dafür sprach, aber auch einiges, was ihn entlastete.

Warum hatte er sich mit der Geschichte, die er ihm erzählt hatte, selbst belastet? Er hatte Bodenstein ja quasi das Motiv für einen Mord auf dem Silbertablett serviert! Scheinbar einfache Lösungen machten Bodenstein misstrauisch.

»Dr. Kerstner«, sagte Bodenstein nun, »nach den neuesten Erkenntnissen starb Ihre Frau nicht durch den Sturz vom Turm.«

»Wie bitte?«, der Kopf des Mannes zuckte hoch. Die Verwirrung und Verständnislosigkeit in seinem Blick waren echt, so viel glaubte Bodenstein an Menschenkenntnis zu besitzen.

»Überrascht es Sie, wenn ich Ihnen sage, dass Ihre Frau durch eine tödliche Injektion in die Armvene gestorben ist?«

»Eine tödliche Injektion«, wiederholte Kerstner, schüttelte den Kopf, aber dann schien er zu begreifen. »Und jetzt glauben Sie, ich hätte etwas damit zu tun?«

»Ich glaube gar nichts«, erwiderte Bodenstein sachlich, »aber es wäre an der Zeit, dass Sie mir verraten, was Ihre Frau von Ihnen gewollt hat und was Sie am Samstagabend zwischen neunzehn und dreiundzwanzig Uhr gemacht haben. Wo waren Sie zu der Zeit, zu der Ihre Frau laut Autopsiebefund starb?«

Kerstner ließ sich Zeit mit seiner Antwort.

»Ich habe nur kurz mit ihr gesprochen. Dann bekam ich einen Anruf. Es war zehn nach sechs. Das weiß ich genau, denn ich habe in meinem Auto auf die Uhr geschaut. Ich musste sofort wegfahren, das können Ihnen meine Kollegen bestätigen.«

»Sie sind hier weggefahren, noch bevor Ihre Frau wegfuhr?«

»Ja.«

»Okay«, Bodenstein nickte, »dann sagen Sie mir bitte, wer Sie angerufen hat und wohin Sie gefahren sind. Wie lange hat die Fahrt gedauert, und wer kann bezeugen, wo Sie sich im Laufe des Abends aufgehalten haben?«

»Das kann ich im Moment nicht«, erwiderte Kerstner. »Tut mir leid.«

»Mir tut's leid«, Bodenstein erhob sich, »denn ich muss Sie bitten, mit mir zu kommen.«

»Bin ich … verhaftet?«

»Ja. Vorläufig. Ich nehme Sie fest aufgrund des Verdachtes, dass Sie Ihre Frau getötet haben.«

Kerstner stand ebenfalls auf. Sein Gesicht war blass, aber beherrscht.

»Darf ich noch einmal kurz telefonieren?«

Bodenstein zuckte die Schultern. Eigentlich nicht.

»Von mir aus«, sagte er, »aber machen Sie es kurz.«

Kerstner nahm sein Handy und tippte eine Nummer ein.

»Ich bin's«, sagte er, ohne seine Stimme zu senken. »Die Polizei hat mich verhaftet. Sie glauben, dass ich Isabel umgebracht habe … nein, nein, schon gut. Ja, okay, ruf deinen Bruder an … und … ja, bitte geh zu deinen Eltern, wenn sie dich rauslassen. Ich wäre sehr beruhigt, wenn ich wüsste, dass du in Sicherheit bist … Ja … nein, sicher nicht lange. Sie werden herausfinden, wer es wirklich war. Gut. Also, bis dann.«

»Wer war das?«, fragte Bodenstein.

»Eine Bekannte«, Kerstner schaltete das Handy ab und reichte es Bodenstein.

»Kann diese Bekannte möglicherweise dazu beitragen, Sie vom Vorwurf des Mordes an Ihrer Frau zu entlasten?«

»Möglicherweise. Ja.«

»Mein Gott«, Bodenstein konnte sich eigentlich gut beherrschen, aber jetzt wurde er allmählich ärgerlich. »Das ist hier kein lustiger Zeitvertreib! Wenn es jemanden gibt, der Ihnen ein Alibi für den Samstagabend verschaffen kann, dann sollten Sie schleunigst zusehen, dass das passiert!«

Kerstner schüttelte den Kopf.

»Ich kann nicht«, sagte er. »Sie werden verstehen, warum.«

»Hoffentlich«, erwiderte Bodenstein und seufzte.

Kerstner blieb bei einer erneuten Befragung auf dem Hofheimer Kommissariat stumm wie ein Fisch, daher ließ Bodenstein ihn nach einer halben Stunde zum Gericht nach Frankfurt bringen, wo er in einer der Arrestzellen bleiben würde, bis er dem Haftrichter vorgeführt wurde. Behnke hatte erste Laborergebnisse vom Porsche. Beinahe alle Fingerabdrücke im Auto stammten von Isabel Kerstner, aber auf der Fahrerseite gab es mehrere unbekannte Abdrücke, und im Polster der Genickstütze war ein kurzes, dunkelblondes Haar gefunden worden, das nicht zugeordnet werden konnte. Ostermann hatte durch das Internet herausgefunden, dass Isabel Kerstner in der Vergangenheit recht häufig auf Reitturnieren für den Pferdesportverein Gut Waldhof gestartet war, der seinen Sitz auf der gleichnamigen privaten Reitanlage zwischen Kelkheim und Liederbach hatte.

»Wissen wir schon etwas über den Verbleib des Kindes?«, fragte Bodenstein.

»Nein«, meldete sich Kathrin Fachinger zu Wort, »im Kindergarten war das Mädchen zuletzt am 18. August, und an diesem Tag hat es auch die Tagesmutter, bei der die Kleine immer war, das letzte Mal gesehen. Isabel Kerstner hat sie an diesem Abend abgeholt.«

»Dann müssen wir umgehend eine Fahndung nach dem Mädchen einleiten«, sagte Bodenstein, »das übernehmen Sie, Frau Fachinger. Besorgen Sie sich ein aktuelles Foto des Kindes.«

»Wir sollten uns einen Durchsuchungsbeschluss für die Tierklinik besorgen«, ließ Behnke sich vernehmen. Bodenstein blickte ihn an und dachte unwillkürlich an Inka Hansen. Er wollte ihr nicht unnötige Schwierigkeiten machen.

»Wie hoch ist die letale Dosis Natrium-Pentobarbital beim Menschen?«, entgegnete er. »Ich schätze mal, sehr gering. Ob wir anhand der Medikamentenbestände und der Lieferscheine da fündig werden, erscheint mir eher fraglich.«

Behnke zuckte die Schultern.

»Frau Kirchhoff«, sagte Bodenstein nun, »Sie fahren in diesen Reitstall nach Kelkheim. Ich nehme an, Isabel Kerstner hat dort viel Zeit verbracht. Versuchen Sie, mehr über sie herauszubekommen.«

Gut Waldhof lag hinter einem Gewerbegebiet am Feldrand zwischen Kelkheim-Münster und Liederbach. Pia stellte ihr Auto auf dem sauber gepflasterten Parkplatz ab und stieg aus. Mehrere Autos parkten hier, auf der anderen Seite waren Pferdeanhänger ordentlich in Reih und Glied abgestellt. Pia blickte sich interessiert um. Sie war vor vielen Jahren einmal in diesem Stall gewesen, um eine Freundin zu besuchen, die dort ihr Pferd untergebracht hatte, aber da hatte es noch ganz anders ausgesehen. Von meterhoch wucherndem Unkraut, matschigen Wegen und den Bergen von Pferdemist früherer Zeiten war nichts mehr zu sehen. Jemand hatte hier ganz offensichtlich eine Menge Geld und Mühe investiert und aus dem heruntergekommenen Bauernhof eine wirklich schöne Reitanlage gemacht. Es gab gepflegte Rasenflächen mit Blumenrabatten und Rhododendren, einen großen Springplatz mit bunten Hindernissen und ein Dressurviereck. Der lange Stall hatte Außenfenster erhalten, aus denen die Pferde neugierig ihre Köpfe herausstreckten. Pia schlenderte über den Parkplatz und begegnete einem sonnengebräunten jungen Mann mit kahlrasiertem Schädel, der eine Schubkarre mit Heu vor sich her schob. Er trug eine hauteng Jeans und ein grünes Polohemd mit der goldfarbenen Aufschrift »Gut Waldhof«, unter dem sich durchtrainierte Muskelpakete abzeichneten. Der allgemein verbesserte Zustand des Hofes hatte wohl auch Auswirkungen auf das Aussehen des Personals, dachte Pia belustigt.

»Hallo«, sprach sie den jungen Mann an, »können Sie mir sagen, wer hier der Chef ist und wo ich ihn finde?«

Er musterte Pia von Kopf bis Fuß mit neugierigem Interesse, ohne die Schubkarre abzustellen.

»Chef ist Kampmann. Er oben in Haus«, sagte er mit einem starken ausländischen Akzent, »alles klar, ja?«

»Alles klar«, Pia lächelte, »danke für die Auskunft.«

Das Wohnhaus entpuppte sich als der gleiche phantasielose Flachbau wie früher, allerdings hatte man einige Anstrengungen unternommen, das gesichtslose Nullachtfünfzehn-Haus aufzupeppen. Es gab zum Hof hin einen großzügigen Wintergarten, in dem zwischen Topfpalmen und Zitronenbäumchen gemütlich wirkende Lederstühle um einen wuchtigen Holztisch gruppiert standen. Das Haus hatte einen frischen, sonnengelben Anstrich erhalten, wie sämtliche Gebäude auf der Anlage. Dem Wohnhaus gegenüber befand sich ein weiterer, neuer Stalltrakt, und an einer Anbindestange dösten zwei Pferde mit vor Nässe glänzendem Fell. Die dazugehörigen Reiterinnen, beide etwa um die vierzig, saßen im Wintergarten, dessen Türen weit geöffnet waren. Sie tranken Sekt aus Pappbechern und warteten wohl darauf, dass die heiße Augustsonne das Fell ihrer Pferde trocknete.

Pia nickte ihnen zu und ging zum Haus, vor dem ein silberner Porsche Cayenne parkte. Gerade als sie auf die Klingel drücken wollte, wurde die Haustür geöffnet. Ein dunkelblonder Mann in Jeans und einem kurzärmeligen leuchtendblauen Hemd kam heraus, gefolgt von einer wasserstoffblonden Frau mit allzu dunkler Solarienbräune und zwei mürrischen

Teenagern in Schlabberhosen und Turnschuhen, die grußlos an Pia vorbei zum Auto trotteten. Der Mann, ungefähr Mitte bis Ende vierzig, musste früher einmal recht gut ausgesehen haben, aber sein gerötetes Gesicht, das auf zu viel Alkoholgenuss und die Vorliebe für üppiges Essen schließen ließ, wirkte verlebt und aufgedunsen. Die Frau war mindestens zehn Jahre jünger als er und sah aus wie jemand, der mit Gewalt noch jünger wirken will. Das hochgesteckte Haar war zu blond, um echt zu sein. Sie trug eine hautenge beigefarbene Hose und einen ebenso engen türkisfarbenen Pullover mit einem unglaublich tiefen Ausschnitt. Dazu war sie von Kopf bis Fuß mit Schmuck behängt.

»Guten Tag«, sagte Pia, »sind Sie Herr Kampmann?«

»Ja, der bin ich«, antwortete der Mann abweisend und blieb stehen. Pia bemerkte ein Pflaster über seiner rechten Augenbraue und einen ziemlich frisch aussehenden Bluterguss, der sich bis unter das Auge zog.

»Mein Name ist Kirchhoff«, sie zückte ihren Ausweis, »Kriminalpolizei Hofheim. Ich habe ein paar Fragen an Sie.«

»Wir wollen gerade wegfahren«, der Reitlehrer warf einen Blick auf seine Armbanduhr, um zu demonstrieren, dass er weder Zeit noch Lust hatte, sich länger als unbedingt notwendig aufhalten zu lassen. »Heute ist mein freier Tag.«

»Es dauert auch nicht lange«, versicherte Pia.

»Natürlich haben wir Zeit, ein paar Fragen zu beantworten«, mischte sich die blonde Frau ein und lächelte freundlich, um das unhöfliche Verhalten ihres Mannes wettzumachen. Dem schien das nicht in den Kram zu passen, aber er zuckte mit säuerlicher Miene die Schultern, drehte sich auf dem Absatz um und ging zurück zur Haustür. Er führte Pia in ein modern eingerichtetes Büro und blieb mitten im Raum stehen. Seine Frau stellte sich neben ihn.

»Also«, Kampmann bemühte sich nicht im Mindesten um Freundlichkeit, »um was geht es?«

»Am Sonntagmorgen wurde Isabel Kerstner tot aufgefunden«, sagte Pia, »ich gehe davon aus, dass Sie sie kannten.«

»O Gott!«, sagten beide Kampmanns wie aus einem Munde, auf ihren Gesichtern malte sich Bestürzung.

»Nach unseren derzeitigen Erkenntnissen wurde sie Opfer eines Gewaltverbrechens«, setzte Pia nach.

»Gewaltverbrechen?«, wiederholte Frau Kampmann ungläubig und riss entsetzt die Augen auf. »Das ist ja furchtbar.«

Kampmann wirkte einigermaßen schockiert, aber als seine Frau hilfesuchend seine Hand ergreifen wollte, steckte er beide Hände in die Taschen seiner Jeans.

»Wir haben erfahren, dass Frau Kerstner ihr Pferd in diesem Stall stehen hatte«, sagte Pia, »da haben Sie beide sie doch sicherlich recht gut gekannt.«

»Ja, natürlich haben wir sie gut gekannt«, flüsterte Frau Kampmann erschüttert. »Sie war so ein nettes Mädchen. Wir hatten sie sehr gern, nicht wahr, Robert?«

Pias Blick wanderte zu Reitlehrer Kampmann.

»Ja, das stimmt«, der Mann vermied beharrlich jeden Blickkontakt. Für den Bruchteil einer Sekunde glaubte sie einen Ausdruck von Verzweiflung in seinen Augen zu erkennen, der aber gleich darauf wieder einer ausdruckslosen Miene wich. Vielleicht hatte sie sich das auch nur eingebildet.

»Sie hatte sich vor nicht langer Zeit von ihrem Mann getrennt«, sagte Pia, »und bei der Obduktion wurde festgestellt, dass sie vor etwa drei Wochen einen Schwangerschaftsabbruch hatte vornehmen lassen. Wissen Sie etwas darüber?«

Das Ehepaar wechselte einen erstaunten Blick.

»Nein«, antwortete Kampmann, »davon wusste ich nichts.«

»Ich auch nicht«, seine Frau sah Pia unverwandt aus ihren etwas zu eng zusammenstehenden Augen an, und Pia hatte das unbestimmte Gefühl, dass sie log. Robert Kampmann war gar nicht zu durchschauen, nur seine Körperhaltung, die Art, wie er die Arme vor der Brust gekreuzt hielt, verriet sein Unbehagen.

»Könnten Sie mir eine Liste der Leute zur Verfügung stellen, die ihre Pferde hier auf dem Hof stehen haben?«, fragte Pia. »Und vielleicht können Sie mir auch sagen, mit wem Frau Kerstner befreundet war oder den meisten Kontakt hatte.«

Frau Kampmann setzte sich an den Schreibtisch, schaltete den Computer ein und tippte unbeholfen auf der Tastatur herum. Dabei erzählte sie, dass Isabel Kerstner eine ausgezeichnete und erfolgreiche Dressurreiterin gewesen sei. Nein, Feinde habe sie keine gehabt. Abgesehen von einigen kleinen Eifersüchteleien unter Reitern, die durchaus normal seien, habe es zu keiner Zeit Probleme mit ihr gegeben. Pia registrierte die teure Uhr, die Frau Kampmann am Handgelenk trug, eine Breitling mit Brillantsplittern, dazu schweren Goldschmuck. Bulgari. Nicht schlecht für die Frau eines Reitlehrers. Genauso beeindruckend wie der teure Geländewagen vor der Haustür. Als sie die Liste erhalten hatte, bedankte Pia sich für die Auskünfte. Dann verließ sie das Ehepaar Kampmann, dem die Lust am Wegfahren vergangen zu sein schien, denn während Pia zu ihrem Auto ging, um Bodenstein anzurufen, rief Frau Kampmann ihre beiden Kinder zurück ins Haus. Es war nicht viel los auf der Reitanlage. Die beiden Frauen hatten ihre Pferde versorgt, und Pia traf nur zwei Mädchen, die ihr erzählten, dass Isabel die Frau von Tierarzt Dr. Kerstner gewesen sei und ein tolles Dressurpferd besessen habe, mit dem sie auf Turnieren erfolgreich gestartet sei. Außerdem habe sie Pferde, die Gut Waldhof gehörten und verkauft werden sollten, ausgebildet und auf Turnieren vorgestellt. Gerade, als Pia ins Auto steigen und zurück ins Kommissariat fahren wollte, donnerte ein kanariengelber italienischer Sportwagen mit röhrendem Auspuff auf den Parkplatz des Reiterhofs und hielt neben ihrem staubigen Nissan Patrol. Ein blasser, schlanker Mann stieg aus und kam auf sie zu.

»Hallo«, sagte er, »sind Sie die Dame von der Kripo?«

»Ja«, Pia nickte. »Pia Kirchhoff, Kripo Hofheim, K11.«

»Hans Peter Jagoda«, der Mann reichte Pia mit ernstem Gesicht die Hand. »Ich bin der Eigentümer dieser Reitanlage. Herr Kampmann, mein Verwalter, hat mich angerufen und mir gesagt, was passiert ist. Ich bin ganz erschüttert.«

Pia betrachtete den Mann, der ihr vage bekannt vorkam. Er hatte schütteres, graues Haar und trug ein rosafarbenes Ralph-Lauren-Hemd unter einem hellen Leinenanzug.

»Kampmann sagte, Isabel wurde ermordet«, Jagoda zeigte angemessene Betroffenheit über den gewaltsamen Tod einer entfernt bekannten Person.

»Im Moment gehen wir davon aus, ja«, bestätigte Pia und überlegte, wo sie den Namen Jagoda schon einmal gehört hatte. Dann fiel es ihr ein. Hans Peter Jagoda. JagoPharm. Vor ein paar Jahren war er mit seiner Firma einer der großen Stars am Neuen Markt gewesen.

»Sie haben hier eine sehr schöne Reitanlage«, Pia lächelte. »Wie viele Pferde stehen hier?«

Jagoda schien für einen Moment irritiert über den Themenwechsel.

»Ungefähr siebzig«, antwortete er. »Darf ich Ihnen etwas zu trinken anbieten?«

»Gerne«, Pia nickte und schlenderte an Jagodas Seite hoch zum Wintergarten, in dem ein Automat leise summend eisgekühlte Getränke für die durstigen Reiter bereithielt.

»Als meine Frau und ich den Hof vor sieben Jahren gekauft

haben«, Jagoda öffnete den Getränkeautomaten an der Seite, »war es kaum mehr als ein heruntergekommener Bauernhof. Wir haben viel Geld investiert, aber jetzt ist Gut Waldhof eine der schönsten Reitanlagen im ganzen Rhein-Main-Gebiet. Was möchten Sie trinken?«

»Eine Cola light wäre prima. Reiten Sie selbst auch?«

»Früher bin ich hin und wieder geritten. Jetzt lässt mir die Arbeit keine Zeit mehr. Die Reitanlage ist eigentlich mehr das Steckenpferd meiner Frau.«

Pia warf einen Blick auf das Schwarze Brett, das am Eingang des Wintergartens hing. Pläne für die Koppelbelegung, ein Werbezettel eines Reitsportausstatters, die Ankündigung, dass der Deckenreinigungsservice am nächsten Donnerstag kommen würde.

»Was können Sie mir über Isabel Kerstner sagen?«, fragte sie.

Jagoda überlegte einen Moment.

»Sie war eine der schönsten Frauen, die ich jemals gesehen habe«, sagte er. »Zweifellos hätte sie das Zeug zu einem Fotomodell oder einem Filmstar gehabt. Ich habe mich immer gefragt, wie sie dazu kam, einen Tierarzt zu heiraten.«

Er sagte das ohne Herablassung oder gar Spott.

»Sie besaß ein sehr gutes Pferd und war eine begabte Reiterin. Als sie damals hier einzog, sorgte das für eine beträchtliche Unruhe. Ich wage zu behaupten, dass sie allein durch ihr Aussehen den wenigen Männern, die es hier im Stall gibt, den Kopf verdreht hat.«

»Ihnen auch?« Pia musterte ihr Gegenüber aufmerksam.

»O nein, ich bin glücklich verheiratet«, entgegnete Jagoda und lachte, als habe sie einen guten Witz gemacht.

»Auch andere glücklich verheiratete Männer riskieren Seitensprünge mit schönen Frauen.«

Jagoda schüttelte nachdrücklich den Kopf.

»Ich habe eine Frau, die ich sehr liebe. Um eines flüchtigen Abenteuers willen würde ich meine Ehe niemals aufs Spiel setzen. Und mehr als ein flüchtiges Abenteuer wäre Isabel auf gar keinen Fall gewesen.«

»Was wollen Sie damit sagen?«

Hans Peter Jagoda sah sie durchdringend an, dann trank er sein Mineralwasser leer und stellte die leere Flasche in einen Kasten neben dem Automaten.

»Isabel Kerstner war ein Flittchen«, sagte er, »mehr nicht.«

Eine große Überraschung für Bodenstein und seine Mitarbeiter war der Anwalt von Kerstner. Dr. Florian Clasing war einer der erfolgreichsten und bekanntesten Strafverteidiger Frankfurts, wenn nicht sogar ganz Deutschlands. Er hatte spektakuläre und vollkommen aussichtslose Fälle gewonnen und gehörte bei den Ermittlungsbehörden zu den meistgefürchteten Anwälten überhaupt. Mitte vierzig, clever, gerissen, aggressiv und sehr unkonventionell, waren Indizienprozesse, in denen der Beschuldigte eigentlich keine Chance mehr hatte, seine Spezialität. Erstaunlich war nicht nur, dass es Kerstner gelungen war, diesen vielbeschäftigten Mann innerhalb weniger Stunden auf das Hofheimer Kommissariat zu lotsen, viel erstaunlicher war noch, dass sich Clasing entgegen seiner sonstigen Gewohnheit ungewöhnlich zahm verhalten hatte.

Keine großen Worte, keine Drohungen mit der Presse – nichts. Ohne mit der Wimper zu zucken, hatte er akzeptiert, dass der Haftrichter eine Kaution abgelehnt hatte.

»Da muss doch irgendetwas faul sein«, bemerkte Pia, als Bodenstein nun davon erzählte.

»Ich bin der Meinung«, entgegnete Bodenstein, »dass Kerstner irgendjemanden deckt. Warum, das weiß ich nicht. Wir müssen so schnell wie möglich mehr über das Umfeld von Isabel Kerstner herausfinden. Und über das ihres Mannes.«

»Kerstner mag zwar die Klinik vor seiner Frau verlassen haben, aber womöglich hat er ihr dann irgendwo aufgelauert oder sie angerufen und sich mit ihr verabredet«, ließ sich Frank Behnke vernehmen. »Für einen Tierarzt ist es kein Problem, einem Menschen eine Spritze zu verpassen.«

»Genau«, erwärmte sich Ostermann für diese Theorie. »Seine Kollegen sagen wahrheitsgemäß aus, dass er vor seiner Frau weggefahren ist, und schon hat er ein Alibi.«

»Das glaube ich nicht«, sagte Bodenstein.

»Wir müssen herausfinden, wohin er gefahren ist«, sagte Pia, »und wir müssen dringend erfahren, wo Isabel Kerstner nach der Trennung von ihrem Mann gewohnt hat. Außerdem bin ich mittlerweile beinahe sicher, dass es in ihrem Bekanntenkreis noch mehr Leute gab, die ein Motiv hatten.«

»Wie kommen Sie darauf?« Bodenstein blickte von der noch recht dünnen Akte auf.

»Das Ehepaar Kampmann erzählte mir, dass Isabel Kerstner eine nette und beliebte Einstellerin in dem Stall gewesen sei«, antwortete Pia, »aber der Besitzer der Reitanlage hat sie vollkommen anders charakterisiert. Und zwar ziemlich negativ.«

»Hm«, Bodenstein klappte den Deckel der Akte zu, »ich will wissen, wer Kerstner am Samstagabend angerufen hat. Ich bin sicher, es ist dieselbe Person, mit der er gestern telefoniert hat.«

»Ach, übrigens, Chef«, sagte Pia, »sagt Ihnen der Name Hans Peter Jagoda etwas? Ihm gehört diese Reitanlage.«

»Jagoda?« Bodenstein dachte einen Augenblick nach, dann flog ein erstaunter Ausdruck über sein Gesicht. »*Der* Hans Peter Jagoda?«

»Genau.«

»Dürfen wir auch erfahren, um wen es geht?«, mischte sich Ostermann ein.

»Hans Peter Jagoda war zu den Zeiten des Neuen Marktes ganz groß im Geschäft«, erklärte Pia. »Er gehörte mit seiner Firma zu den Shooting Stars, der Wert seiner Aktie schoss hoch bis auf fünfhundert Euro. Die JagoPharm war ein Spitzenwert.«

»Die Betonung liegt auf ›war‹«, wandte Bodenstein ein. »Heute ist die Firma längst in der Bedeutungslosigkeit verschwunden, wenn es sie überhaupt noch gibt.«

»An Geld scheint es ihm auf jeden Fall nicht zu mangeln«, sagte Pia, »er kam mit einem Ferrari angedüst, und auf der Reitanlage ist alles vom Feinsten und Teuersten. Sogar der Reitlehrer fährt einen Porsche Cayenne.«

»Oberste Priorität hat für uns die Person, mit der Kerstner am Samstagabend telefoniert hat«, Bodenstein erhob sich. »Also, an die Arbeit, Leute.«

Stuhlbeine schrammten über den Linoleumboden, die Beamten unterhielten sich leise, während sie an ihre Arbeit gingen. Bodenstein hielt Pia zurück.

»Der Bruder von Isabel Kerstner besitzt eine Apotheke in Bad Soden. Wie finden Sie das?«

»Ein Apotheker? Das ist interessant.«

»Das finde ich auch.«

»Apotheker kommen schließlich auch an tödliche Medikamente«, bemerkte Pia, »nicht nur Tierärzte.«

»Das habe ich mir auch gedacht«, Bodenstein nickte, »und deshalb werden wir uns jetzt mal mit ihm unterhalten.«

Die Löwen-Apotheke lag an der Königsteiner Straße gegenüber dem Bad Sodener Bahnhof. Pia fand nach einigem Suchen einen Parkplatz vor dem Schlecker-Markt. Bodenstein und sie betraten den Verkaufsraum der Apotheke um kurz vor halb sieben und baten eine der Apothekenhelferinnen darum, den Chef sprechen zu dürfen.

»Sind Sie angemeldet?«, die ältliche Frau blickte sie streng an. »Für einen Vertreterbesuch ist es reichlich spät.«

Bodenstein zückte seinen Dienstausweis und lächelte gewinnend.

»Wir sind von der Kriminalpolizei«, sagte er freundlich. »Es geht um eine private Angelegenheit. Es wäre sehr freundlich, wenn Sie uns anmelden könnten.«

Pia konstatierte interessiert, welch wunderbare Verwandlung durch das Lächeln ihres Chefs mit dem vertrockneten Fräulein vor sich ging.

»Oh ... äh«, die Apothekenhelferin errötete und lächelte deswegen verlegen, »einen Moment.«

Sie war so irritiert, dass sie mit einer Kollegin zusammenstieß, als sie sich umdrehte und hastig in einem Nebenraum verschwand.

Bodenstein betrachtete sich unterdessen kritisch in der Schaufensterscheibe.

»Sehe ich aus wie ein Vertreter?«, flüsterte er. Pia musterte ihn von Kopf bis Fuß.

»Ich bin noch keinem Vertreter in einem Brioni-Anzug begegnet«, erwiderte sie trocken. Bodenstein zog die Augenbrauen hoch, aber das Erscheinen von Dr. Valentin Helfrich enthob ihn einer Antwort. Noch die makellose Schönheit der toten jungen Frau vor Augen, war Pia beinahe verblüfft darüber, wie unscheinbar ihr Bruder war. Er war untersetzt, hatte ein blasses Allerweltsgesicht, glatte, aschblonde Haare und trug eine antiquierte Hornbrille.

»Sie kommen sicher wegen Isabel«, sagte er, nachdem Bodenstein sich und seine Kollegin vorgestellt hatte.

»Ja, das ist richtig«, Bodenstein nickte.

»Kommen Sie mit«, Dr. Helfrich öffnete die Schwingtür

neben dem Verkaufstresen und bedeutete ihnen, ihm in das Hintere der Apotheke zu folgen. Sie gingen einen Flur entlang, in dem sich leere Verpackungen stapelten, und betraten ein altmodisch eingerichtetes Büro mit Holzregalen bis zur Decke. Apothekerflaschen aus dunklem Glas mit lateinischen Aufschriften, in Leder gebundene Wälzer, auf einer Anrichte eine komplizierte, aber ebenso altertümliche Apparatur, die an Chemiesäle aus den frühen Jahren des vorigen Jahrhunderts erinnerten. Der einzige Hinweis auf das Jahr 2005 waren ein moderner Flachbildschirm und ein Faxgerät.

»Nehmen Sie Platz«, Helfrich wies auf die beiden Stühle und setzte sich hinter seinen Schreibtisch. Er wartete, bis seine Besucher saßen.

»Ich habe von Georg Rittendorf erfahren, dass Isabel tot ist«, sagte er dann. »Ich bin noch ganz erschüttert.«

»Standen Sie und Ihre Schwester sich nahe?«, fragte Pia.

»Nein, das nicht unbedingt«, erklärte Helfrich. »In Isabels Augen war ich ein langweiliger Spießer, und ich hatte nur wenig Verständnis für ihre Art zu leben. Der Altersunterschied zwischen uns war auch zu groß. Nach vier Fehlgeburten war Isabel ein Wunschkind. Meine Eltern haben sie nach Strich und Faden verwöhnt.«

»Waren Sie deswegen eifersüchtig?«, hakte Pia nach.

»Nein. Mir fehlte es an nichts. Meine Eltern waren großzügig.«

Dr. Valentin Helfrich lehnte sich zurück. Er wirkte nachdenklich.

»Was störte Sie am Verhalten Ihrer Schwester?«, wollte Bodenstein wissen.

»Sie war eine hemmungslose Egoistin«, erwiderte Helfrich. »Und ich mochte die Art, wie sie mit anderen Menschen umgesprungen ist, nicht.«

»Wie ist sie denn mit anderen Menschen umgesprungen?«, fragte Pia.

»Gleichgültig«, Helfrich zuckte die Schultern. »Sie beurteilte Menschen nur nach ihrer Nützlichkeit. Isabel konnte sehr verletzend sein. Vor allen Dingen mein Schwager musste sehr unter ihr leiden.«

»Weshalb hat sie ihn überhaupt geheiratet?«

Diesmal antwortete Helfrich nicht sofort.

»Ich weiß es nicht. Isabel hat nie über Konsequenzen nachgedacht, wenn sie etwas tat. Vielleicht fand sie es in dem Moment ganz lustig. Micha hat sie ja auch regelrecht angebetet.«

»Dr. Kerstner hatte sich wegen Isabel von seiner Verlobten getrennt«, bemerkte Bodenstein.

»Das stimmt«, Helfrich nickte. »Moni und er waren seit dem Studium zusammen, sie waren beide Tierärzte und auch gemeinsam in den USA. Auf dem fünfundsechzigsten Geburtstag meines Vaters ist Micha dann Isabel begegnet, und sie hat ihm derart den Kopf verdreht, dass er …«

»Ja?«, fragte Pia, und Helfrich stieß einen Seufzer aus.

»Zwei Monate nach der Geburtstagsfeier zog Moni bei Michael aus, weil Isabel schwanger war. Das sagt doch wohl alles.«

»Und wie ging es weiter?«

»Wie ging es weiter?«, Helfrich schürzte die Lippen. »Hochzeit. Kind. Meine Eltern waren glücklich und erleichtert, aber nicht sehr lange, denn Isabel ging schon bald nach der Geburt von Marie wieder auf die Pirsch.«

»Wo ist das Mädchen jetzt?«, erkundigte sich Pia.

»Da bin ich überfragt.«

»Wo wohnte Ihre Schwester, nachdem sie ihren Mann verlassen hatte?«

Helfrich richtete sich auf.

»Keine Ahnung«, antwortete er. »Wie gesagt, wir hatten kein inniges Verhältnis. Sie ließ sich nur selten bei uns blicken.«

»Wussten Sie, dass Ihre Schwester kurz vor ihrem Tod eine Abtreibung vornehmen ließ?« Bodenstein hatte sich diese Neuigkeit bis zum Schluss aufgehoben.

»Eine Abtreibung?«, Helfrich wiederholte das Wort in einem beinahe fassungslosen Tonfall. »Nein, davon hatte ich keine Ahnung. Aber es wäre nicht das erste Mal gewesen.«

»Sind Sie wirklich traurig, weil Ihre Schwester tot ist?«, fragte Pia. Die Miene von Dr. Valentin Helfrich verschloss sich augenblicklich.

»Nein«, antwortete er zu ihrer Überraschung, »eigentlich bin ich traurig, weil sie ihr Leben so schamlos vergeudet hat.«

Dienstag, 30. August 2005

Während Pia ein zweites Mal nach Gut Waldhof fuhr, ging Bodenstein in sein Büro. Nur sehr selten ließ er sich gefühlsmäßig in einen Fall hineinziehen, aber diesmal war es anders. Lag es an der unerwarteten Konfrontation mit einer Vergangenheit, die er für abgeschlossen gehalten hatte? Er hatte die halbe Nacht wach gelegen und an Inka Hansen gedacht. Es widerstrebte ihm, dass er ihr durch die Verhaftung Kerstners Probleme bereiten musste, und er fragte sich, warum der Mann ein so eigenartiges Verhalten an den Tag legte. Bodenstein wusste bisher noch zu wenig über das Umfeld von Isabel, um zu wissen, wo er den Hebel ansetzen musste, aber er war zuversichtlich, dass sich das bald ändern würde. Die Arbeit als Kriminalbeamter war selten so spektakulär, wie es das Fernsehen häufig darstellte, im Gegenteil, meistens war sie ermüdend und unerquicklich, aber es war faszinierend mitzuerleben, wie sich durch das Zusammentragen und Auswerten von Informationen ein Bild herauskristallisierte, das, wenn sie Glück hatten, das Antlitz des Täters zeigte. Bodensteins ehemaliger Chef hatte einmal gesagt, um ein guter Polizist zu sein, müsse man wie ein Verbrecher denken können, und damit hatte er nicht ganz Unrecht. Die Fähigkeit, sich in die Lebenssituation bis dahin völlig fremder Menschen hineinversetzen zu können, war genauso wichtig. Unwillkürlich wanderten Bodensteins Gedanken wieder zu Inka Hansen.

Du weißt ja, wo du mich findest ... Vielleicht sollte er noch einmal in die Klinik fahren und versuchen, ihr bei einer Tasse Kaffee mehr Informationen über Kerstners Privatleben zu entlocken. Nein, das war Unsinn. Der Grund, weshalb er Inka gerne wiedersehen wollte, hatte mit Kerstner und seinem Fall rein gar nichts zu tun. Es klopfte an der Tür, und Bodenstein schreckte aus seinen Gedanken hoch.

»Ja!«, rief er, und die Tür ging auf. Eine Frau trat ein, und Bodenstein konnte nicht verhindern, dass er sie unhöflich anstarrte. Es war schwer zu beurteilen, ob sie hübsch oder hässlich war, denn ihr Gesicht war völlig verschwollen und mit Blutergüssen übersät. Auf dem linken Wangenknochen war eine frische Naht zu sehen, die Haut um die Wunde war violett verfärbt.

»Hauptkommissar Bodenstein?«, fragte sie mit leiser Stimme.

»Der bin ich«, Bodenstein kam hinter seinem Schreibtisch hervor, als die Frau plötzlich zu schwanken begann und in die Knie ging. Geistesgegenwärtig fing er sie auf und setzte sie auf einen der Stühle.

Pia schlenderte über den Parkplatz, auf dem mehr Autos standen als am Vortag. Vorhin, auf dem Kommissariat, hatte sie Behnke erklärt, weshalb sie ihm am Vortag die ungeliebte Obduktion abgenommen hatte. Er sollte sie nicht für eine Schleimerin halten, die sich beim Chef beliebt machen wollte. Während sie die anderen Kollegen freundlich in ihrem Team begrüßt hatten, behandelte Behnke sie abweisend, ja, beinahe feindselig. Vielleicht würde das ja nun besser werden, immerhin hatte er sich bei ihr bedankt. Pia ging in Richtung Reitplatz. Frau Kampmann trug an diesem Morgen eine hautenge weiße Jeans, dazu ein Lycra-Oberteil mit Leopardenmuster. Der Goldschmuck war derselbe wie am Vortag, und ihr Haar war wieder raffiniert hochgesteckt. Pia, die ihr Haar meistens nur zu einem Pferdeschwanz band und außer Eyeliner kein Make-up benutzte, überlegte, wie lange Frau Kampmann morgens wohl brauchte, bis sie sich ähnlich sah. Sie saß mit zwei anderen Frauen an einem Tisch unter einem Sonnenschirm auf dem Rasen hinter der Reithalle. Vor ihnen standen Kaffeetassen, eine Kaffeekanne und ein Teller mit frischen Croissants.

»Hal-*lo-ho*!«, flötete sie, wobei die Betonung auf der zweiten Silbe lag, sie sprang auf, wedelte mit ihren Händen in Richtung der Gartenstühle wie die exaltierte Gastgeberin einer vornehmen Gartenparty. »Wollen Sie einen Kaffee trinken? Oder vielleicht etwas anderes? Bitte setzen Sie sich doch.«

»Danke, das ist sehr freundlich von Ihnen«, erwiderte Pia, »aber ich wollte nur kurz mit Ihrem Mann sprechen.«

»Oh, mein Mann ist *sehr* beschäftigt«, Frau Kampmann verzog kummervoll das Gesicht. Pia fragte sich, ob sich die Frau immer so übertrieben benahm. Sie stellte sich den beiden Damen vor und bemerkte die unverhohlene Neugier, die ihnen ins Gesicht geschrieben stand. Ganz sicher hatte sich die Neuigkeit von Isabel Kerstners Ableben in Lichtgeschwindigkeit im ganzen Reitstall verbreitet. Sabine Neumeyer und Renate Groß, beide etwa Anfang fünfzig, hatten jeweils eine Tochter im Teenageralter und Pferde, die von diesen Töchtern geritten wurden. Pia fand ihre Namen auf der Liste, die ihr Frau Kampmann tags zuvor ausgedruckt hatte. »Was können Sie mir über Isabel Kerstner sagen?«, fragte Pia und registrierte den raschen Blick, den die Damen wechselten. In dem Augenblick kam Kampmann mit einem Pferd am Zügel aus dem Stall, begleitet von einer dicklichen Mittvierzigerin in karierten Reithosen, die das Pferd am Zügel festhielt, während er sich vom Rand eines Blumenkübels aus in den Sattel schwang. Pia nickte ihm zu. Er erwiderte ihren Gruß mit ausdrucksloser Miene und ritt auf den Reitplatz.

»Ich hatte nicht viel mit Isabel zu tun«, hielt sich Frau Neumeyer bedeckt, »alles, was ich weiß, ist, dass sie eine sehr gute Reiterin war.«

Die dickliche Frau mit der karierten Reithose stand mit Frau Kampmann an der Umzäunung des Reitplatzes und gab vor, den Reitlehrer beim Reiten ihres Pferdes zu beobachten, äugte aber immer wieder neugierig nach hinten.

»Ja, das habe ich schon gehört«, Pia lehnte sich zurück. »Aber Ihre Tochter ist doch sicherlich auch eine gute Reiterin. Sie haben ein Dressurpferd für sie gekauft, wie heißt es gleich ...«

»Connaisseur«, sagte Frau Neumeyer. »Ja, das stimmt. Wir haben es von Herrn Kampmann für unsere Tochter gekauft.«

»Aha«, Pia nickte, »und ist sie so erfolgreich, wie Isabel es war?«

Frau Neumeyer zögerte. Es schien ihr schwerzufallen, einer Fremden gegenüber eine Wahrheit auszusprechen, die ihr unangenehm war.

»Sie sind beide noch in der Phase ... sie ... sie müssen sich erst noch aneinander gewöhnen«, sagte sie ausweichend.

»Das heißt, Ihre Tochter war nicht so erfolgreich wie Isabel Kerstner?« Pia stocherte gnadenlos in der offenen Wunde der armen Frau.

»Nein«, Frau Neumeyer bedachte Pia mit einem giftigen Blick und drückte entschlossen die Zigarette im Aschenbecher aus. »Warum rede ich um den heißen Brei herum? Isabel war ein Biest. Sie tat immer verständnisvoll, hörte mit großen Kulleraugen zu, nur um alles, was sie erfuhr, umgehend Kampmann unter die Nase zu reiben. Sie war eine Meisterin darin, andere Leute bloßzustellen. Wir hatten das Pferd von

Kampmann gekauft, nachdem Isabel es auf einigen Turnieren erfolgreich vorgestellt hatte, aber bei unserer Tochter klappte es dann nicht so. Patrizia war mit dem Pferd einfach überfordert. Als ich Isabel gegenüber einmal erwähnte, dass Kampmann uns offenbar nicht das passende Pferd verkauft habe, erzählte sie es ihm sofort weiter. Kampmann ist seitdem schlecht auf uns zu sprechen. Isabel hatte eine spitze Zunge und einen schlechten Charakter. Niemand hier im Stall konnte sie leiden.«

»Sie war nur auf ihren Vorteil bedacht«, mischte sich nun Frau Groß ein. Auch sie war Mutter einer Tochter, der ein teures Dressurpferd gekauft worden war, um auf diese Weise die eigenen ehrgeizigen und wohl nie erfüllten Wunschträume zu erfüllen. Aber wie im Fall Neumeyer war auch Tochter Groß lange nicht so erfolgreich, wie Isabel Kerstner es gewesen war.

»Inwiefern?«, fragte Pia nun nach.

»Sie wusste, mit wem sie sich gutzustellen hatte«, erwiderte Frau Groß abfällig. »Wenn sie irgendetwas erreichen wollte, konnte sie katzenfreundlich sein.«

»Was wollte sie denn erreichen?«, wollte Pia wissen. »Sie hatte doch alles: ein Pferd, ein schönes Auto, einen Mann.«

Frau Groß schnaubte abfällig.

»Dass sie einen Mann hatte, erfuhren wir erst, als sie schon ein halbes Jahr hier war. Sie hat sich so schamlos aufgeführt, dass es schon peinlich war.«

»Ach?«

»Manchmal haben wir uns gefragt, ob wir auf einer Reitanlage oder bei einer Modenschau sind. Nicht, dass sie noch in einem Bikini geritten ist!« Frau Groß lachte kurz. »Sie war mannstoll. Aber dann ist sie wohl einmal an den Falschen geraten. Ich kann nicht behaupten, dass ich sie sehr vermissen werde.«

Frau Kampmann hatte sich mittlerweile aus dem Staub gemacht, und der Reitlehrer ritt das Pferd an der gegenüberliegenden Seite des großen Reitplatzes. Hin und wieder blickte er herüber, und Pia überlegte, ob Kampmann es wohl vorziehen würde, das Pferd über die Umzäunung des Reitplatzes springen zu lassen, nur um nicht an ihr vorbeireiten zu müssen. Die dickliche Frau hatte sich neben Frau Neumeyer und Frau Groß gesetzt. Frau Payden besaß sogar drei Pferde in diesem Stall. Sie hatte sie allesamt von Reitlehrer Kampmann gekauft, und alle drei wurden von ihm ausgebildet. Auch Frau Payden hatte Isabel Kerstner nicht leiden können, und Pia ahnte, weshalb. Es war nicht schwer, sich vorzustellen, wie die schöne, schlanke Isabel auf diese Frauen gewirkt haben musste.

»Gab es denn jemanden hier im Stall, mit dem Isabel befreundet war?«, fragte Pia nun. »Frau Kampmann sagte uns, dass sie recht beliebt gewesen ist.«

»Beliebt ist wohl nicht das richtige Wort«, sagte Frau Neumeyer, »eher vielleicht ›gefürchtet‹. Niemand hat sich mit ihr angelegt. Sie hatte einen guten Draht zu Kampmann und den Jagodas, und mit denen will es sich niemand verderben.«

»Was meinen Sie mit ›sie hatte einen guten Draht‹ zu ihnen?«, wollte Pia wissen.

»Na ja«, Frau Neumeyer zuckte die Schultern, »sie hat schließlich die Pferde geritten, die Kampmann im Auftrag von Gut Waldhof zum Wiederverkauf angeschafft hat. Er hat Isabel trainiert, ist mit ihr auf Turniere gefahren.«

»Das hat er übrigens nur bei ihr gemacht«, bemerkte Frau Payden spitz, nachdem sie sich vergewissert hatte, dass Kampmann außer Hörweite ritt. »Wir haben drei Pferde von ihm gekauft, aber mit unserer Tochter ist er nie aufs Turnier gefahren.«

Pia konstatierte die Missgunst, die aus diesen Worten

sprach. Offenbar war es auf dieser vornehmen Reitanlage nicht anders als in anderen Reitställen auch. Sie kannte das Phänomen, dass die weiblichen Kundinnen, häufig in der Überzahl, nahezu verzweifelt um die Gunst des einzigen Reitlehrers buhlten und sich gegenseitig eifersüchtig beäugten, schlechtmachten und gnadenlos auf das eigene gute Ansehen und den eigenen Vorteil bedacht waren.

»Woran lag es, dass Herr Kampmann sich mehr um Isabel Kerstner kümmerte als um die anderen Kunden?«, fragte Pia interessiert. »Wollen Sie andeuten, dass zwischen den beiden etwas lief?«

»Natürlich lief etwas zwischen den beiden«, behauptete Frau Groß und bekam keinen Widerspruch von den beiden anderen Damen, »mit Kampmann und Isabel hatten sich zwei verwandte Seelen gefunden. Den beiden ging es nur um Geld und ihren persönlichen Vorteil.«

So unumstritten, wie Pia es zuerst gedacht hatte, schien Kampmann auf Gut Waldhof nicht zu sein.

Bodenstein setzte die junge Frau auf einen der Stühle.

»Entschuldigen Sie bitte«, murmelte die Frau undeutlich.

»Kann ich Ihnen etwas zu trinken bringen?«, fragte Bodenstein besorgt, und als sie den Kopf schüttelte, betrachtete er die Wunden und Prellungen in dem Gesicht, das unter normalen Umständen einigermaßen hübsch sein musste.

»Was ist mit Ihnen passiert?«, fragte er. »Hatten Sie einen Unfall?«

»Nicht der Rede wert«, die Frau verzog das Gesicht, dann straffte sie die Schultern. »Mein Name ist Anna Lena Döring. Ich bin gekommen, um Ihnen zu sagen, dass ich am Samstagabend von halb sieben bis morgens um vier mit Herrn Dr. Kerstner zusammen war.«

Bodenstein richtete sich auf. Das war also die Person, nach

der er gesucht hatte und die Kerstner schützen wollte! Vor den Fenstern ertönte das Heulen einer Polizeisirene, das sich langsam entfernte. Die Frau saß sehr aufrecht auf der vordersten Kante des Stuhles, die Hände lagen auf ihren Knien. Sie hatte große blaue Augen, die aber dunkel vor Sorge und Angst waren.

»Micha kann seine Frau nicht getötet haben«, dank der geschwollenen Lippen klang ihre Stimme undeutlich. »Ich war die ganze fragliche Zeit über bei ihm.«

»In welcher Beziehung stehen Sie zu Herrn Dr. Kerstner?«

»Wir kennen uns schon ziemlich lange und sind befreundet. Er ist ein Freund meines Bruders, und außerdem werden in unserem Stall fast alle Pferde von ihm und seinem Kollegen betreut.«

»Sie besitzen einen eigenen Stall?«

»Nein. Wir haben vier Pferde auf Gut Waldhof stehen.«

Bodenstein ging im Geiste die Namenliste durch, die Pia ihm am Vortag in Kopie gegeben hatte, konnte sich aber nicht erinnern, den Namen »Döring« gelesen zu haben.

»Erzählen Sie mir vom letzten Samstag«, bat er die Frau. Er bemerkte ihre Anspannung, die Angst in ihren Augen, und er fragte sich, was mit ihrem Gesicht geschehen war.

»Mein Mann und ich waren an dem Nachmittag auf einem Reitturnier«, begann Anna Lena Döring und blickte für einen Moment ins Leere, als müsse sie sich die Chronologie der Ereignisse erst wieder ins Gedächtnis rufen. »Mein Mann reitet Springen. Carolus, eigentlich unser bestes Pferd, ließ ihn an diesem Tag am Wassergraben im Stich, so dass er im wichtigsten Springen ausschied. Mein Mann war deswegen sehr aufgebracht. Wir fuhren vom Turnier zurück, und im Stall holte er das noch gesattelte Pferd vom LKW und ritt mit ihm auf den Springplatz, um den Wassergraben zu trainieren. Mein Mann verprügelte das Pferd, es war entsetzlich. Carolus sprang dann doch, aber er stürzte und verletzte sich ...«

Sie brach ab und schluchzte auf, aber Sekunden später hatte sie sich wieder unter Kontrolle.

»... er hat sich das Bein gebrochen. Als mein Mann begriff, was er angerichtet hatte, rastete er völlig aus. Er zerrte Aragon, unser anderes Pferd, das ich noch gar nicht abgeladen hatte, vom LKW und schlug und trat auf ihn ein. Als ich ihn anschrie, er solle das lassen, richtete sich sein Zorn auf mich.«

»Ihr Mann hat Sie so zugerichtet?«, fragte Bodenstein ungläubig. »Das ist nicht Ihr Ernst! Sie sollten ihn deswegen anzeigen!«

»Anzeigen?« Anna Lena Döring verzog ihr Gesicht. »Sie kennen ihn nicht. Er würde mich umbringen.«

Bodenstein war ehrlich entsetzt. Die Abgründe der Menschheit vermochten ihn noch immer zu schockieren.

»Mein Mann hat sich dann in sein Auto gesetzt und ist weggefahren«, fuhr Anna Lena Döring fort, »und ich habe Micha ... ich meine, Dr. Kerstner, auf dem Handy angerufen. Es war ungefähr Viertel nach sechs, und ich bat ihn, sofort in den Stall zu kommen. Er merkte, dass ich völlig durcheinander war, und versprach, auf der Stelle loszufahren. Zwanzig Minuten später war er da.«

Sie hielt kurz inne und schauderte.

»Carolus musste noch auf dem Hof eingeschläfert werden. Er hatte einen offenen Bruch unter dem Karpalgelenk vorne rechts. Alles war voller Blut. Es war schrecklich ...«, ihre Lippen zitterten bei der Erinnerung, und ihre Augen füllten sich mit Tränen. Bodenstein konnte kaum fassen, was sie gerade gesagt hatte, aber Anna Lena Döring schien es nicht aufgefallen zu sein. *Carolus musste noch auf dem Hof eingeschläfert werden ...* Damit war klar, dass Kerstner ein Mittel bei sich geführt hatte, mit dem man töten konnte. Bodenstein ließ sich nicht anmerken, welche Gedanken ihm durch den Kopf gingen. Stattdessen fragte er Anna Lena, ob außer ihr, ihrem Mann und dem Tierarzt noch andere Leute an jenem Abend im Stall gewesen waren.

»Den Unfall auf dem Platz haben sicherlich noch einige mitbekommen«, sie blickte verwirrt auf. »Ich weiß gar nicht, ob ich Kampmann gesehen habe.«

Sie schlang die Arme um ihren Oberkörper, als ob sie fröre.

»Dr. Kerstner wollte mich sofort ins Krankenhaus bringen, aber ich bestand darauf, dass er erst Aragon untersuchte. Wir hängten einen Pferdehänger an sein Auto und fuhren in die Klinik. Es war ungefähr halb acht, als wir dort ankamen, und wir fuhren erst ins Krankenhaus, als Aragon versorgt war.«

»Um wie viel Uhr war das?«

»Ungefähr um zehn oder halb elf, nehme ich an. Micha blieb da, bis sie mich verarztet hatten, und danach kam er noch mit auf das Zimmer«, sie fuhr sich mit der Hand über ihr Haar.

»Entschuldigen Sie bitte, wenn ich Sie das frage, Frau Döring«, Bodenstein räusperte sich. »Haben Sie ein Verhältnis mit Herrn Dr. Kerstner?«

»Nein«, Anna Lena Döring schüttelte den Kopf, »wir sind einfach nur gute Freunde, immerhin kennen wir uns ja auch schon sehr lange. Wir sind beide nicht sehr glücklich verheiratet. Irgendwann haben wir uns darüber unterhalten und festgestellt, dass wir ähnliche ... hm ... Sorgen haben. Seit ungefähr anderthalb Jahren telefonieren wir regelmäßig miteinander und bauen uns gegenseitig auf, wenn es mal wieder besonders schlimm ist.«

Sie gab ein Geräusch von sich, eine Mischung zwischen Lachen und Schluchzen.

»Ziemlich jämmerlich, nicht wahr? Zwei geprügelte Hunde trösten sich gegenseitig.«

Bodenstein blickte die Frau nachdenklich an, und obwohl er sich gegen den Gedanken wehrte, kam es ihm in den Kopf, dass diese beiden verzweifelten und enttäuschten Menschen nicht nur ein Motiv, sondern durchaus auch die Zeit und die Gelegenheit gehabt hatten, Isabel Kerstner an jenem vergangenen Samstagabend zu töten. Von der Tierklinik zum Atzelbergturm war es nur ein Katzensprung.

»Hat Sie jemand in der Klinik gesehen?«, fragte er.

Die Frau hob den Kopf und hielt seinem Blick stand.

»Ein Alibi fürs Alibi, meinen Sie?«

»So ungefähr«, er lächelte bedauernd.

»Außer uns war niemand da«, sagte sie. »Möglich, dass jemand von den Nachbarn gesehen hat, wie wir Aragon ausgeladen haben. Es hat ziemlich lange gedauert, bis wir ihn im Hof hatten.«

Das konnte man herausfinden.

»Werden Sie Dr. Kerstner jetzt gehen lassen?«, fragte Anna Lena Döring.

»Wir werden Ihre Aussagen überprüfen«, erwiderte Bodenstein zurückhaltend. »Auf jeden Fall war es sehr freundlich von Ihnen hierherzukommen, um Herrn Dr. Kerstner zu entlasten. Er hat uns bisher Ihren Namen nicht sagen wollen.«

Anna Lena Dörings Gesichtsausdruck wurde hoffnungslos.

»Das hat auch seinen Grund«, sagte sie dumpf. »Mein Mann weiß bis jetzt nicht, wo ich bin. Ich werde auch nicht mehr zu ihm zurückgehen.«

Als Bodenstein sie hinaus auf den Flur begleitete, nahm er sich vor, diesem Herrn Döring selbst einen Besuch abzustatten. Auf dem schmucklosen Gang saßen Kerstner und sein

Anwalt auf den orangefarbenen Plastikstühlen. Dr. Clasing sprang auf, als er Anna Lena Döring erblickte.

»Anna!«, rief er überrascht. »Was machst du denn hier?«

Bodenstein blickte verwirrt zwischen Frau Döring und Kerstners Anwalt hin und her.

»Hallo, Flori«, sagte Frau Döring.

»Sie kennen sich?«, erkundigte sich Bodenstein.

»Natürlich«, erwiderte Dr. Clasing, »Anna ist meine Schwester.«

Das war die Erklärung für Clasings rasches Auftauchen. Er und Kerstner waren Freunde. Anna Lena schaute an ihrem Bruder vorbei, hatte nur noch Augen für Kerstner, der sich nun ebenfalls erhoben hatte. Ihre Blicke trafen sich.

»Nehmen Sie ihm die Handschellen ab«, sagte Bodenstein zu dem Vollzugsbeamten, der Kerstner aus dem Untersuchungsgefängnis auf das Kommissariat begleitet hatte. Kerstner wandte seine Augen nicht von Anna Lena Dörings Gesicht, während der Polizist die Handschellen löste. Sie versuchte ihn anzulächeln, aber plötzlich brachen sich die lange zurückgehaltenen Tränen Bahn. Er legte die Arme um sie und hielt sie fest an sich gedrückt, sein Gesicht in ihrem Haar verborgen, während sie verzweifelt schluchzte.

Reitlehrer Kampmann war noch immer schwer beschäftigt. Er longierte mittlerweile in der brütendheißen Reithalle ein Pferd.

Pia schlenderte über die weitläufige Reitanlage, während sie darauf wartete, dass er mit seiner Arbeit fertig war. Frau Kampmann brauste mit dem silbernen Geländewagen vom Hof und winkte ihr strahlend zu, als sei sie eine alte Freundin der Familie. Sie wirkte, als stehe sie mächtig unter Strom. Auf dem oberen Hof erblickte Pia zwei junge Frauen. Die eine saß auf der Bank in der Sonne, die andere spritzte ihrem Pferd mit einem Wasserschlauch die Beine ab. In diesem Moment piepte Pias Handy. Sie hatte eine SMS von ihrem Schwager Ralf erhalten, dem sie gestern Abend noch eine E-Mail geschrieben hatte. Ralf war nicht weniger erfolgreich als sein älterer Bruder Henning, wenngleich in einem völlig anderen Metier. Er besaß eine Risikokapitalgesellschaft – neudeutsch auch Venture Capitalist genannt – und hatte in der Vergangenheit ein Vermögen mit der Betreuung und Finanzierung von sogenannten Start-ups verdient. Pia hatte ihn um Informationen über die JagoPharm AG und deren Inhaber und Vorstandsvorsitzenden Hans Peter Jagoda gebeten.

»Holde Schwägerin«, schrieb er, und Pia musste grinsen, *»bin in NY, melde mich, sobald zurück. Eins vorweg: Es gibt Gerüchte, dass die J bankrott ist und mächtig Ärger bekommt. Kauf bloß keine Aktien! Bis bald, RH.«*

Aufschlussreich. Und genau das, was Bodenstein gesagt hatte. Dem ehemaligen Börsenstar Jagoda schien es längst nicht mehr so gut zu gehen wie noch vor ein paar Jahren. Pia ging zu den beiden jungen Damen hinüber und stellte sich ihnen vor. Die eine war Anfang zwanzig mit sehr kurz geschnittenem Blondhaar, klaren, fast androgynen Gesichtszügen und dem ungewöhnlichen Vornamen Thordis. Sie strahlte die selbstbewusste Arroganz einer Tochter aus reichem Hause aus, die noch nie einen Finger hatte krumm machen müssen und an einem Dienstagvormittag sorglos reiten gehen konnte. Anke Schauer war klein, dunkelhaarig und hübsch, aber mit unreiner Haut geschlagen. Auch sie machte den Eindruck, als sei sie von Beruf Tochter. Sie hatte in diesem noblen Stall, in dem eine Box im Monat über vierhundert Euro kostete, sogar zwei Pferde stehen. Und die bezahlte sicherlich der reiche Papi. Die beiden jungen Frauen gaben an, dass sie Isabel gekannt hatten und gelegentlich auch abends gemeinsam ausgegangen waren.

»Wieso interessiert Sie das alles?« Anke Schauer schnippte die Zigarettenkippe weg.

»Wir suchen Isabels Mörder«, erwiderte Pia, »deshalb möchte ich gerne mehr über ihr Umfeld, ihre Freunde und Bekannten erfahren. Bisher wissen wir nur, dass sie hier im Stall nicht besonders beliebt gewesen ist. Warum war das so?«

»Isabel konnte super reiten, außerdem sah sie gut aus«, Thordis knotete den Führstrick ihres Pferdes los. »Ich kann mir schon denken, dass die Kaffeetanten, mit denen Sie eben gesprochen haben, kein gutes Haar an ihr gelassen haben. Ihre Töchter gurken mit den Pferden, die Kampmann ihnen für viel Geld angedreht hat, noch immer auf niedrigstem Niveau herum, während Isabel vorher mit denselben Pferden M-Dressuren gewonnen hat.«

Sie wirkte belustigt, beinahe etwas schadenfroh.

»Außerdem hatten sie Angst um ihre Männer«, Anke Schauer kicherte.

»Gab es einen Grund dafür, dass sie Angst haben mussten?«, fragte Pia.

»Nicht wirklich«, Thordis schenkte ihr einen herablassenden Blick. »Aber es passte den Damen nicht, dass ihren Männern schon die Zunge aus dem Hals hing, wenn Isabel nur an ihnen vorbeilief.«

»Wie hat Isabel sich mit Frau Kampmann verstanden?«, fragte Pia. »Ihr Mann hat Isabel wohl regelmäßig auf Turniere begleitet und sie trainiert.«

»Ich glaube nicht, dass Susanne sich deswegen Sorgen gemacht hat«, sagte Anke Schauer. »Wir haben oft zusammen im Reiterstübchen gesessen, im Sommer gegrillt oder Sekt getrunken. Wenn Susanne Isabel nicht gemocht hätte, hätte sie wohl kaum dauernd mit ihr zusammengehangen.«

»Oder erst recht«, bemerkte Pia und erntete einen kritischen Blick von der jungen Frau. Thordis grinste und zog eine Augenbraue hoch.

»Quatsch«, sagte Anke Schauer entschieden und schüttelte den Kopf. »Der Kampmann und Isabel – niemals!«

Pia war sich da nicht so sicher.

»Wissen Sie, wo Isabel gewohnt hat, nachdem sie bei ihrem Mann ausgezogen ist?«

»Ja, klar«, Anke Schauer nickte. »Sie hatte von einem Bekannten eine megageile Penthousewohnung gemietet. In Ruppertshain.«

»Im Zauberberg«, ergänzte Thordis. »Ich war einmal da. Noble Angelegenheit, mit eigenem Aufzug direkt ins Wohnzimmer.«

»Aha«, Pia kombinierte rasch – Wohnung im Zauberberg, Tierklinik in Ruppertshain, Leichenfund nur ein paar Meter entfernt. »Und wem gehörte diese Wohnung?«

Das wussten die beiden allerdings auch nicht. Thordis warf einen Blick auf ihre Armbanduhr.

»Ich muss um eins im Büro sein«, sagte sie zu Pias Erstaunen, die angenommen hatte, sie würde nicht arbeiten, »und vorher noch mein Pferd auf die Koppel stellen.«

»Alles klar«, Pia lächelte, »danke für die Auskünfte.«

»Gern geschehen«, Thordis nickte. Pia tippte Bodensteins Nummer in ihr Handy. Sie sagte ihm, was sie erfahren hatte, und erfuhr ihrerseits, dass Kerstner durch die Aussage einer Anna Lena Döring, die zufällig die Schwester von Dr. Florian Clasing war, ziemlich entlastet worden war.

»Döring hat vier Pferde in diesem Stall stehen«, sagte Bodenstein, »ich kann mich an seinen Namen auf der Liste nicht erinnern. Versuchen Sie, etwas über ihn und seine Frau herauszufinden.«

»Was hat Frau Döring mit Kerstner zu tun?«, erkundigte sich Pia.

»Eine rein platonische Freundschaft. Sie kennen sich seit Jahren.«

»Glauben Sie ihr das?«, fragte Pia.

»Bis jetzt habe ich keinen Grund, es nicht zu glauben«, erwiderte Bodenstein. Pia beendete das Gespräch, kramte die Liste aus ihrer Tasche, aber sie fand den Namen ›Döring‹ nicht. Sie nahm sich vor, Frau Kampmann zu fragen, wie sie einen Kunden mit immerhin vier Pferden einfach so vergessen konnte. Gerade als Pia den Stall betrat, verließ Reitlehrer Kampmann mit einem schnaufenden Pferd am Zügel die Reithalle. In der Stallgasse stand ein Frontlader, und der knackige Stallknecht – heute mit einem rosa Polohemd mit Gut-Waldhof-Aufschrift bekleidet – war gerade damit beschäftigt, eine Pferdebox auszumisten. Pia steuerte entschlossen auf Kampmann zu, der eilig mit dem Pferd in eine Box flüchtete.

»Hallo, Herr Kampmann«, sagte sie. »Es tut mir leid, wenn ich Sie störe, aber ich habe noch ein paar Fragen an Sie.«

»Ich hab viel zu tun«, erwiderte der Reitlehrer, ohne aufzublicken. Der Bluterguss in seinem Gesicht hatte die Farbe einer reifen Aubergine angenommen.

»Das sieht aber böse aus«, bemerkte Pia. »Wie ist das passiert?«

Kampmann sah sie kurz an, senkte aber sofort wieder den Blick.

»Passiert schon mal, wenn man mit Pferden zu tun hat«, sagte er knapp.

»Machen Sie doch eine kurze Pause und trinken Sie was«, schlug Pia freundlich vor. »Ich störe Sie auch nicht lange.«

Kampmann starrte sie kurz an, dann verzog er das Gesicht zu einer Grimasse, die wohl ein Lächeln darstellen sollte.

»Karol!«, rief er. Der Stallknecht mistete erst in aller Seelenruhe die Box fertig, bevor er die Mistgabel an den Frontlader lehnte und gemächlich angeschlendert kam.

»Was gibt's?«, fragte er Kampmann wenig respektvoll. Er war ein Riese von einem Mann, sicherlich eins neunzig groß und muskelbepackt. Name und Akzent ließen auf eine osteuropäische Herkunft schließen.

»Bitte führ das Pferd noch etwas herum und spritz ihm dann die Beine ab«, bat Kampmann den Stallknecht. Pia, die den rauen Umgangston in Pferdeställen kannte, war einigermaßen überrascht darüber, wie höflich der Reitlehrer seinen Untergebenen behandelte.

»Hier herrscht aber ein netter Ton«, bemerkte sie dann auch, als Karol mit dem Pferd am Zügel verschwunden war. Kampmann warf ihr einen unsicheren Blick zu.

»Ich bin froh, dass wir den Mann haben«, entgegnete er. »Gutes Personal ist heute kaum noch zu kriegen. Karol schafft außerdem für zwei.«

Der Wintergarten, in dem sich die Reiter wohl zum Kaffeetrinken und Plaudern aufhielten, war nobel aufgemacht.

Rings um den schweren Eichenholztisch stand ein rundes Dutzend wuchtiger, mit Leder bezogener Stühle. Eine voll eingerichtete Küche erlaubte mehr als nur einen Kaffee zu kochen. Zitronenbäume in großen Kübeln gediehen prächtig. Kampmann holte einen Schlüsselbund heraus und schloss den Getränkeautomaten auf.

»Für Sie auch eine?«, fragte er und nahm sich eine Flasche Cola. Pia verneinte dankend. Sie betrachtete die Fotos, die an den Wänden aufgehängt waren. Eines zeigte eine Gruppe von Menschen, die alle in die Kamera lachten.

»Darf ich mir das Foto mal näher ansehen?«, fragte sie.

»Bitte«, antwortete Kampmann wortkarg und wischte sich mit dem Handrücken den Schweiß von der Stirn. Der Aktionismus, den er heute an den Tag gelegt hatte, schien ungewöhnlich. Ein deutlicher Bauchansatz und ein Polster um die

Hüften zeugten von seiner Bequemlichkeit. Pia nahm den Bilderrahmen von der Wand und studierte die Gesichter. »Donnerstagsgruppe«, stand über dem Foto, »18. Juli 2004«.

»Ist Frau Kerstner auch auf dem Bild?«, erkundigte sie sich.

»Ja«, erwiderte der Reitlehrer und tippte mit dem Finger auf eine blonde Frau, die ihren Arm um die Schulter einer etwas schlichten Brünetten gelegt hatte. Sie war wirklich ungewöhnlich schön gewesen. Die Art, wie sie kokett den Kopf schief gelegt hatte und mit leicht geschürzten Lippen in die Kamera blickte, hatte etwas Mutwilliges.

»Wer ist die Frau neben ihr?« Pia deutete auf das Gesicht der Brünetten.

»Das ist meine Frau.«

»Ihre Frau?« Pia war ehrlich erstaunt. Nie und nimmer hätte sie in der etwas mütterlich wirkenden, ganz und gar durchschnittlich aussehenden Frau die solariengebräunte, wasserstoffblonde, schmuckbehängte Frau Kampmann erkannt. Sie hatte sich frappierend verändert. Pia setzte sich an den Tisch, aber Kampmann blieb auf der Treppenstufe stehen.

»Setzen Sie sich doch«, forderte sie den Reitlehrer auf, was dieser dann auch nach kurzem Zögern tat. »Erzählen Sie mir kurz, was Sie hier so machen, außer Reitstunden geben.«

»Ich bin Verwalter des Hofguts.«

»Wie lange arbeiten Sie schon hier?«

»Seitdem die Jagodas die Reitanlage gekauft haben. Seit 1998.«

»Wie ist Ihr Verhältnis zu Ihren Kunden?«, fragte Pia. »Es sind wohl vornehmlich *Kundinnen*, wenn ich mir das Foto richtig betrachte.«

»Das ist eben so. In allen Reitställen gibt es mehr Frauen als Männer«, gab Kampmann zurück. Seine Finger umklammerten die Colaflasche, sein unsteter Blick irrte hin und her. Er war nervös und angespannt, stellte Pia fest, aber das war nicht ungewöhnlich bei einer Befragung durch die Kriminalpolizei.

»Schöner Job«, sagte sie versonnen, »wie bei den Tennis- oder Skilehrern – immer der Hahn im Korb.«

»Das sehen Sie falsch«, sagte Kampmann schroff. »Meine Frau und ich legen viel Wert auf ein freundschaftliches, aber distanziertes Verhältnis zu unseren Einstellern. Die meisten kennen wir schon seit Jahren. Sie kamen mit uns hierher aus dem Stall, in dem ich vorher gearbeitet habe.«

Pia nickte.

»Was ist übrigens mit Ihrem Gesicht passiert? Sind Sie vom Pferd gefallen?«

»Die Stalltür …«, wich der Reitlehrer aus.

»Das sieht schlimm aus«, Pia mimte Mitgefühl. »Können Sie denn dann schon wieder arbeiten?«

»Ich muss ja wohl.«

»Stimmt«, Pia tat so, als fiele ihr gerade erst wieder ein, weshalb sie überhaupt hier war, »früher hat Ihnen Isabel Kerstner ja beim Reiten der Pferde geholfen, nicht wahr?«

Bei der Erwähnung des Namens senkte Kampmann den Blick auf seine Hände.

»Ja«, sagte er, »das hat sie.«

»Einige Ihrer Kundinnen haben mir erzählt, dass Frau Kerstner nicht besonders beliebt war«, sagte Pia nun, »stimmt das?«

»Das weiß ich nicht«, antwortete Kampmann steif, »aber sie war eine bessere Reiterin als die meisten anderen. Das schürt natürlich Neid.«

»Hm«, Pia musterte den Mann, der ständig ihren Blicken auswich. »Herr Jagoda sagte mir gestern, Frau Kerstner habe allen Männern hier auf dem Hof den Kopf verdreht und eine

Menge Unruhe verursacht. Sie war ja auch eine ausnehmend hübsche Person.«

»Hat er das gesagt?«, der Reitlehrer sah sie nur kurz an. »Das kann ich nicht bestätigen.«

»Na ja, Sie haben ja auch eine sehr attraktive Frau«, Pia blickte das Bild an, das vor ihr auf dem Tisch lag. »Obwohl ich sie, ehrlich gesagt, nicht wiedererkannt hätte. Sie hat sich sehr verändert, seitdem das Bild aufgenommen wurde. Hatte das einen Grund?«

»Hatte *was* einen Grund?« Kampmann blickte irritiert auf.

»Sie hat stark abgenommen. Und die Haare, die trägt sie doch jetzt hellblond, nicht wahr?«

»Es gefällt ihr so eben besser«, Kampmann zuckte die Schultern. »Was spielt das überhaupt für eine Rolle?«

»Sie haben recht. Das ist ja auch unwichtig«, Pia legte das Foto aus der Hand »Mir kam nur eben der Gedanke, dass Ihre Frau vielleicht Konkurrenz fürchtete und deshalb versuchte, attraktiver auszusehen, weil es womöglich *Ihnen* besser gefiel ...«

Sie sagte das in einem beiläufigen Tonfall, aber Kampmanns Reaktion bewies, dass sie mit ihrer Vermutung nicht sehr falsch lag. Der Mann wurde erst rot, dann blass, und für eine Sekunde verließ ihn die eiserne Beherrschung, zu der er sich zwang.

»Meine Frau hatte keinen Grund zur Eifersucht«, sagte er mit gepresster Stimme. Pia beobachtete ihn scharf. Der Reitlehrer fuhr sich nervös mit der Zungenspitze über die Lippen, seine Finger krampften sich um die leere Colaflasche.

»Isabel hat also regelmäßig Pferde geritten, die Gut Waldhof gehörten«, sagte Pia, »und Sie haben sie trainiert und sind mit ihr auf Turniere gefahren. Ist das richtig?«

»Ja«, gab Kampmann zu.

»Aber Ihre Kunden begleiten Sie üblicherweise nicht auf Turniere, oder?«

Pia bemerkte, dass Kampmann die Frage unangenehm war.

»Ich fahre mit, wenn ich dafür bezahlt werde«, antwortete er. »Den meisten Kunden ist eine Turnierbetreuung zu teuer.«

Der silberne Cayenne der Kampmanns rauschte über den Hof und hielt ein paar Meter vom Wintergarten entfernt. Frau Kampmann und die beiden halbwüchsigen Kinder stiegen aus. Die Kinder blickten neugierig herüber, aber ihre Mutter scheuchte sie ins Haus.

»Das kann aber eine Erklärung dafür sein, weshalb viele Leute Frau Kerstner nicht gemocht haben«, sagte Pia nun. »Sie hatten vielleicht das Gefühl, dass Sie Isabel bevorzugten.«

»Unsinn«, Kampmann schüttelte den Kopf, »Isabel hat Pferde geritten, für die ich verantwortlich bin. Wertvolle Pferde, die Geld einbringen sollen. Da musste ich mich natürlich drum kümmern.«

Pia warf wieder einen Blick auf das Foto.

»Sie war wirklich außergewöhnlich attraktiv«, sagte sie. »Ihre Kundinnen haben mir erzählt, dass Isabel Kerstner und Sie ein sehr enges Verhältnis hatten. War da vielleicht mehr zwischen Ihnen als nur Berufliches?«

»Wie meinen Sie das?« Kampmann stellte sich begriffsstutzig. Seine Frau kam aus dem Haus und ging lächelnd über den Hof, nicht ohne ihrem Mann und Pia fröhlich zuzuwinken.

»Ich meine, ob Sie eine Affäre mit ihr hatten«, Pia hatte keine Lust mehr, ihre Zeit zu vergeuden.

»Eine *Affäre*?« Kampmann wiederholte das Wort in einem ungläubigen Tonfall, als ob er es noch nie zuvor gehört hätte.

»Ob Sie mit ihr geschlafen haben«, sagte Pia. Diese so unverblümte Erwähnung eines doch recht intimen Sachverhaltes ließ Kampmann rot anlaufen. Eine Schweißperle rann ihm über die Schläfe.

»Nein«, er sah ihr das erste Mal direkt in die Augen. Pia wusste in diesem Augenblick mit Sicherheit, dass er log. Genauso, wie er und seine Frau gestern schon gelogen hatten. »Isabel hat die Pferde von Gut Waldhof geritten, das war's.«

»Und Sie wussten wirklich nichts von einer Abtreibung?« Pia machte sich eine Notiz und blickte wieder auf. »Ich meine, Isabel konnte danach sicherlich eine Weile nicht reiten. Das muss Ihnen doch aufgefallen sein.«

»Das haben Sie doch gestern schon gefragt«, sagte Kampmann.

»Manchmal stelle ich Fragen öfter«, entgegnete Pia, aber sie beschloss, das Thema fürs Erste auf sich beruhen zu lassen, und erkundigte sich stattdessen danach, wann Kampmann Isabel das letzte Mal gesehen habe.

»Sie hatte ihr Pferd vor ein paar Wochen verkauft«, erwiderte er, »seitdem war sie nur noch selten im Stall. Aber am Samstagnachmittag war sie kurz hier.«

»Tatsächlich? Am Samstag? Wann?«

»Gegen Spätnachmittag, aber nur ganz kurz«, gab Kampmann zu. »Sie wollte mit ihrem Mann reden, aber der hatte keine Zeit.«

»Was machte denn Dr. Kerstner an einem Samstagabend hier?«

»Eines von Dörings Pferden hatte einen Unfall«, sagte Kampmann, »deshalb war er hier.«

»Wann war das?«

»Herrgott«, fuhr Kampmann auf, »was weiß ich! Ich guck doch nicht dauernd auf die Uhr! Um sechs oder um halb sieben vielleicht.«

Pia rekonstruierte blitzschnell, dass Isabel also nach ihrem Auftauchen in der Pferdeklinik noch gelebt hatte. Tankstelle, Pferdeklinik, Gut Waldhof. Kurz darauf war sie getötet worden.

»Haben Sie am Samstag mit Isabel gesprochen?«

»Ja«, sagte Kampmann nach einem kaum merklichen Zögern, »aber nicht viel. Sie wollte wissen, ob Döring noch da sei, aber er war eine gute Stunde vorher weggefahren. Das war alles.«

Der Reitlehrer warf einen Blick auf seine Armbanduhr und schob den Stuhl zurück. »Es tut mir leid, ich muss jetzt wieder raus. Ich muss gleich eine Reitstunde geben.«

»Apropos«, wandte Pia ein und erinnerte sich an Bodensteins Worte, »Döring ist doch auch ein Kunde von Ihnen, oder? Sein Name steht gar nicht auf der Liste, die Ihre Frau mir gegeben hat.«

»Vielleicht hat sie ihn in der Hektik vergessen.«

»Natürlich«, Pia lächelte ihn an, »das war's dann auch schon. Vielen Dank für Ihre Kooperation.«

Kampmann stand auf, nickte ihr zu und verließ fluchtartig den Wintergarten. Pia blickte ihm nach, dann ergriff sie mit spitzen Fingern die Colaflasche, die der Reitlehrer hatte stehenlassen.

»Herzlichen Dank, Herr Kampmann«, murmelte sie zufrieden und steckte die Colaflasche in einen Plastikbeutel.

Eine halbe Stunde später traf Pia am Zauberberg in Ruppertshain ein. Bodenstein und ein Team von der Spurensicherung erwarteten sie schon im Foyer im Mittelteil des imposanten Gebäudes.

»Wenn sie tatsächlich hier gewohnt hat«, sagte Pia zu ihrem Chef, »dann muss ihr Mann das doch gewusst haben. Immerhin arbeitet er nur einen Kilometer Luftlinie entfernt.«

Bevor Bodenstein etwas erwidern konnte, ertönte hinter ihnen ein Räuspern, und sie drehten sich um. Burkhard Escher, der Geschäftsführer der Investorengruppe, war ein beleibter, sonnengebräunter Mann Ende fünfzig mit rabenschwarzem Haar, das eindeutig gefärbt sein musste. Er musterte Pia und die Leute der Spurensicherung kurz, dann begrüßte er Bodenstein jovial wie einen alten Freund.

»Sie waren am Telefon sehr geheimnisvoll«, sagte Escher. »Was ist denn eigentlich passiert?«

»Am Sonntag wurde die Leiche einer jungen Frau am Atzelbergturm gefunden«, erklärte Bodenstein, »und wir haben erfahren, dass die Frau in der Penthousewohnung gewohnt haben soll.«

»Tatsächlich?« Escher schien überrascht. »Ich wusste gar nicht, dass jemand die Wohnung benutzt.«

Auf dem Weg durch die verwirrenden Gänge und Treppenhäuser des riesigen Gebäudes erklärte Escher kurzatmig, dass der »Dom«, wie die Wohnung im Dachgeschoss genannt wurde, seit Jahren leerstand. Jahrelang habe man vergeblich versucht, die Wohnung zu verkaufen, zuerst im Rohbau, später dann im ausgebauten Zustand, aber niemand sei begeistert oder verrückt genug gewesen, sich die zweihundertfünfzig Quadratmeter mit heiztechnisch gesehen ruinösen zehn Meter hohen Räumen ans Bein zu hängen.

»Vor sechs oder sieben Jahren hatten wir zum letzten Mal einen ernsthaften Interessenten«, Escher blieb vor einem Aufzug stehen, »ein Architektenehepaar. Sie haben voller Euphorie sogar Pläne gemacht, um Zwischenwände einzuziehen. Aber dann spielte das Denkmalschutzamt nicht mit. Seitdem steht es leer.«

Er benutzte einen Schlüssel, um den Aufzug zu rufen.

»Dieser Aufzug führt in den Keller zur Tiefgarage und hier ins Erdgeschoss und ist ausschließlich den Bewohnern des Doms vorbehalten«, erklärte er, und sein Blick wanderte immer wieder zu Pias Busen.

»Wie ausgesprochen exklusiv«, murmelte Pia sarkastisch.

»Nicht wahr«, Escher nutzte die Enge des Vier-Personen-Aufzuges, um Pia unangenehm eng auf die Pelle zu rücken, »aber der Dom ist ja auch als eine äußerst exklusive Immobilie geplant worden. Leute, die sich eine solche Wohnung leisten können, schätzen es im Allgemeinen nicht, mit lärmenden Kindern, Hunden und anderen Menschen in Berührung zu kommen.«

Pia lag eine scharfe Entgegnung auf der Zunge, aber sie schluckte sie herunter.

»Ist das der einzige Weg, um in den Dom zu gelangen?«, fragte sie stattdessen. Der Aufzug – Granitfußboden und Spiegel an den Wänden – glitt mit einem diskreten Surren aufwärts.

»Das nicht«, antwortete Escher ihrem Dekolleté, das ihn zu faszinieren schien, »aber der bequemste allemal. Außerdem gibt es noch einen Lastenaufzug, der aber meistens abgestellt ist, die beiden Treppenhäuser im linken und rechten Flügel und die Feuertreppe.«

Sie stiegen aus dem Aufzug aus und standen mitten in der Wohnung. Pia verschlug es beim Anblick des gewaltigen Raumes für einen Moment den Atem. Staunend betrachtete sie den glänzenden Parkettfußboden, die uralten Dachbalken und die sorgfältig restaurierten spitzgiebeligen Kirchenfenster, die der Wohnung zu ihrem Namen verholfen hatten. Escher drückte auf einen Lichtschalter. Unzählige winzige Halogenlämpchen in der zehn Meter hohen Decke flammten auf wie ein Sternenhimmel.

»O mein Gott«, sagte Pia, als sie etwa die Mitte des einzigen, riesigen Raumes erreicht hatten, »das ist ja ein Traum!«

»Ich kann heute noch einen Mietvertrag mit Ihnen machen«, erbot sich Escher und verschlang Pia mit Blicken. Sie konnte sich lebhaft vorstellen, was Escher damit meinte, und warf ihrem Chef einen hilfesuchenden Blick zu.

»Die Heizkosten im Winter dürften die Wohnung zu einem Alptraum werden lassen«, bemerkte Bodenstein trocken und verstellte dem Geschäftsführer den Weg. »Es macht zwar keinen wirklich bewohnten Eindruck, aber die Wohnung ist immerhin möbliert. Küche, Einbauschränke, Bett, ein Sofa, Fernsehgerät.«

»Sie haben recht«, Escher nickte und betrachtete versonnen das Bett. »Ich wusste auch nicht, dass sich Möbel hier drin befinden.«

»Wer hat denn Schlüssel für diese Wohnung?«, erkundigte sich Bodenstein.

»Keine Ahnung. Alle Schlüssel für das Gebäude befinden sich in unseren Büroräumen. Im Prinzip kann sie jeder von meinen Mitarbeitern und Kollegen an sich nehmen.«

»Wann waren Sie das letzte Mal hier oben?«

»In den letzten beiden Jahren ganz sicher nicht«, Escher kratzte sich nachdenklich am Kopf. »Vor meiner Hüftoperation, glaube ich. Und die war 2002. Es gab ja auch keinen Grund, hier hoch zu kommen. Im Gebäude gibt es über 200 Wohnungen, Ateliers und Büros, um die ich mich kümmern muss.«

Pia machte einen Rundgang durch die Wohnung, öffnete die Schwebetüren des verspiegelten Schrankes, schaute in der Küche in den Kühlschrank und in den Backofen. Bodenstein bat unterdessen den Geschäftsführer um den Wohnungsschlüssel und eine Namenliste aller Personen, die Zugang zu den Schlüsseln gehabt hatten.

»Ist er weg?«, fragte Pia.

»Bei dem haben Sie Chancen«, Bodenstein grinste. »Haben Sie irgendetwas gefunden?«

»Nichts. Die ganze Wohnung ist klinisch sauber«, erwiderte Pia. »Kein einziges Staubkörnchen in den Schränken, kein Kalkfleck am Spülbecken, einfach gar nichts.«

Bodenstein sah sich nachdenklich in dem großen Raum um. Irgendetwas stimmte hier nicht. Hier war nicht bloß eine Putzfrau am Werk gewesen. Nun galt es herauszufinden, wer die Wohnung so akkurat aufgeräumt hatte. Und warum.

»Isabel Kerstner ist wie ein Habicht in den Hühnerhaufen gestoßen«, sagte Pia. »Ich glaube, der weint keiner in dem Reitstall eine Träne nach. Außer vielleicht Kampmann, der jetzt alle Pferde selber reiten muss. Aus ihm werde ich nicht schlau.«

»Wieso?« Bodenstein fuhr durch das offene Tor der Spedition Döring im Gewerbegebiet Eschborn und folgte den Hinweisschildern, die ihn zur Verwaltung leiteten. Auf dem riesigen Hof wimmelte es nur so vor Betriebsamkeit. Große LKW, vor allen Dingen Tiefkühlzüge, standen in Warteposition, um an eine der zwanzig Andockstationen fahren zu können, die sich an der Längsseite des großen flachen Gebäudes befanden. Auf der anderen Seite gab es weitere Gebäude, vor denen LKW mit hochgeschlagenen Planen beladen wurden. Gabelstapler summten wie Bienen hin und her, transportierten Paletten mit Waren. Der Verkehr auf dem großen Gelände war streng geregelt; es gab Einbahnstraßen und Stoppschilder, Ampeln und Haltezonen. Bodenstein war beeindruckt. Natürlich hatte er schon häufig die LKW mit dem hellblau-weißen Schriftzug »Friedhelm Döring – Frisch und frostig« oder »Friedhelm Döring – wir transportieren alles *just in time*« auf den Straßen gesehen, aber er hatte ihnen nie weitere Beachtung geschenkt, weil es dafür keine Veranlassung gegeben hatte. Als Anna Lena Döring am Morgen gesagt hatte, sie arbeite in der Firma ihres Mannes, hatte er nicht geahnt, was für ein Imperium sich hinter dem Wort »Firma« verbarg.

»Er kann einem nicht in die Augen gucken«, sagte Pia, »und ich glaube ihm nicht, dass sein Verhältnis zu Isabel rein geschäftlicher Natur war. Aber wenn wir in diesem Reitstall noch ein bisschen herumbohren, dann haben wir mindestens zwanzig Leute, die allesamt ein Motiv hatten, Isabel um die Ecke zu bringen.«

»Ein Motiv vielleicht«, Bodenstein stellte fest, dass sie quasi durch den Lieferanteneingang gekommen waren. Der Haupteingang befand sich auf der anderen Seite, und man hatte alles getan, um Besuch und Kundschaft zu imponieren. »Aber ist von denen wirklich einer fähig, so einen Mord zu begehen? Es gehört schon etwas dazu, jemandem eine tödliche Spritze zu verpassen, eine Leiche in stockdunkler Nacht auf einen Turm zu schleppen und hinunterzustoßen.«

Er stellte sein Auto auf einem der Gästeparkplätze an einer kreisrunden Rasenfläche mit einem Springbrunnen in der Mitte ab. Sie stiegen aus und gingen zu dem modernen vierstöckigen Gebäude aus verspiegeltem Glas und Stahl. In Goldlettern prangte der Firmenname über der Eingangstür, daneben befanden sich zahlreiche weitere Firmenschilder. Döring besaß zig Unterfirmen, die alle in diesem Gebäude beherbergt waren. In der pompösen Eingangshalle, die mit schwarzem Granit ausgelegt war, erwartete sie eine junge Frau mit einem strahlenden Lächeln hinter einem meterlangen Empfangstresen. Bodenstein stellte sich und seine Kollegin der Empfangsdame vor und bat um einen Termin bei Herrn Döring. Die Dame tippte mit acht Zentimeter langen künstlichen Fingernägeln eine Nummer ins Telefon, ohne den Blick von Bodenstein abzuwenden.

»Hallo, Frau Schneider«, flötete sie, »hier sind eine Dame und ein Herr von der *Kriminalpolizei,* die zum Chef wollen.«

Sie lauschte einen Moment, dann wurde ihr Lächeln bedauernd, schließlich legte sie auf.

»Herr Döring ist in einer Besprechung«, sie machte ein Gesicht, als sei eine Katastrophe über Mitteleuropa hereingebrochen. »Sie möchten sich ein paar Minuten gedulden.«

»Vielen Dank«, Bodenstein musste über so viel Schauspielerei beinahe lachen, »wir haben Zeit.«

»Sie können sich einen Kaffee nehmen«, die Empfangsdame schien wieder glücklich, »da drüben ist die Espressomaschine. Soll ich Ihnen zeigen, wie sie funktioniert?«

»Danke, das kriegen wir schon hin«, erwiderte Bodenstein.

»Mein Gott«, murmelte Pia und rollte die Augen, »die könnte ja direkt die Zwillingsschwester von Frau Kampmann sein. Dieses übertriebene Getue! Und Sie müssten mal sehen, wie sich die Frau in den letzten zwei Jahren verwandelt hat.«

Sie blieben neben der überdimensionalen Espressomaschine stehen.

»Verwandelt?«

»Vor anderthalb Jahren war Frau Kampmann eine durchschnittlich hübsche, aber unauffällige Frau. Heute sieht sie aus wie Barbie nach zehn Botox-Behandlungen. Weißblonde Haare, dicke Schminke, abgehungert, mit falschen Fingernägeln und mit Schmuck behängt wie ein Pfingstochse.«

»Und was, denken Sie, hat diese Frau veranlasst, sich so zu verändern?«, fragte Bodenstein.

»Sie wollte so aussehen wie Isabel Kerstner«, Pia zuckte die Schultern, »weil sie vielleicht bemerkte, wie ihr Mann auf sie abfuhr.«

Nach dem, was Anna Lena Döring über ihren Mann erzählt hatte, erwartete Bodenstein einen groben hemdsärmeligen

Typen mit Schlägervisage und Gorillafäusten. Friedhelm Döring erwies sich aber zu seiner Überraschung als ein schlanker, grauhaariger Mann Anfang fünfzig, mit einem markanten, etwas verlebten Gesicht, der mit seinem gestreiften Hemd und dem gutgeschnittenen Anzug auf den ersten Blick den Eindruck eines Bankers aus der City erweckte. Er erwartete sie an der Tür seines riesigen Büros, dessen gewaltige Dimensionen dazu angetan waren, einen Menschen einzuschüchtern. Bodenstein konnte sich leicht vorstellen, wie sich ein einfacher LKW-Fahrer fühlte, wenn er zum Chef befohlen wurde und den ganzen Weg von der Tür bis zu dem wuchtigen Schreibtisch zurücklegen musste. Der Raum erstreckte sich über die gesamte Breite des Gebäudes und hatte große Fenster, von denen aus man beinahe das ganze Betriebsgelände überblicken konnte. In einer gläsernen Vitrine hinter dem Schreibtisch standen zahlreiche Pokale, die Döring wohl auf Springturnieren errungen hatte, und an der einzigen Wand des Raumes hingen neben einer Straßenkarte von Europa und Werbeplakaten der Spedition Fotos, die Döring auf seinen Springpferden zeigten.

»Was verschafft mir die Ehre Ihres Besuches?«, fragte Döring, nachdem Bodenstein sich und Pia vorgestellt hatte. Er geleitete sie mit einer einladenden Geste zu einer schwarzledernen Sitzecke, wo sie nun Platz nahmen. Friedhelm Döring hatte eine angenehme, sonore Stimme und sprach Hochdeutsch ohne jede hessische Färbung.

»Wir ermitteln in einem Mordfall«, Bodenstein war noch immer leicht irritiert von der Diskrepanz zwischen seiner Vorstellung und der Realität. »Am Sonntagmorgen wurde in Ruppertshain die Leiche von Isabel Kerstner gefunden.«

»Das habe ich schon gehört«, Döring knöpfte sein Sakko auf und schlug die Beine übereinander. »Der Reitlehrer von Gut Waldhof sagte mir am Telefon, dass sie ermordet wurde.«

Er wirkte nicht gerade betroffen.

»Davon gehen wir mittlerweile aus.«

»Und was kann ich für Sie tun?« Döring faltete seine sorgfältig manikürten Finger über seinem Knie. Es gab keine Anzeichen von Nervosität oder Unsicherheit, keine unsteten Blicke, kein verräterisches Zucken der Augenlider. Friedhelm Döring sah sie nur aufmerksam an.

»Wir haben erfahren«, fuhr Bodenstein fort, »dass Frau Kerstner am späten Samstagnachmittag auf Gut Waldhof auftauchte, weil sie nach Ihnen suchte. Es würde uns interessieren, was sie von Ihnen gewollt haben könnte.«

»Das kann ich Ihnen nicht sagen«, erwiderte Döring. »Ich habe nicht mehr mit ihr gesprochen.«

»Warum hat sie Sie nicht einfach angerufen?«

»Das konnte sie nicht«, Döring lächelte leicht, und obwohl er entspannt dasaß, schien er auf der Hut zu sein. »Ich hatte an dem Nachmittag einen kleinen Unfall. Dabei ist mein Handy kaputtgegangen.«

Für einen Moment herrschte Schweigen, dann räusperte Bodenstein sich.

»Ach ja«, sagte er. »Eines Ihrer Pferde hat sich ein Bein gebrochen, nicht wahr? Wie ist es dazu gekommen?«

»Das Pferd stürzte an einem Hindernis«, antwortete Döring glatt. »So etwas passiert auch einem erfahrenen Springpferd hin und wieder. Meistens gibt es keine schwereren Verletzungen, aber in diesem Fall dann leider doch.«

»Das ist aber ein herber Verlust für Sie, oder nicht?«, fragte Pia. »Das Pferd war doch sicher sehr wertvoll. Wie haben Sie darauf reagiert?«

Döring blickte Pia ausdruckslos an, dann hob er die Augenbrauen.

»Ich dachte, Sie ermitteln in einem Mordfall. Oder arbeiten Sie für die Versicherung?«

»Viele Wege führen nach Rom«, gab Pia zurück und lächelte, »also?«

»Ich war betroffen«, Döring schlug nun das linke über das rechte Bein. »Carolus war mein bestes Springpferd. Ich werde so schnell kein gleichwertiges Pferd finden.«

»Waren Sie dabei, als es eingeschläfert wurde?«, fragte Bodenstein.

»Nein«, Döring stellte die Beine wieder nebeneinander auf den Boden und richtete sich auf. »Spielt das irgendeine Rolle?«

Bodenstein ging auf seine Frage nicht ein.

»Wie hat Ihre Frau den Verlust des Pferdes verkraftet?«

»Meiner Frau ging das natürlich sehr nahe«, in den grauen Augen des Mannes erschien ein wachsamer Funke. »Ich habe ihr vorgeschlagen, für ein paar Tage zu verreisen, damit sie auf andere Gedanken kommt, und das hat sie getan. Sie ist zu einer Freundin nach Paris geflogen.«

Bodenstein nickte. Dieser Mann war ein harter Brocken. Er log, ohne mit der Wimper zu zucken.

»Kommen wir noch mal zu Isabel Kerstner. Woher kannten Sie sich?«

»Aus dem Stall«, sagte Döring, »aber das wissen Sie ja bereits.«

»Wie gut waren Sie mit ihr bekannt?«

Dörings Mund verzog sich zu einem Lächeln.

»Ich habe hin und wieder mit ihr geschlafen«, gab er zu.

»Ach. Wusste Ihre Frau davon?«

»Ja. Aber sie hat nichts dagegen. Ich verhalte mich diskret, wenn ich fremdgehe.«

Das Telefon auf dem Schreibtisch summte, aber Döring machte keine Anstalten aufzustehen.

»Kennen Sie den Zauberberg in Ruppertshain?«, wagte Bodenstein einen Schuss ins Blaue.

»Ja, natürlich«, Döring nickte. »Ich habe das Gebäude vor einigen Jahren mit zwei Teilhabern gekauft.«

Bodenstein und Pia zeigten ihre Überraschung nicht, aber spätestens jetzt war es eindeutig, dass ihnen dieser Mann nichts von sich aus sagen würde.

»Aha«, sagte Bodenstein, »Sie gehören also zu der Investorengruppe.«

»Im Prinzip bin *ich* die Investorengruppe«, Döring lächelte schmal. »Escher und Gregori hatten nicht genug Geld, dafür aber das nötige Know-how. Ich wollte Geld verdienen und Steuern sparen, hatte aber keine Zeit, mich um das Ding zu kümmern. Ich besitze übrigens einige Objekte dieser Art.«

»Was ist mit dem Dom?«, erkundigte Pia sich. Da lächelte der Mann das erste Mal richtig. Dieses Lächeln verwandelte sein Gesicht auf eine unglaubliche Art und Weise, machte es geradezu sympathisch und ließ erahnen, weshalb sich Anna Lena Döring irgendwann einmal in ihn verliebt haben mochte.

»Den Dom benutze ich gelegentlich, wenn mir danach ist«, erwiderte er mit einer Belustigung, die Bodenstein und Pia nicht recht nachvollziehen konnten.

»Als Liebesnest?«, fragte Pia nach.

»Wenn Sie es so bezeichnen wollen. Ja.«

»War Frau Kerstner auch mit Ihnen schon dort?«

»Allerdings. Nachdem sie sich endgültig von ihrem Tierarzt getrennt hatte, habe ich ihr die Wohnung zur Verfügung gestellt.«

»Zur Verfügung gestellt«, wiederholte Bodenstein. »Ein seltsamer Ausdruck. Haben Sie ihr die Wohnung vermietet?«

»Nein. Sie konnte sie nutzen, wenn sie es wollte.«

»Und wofür?«

»Um dort zu übernachten, fernzusehen, was auch immer.«

Döring schien diese Unterhaltung zunehmend zu amüsieren.

»Natürlich«, Bodenstein lächelte. »Haben Sie ihr auch den Porsche bezahlt?«

Döring machte eine vage Handbewegung, dann lachte er.

»Wie Isabel ihren Lebensunterhalt bestritten hat, ist mir nicht bekannt«, sagte er. »Ihr Mann war im Rahmen seiner bescheidenen Möglichkeiten recht großzügig, und sie hatte außer mir noch andere Freunde, die sie hin und wieder beschenkten.«

Er warf einen Blick auf die Rolex an seinem Handgelenk und stand auf.

»Leider habe ich jetzt noch einen Termin«, sagte er mit gekünsteltem Bedauern. »Ich stehe Ihnen aber jederzeit zur Verfügung, falls Sie noch Fragen an mich haben sollten.«

Bodenstein und Pia erhoben sich ebenfalls.

»Sie haben noch gar nicht gefragt, auf welche Art und Weise Isabel Kerstner ums Leben gekommen ist«, bemerkte Bodenstein. »Oder wissen Sie das bereits?«

Das Lächeln verschwand aus Dörings Gesicht.

»Diese Andeutung habe ich überhört«, sagte er kalt. »Ich habe nicht gefragt, weil es mich nicht interessiert.«

Bodenstein trank einen Schluck Kaffee und konzentrierte sich auf die Dinge, die sie bisher in Erfahrung gebracht hatten. Kerstner war am Nachmittag aus der Untersuchungshaft entlassen worden, nachdem er die Samstag-Version von Anna Lena Döring bestätigt hatte. Er hatte auch bestätigt, dass Frau Döring öfter Spuren von Misshandlungen im Gesicht gehabt hatte und dass ihr Ehemann in Reiterkreisen dafür bekannt war, nach Alkoholkonsum zu Gewalttätigkeiten zu neigen. Dr. Clasing, Anna Lena Dörings Bruder, hatte mit finsterem Gesicht zugehört. Kerstner hatte als Zeugin für die Anwesenheit in der Pferdeklinik eine Nachbarin aus Ruppertshain benannt, die gegen Viertel nach sieben mit ihrem Hund an der Klinik vorbeigekommen war und dabei zugesehen hatte, wie er und Frau Döring das verletzte Pferd auf dem Parkplatz abgeladen hatten. Damit hatte Kerstners Alibi nur noch eine Lücke von ungefähr neunzehn Uhr vierzig bis einundzwanzig Uhr fünfundvierzig, als er und Frau Döring im Bad Sodener Krankenhaus eingetroffen waren. Bodenstein konnte sich trotzdem nur schwer mit dem Gedanken anfreunden, dass der Mann in diesen gut zwei Stunden seine Frau mit einer Injektion getötet und die Leiche auf den Aussichtsturm geschleppt haben sollte. Auf die Mitteilung, dass seine Frau bereits seit ein paar Monaten ausgerechnet eine Wohnung Dörings in Ruppertshain als Liebesnest benutzt hatte, hatte Kerstner kaum reagiert. Als Pia ihm erzählte, sie habe womöglich auch ein Techtelmechtel mit Reitlehrer Kampmann und Friedhelm Döring gehabt, hatte er nicht einmal aufgeblickt. Diese eigenartige Teilnahmslosigkeit, in die Kerstner zu versinken vermochte, war erschreckend. Aber es gab andere Spuren, die Bodenstein verheißungsvoller erschienen. Da war Friedhelm Döring, der sie so offensichtlich angelogen hatte. Und dann gab es diese klinisch saubere Dachwohnung im Zauberberg, in der die Spurensicherung nicht einmal ein Haar oder einen einzigen Fingerabdruck gefunden hatte. Vor allen Dingen gab es mittlerweile ein Handy, das ein Bewohner des Zauberbergs am Sonntag in der Tiefgarage gefunden und bei der Verwaltung abgegeben hatte. Die Techniker im Labor hatten bereits herausgefunden, dass es sich bei diesem Mobiltelefon um das von Isabel Kerstner handelte. Auf der Mailbox hatte man ein paar interessante Nachrichten gefunden. Um zwanzig nach acht hatte eine ungeduldige Männerstimme barsch um Rückruf gebeten, danach hatte eine junge Frau angerufen und hinterlassen, sie sei in einer Disko namens »Check-in«. Um

Viertel vor neun und um halb zwölf hatte wieder der Mann auf die Mailbox gesprochen.

»*Es ist jetzt gleich zwölf*«, hatte er gesagt, »*und ich finde es überhaupt nicht mehr lustig. Wir hatten eine Verabredung und die war verdammt wichtig. Das weißt du doch! Warum gehst du nicht an dein Handy? Ruf mich zurück, aber sofort!*«

Behnke hatte sich mit dem Provider in Verbindung gesetzt und ein Bewegungsprofil des Mobiltelefons angefordert. Isabel Kerstner hatte ein Girokonto bei der Sparkasse besessen, auf dem sich ein beachtliches Guthaben von knapp neunzigtausend Euro befand und auf das in den vergangenen Monaten regelmäßig hohe Bareinzahlungen erfolgt waren. Manchmal einige tausend, hin und wieder aber auch zehntausend Euro und mehr. Und es gab diesen undurchsichtigen Reitlehrer Kampmann, der Isabel kurz vor ihrem Tod auf dem Hof der Reitanlage gesehen hatte. Eine wichtige Frage war auch, wo sich die kleine Tochter von Isabel Kerstner befand. Anzeigen in sämtlichen regionalen Zeitungen und Suchaufrufe im Fernsehen waren bisher ergebnislos geblieben. Das fünfjährige Mädchen war spurlos verschwunden.

»Chef?« Kai Ostermann steckte den Kopf zur Tür herein. »Wir haben gerade den Obduktionsbericht bekommen.«

»Ah ja, gut«, Bodenstein nahm seinem Mitarbeiter den schmalen Hefter aus der Hand und begann sofort zu lesen.

Isabel Kerstner war tatsächlich an einer Überdosis Natrium-Pentobarbital gestorben. In ihrem Blut war eine hohe Konzentration des Mittels gefunden worden, das in der Veterinärmedizin zur Euthanasierung von Tieren benutzt wurde. Die Injektion musste bei Isabel unmittelbar tödlich gewirkt haben. Unter ihren Fingernägeln waren keine Haut- oder Stoffreste gefunden worden, die darauf hingewiesen hätten, dass sie gegen ihren Mörder gekämpft hatte. Sie hatte ein paar

Stunden vor ihrem Tod einen Cheeseburger und Hühnchenteile gegessen. Der Zustand ihrer Nasenscheidewand ließ darauf schließen, dass sie häufiger Kokain geschnupft hatte. Irgendwann in den Stunden vor ihrem Tod hatte sie mit mindestens einem Mann ungeschützten Geschlechtsverkehr gehabt, davon zeugten fremde DNA-Spuren in der Vagina. Sie waren mit der DNA von Kampmann verglichen worden, aber sie stimmten nicht überein. An der Kleidung Isabel Kerstners waren neben Faserresten und einzelnen Pferdehaaren Abriebspuren von winzigen Polyethylen-Partikeln gefunden worden. Professor Kronlage vermutete, dass die Leiche in einen Müllsack gewickelt worden war. Kein Wunder, dass man im Kofferraum des Porsches keine Spuren gefunden hatte, wenn der Körper der Frau in einem Plastiksack gesteckt hatte! Die Aufklärung des Mordes an Isabel Kerstner versprach, eine langwierige Sache zu werden, wenn nicht der Offenbarungsdrang des Täters zu einem unverhofften Aufklärungserfolg führte.

»Ostermann«, sagte Bodenstein und blickte auf, »die Jagd ist eröffnet. Ich will minutiös wissen, was Isabel Kerstner am Tag ihres Todes getan hat. Wann war sie wo, mit wem und warum? Wir dürfen uns nicht auf Kerstner als möglichen Täter versteifen. An die Arbeit!«

Kai Ostermann rückte seine runde Brille zurecht und nahm Haltung an.

»Zu Befehl«, er grinste und salutierte, dann verschwand er. Bodenstein blickte ihm mit einem leichten Lächeln nach. Zu seinem Glück hatte er Mitarbeiter, die noch nicht desillusioniert und abgestumpft waren. Sie waren ein wirklich gutes Team.

Bodenstein verließ am frühen Abend das Kommissariat und beschloss, noch einmal mit Friedhelm Döring zu sprechen. Er musste in Erfahrung bringen, was der Mann zur Tatzeit getan hatte. Im Bürogebäude der Spedition erfuhr er, dass Döring bereits außer Haus war. Sein Privathaus erwies sich als ein protziger Palast hinter einem schmiedeeisernen Tor, gegen den selbst die großzügige Villa von Cosimas Mutter bescheiden wie ein Hausmeisterhäuschen wirkte. Überwachungskameras sicherten Tor und Einfahrt, und ein Schild wies ungebetene Gäste darauf hin, dass mehrere ausgehungerte Rottweiler nur darauf warteten, sie zu zerfleischen. Bodenstein drückte auf die Klingel, aber es hieß, Herr Döring sei zum Reiten gefahren. Das musste er in Ermangelung seiner Frau wohl selber tun. Bodenstein fand, dass es eine gute Gelegenheit sei, Gut Waldhof selbst einmal in Augenschein zu nehmen, und lenkte seinen BMW auf die B519 Richtung Hofheim. Es dämmerte schon, als er auf den Parkplatz einbog. Hier reihten sich die Luxuskarossen aneinander. Neben einem knallgelben offenen Jeep standen zwei junge Frauen in Reitkleidung und rauchten. Als sie Bodenstein erblickten, verstummte ihr Gespräch, und sie musterten ihn neugierig.

»Guten Abend«, grüßte er freundlich. »Können Sie mir sagen, wo ich Herrn Döring finde?«

»Hallo«, erwiderte die langbeinige Blondine, »der ist in der Reithalle.«

»Sind Sie ein Freund von Freddy?«, erkundigte sich die Dunkelhaarige.

»Nein«, Bodenstein lächelte, während er von den jungen Frauen unverhohlen taxiert wurde. »Mein Name ist Hauptkommissar Bodenstein.«

Der neugierige Gesichtsausdruck verwandelte sich in spöttische Herablassung.

»Oh«, die Blonde zog die Augenbrauen hoch, »da haben sich Ihre Eltern aber wirklich Mühe mit Ihrem Vornamen gegeben. Oder sollte es sich etwa um eine Berufsbezeichnung handeln?«

»Eins zu null«, dachte Bodenstein belustigt. Der Mann in ihm registrierte einen knackigen Busen unter einem knappen weißen T-Shirt und lange, schlanke Beine, aber der Polizist bemerkte den flüchtigen Blick, den die beiden jungen Damen tauschten.

»Glücklicherweise ist Letzteres der Fall«, sagte er. »Oliver von Bodenstein.«

Die Herablassung wurde augenblicklich zu echtem Interesse. Simple Polizeibeamte standen hier nicht besonders hoch im Kurs, aber ein »von« vor dem Namen bewirkte Wunder.

»Wo wir gerade bei eigenartigen Vornamen sind«, sagte die Blonde, »ich heiße Thordis. Haben Sie was mit den Bodensteins von Schloss Bodenstein zu tun?«

»Ja«, Bodenstein nickte erstaunt, »das sind mein Vater und mein Bruder.«

»Ich habe Sie dort nie gesehen«, sagte die Blonde, »dabei bin ich früher dort geritten.«

»Und warum jetzt nicht mehr?«

»Ich wollte etwas mehr als nur im Gelände rumgurken. Und da sie noch immer keine gescheite Reithalle gebaut haben, bin ich hierher ausgewandert.«

Bodenstein wusste, dass sein Vater und sein Bruder seit Jahren mit Ämtern und Baubehörden kämpften, weil sie die winzige Reithalle, die leider unter Denkmalschutz stand, abreißen wollten und eine Genehmigung für eine zeitgemäße, große Reithalle brauchten. Aber er kam vom Thema ab. Er besann sich auf das, was er eigentlich wissen wollte.

»Haben Sie Isabel Kerstner gekannt?«

»Ach, es geht um Isabel«, Thordis wirkte enttäuscht. »Ich dachte schon, Freddy hätte was auf dem Kerbholz. Ich hatte nicht viel mit ihr zu tun, aber ich bin auch noch nicht sehr lange hier im Stall.«

»Ich fand sie nett«, sagte die Dunkelhaarige, die Anke

Schauer hieß. »Sie war echt cool drauf und scherte sich nicht um das, was andere von ihr dachten.«

»Sie war nicht besonders beliebt hier im Stall«, sagte Bodenstein, »aber können Sie sich vorstellen, dass jemand so weit gehen würde, sie umzubringen?«

»Oh, hier im Stall gibt's sicher dreißig Leute, die sie liebend gerne erwürgt hätten«, behauptete Thordis, »die ehrgeizigen Mütter genauso wie die verschmähten Männer.«

»Was ist mit Kampmann?«, fragte Bodenstein.

Die jungen Frauen sahen sich an und schüttelten die Köpfe.

»Der nicht«, sagte Thordis. »Isabel war wichtig für ihn. Ihr hat er es zu verdanken, dass der Pferdehandel richtig gut lief und seine Kasse klingelte. Herr Kampmann ist ausgesprochen nett zu Leuten, von denen er Vorteile hat.«

»Das klingt aber ziemlich zynisch.«

Thordis zuckte die Schultern.

»Die Kampmanns sind nicht mein Fall«, gab sie zu. »Sie verteilen ihre Gunst sehr offensichtlich.«

»Das kannst du aber nicht sagen«, verteidigte Anke Schauer den Reitlehrer und seine Frau. »Der Kampmann und die Susanne sind echt nett.«

»Nett«, Thordis schnaubte verächtlich. »Du bist auch so eine Hörige. Klar ist er nett zu dir. Dein Vater hat ihm schon zwei teure Pferde abgekauft.«

Anke Schauer schien die Kritik am Reitlehrer und seiner Frau nicht zu schmecken. Bodenstein bemerkte, dass Thordis ihn die ganze Zeit über nicht aus den Augen ließ. Ihre prüfenden Blicke brachten ihn auf eine eigenartige, wenn auch nicht gänzlich unangenehme Weise durcheinander. Sah er schon Gespenster aus der Vergangenheit, oder erinnerte sie ihn tatsächlich ein bisschen an Inka Hansen?

»Ich habe Isabel am Samstagnachmittag zuletzt gesehen«,

sagte Thordis, als Bodenstein schon glaubte, er würde nicht mehr als unwichtige Histörchen erfahren. »Als ich aus dem Stall kam, bin ich zu McDonald's nach Schwalbach gefahren. Da habe ich sie zufällig gesehen. Sie stand auf dem Parkplatz und unterhielt sich mit einem Typen. Das heißt ...«

Sie hielt nachdenklich inne und legte den Zeigefinger an die Nasenspitze.

»... eigentlich haben sie eher miteinander gestritten. Der Mann hatte sie am Oberarm gepackt. Bis ich ausgestiegen war, war er weg.«

»Was war das für ein Mann?« Bodenstein beglückwünschte sich zu seiner Entscheidung, nach Gut Waldhof zu fahren. Endlich erfuhr er etwas über die letzten Stunden in Isabel Kerstners Leben.

»Keine Ahnung, ich habe ihn nicht richtig gesehen. Das Auto war allerdings ungewöhnlich. Ein altes Mercedes Cabrio, eine Pagode. Ein 280 SL, Baujahr 1970, in Gold. Kennzeichen mit einem G vorne«, sie lächelte und fügte erklärend hinzu: »Ich habe eine Schwäche für alte Autos.«

»Um wie viel Uhr war das?«, erkundigte sich Bodenstein.

»So gegen halb vier«, Thordis blickte Bodenstein direkt in die Augen. »Isabel war total aufgekratzt. Sie fiel mir um den Hals und sagte so etwas wie ›komm mich mal besuchen, ich schick dir eine SMS‹.«

»Besuchen?«, fragte Bodenstein. »Wo denn?«

»Keine Ahnung.« Thordis zuckte die Achseln. »Isabel hat oft so einen Quatsch dahergeredet, ich hab nichts drauf gegeben.«

Bodenstein wurde bewusst, dass er die junge Frau anstarrte, und er bemühte sich um einen geschäftsmäßigen Tonfall, als er die beiden Frauen nach Isabels Bekanntenkreis fragte. Anke Schauer erzählte, Isabel habe sehr viele Bekannte gehabt. Sie habe zumindest nie Probleme gehabt, Männer kennenzulernen, eher damit, sie wieder loszuwerden. Wer ihr den Porsche bezahlt hatte, das wussten aber weder sie noch Thordis.

»Neulich hat Isabel gesagt, sie sei bald nicht mehr darauf angewiesen, sich für ein paar Kröten krummzulegen, weil sie eine Supersache eingefädelt habe, die ihr ein Luxusleben garantieren würde«, sagte Anke Schauer. »Sie hat ganz geheimnisvoll getan.«

»Aha«, Bodenstein horchte auf. »Wann war das?«

»Vor ein paar Wochen«, Anke Schauer überlegte und legte die Stirn in Falten. »Irgendwann Ende Juli. Da war sie ständig mit diesem Philipp unterwegs.«

»Philipp?«, fragte Bodenstein nach.

»So ein schmieriger Typ«, sagte Thordis, »ungefähr Anfang bis Mitte dreißig. Dunkle Gelfrisur, Anzug, Spiegelsonnenbrille.«

»Und ein fettes Auto«, ergänzte Anke Schauer. »Isabel hat behauptet, er sei ein Filmproduzent. Sie hat ihn ein paarmal mit hierher geschleppt, um die Schau zu machen.«

Bodenstein bedankte sich für die Auskünfte und reichte den beiden jungen Damen seine Visitenkarte.

»Rufen Sie mich an, falls Ihnen noch etwas einfällt, das uns weiterhelfen könnte.«

Die Dunkelhaarige nickte und steckte die Karte ein, aber Thordis betrachtete sie eingehend.

»Nur dann?«, fragte sie und hob den Kopf.

»Wie bitte?«

»Ich meine, darf ich Sie nur anrufen, wenn mir etwas über Isabel einfällt, oder auch einfach mal so?« Thordis sah ihn wieder auf eine eigentümlich herausfordernde und leicht spöttische Art und Weise an. Bodenstein starrte zurück. Inka Hansen in jung mit kurzen Haaren. Unglaublich diese Ähnlichkeit.

»Ich bin nur daran interessiert, den Fall aufzuklären«, sagte er und lächelte betont unpersönlich. »Einen schönen Abend noch.«

Er überquerte den Hof, wobei er die Blicke von Thordis in seinem Rücken zu spüren glaubte, und betrat den Stall an der Kopfseite. Auf der Stallgasse herrschte reger Trubel. Pferde waren an den Gitterstäben der Boxen angebunden und wurden geputzt, gesattelt oder abgesattelt. Auch in der hellen Sechzig-Meter-Reithalle war eine Menge los. Friedhelm Döring saß auf einem lebhaften Braunen. Mit dem geübten Auge des Pferdekenners erkannte Bodenstein, dass Döring ein guter Reiter war. Er ließ sich durch die Eskapaden seines Pferdes nicht beirren.

»Entschuldigung«, sagte jemand hinter Bodenstein. »Kann ich Ihnen helfen?«

Der Mann trug helle Reithosen und Arbeitsschuhe, er hatte ein Pflaster an der Stirn und musterte Bodenstein misstrauisch von Kopf bis Fuß. Fremde schienen in diesem Stall nicht gerade willkommen zu sein.

»Ich wollte zu Herrn Döring«, erwiderte Bodenstein, »danke.«

In dem Moment galoppierte Friedhelm Döring an der Tür vorbei und erblickte Bodenstein. Ein erstaunter Ausdruck flog über sein Gesicht, er parierte sein Pferd durch.

»Guten Abend, Herr Hauptkommissar!«, rief er, und unwillkürlich wandten sich alle Leute in der Reithalle mehr oder weniger auffällig zu Bodenstein um. In den Augen des Mannes mit der hellen Reithose flackerte Unbehagen auf. Bodenstein ahnte, dass es sich bei ihm um Reitlehrer Kampmann handeln musste.

»Guten Abend, Herr Döring«, erwiderte Bodenstein.

»Wollen Sie zu mir?«, der Mann gab seinem Pferd, das einen erschreckten Satz zur Seite gemacht hatte, eine scharfe Parade.

»Ja. Aber lassen Sie sich nur Zeit.«

Bodenstein beobachtete den Betrieb in der Reithalle, aber seine Gedanken wanderten zu der jungen Frau namens Thordis und viel weiter zurück in die Vergangenheit. Er fragte sich, ob er bei Inka eine Chance gehabt hätte, wenn Ingvar Rulandt ein Jahr früher aus Ruppertshain verschwunden wäre, um in der großen, weiten Welt Karriere als Springreiter zu machen. Hatte Inka eigentlich geahnt, wie sehr er in sie verliebt gewesen war? Wahrscheinlich nicht. Im Verbergen starker Gefühle war er schon von Kindesbeinen an gut gewesen. Für Inka war er wohl immer nur Quentins großer Bruder gewesen, mehr nicht. Bodenstein schüttelte den Kopf und richtete sein Interesse auf die Vorgänge in der Reitbahn. Reitlehrer Kampmann stand jetzt in der Bahnmitte und gab einer Frau Unterricht. Sein Blick glitt immer wieder zu Bodenstein hinüber, und es schien ihm absolut nicht geheuer, schon wieder einen Kripobeamten in seiner Nähe zu wissen. Döring hingegen wirkte ungerührt. Er hatte seinem Pferd eine Decke über die Kruppe gelegt und ritt am langen Zügel Schritt, wobei er mit einer anderen Reiterin, die eben mit dem Reiten begonnen hatte, ungezwungen plauderte. Entweder war der Mann völlig abgebrüht oder an den Umgang mit staatlichen Behörden gewöhnt. Als er schließlich absaß und sein Pferd in den Stall führte, folgte Bodenstein ihm.

»Ein schönes Pferd«, sagte er zu Döring. »Ein Springpferd?«

»Ja, und zwar ein gutes«, erwiderte der Mann mit einem stolzen Lächeln. Er fuhr sich mit der Hand durch sein schweißnasses Haar, und Bodenstein musste zugeben, dass Friedhelm Döring eine ausgesprochen männliche Erscheinung war. Die Reithose saß obszön eng, wie bei einem Balletttänzer zeichnete sich unter dem grauen Stoff seine Männlichkeit deutlich ab. Die hellen Augen unter den schweren Lidern verrieten eine latente Wildheit, die unter der geschliffenen Oberfläche lauerte, aber Döring kaschierte dies gekonnt mit einem charmanten Lächeln und einer gewinnenden Art. Viele Frauen mochten Männer, die auf eine etwas derbe Art gut aussahen – weshalb nicht auch Anna Lena Döring?

»Ich hab ihn zweijährig auf der Auktion gekauft«, sagte Döring in diesem Moment mit unverhohlenem Stolz. »Verstehen Sie etwas von Pferden?«

»Etwas«, gab Bodenstein zu, »früher bin ich selbst einmal geritten. Aber jetzt fehlt mir leider die Zeit.«

»Berittene Polizei, was?« Döring zwinkerte ihm kumpelhaft zu.

»Nein, das war, bevor ich zur Polizei ging«, erwiderte Bodenstein, ohne auf die offensichtlich als Witz gemeinte Bemerkung mit Humor zu reagieren. Döring bedachte ihn mit einem abschätzenden Blick, nahm dem Pferd die Abschwitzdecke ab und führte es in die Box.

»Reiten Sie jeden Abend Ihre Pferde?«, erkundigte Bodenstein sich.

»Nein«, Döring schob die Boxentür zu und ergriff seine Jacke, die an einem Haken vor der Box hing. »Eigentlich macht das meine Frau, aber sie ist im Augenblick verreist.«

Er sagte das ganz ruhig und gelassen, und wenn Bodenstein nicht morgens noch Anna Lena Döring mit ihrem entstellten Gesicht gesehen hätte, hätte er auch nicht daran gezweifelt.

»Der Mann von Isabel Kerstner behandelt Ihre Pferde, nicht wahr?«

»Ja«, Döring schlüpfte in seine Jacke, »er ist ein wirklich guter Tierarzt. Aber Isabel war für ihn als Mann eine Nummer zu groß.«

»Wie meinen Sie das denn?«

Döring grinste plötzlich, und seine Zähne blitzten sehr weiß in seinem dunklen Gesicht.

»Lassen Sie uns ein Bier trinken. Dann erzähle ich Ihnen alles über Isabel, was Sie wissen möchten.«

Dr. Michael Kerstner stand neben dem Schimmelwallach und begutachtete die Stelle an der Brust, an der er das Pferd am vergangenen Samstag mit sechzig Stichen genäht hatte.

»Und?«, fragte Anna Lena Döring besorgt.

»Sieht ganz gut aus«, erwiderte Kerstner, »es hat sich nicht entzündet. Wenn wir Glück haben, beeinträchtigt es später nicht einmal die Bewegung.«

Anna Lena Döring streichelte das Pferd, das alles gleichmütig mit sich geschehen ließ. In dem Moment ging das Hoftor auf. Kerstner und Anna Lena Döring fuhren herum.

»Micha!«, über Georg Rittendorfs angespanntes Gesicht flog ein Ausdruck der Erleichterung. »Gott sei Dank, du bist wieder da! Mensch, das tut mir alles so leid.«

Rittendorf umarmte seinen Freund kurz und heftig.

»Ich habe es überlebt«, sagte Kerstner rau. Anna Lena Döring räusperte sich, und erst jetzt schien es Rittendorf bewusst zu werden, dass sie nicht alleine waren.

»Anna!«, sagte er entsetzt. »Wie siehst du denn aus?«

»Das war Friedhelm«, sie verzog das Gesicht. »Am Samstag.«

»Dieses Schwein!«, Rittendorf schüttelte den Kopf. »Du solltest ihn wirklich anzeigen.«

»Das bringt doch nichts«, Anna Lena Döring streichelte die Nase ihres Pferdes.

»Aber das kann doch nicht so weitergehen! Was sagt Flori dazu?«

»Er sagt mir seit Jahren, dass ich mich von Friedhelm trennen soll«, sie stieß einen Seufzer aus, »und jetzt tue ich das auch. Friedhelm weiß nicht, wo ich bin.«

»Was weiß die Polizei denn bis jetzt?«, wandte Rittendorf sich an seinen Freund.

»Keine Ahnung«, Kerstner zuckte die Schultern. »Ist mir auch egal. Ich war kein bisschen schockiert, als sie mir sagten, dass sie tot ist.«

»Kann ich verstehen«, Rittendorf stieß den Rauch seiner Zigarette heftig aus. »Für all das, was sie dir und anderen angetan hat, hat sie es verdient.«

Mit plötzlicher Verbitterung ballte er die Fäuste.

»Ich habe sie noch nie leiden können, auch wenn sie Valentins Schwester war.«

»Ich weiß«, Kerstner nickte niedergeschlagen, »es war wahrhaftig ein Alptraum, aber er ist noch nicht vorbei.«

»Wie meinst du das? Isabel ist tot und du bist frei.«

»Ich weiß aber nicht, was sie mit Marie gemacht hat!« Kerstner fuhr herum, die Tränen brannten in seinen Augen. »Sie war am Samstag hier, weil sie wollte, dass ich in eine schnelle Scheidung einwillige. Allerdings unter der Bedingung, dass ich auf das Sorgerecht für Marie verzichte. Sie sagte, Marie sei schon im Ausland, und wenn ich nicht auf der Stelle unterschreibe, würde ich sie niemals wiedersehen!«

Georg Rittendorf starrte seinen Freund ungläubig an.

»Ich habe ihr gesagt, sie solle Marie mir geben, aber da hat sie mich ausgelacht und gesagt, ich könnte ja selbst ein Kind machen, wenn ich unbedingt eins haben wollte«, Kerstners Stimme klang nur mühsam beherrscht. »Jetzt ist sie tot, und ich werde niemals erfahren, wo Marie ist und wie es ihr geht!«

Anna Lena Döring ergriff Kerstners Hand.

»Man kann sicher herausfinden, was sie mit Marie gemacht hat«, sagte sie. »Sie muss ja irgendwo sein. Es muss jemanden geben, der ihr geholfen hat, Marie wegzubringen, jemanden, der ...«

Sie brach ab und erstarrte.

»Was hast du?«, fragte Michael Kerstner rau.

»Ich muss zurück zu Friedhelm«, sagte Anna Lena tonlos.

»Bist du verrückt?« Kerstner ergriff ihren Arm. »Er hat dich beinahe totgeschlagen!«

»Es muss Friedhelm gewesen sein, der Isabel geholfen hat, Marie außer Landes zu bringen!«, erwiderte Anna Lena und blickte ihn an. »Er weiß, wie man so etwas organisiert.«

»Nein, nein«, Kerstner schüttelte den Kopf in plötzlicher Ernüchterung, »das ist völlig verrückt. Du wirst nicht zu ihm zurückgehen, nur weil du mir helfen willst. Das kommt nicht in Frage. Ich werde mit der Polizei darüber sprechen.«

»Die Polizei?« Anna Lena Döring schnaubte verächtlich. »Was soll die denn machen? Weißt du, was ein Menschenhändler ist? Glaubst du, Friedhelm lässt seine LKW und Container nur mit argentinischem Rindfleisch und Computern durch die halbe Welt fahren? Er glaubt, ich kriege so etwas nicht mit, aber ich weiß eine ganze Menge. Für solche Leute ist es eine Kleinigkeit, ein fünfjähriges Kind irgendwohin zu schaffen.«

»Ich habe Angst um dich«, Kerstner legte seinen Arm um ihre Schulter. »Es kommt nicht in Frage, dass du dich in Gefahr begibst. Wir werden ein sicheres Versteck für dich finden, und da bleibst du so lange, bis dieser Mistkerl eine Scheidung akzeptiert.«

Friedhelm Döring erwies sich als ein äußerst unterhaltsamer Erzähler. Nach zwei Stunden am Tresen des Reiterstübchens, in denen Döring fünf Pils und drei doppelte Wodka getrunken hatte, fragte sich Bodenstein, ob Anna Lena Döring ihn nicht womöglich belogen hatte. Döring machte auf ihn einen völlig normalen und beinahe sympathischen Eindruck. Er gab freimütig zu, dass ihm Isabel gefallen hatte, weil sie im Bett keine Tabus kannte, und es hatte ihn nicht gestört, dass sie außer ihm noch andere Liebhaber gehabt hatte.

»Was ist mit Ihrer Frau?«, fragte Bodenstein und bemerkte, wie sich ein wachsamer Ausdruck in Dörings Augen schlich.

»Wusste sie von Ihnen und Isabel?«

»Sie weiß, dass ich Isabel den Dom überlassen hatte«, erwiderte Döring, »aber wir haben nie darüber gesprochen. Ich liebe meine Frau. Sie hat nur eben nicht den gleichen Spaß an gewissen Dingen wie ich.«

Die Frau hinter dem Tresen brachte unaufgefordert ein frisches Pils, als Dörings Glas leer war, und Bodenstein beschloss, so lange hierzubleiben, bis sein Gesprächspartner die ersten Anzeichen von Trunkenheit zeigte. Er hatte schon Umgang mit Trinkern gehabt, und oft war er erstaunt gewesen, wie sehr Alkohol einen Menschen verändern konnte. Vielleicht gehörte auch der erfolgreiche, aalglatte Unternehmer Friedhelm Döring zu dieser Sorte.

»Was ist mit Isabels Mann? Wusste Kerstner von Ihrem Verhältnis?«, fragte Bodenstein.

»Ich glaube nicht«, erwiderte Döring. »Er war wohl damit zufrieden, dass Isabel mit dem Kind bei ihm war, wenigstens offiziell. Zwischen den beiden stimmte überhaupt nichts. Isabel hatte nichts für ihn übrig.«

»Halten Sie es für möglich, dass Kerstner seine Frau umgebracht hat?« Bodenstein stellte die Frage mit liebenswürdiger Stimme, aber er beobachtete Dörings Gesicht aufmerksam.

»Wer weiß schon, wozu Menschen in der Lage sind«, antwortete dieser nach kurzem Zögern. Eine steile Unmutsfalte erschien plötzlich zwischen seinen Augenbrauen. »Sie hat ihn schließlich schnöde sitzenlassen, und das ist für einen Mann nur schwer zu verkraften.«

Bodenstein tat so, als dächte er über die Antwort nach. Die letzte Äußerung Dörings bezog sich wohl eher auf dessen persönliche Situation. In diesem Augenblick röhrte draußen vor dem Fenster ein Sportwagen vorbei. Wenig später betrat ein blasser, schlanker Mann in schwarzer Lederjacke das Stübchen. Er wurde von allen Anwesenden übertrieben aufmerksam begrüßt.

»Wer ist das?«, erkundigte Bodenstein sich, obwohl er Hans Peter Jagoda sofort erkannt hatte.

»Der Stallbesitzer«, Döring wandte sich auf seinem Barhocker um. Jagoda steuerte direkt auf ihn zu, nachdem er die anderen Leute mit einem unverbindlichen Lächeln begrüßt hatte.

»Freddy«, Jagoda legte Döring die Hand auf die Schulter, »ich muss mit dir reden.«

Auf seinem Gesicht lag ein angespannter Ausdruck. Er schien nicht davon angetan, Döring in Gesellschaft eines Fremden zu sehen.

»Darf ich dir vorstellen«, unterbrach Döring den Mann eine Spur zu eilig, »das ist Hauptkommissar Bodenstein von der Kripo Hofheim. Herr Bodenstein, das ist Hans Peter Jagoda, Inhaber dieser schönen Reitanlage.«

Jagoda lächelte gezwungen. Neben dem vitalen und sonnengebräunten Friedhelm Döring sah er farblos aus.

»Trinkst du etwas mit uns?«, fragte Döring, der im Gegensatz zu Jagoda völlig entspannt wirkte. Bevor der Mann etwas sagen konnte, hatte er der Bedienung gewinkt und ein Pils geordert. Jagoda machte einen nervösen, geistesabwesenden Eindruck und schien nicht vorzuhaben, sich hinzusetzen. Seine Augen wanderten hin und her, und als sein Handy piepste, drehte er sich einfach um und ging hinaus, ohne sich dafür zu entschuldigen. Döring störte das nicht weiter. Einige Minuten später tauchte Jagoda wieder auf und machte Döring von der Tür her ein Zeichen.

»Bin sofort zurück«, sagte dieser zu Bodenstein und stand auf. Die beiden Männer blieben vor der Rauchglastür des Reiterstübchens stehen. Bodenstein konnte sehen, dass Jagoda erregt auf Döring einredete. Er fuchtelte mit den Armen und machte hektische Bewegungen, bevor er sich abrupt abwandte und davonmarschierte. Sein Bier hatte Jagoda unberührt stehenlassen. Döring kehrte zurück. Er ergriff das volle Bierglas und nahm einen tiefen Schluck. Zwei Frauen, die an einem Ecktisch zusammen mit anderen jungen Leuten gesessen hatten, bezahlten ihre Getränke und standen auf.

»Ihr geht schon?«, fragte Döring, als sie an ihm vorbeigingen, und streckte den Arm aus.

»Wenn du uns den ganzen Abend allein lässt«, die mollige, etwa vierzigjährige Brünette ließ sich bereitwillig in den Arm nehmen und warf Bodenstein einen herausfordernden Blick zu. »Du und dein Freund, ihr tut ja so geheimnisvoll.«

»Hauptkommissar Bodenstein sucht Isabels Mörder«, sagte Döring.

»Oh!«, die Mollige kicherte. »Verdächtigt er etwa dich?«

Döring lachte schallend, als habe sie einen guten Witz gemacht, aber die aufgesetzte Heiterkeit erreichte seine Augen nicht.

»Sag mal, Freddy«, sagte die andere Frau mit dem grauen Bubikopf, »kannst du Anna Lena bitte sagen, dass ich am Wochenende den Hänger brauche? Sie hat ihn sich am Samstag geliehen.«

Für eine Sekunde verschwand das leutselige Lächeln aus Dörings Gesicht, und Bodenstein glaubte, einen Funken von Zorn in den hellen Augen zu sehen.

»Klar«, sagte er unbefangen. »Sie kommt morgen zurück, und dann stellt sie ihn wieder hin.«

Die Frauen verabschiedeten sich und gingen.

»Wohin ist Ihre Frau verreist?«, fragte Bodenstein und sah Döring in die Augen. »Weiß sie schon, dass Isabel Kerstner tot ist?«

Friedhelm Döring zuckte nicht mit der Wimper.

»Sie ist in Paris bei einer Freundin«, log er glatt. »Die Sache mit dem Pferd ging ihr ziemlich nahe. Ich bin mir nicht sicher, ob sie es weiß.«

Obwohl Bodenstein wusste, dass er nach Strich und Faden angelogen wurde, konnte er nicht umhin, Dörings schauspielerisches Talent zu bewundern.

»Der Bruder Ihrer Frau ist ja ein bekannter Strafverteidiger. Verstehen Sie sich gut mit ihm?«

»O ja«, Döring bekam wieder ein frisches Pils serviert. »Ich habe ein gutes Verhältnis zur Familie meiner Frau.«

Die nächste eiskalte Lüge! Dörings Aussprache wurde nach dem siebten Pils und dem fünften Wodka allmählich undeutlicher, und das gestochene Hochdeutsch, dessen er sich bis dahin befleißigt hatte, wich einem leichten hessischen Akzent. Der Genuss des Alkohols hatte Dörings Gesicht gerötet, und seine Augen glänzten. Bodenstein warf einen Blick auf seine Uhr.

»Es ist ja gleich elf!«, er tat erstaunt. »Na ja, es war ein netter Abend. Ich habe auch nur noch eine Frage an Sie, Herr Döring.«

»Nur zu!« Döring setzte sein achtes Pils an und machte eine auffordernde Geste.

»Einige Leute hier aus dem Stall haben behauptet, Sie hätten Ihre Frau am vergangenen Samstag krankenhausreif geschlagen. Ist das wahr?«

Döring setzte sein Glas hart auf den Tresen. Zwischen seinen Augenbrauen erschien wieder diese steile Falte, und er richtete sich auf.

»Wer redet denn so eine Scheiße?«, fragte er unwirsch.

»Mehrere Leute«, erwiderte Bodenstein unbestimmt.

»So ein Quatsch!« Döring schüttelte ungehalten den Kopf.

»Uns wurde eine ganz andere Version der Vorgänge vom Samstag erzählt, und da hieß es, Sie hätten erst Ihr Pferd und dann Ihre Frau verprügelt.«

Friedhelm Döring lief tiefrot an, und plötzlich wusste Bodenstein, dass Anna Lena Döring nicht gelogen hatte. Die Verwandlung, die vor seinen Augen mit dem Mann vor sich ging, war beängstigend, und es war, als habe unvermittelt eine andere Person von seinem Körper Besitz ergriffen.

»So ist das also«, zischte er und durchbohrte Bodenstein mit einem zornigen Blick aus zusammengekniffenen Augen, »sich hierher setzen und harmlos tun, na ja, ich kenn euch Brüder ja. Ihr Bullen seid alle gleich. Und wenn schon! Was ich mit meiner Frau mache, ist ja wohl meine Privatangelegenheit!«

»Also haben Sie sie tatsächlich geschlagen?«, insistierte Bodenstein.

»Ich hab ihr eine verpasst, weil sie sich dämlich und hysterisch aufgeführt hat«, brüllte Döring so unerwartet los, dass Bodenstein unwillkürlich zusammenzuckte. »Sie hat mir mein bestes Pferd versaut, und dann hat sie mich angeschrien, diese blöde Kuh!«

Alle Gespräche im Reiterstübchen waren verstummt. Bodenstein registrierte die verstohlenen Blicke der wenigen Leute, die noch anwesend waren.

»He!« Döring sprang auf und hielt sich an der Lehne des Barhockers fest. »Wer von euch bescheuerten Spießern hat den Bullen so einen verdammten Mist über mich erzählt? Na los, ihr Feiglinge!«

Von seiner Gelassenheit und seinem weltmännischen Charme war nichts mehr übrig, und aus dem kultivierten, freundlichen Unterhalter war unversehens ein schweinischer, hartgesichtiger Mann geworden. Unter der dünnen Lackschicht guten Benehmens kam der brutale Prolet zum Vorschein, der er in Wirklichkeit war.

»Beruhigen Sie sich doch, Herr Döring«, sagte Bodenstein. »Was haben Sie eigentlich nach dem Vorfall mit dem Pferd gemacht?«

Döring fuhr herum. Er stemmte die Arme in die Seiten und schob sein Kinn vor, was ihm das Aussehen einer kampfbereiten Bulldogge verlieh. Bodenstein ließ sich nicht einschüchtern.

»Können Sie sich daran erinnern?«

»Ja, das kann ich«, schnappte Döring. »Ich bin von hier aus nach Hause gefahren, weil ich am Abend eingeladen war. Um kurz nach acht war ich dort. Dafür gibt es Zeugen.«

»Und für die Zeit, nachdem Sie den Stall verlassen hatten und bis Sie dort auftauchten, gab es da auch Zeugen?«, fragte Bodenstein liebenswürdig. Dörings Fassade der Arroganz und Selbstsicherheit begann zu bröckeln.

»Herr Döring«, setzte Bodenstein nach, »wann haben Sie Frau Kerstner das letzte Mal gesehen oder gesprochen?«

»Ich sage kein Wort mehr«, gab Döring frostig zurück.

»Das ist Ihr gutes Recht«, Bodenstein erhob sich und legte einen Zehneuroschein auf den Tresen. »Ich möchte Sie bitten, morgen früh um neun auf dem Kommissariat zu erscheinen.«

»Und wieso, wenn ich fragen darf?«, die Frage klang drohend.

»Sie dürfen«, Bodenstein gelang ein unverbindliches Lächeln. »Ich versuche, den Tagesverlauf von Isabel Kerstners Todestag zu rekonstruieren. Sie hatte am Tage ihres Todes mit mindestens einem Mann Geschlechtsverkehr. Ich werde morgen früh die richterliche Anordnung einer DNA-Probe beantragen.«

Der Blick, den Friedhelm Döring ihm zuwarf, war mörderisch.

»Das können Sie sich sparen«, zischte er. »Ich hab sie nicht umgebracht, aber ich hab sie gefickt. Freitagnacht. Am Samstag hab ich sie nicht mehr gesehen. Reicht Ihnen das?«

»Ja, das reicht erst mal«, Bodenstein stand auf. »Sie sollten in Ihrem Zustand nicht mehr selber Auto fahren. Einen schönen Abend noch.«

Döring starrte ihm schweigend aus blutunterlaufenen Augen nach, aber an der Eile, in der die anderen Gäste des Reiterstübchens nun ihre Jacken zusammenrafften, erkannte Bodenstein, dass sie an Auftritte dieser Art gewöhnt waren und wussten, dass es höchste Zeit war, in einem zügigen Exodus die Flucht zu ergreifen.

Mittwoch, 31. August 2005

Den seriöseren Tageszeitungen war der Mord an Isabel Kerstner nur eine Randnotiz wert gewesen, viel interessanter war der Freitod von Oberstaatsanwalt Hardenbach. Lediglich die Lokalblätter hatten ausführlicher berichtet. Die BILD-Zeitung hatte die von Bodenstein nur spärlich zur Verfügung gestellten Informationen allerdings zu einer fetten Schlagzeile gemacht. »POLIZEI RATLOS – WER ERMORDETE DIE SCHÖNE ISABEL?« Darunter das verschwommene Foto einer blonden Frau.

»Na, herzlichen Dank«, knurrte Bodenstein, als er die Zeitung bei der morgendlichen Besprechung durchblätterte. Der reißerischen Schlagzeile verdankte er ganz sicher auch die soeben erfolgte Aufforderung, sich umgehend bei Kriminaldirektor Nierhoff zu melden. Er überflog die fünf Zeilen unter der Schlagzeile mit grimmiger Miene und las auf Seite 7 weiter. Die Pressefritzen ergingen sich in Mutmaßungen und hatten das getan, was sie am liebsten taten, nämlich die Polizei als ahnungslose Deppen hinzustellen.

»Ich habe den Computer nach sämtlichen zugelassenen Mercedes-Benz W 113 Typ 280 SL – auch als ›Pagode‹ bezeichnet – durchsucht«, verkündete Kai Ostermann, der einigermaßen übernächtigt aussah. Bodenstein blickte auf.

»Um die Suche einzugrenzen, habe ich mich auf die Autokennzeichen, die mit einem G beginnen, beschränkt«, fuhr

Ostermann fort, »davon gibt es immerhin 45 verschiedene Möglichkeiten in Deutschland.«

»Und?«, fragte Frank Behnke.

»Glücklicherweise war das Auto nicht rot oder silbern«, Ostermann ließ sich nicht ablenken, »denn es gibt in allen 45 Zulassungsbezirken ganze zweiunddreißig goldene SL 280 Typ Pagode. Einer davon steht in Gießen, und er ist auf einen Günther Helfrich zugelassen. Amtliches Kennzeichen: GI-KH 336.«

»Aha«, Bodenstein nickte, »und weiter?«

»Das Fahrzeug«, fuhr Ostermann fort, »wurde am Samstag, den 27. August 2005 um 22:19 Uhr mit Tempo 104 geblitzt. Und jetzt dürft ihr mal raten, wo.«

»Mir ist nicht nach Ratespielen zumute«, erwiderte Bodenstein, noch immer verärgert über die Schlagzeilen in der Boulevardpresse.

»Auf der B519 zwischen Königstein und Kelkheim.«

»Das gibt's doch nicht!« Bodenstein blickte auf.

»Doch«, Ostermann grinste zufrieden, »das Foto habe ich schon angefordert.«

»Helfrich war Isabels Mädchenname«, warf Pia ein.

»Genau«, Ostermann nickte, »Günther Helfrich war ihr Vater.«

»Diese Thordis hat das Auto gegen halb vier auf dem Parkplatz von McDonald's gesehen«, überlegte Bodenstein laut, »womöglich hat sich Isabel dort mit ihrem Vater getroffen.«

»Nein, das hat sie sicher nicht«, Ostermann schüttelte den Kopf.

»Wieso nicht?« Bodenstein trommelte mit den Fingerspitzen auf die Tischplatte, während er nachdachte.

»Weil er tot ist«, sagte Ostermann. »Herzinfarkt, Oktober 2001. Seine Witwe, Isabels Mutter, lebt in einem Pflegeheim in Bad Soden. Sie hat Alzheimer.«

»Wieso ist dann das Auto in Gießen zugelassen?«

»Keine Ahnung.«

Für einen Moment herrschte Schweigen in der Runde.

»Okay«, sagte Bodenstein schließlich, »Ostermann, Sie klemmen sich wieder hinter Ihren Computer und versuchen, mehr über Döring und Jagoda herauszubekommen. Mich interessiert alles: finanzielle und private Verhältnisse, etwaige Vorstrafen, beruflicher Werdegang und so weiter.«

Der Mann nickte.

»Was wissen wir von Kerstners Nachbarn aus Kelkheim?«

»Die haben alle dasselbe gesagt«, sagte Kathrin Fachinger. »Die Kerstners waren selten zu Hause, er war oft bis spät in die Nacht weg, und sie lag hauptsächlich auf der Terrasse in der Sonne oder hörte laut Musik, wenn sie da war.«

»Gut«, Bodenstein nickte. »Frank, Sie fahren nach Ruppertshain und versuchen, mit ein paar Bewohnern des Zauberbergs zu sprechen. Vielleicht hat irgendjemand etwas gesehen oder gehört.«

Als Behnke, Pia und Ostermann sein Büro verlassen hatten, griff er wieder zum Telefon, um Kriminaldirektor Dr. Nierhoff anzurufen, aber der war in einer Besprechung. Bodenstein hinterließ seiner Sekretärin, sie möge ihm ausrichten, dass er sich später wieder melden würde. Danach machte er sich ein drittes Mal auf den Weg in die Pferdeklinik, um nochmals mit Kerstner zu sprechen. Als er in die Stichstraße einbog, an deren Ende sich die Pferdeklinik befand, erkannte er an der Anzahl der auf dem Parkplatz abgestellten Pferdeanhänger, dass in der Klinik Hochbetrieb herrschte. Dennoch betrat er den Hof, wo Rittendorf und Kerstner gerade damit beschäftigt waren, ein Pferd zu untersuchen. Das Tier schien sich nur mühsam auf den Beinen zu halten, es stand mit gesenktem Kopf und stumpfen Augen da – ein Bild des Jammers.

»Ich will Sie nicht lange von der Arbeit abhalten«, sagte er entschuldigend, als er den leicht ungehaltenen Gesichtsausdruck Rittendorfs sah. »Ich habe eigentlich nur eine Frage.«

»Worum geht's diesmal?«

»Wie kommt man an Natrium-Pentobarbital, wenn man kein Arzt oder Apotheker ist?«

»Selbst dann ist es in Deutschland nicht einfach so erhältlich«, Rittendorf schob mit dem Zeigefinger seine Brille hoch. »Im Gegensatz zur Schweiz. Ein dort niedergelassener Arzt kann es gegen Rezept in der Apotheke erwerben.«

»Und wie kommen Sie an dieses Mittel?«

»Es ist lediglich Bestandteil einiger Medikamente«, sagte Rittendorf. »Wir bestellen es direkt bei den Pharmafirmen, mit denen wir zusammenarbeiten, und wir bewahren diese Medikamente in unserem Giftschrank auf, der immer abgeschlossen ist. Jede Entnahme wird dokumentiert.«

Bodenstein blickte zu Kerstner hinüber, der gerade mit der Frau sprach, die das Pferd am Zügel hielt und ein bekümmertes Gesicht machte. Er hatte den Tierarzt bisher noch nie bei der Ausübung seines Berufes erlebt. Kerstner wirkte konzentriert und gelassen, wie jemand, der genau weiß, über was er spricht und was er tut. Bodenstein erinnerte sich an die verschiedentlich gemachten Aussagen, Kerstner sei ein hervorragender Tierarzt.

»Es tut mir wirklich leid, Frau Wilhelm«, sagte Kerstner in dem Moment, »aber es sind nicht nur die Röntgenaufnahmen. Sie sehen ja selbst, wie der arme Kerl dasteht. Er hat starke Schmerzen, und das trotz der Spritzen. Sie tun ihm keinen Gefallen, wenn Sie ihn jetzt wieder mitnehmen.«

Die Frau nickte tapfer und wischte sich über die Augen. Sie tätschelte den Hals des Pferdes.

»Was ist mit dem Pferd?«, fragte Bodenstein leise.

»Hochgradige Hufrehe im Endstadium«, erwiderte Rittendorf. »Hufbeinsenkung an beiden Vorderbeinen. Das ist unheilbar.«

Seine Augen blitzten spöttisch.

»Wenn Sie möchten, können Sie ja zuschauen, wie Pentobarbital wirkt«, sagte er. »Wir werden das Pferd nämlich einschläfern müssen.«

Bodenstein hatte noch nie gesehen, wie ein Pferd eingeschläfert wurde. Früher hatten sein Großvater und sein Vater alte oder kranke Pferde zum Schlachter gefahren. In Notfällen war der Pferdemetzger auf den Hof gekommen und hatte das Tier mit einem Bolzenschussgerät von seinem Leiden erlöst. Kerstner und die mopsgesichtige Tierarzthelferin bugsierten das arme Pferd, das dank einer schmerzstillenden Spritze wenigstens wieder einen Huf vor den anderen setzen konnte, auf eine Wiese hinter der Tierklinik. Während die weinende Besitzerin es streichelte, setzte Kerstner eine Kanüle in die Drosselvene am Hals und injizierte ein starkes Beruhigungsmittel. Dann zog er die Spritze mit dem tödlichen Mittel auf und spritzte es in dieselbe Kanüle. Bodenstein und Rittendorf sahen von der Stalltür aus zu.

»Jetzt fällt der alte Knabe gleich um«, sagte Rittendorf mit gesenkter Stimme. »Eine saubere, unblutige Sache. Schön für die Besitzer.«

Bodenstein blickte wie gebannt auf das Pferd, das den Kopf sinken ließ, aber keine Anstalten machte, zu Boden zu gehen.

Das fiel Kerstner nach ein paar Minuten wohl auch auf. Er blickte irritiert zu seinem Kollegen hinüber. Dann sagte er etwas zu dem rothaarigen Mops, der gleich davonstob.

»Was ist los?«, erkundigte sich Bodenstein. »Das dauert ja doch ziemlich lange.«

»Keine Ahnung«, Rittendorf zuckte die Schultern. Innerhalb weniger Minuten war die Tierarzthelferin zurück und gab Kerstner eine andere Ampulle. Er zog wieder eine Spritze auf und verabreichte die Injektion, die innerhalb einer halben Minute die gewünschte, tödliche Reaktion zeigte. Das große Tier schwankte leicht, dann knickten erst die Vorder- und danach die Hinterbeine ein. Es sank mit einem Seufzer auf die Seite und war tot.

»Natrium-Pentobarbital«, Rittendorf schnippte seine Zigarettenkippe auf den Misthaufen. »Ein schöner Tod.«

Bodenstein beobachtete Kerstner, der sorgfältig die benutzte Kanüle und die leere Ampulle in ein Kästchen steckte und noch kurz mit der tränenüberströmten Ex-Pferdebesitzerin sprach.

Die Frau beugte sich ein letztes Mal über ihr Pferd, streichelte es und ging dann mit der Tierarzthelferin Sylvia ins Büro. Bodenstein folgte den beiden Tierärzten zurück in den Hof. Plötzlich blieb Kerstner stehen und erstarrte. Im nächsten Moment kam Friedhelm Döring durch das weit geöffnete Tor marschiert, seine Miene war alles andere als freundlich.

»Na, Herr Kommissar«, sagte er und lächelte frostig, »welch ein unglaubliches Vergnügen, Sie schon wieder zu sehen.«

»Guten Tag, Herr Döring«, erwiderte Bodenstein liebenswürdig, »die Freude ist ganz auf meiner Seite.«

Dörings Gesichtsausdruck wurde finster.

»Wie geht es meinem Pferd?«, wandte er sich an Kerstner.

»Ich musste ihn mit sechzig Stichen nähen«, antwortete der Tierarzt einsilbig. »Sie können ihn jetzt noch nicht mitnehmen.«

»Das hatte ich auch nicht vor«, Döring machte eine Kopfbewegung. »Haben Sie mal eine Sekunde Zeit? Ich muss mit Ihnen sprechen.«

Kerstner zuckte die Schultern und folgte Döring in den

Stall. Rittendorf starrte den beiden mit grimmiger Miene nach, dann zündete er sich eine nächste Zigarette an.

»Wussten Kerstner und Frau Döring, dass ihre Partner ein Verhältnis miteinander hatten?«, erkundigte Bodenstein sich.

»Klar«, schnaubte Rittendorf. »Isabel hat sich nie die Mühe gemacht, irgendetwas zu verbergen. Sie hat Micha regelmäßig zum Idioten gemacht.«

Er rauchte seine Zigarette mit nervösen Zügen.

»Im letzten Jahr hatten wir einen Tag der offenen Tür, und Isabel hat den ganzen Nachmittag auf Teufel komm raus mit Döring geflirtet. Sie haben sich tief in die Augen geschaut, Sekt getrunken und albern gekichert. Es war nicht zu übersehen, dass sie Mühe hatten, die Finger voneinander zu lassen.«

Bodenstein war überrascht über die Bitterkeit in Rittendorfs Stimme.

»Micha hat sich alles gefallen lassen«, fuhr der Tierarzt fort und warf die Zigarette mit einer heftigen Handbewegung fort. »Er war überhaupt nicht mehr der, den ich kannte, und jedes Mal, wenn ich ihn auf seine Frau angesprochen habe, hat er sich in sein Schneckenhaus zurückgezogen. Ich glaube, der Gedanke, dass alle recht gehabt hatten, die ihn vor einer Ehe mit dieser Schlampe gewarnt hatten, fraß ihn noch mehr auf als die Tatsache, dass sie ihm mit jedem Penner Hörner aufsetzte.«

»Was hatten Sie für ein Verhältnis zu Isabel Kerstner?«

»Oh«, Rittendorf grinste, aber seine Augen blieben kalt, »wir sind uns aus dem Weg gegangen, nachdem einmal ein Streit zwischen uns eskaliert ist. Micha hat immer zu ihr gehalten. Ich wollte nicht, dass unsere Freundschaft wegen diesem kleinen Aas kaputtgeht.«

Er lachte verdrossen.

»Ich hatte sie ziemlich schnell durchschaut, noch vor der überstürzten Hochzeit, und ich habe ihr auf den Kopf zu gesagt, dass sie Micha nur benutzt hat, weil er für sie eine bequeme Lösung ist. Sie hätte mir damals am liebsten die Augen ausgekratzt. Sie hat mich gehasst, aber sie hatte auch Angst vor mir. Irgendwann hat sie mal behauptet, ich sei auch bloß scharf auf sie und beleidigt, weil ich bei ihr nicht landen könnte.«

»Und?«, fragte Bodenstein. »Entsprach das der Wahrheit?«

Rittendorf warf ihm einen langen, nachdenklichen Blick zu.

»Ich hätte Isabel nicht angefasst, und wenn sie die letzte Frau auf der Welt gewesen wäre«, antwortete er. Ein spöttischer Ausdruck erschien auf seinem Gesicht. »An einer Frau muss mir noch etwas mehr gefallen als ihre hübsche Visage. Nein, bei mir verfing ihr Charme nicht, und das war der Grund, weshalb sie mich aus tiefstem Herzen hasste. Sie konnte es auf den Tod nicht ausstehen, wenn ihr ein Mann nicht aus der Hand fraß.«

Bodenstein nickte verstehend. In der geöffneten Stalltür tauchte ein ziemlich verärgerter Friedhelm Döring auf, Kerstner folgte ihm mit ausdruckslosem Gesicht. Döring marschierte in Richtung Ausgang, als ihm etwas einzufallen schien.

»Wo ist der Hänger, mit dem Sie das Pferd transportiert haben?«

»Drüben auf dem Parkplatz«, sagte Kerstner. Döring drehte sich auf dem Absatz um und verschwand grußlos. Bodenstein und die beiden Tierärzte beobachteten, wie er auf dem Parkplatz gekonnt seinen Geländewagen vor den Pferdehänger manövrierte, denselben mit wenigen Handgriffen anhängte und mit quietschenden Reifen davonrauschte.

»Was hat er von Ihnen gewollt?«, erkundigte sich Boden-stein.

»Er wollte wissen, wo seine Frau ist«, erwiderte Kerstner düster.

»Und? Wissen Sie es?«

»Ja, allerdings«, hinter ihnen ertönte eine Stimme, und die drei Männer wandten sich um. Anna Lena Döring tauchte aus der Tür auf, hinter der sich der OP befand. Die Schwel-lungen in ihrem Gesicht waren etwas zurückgegangen, die Farbe der Blutergüsse hatte sich von Violett und Schwarz in ein bläuliches Gelb verwandelt. Sie hatte das dunkle Haar zu einem straffen Zopf geflochten, trug eine Jeans und ein graues Kapuzensweatshirt.

»Hallo, Frau Döring«, Bodenstein war nur mäßig über-rascht.

»Wie geht es Ihnen?«

»Gut«, ihre Stimme klang gezwungen. Sie ging zu Kerstner und berührte ihn am Arm. Die beiden sahen sich an, und es war offensichtlich, dass zwischen ihnen ein tiefes Vertrauen herrschte. »Ich *muss* gehen, Micha«, sagte sie leise zu Kerst-ner, »sonst gibt es noch ein Unglück.«

»Nein, bitte Anna, das darfst du nicht tun! Es gibt auch eine andere Lösung«, erwiderte Kerstner beschwörend. Plötzlich schien ihm einzufallen, dass Bodenstein noch immer da war und ihnen zuhörte. »Lass uns später darüber sprechen, bitte. Versprich es mir!«

Bodenstein folgte den Tierärzten und Anna Lena Döring in das Verwaltungsgebäude der Tierklinik.

»Ist Frau Dr. Hansen auch da?«, fragte er.

»Nein, sie ist auf Außenpraxis«, Rittendorf beugte sich über den unbesetzten Empfangstresen, um ein Telefon-gespräch entgegenzunehmen.

»Kann ich Sie noch einmal kurz unter vier Augen sprechen?«, wandte Bodenstein sich an Kerstner, der daraufhin nickte. Sie gingen in den Aufenthaltsraum, und Kerstner schloss hinter sich die Tür. Bodensteins Blick blieb an einem gerahmten Foto hängen, das fünf junge Männer mit Bierflaschen in den Händen an einem Strand zeigte, die sich eingehakt hatten und lachend in die Kamera schauten. Er erkannte Rittendorf, Kerstner, Valentin Helfrich und Florian Clasing. Den fünften jungen Mann kannte er nicht. Das Foto hatte er bei seinen ersten Besuchen nicht bemerkt.

»Sie haben Dr. Clasing nicht erst durch Frau Döring kennengelernt?«, fragte Bodenstein und drehte sich um.

»Nein«, der Tierarzt schüttelte den Kopf, »wir waren an der Uni in der gleichen Studentenverbindung. Clasing und Schröter waren an der juristischen Fakultät, Helfrich studierte Pharmazie, Georg und ich Veterinärmedizin.«

»Aha«, Bodenstein betrachtete Kerstner, der sich an den Tisch gesetzt und eine Zigarette angezündet hatte. Er wirkte nicht mehr ganz so am Boden zerstört wie Anfang der Woche, er war weitaus zugänglicher, aber dennoch weit davon entfernt, einen ausgeglichenen Eindruck zu machen.

»Am vergangenen Samstag wurde das Auto Ihres verstorbenen Schwiegervaters zwischen Königstein und Kelkheim geblitzt«, sagte Bodenstein, »ein goldenes Mercedes-Cabriolet. Dasselbe Auto wurde am Nachmittag auf dem Parkplatz von McDonald's in Schwalbach gesehen. Der Fahrer des Autos unterhielt sich mit Ihrer Frau. Wer kann das gewesen sein?«

»Keine Ahnung«, Kerstner schüttelte überrascht den Kopf.

»Mein Schwiegervater ist vor vier Jahren gestorben. Wie kommen Sie darauf, dass es sein Auto sein könnte?«

»Es ist noch auf ihn zugelassen.«

Kerstner drehte geistesabwesend eine leere Tasse zwischen

den Fingern. »Ich weiß nichts über das Auto. Ich wusste nicht einmal, dass es noch existiert.«

Bodenstein ergriff die Lehne eines Stuhles und beugte sich vor.

»Können Sie mir denn jetzt sagen, was Ihre Frau am Samstagnachmittag von Ihnen wollte?«

Es war, als ob eine Jalousie herunterrasselte. Die Gesichtszüge des Mannes wurden verschlossen und abweisend.

»Wollte Sie Geld von Ihnen?«

Keine Reaktion.

»Ging es um Ihre Tochter? Um Marie?«

Die Kaffeetasse zersprang in Kerstners Fingern in zwei Teile. Blut quoll aus einem Schnitt und tropfte auf den Tisch, aber Kerstner schien nicht einmal zu bemerken, dass er sich verletzt hatte. Da war wieder dieser gequälte, hohläugige Ausdruck auf seinem Gesicht, und Bodenstein wusste, dass er mit seiner Vermutung voll ins Schwarze getroffen hatte. Isabel war ein paar Stunden vor ihrem Tod zu ihrem Mann gefahren, um ihm etwas über das Kind zu sagen. Etwas Schreckliches womöglich, aber zumindest etwas, was den Mann völlig aus der Bahn geworfen hatte.

»Sie haben sich verletzt«, sagte Bodenstein, und erst jetzt schien Kerstner die Verletzung überhaupt zu bemerken. Er führte die Hand an den Mund und umschloss die Wunde mit den Lippen. Es klopfte an der Tür, und Tierarzthelferin Sylvia kam herein. Sie schenkte Bodenstein keine Beachtung.

»Micha, da ist Frau Ritter am Telefon, sie will wissen, ob …«

»Ich rufe sie zurück«, unterbrach Kerstner sie und starrte blicklos auf das Blut, das an seinem Handgelenk hinablief und auf der Tischplatte rasch eine Lache bildete.

»Mein Gott!«, stieß Sylvia Wagner hervor, als sie es sah, und wandte sich im Türrahmen um.

»Micha ruft zurück!«, rief sie jemandem zu, und dann lief sie weg, nur um eine Minute später mit Rittendorf und Anna Lena Döring im Schlepptau aufzutauchen. Bodenstein sah ein, dass es keinen Sinn hatte, weitere Fragen zu stellen.

»Das muss genäht werden«, sagte er zu Rittendorf, der die Hand seines Kollegen ergriffen hatte und die Verletzung in Augenschein nahm.

»Das sehe ich auch«, erwiderte der Tierarzt schroff und wandte sich an seinen Freund. »Mensch, Micha, was ist denn los mit dir? Komm, steh auf, ich fahre dich ins Krankenhaus.«

Kerstner beachtete ihn nicht. Er erhob sich mit starrem Blick und machte sich los. Rittendorf und Anna Lena Döring traten einen Schritt zurück. Kerstner blieb vor Bodenstein stehen, und der Kommissar erkannte, dass der Mann mit den Tränen kämpfte.

»Isabel war hier, weil sie eine Unterschrift von mir wollte«, sagte er mit gepresster, aber entschlossener Stimme. »Sie hatte die Scheidung eingereicht und wollte, dass alles schnell und ohne das vorgeschriebene Trennungsjahr über die Bühne geht. Ich wollte das nicht einfach so unterschreiben, ohne wenigstens vorher alles von einem Anwalt prüfen zu lassen. Dann fragte ich Isabel nach Marie.«

Er machte eine Pause und fuhr sich mit der Hand über das gequälte Gesicht, ohne an seine Verletzung und daran zu denken, dass er sich mit Blut beschmierte.

»Ich sagte, ich wolle mein Kind sehen, vorher würde ich gar nichts unterschreiben. Da wurde sie sauer. Marie sei überhaupt nicht mein Kind. Ich solle jetzt keine Schau abziehen, sondern unterschreiben, und zwar auf der Stelle, sonst würde ich Marie nie wiedersehen, denn sie habe sie an einen Ort gebracht, wo ich sie niemals finden würde.«

Kerstner seufzte.

»Dann rief Anna Lena an, und ich ließ Isabel einfach stehen. Später tauchte sie noch einmal auf Gut Waldhof auf, aber da hatte ich keine Zeit, mit ihr zu diskutieren.«

Bodenstein blickte ihn mitfühlend an, Anna Lena Döring schluchzte auf, und Rittendorf seufzte.

»Wie Sie sehen«, fuhr Kerstner mit plötzlicher Verbitterung fort, »hatte ich überhaupt kein Interesse daran, dass sie stirbt. Ich hätte lieber von ihr erfahren, wo mein Kind ist und wie ich es zurückbekomme.«

Als Bodenstein von Ruppertshain Richtung Königstein fuhr, rief Frank Behnke an. Das Ehepaar Terhorst, das im Zauberberg in einer der Wohnungen im ersten Stock wohnte, hatte am vergangenen Samstag interessante Beobachtungen gemacht. Friedhelm Döring hatte wohl ausnahmsweise nicht gelogen, als er behauptet hatte, er habe die Nacht bei Isabel verbracht, denn Constantin Terhorst war ihm am Samstagmorgen um Viertel nach sieben begegnet, als er den Aufzug verlassen hatte. Ein paar Stunden später, etwa gegen halb zwölf, hatte Isabel Kerstner erneut Herrenbesuch bekommen. Der Mann war mit einem silbernen Geländewagen gekommen, das wusste Monika Terhorst genau, weil das Auto ihres auf dem Parkplatz blockiert hatte. Sie hatte den Mann schon früher in Begleitung von Isabel im Haus gesehen, daher hatte sie gewusst, dass er bei ihr gewesen sein musste. Kurz vor drei war Isabel aus dem Haus gegangen. Die Terhorsts hatten sie von ihrem Balkon aus gesehen und auch beobachtet, dass eine Frau mit einem dunklen BMW Touring gekommen war und auf dem Parkplatz eine gute Viertelstunde mit Isabel diskutiert hatte.

»Der Mann mit dem Geländewagen war Kampmann, ganz sicher«, sagte Behnke, als er seinen Bericht beendet hatte. »Er hat gelogen, als er behauptet hat, er habe Isabel nur kurz am Samstagabend im Reitstall gesehen.«

»Möglich«, erwiderte Bodenstein, »dann fahre ich wohl noch mal nach Gut Waldhof.«

In knappen Worten berichtete er seinem Mitarbeiter, was er soeben von Kerstner über das Kind erfahren hatte. Es war nicht anzunehmen, dass sich die Leute, in deren Obhut Isabel das Kind gegeben hatte, freiwillig bei der Polizei melden würden, also musste man mehr oder weniger auf Kommissar Zufall hoffen.

Auf jeden Fall musste die Fahndung nach Marie Kerstner mit höchster Dringlichkeit behandelt werden. Möglicherweise war das verschwundene Kind der Schlüssel zu dem Mord.

Robert Kampmann bestritt zuerst, bei Isabel Kerstner gewesen zu sein. Bodenstein wusste, dass der Mann log, denn er war kein guter Lügner. Seine Finger zitterten, und er war ausgesprochen nervös.

»Hören Sie, Kampmann«, sagte Bodenstein eindringlich, »wenn Sie nicht allmählich etwas kooperativer sind, werde ich beim Staatsanwalt einen vorläufigen Haftbefehl gegen Sie beantragen. Wir werden eine Gegenüberstellung mit den Nachbarn von Frau Kerstner machen, und wenn diese Sie als den Mann identifizieren, der am vergangenen Samstag anderthalb Stunden in der Wohnung war, dann sind Sie dran wegen Behinderung der Polizei. Ich versuche, einen Mordfall aufzuklären. Hier geht es um ein Kapitalverbrechen, und das nehme ich sehr ernst.«

Kampmann knetete seine Hände und wurde blass.

»Also«, Bodenstein beugte sich vor, »was haben Sie am Samstag, dem 27. August, getan? Wo waren Sie zwischen halb zwölf und ein Uhr, und wo waren Sie am Abend?«

Sie saßen im Esszimmer von Kampmanns Haus, das so aufgeräumt und steril wirkte wie ein Bild aus einem IKEA-

Katalog. Frau Kampmann, die wie aufgezogen mit einem strahlenden Lächeln von einem Zimmer ins andere fegte, schien eine tüchtige Hausfrau zu sein. Sie war perfekt geschminkt und frisiert, trug einen moosgrünen Kaschmirpullover, hautenge Jeans und für einen gewöhnlichen Wochentag außergewöhnlich viel Schmuck.

»Möchten Sie einen Kaffee trinken?«, flötete sie strahlend, aber Bodenstein lehnte dankend ab. Sie legte ihrem Mann die Hand auf die Schulter, worauf dieser das Gesicht verzog.

»Kannst du uns bitte alleine lassen?«, seine Stimme klang ungehalten.

»Natürlich«, sie zog ihre Hand weg. Bodenstein erkannte an dem Blick, mit dem sie ihren Mann bedachte, dass die aufgesetzte Fröhlichkeit nur Fassade war. Frau Kampmann war verletzt oder wütend, oder beides zugleich. Auf jeden Fall war zwischen den beiden irgendetwas ganz und gar nicht in Ordnung. Kampmann wartete, bis die Tür hinter seiner Frau ins Schloss gefallen war und sie vor dem Fenster über den Hof tänzelte.

»Ich war am Samstagvormittag bei Isabel«, sagte er, und seine Miene war so undurchdringlich, dass Bodenstein nicht einmal ansatzweise erahnen konnte, was hinter der Stirn des Mannes vor sich ging.

»Und was wollten Sie dort?«

»Es war ... geschäftlich.«

»Könnten Sie vielleicht etwas präziser werden?«

»Ich hatte kurz zuvor mit Isabels Hilfe ein Pferd verkauft. Sie rief mich morgens an und bat mich darum, ihr die Provision zu geben, die ich ihr versprochen hatte. So schnell wie möglich.«

»Warum kam sie nicht einfach in den Stall?«

»Keine Ahnung. Sie hatte es eilig.«

»War es üblich, dass Sie ihr Geld gaben?«

»Ja. Zehn Prozent bei jedem Geschäft, das durch ihre Hilfe zustande gekommen war«, Kampmann wirkte unbehaglich. Er beugte sich vor.

»Meine Frau weiß das nicht«, sagte er, »niemand wusste das. Es war eine Sache zwischen Isabel und mir. Ohne sie hätte ich in den letzten Jahren nicht so viele Pferde verkaufen können.«

»Wie viel Geld haben Sie ihr gegeben?«

»Fünftausend Euro.«

Das Geld, das sie in ihrer Hosentasche hatte. So weit schien Kampmann die Wahrheit zu sagen.

»Und dafür haben Sie anderthalb Stunden gebraucht?«

»Wir haben noch einen Kaffee getrunken, geredet«, Kampmann zuckte die Schultern. »Über … Pferde.«

»Sie haben nicht zufällig auch mit ihr geschlafen?«, fragte Bodenstein. Kampmann ging spürbar auf Distanz. Er lehnte sich zurück.

»Wieso unterstellen Sie und Ihre Kollegin mir immer wieder, ich hätte etwas mit Isabel gehabt?«

»Sie war eine attraktive Frau«, erwiderte Bodenstein. »Sie haben viel Zeit mit ihr verbracht. Ist der Gedanke so abwegig?«

»Mein Verhältnis zu Isabel Kerstner war rein geschäftlicher Natur«, sagte Kampmann steif und begann geistesabwesend das sorgfältig arrangierte Blumengesteck auf dem Tisch zu zerpflücken, »alles andere ist Quatsch.«

»Ich glaube Ihnen nicht.«

Es herrschte einen Augenblick Schweigen. Durch das schräggestellte Fenster drang entferntes Gelächter und das Geräusch von klappernden Pferdehufen auf Beton.

»Warum sagen Sie nicht endlich die Wahrheit?« Bodenstein bemerkte, dass der Reitlehrer schwitzte. Seine Augenlider flatterten nervös.

»Mein Gott, ich bin auch nur ein Mensch«, stieß er unvermittelt hervor, »irgendwann ist es eben passiert.«

»Nur einmal?«

Kampmann warf ihm einen unsicheren Blick zu, dann machte er eine hilflose Handbewegung.

»Meine Frau tut alles für mich«, sagte er gepresst. »Aber Sie können sich nicht vorstellen, wie anstrengend es ist, tagtäglich ihren Ehrgeiz, ihre Eifersucht und ihre Ansprüche ertragen zu müssen. Sie vergleicht sich mit den Einstellerinnen hier im Stall. Da kann ich aber nicht mithalten.«

»Also haben Sie sich in eine Affäre mit Isabel Kerstner geflüchtet.«

»Nein. Es war keine Affäre. Wir haben hin und wieder … na ja. Das war nichts Festes, einfach nur … eine Abwechslung.«

»Wissen Sie, wo Isabel ihre Tochter untergebracht hatte?«

»Nein. Keine Ahnung.«

»Was geschah, nachdem Sie Isabels Wohnung verlassen hatten?«, fragte Bodenstein. Kampmann dachte einen Moment nach.

»Ich bin hierhergefahren, weil ich noch Reitstunden zu geben hatte.«

Bodenstein fiel die Frau ein, die am frühen Nachmittag bei Isabel aufgetaucht war. Plötzlich glaubte er zu ahnen, wer diese Frau gewesen war.

»Was fährt Ihre Frau für ein Auto?«

»Entweder ihren Golf Cabrio oder den Cayenne«, erwiderte Kampmann überrascht. »Wieso?«

»Nur so«, sagte Bodenstein. »Was geschah dann? Wie haben Sie sich verletzt?«

»Ich … bin … ich habe … ich habe die Stalltür gegen den Kopf bekommen. Es hat ziemlich geblutet, und ich habe mich am Nachmittag hingelegt, weil ich Kopfschmerzen hatte.«

Bodenstein betrachtete den Mann, der plötzlich deprimiert und unglücklich wirkte.

»Meine Frau ist später zu ihren Eltern gefahren«, sagte Kampmann nach einer Weile. »Mein Schwiegervater hatte Geburtstag, aber ich konnte nicht mitfahren. Irgendjemand muss ja nachts auf dem Hof sein.«

»Wo waren Ihre Kinder?«

»Auf Klassenfahrt. Sie sind am Sonntag wiedergekommen.«

»Das heißt, Sie waren an diesem Abend alleine zu Hause?«

»Ja.«

»Isabel war am frühen Abend noch mal hier im Stall. Sie sagten zu meiner Kollegin, sie habe zu Döring gewollt.«

»Das hat sie mir gesagt, ja«, bestätigte Kampmann und malträtierte weiter die Blumen auf dem Tisch.

»Ist Ihre Frau an dem Abend noch einmal wiedergekommen?«

»Nein«, Kampmann gelang ein dünnes Lächeln. »Scheint so, dass ich wohl kein Alibi habe. Der Pole, der im Stall arbeitet, hatte an dem Abend frei, deshalb habe ich um neun den Stall abgeschlossen, und da habe ich das tote Pferd gesehen.«

»Haben Sie sich nicht gefragt, was da geschehen sein kann?«, wollte Bodenstein wissen.

»Ehrlich gesagt – nein«, sagte Kampmann mit müder Stimme. »Es war mir sogar ziemlich egal.«

Bodenstein und Pia Kirchhoff saßen im Restaurant Merlin und warteten auf Pias Schwager Ralf, der sie am Morgen vom Flughafen aus angerufen hatte. Pia hatte ihrem Chef erzählt, was sie von ihrem Schwager über Jagoda zu erfahren hoffte, da hatte Bodenstein vorgeschlagen, sich zu dritt zum

Abendessen zu treffen. Er hatte nichts Besseres vor, da Rosalie Fahrstunde hatte – Nachtfahrt – und Lorenz seit ein paar Tagen nicht ansprechbar war, wenn er überhaupt nach Hause kam. Ralf kam pünktlich zehn Minuten zu spät, wie immer. Pia stellte die beiden Männer einander vor, dann sahen sie sich die Speisekarte an und bestellten.

»Erzähl uns was über die JagoPharm«, bat Pia ihren Schwager, als der Wein gekommen war.

»Ich hoffe, du hast nicht deine Ersparnisse auf die gesetzt«, Ralf grinste.

»Ich setze meine Ersparnisse nur auf das, was du mir empfiehlst«, erwiderte Pia und grinste auch. »Also, schieß mal los.«

»Die JagoPharm war ein klassischer Fall von Neue-Markt-Euphorie«, sagte Ralf. »Sie war damals, vor sechs Jahren, der Shootingstar am Neuen Markt. Spitzenprognosen, tolle Story, exzellente Leute im Management. Die Aktie schoss von einem Emissionspreis von neunzehn Euro innerhalb von sechs Monaten auf über vierhundert Euro hoch. Wer damals investiert und realisiert hat, machte einen Riesengewinn. Ich habe selbst mit den IR-Leuten von der JagoPharm und deren Emissionsberatern zu tun gehabt, aber glücklicherweise haben sie sich für andere Geldgeber entschieden.«

»Glücklicherweise?«, fragte Bodenstein. »Es lief doch erst ganz gut, oder?«

»Es war alles nur heiße Luft«, sagte Ralf Kirchhoff. »Papier ist geduldig. Das hörte sich alles einfach toll an – und auf Biotech flogen damals alle Investoren. Sie hatten eine absolut professionelle Performance, regelmäßige Ad-hoc-Meldungen über Wachstumsstrategien, Akquisitionen, Expansionspläne, dazu starke Investoren im Hintergrund. Das hat eine Weile gereicht, aber irgendwann war klar, dass etwas nicht so lief, wie es laufen sollte. Der Vorstand war schnell zerstritten, weil

Jagoda lauter hochbezahlte Primadonnen zusammengekauft hatte, die sich nur um Kompetenzen stritten, statt sich um das operative Geschäft zu kümmern. Nach einem Jahr war klar, dass sie ihre Prognosen geschönt hatten. Der Quartalsbericht war eine Katastrophe, und sie mussten eine Gewinnwarnung herausgeben. Dazu krachte der ganze Markt runter, und JagoPharm allen voran. Im Moment werden sie unter einem Euro gehandelt, sämtliche institutionellen Anleger haben die Aktie längst verkauft.«

Bodenstein und Pia lauschten interessiert.

»Jagoda hatte keine Ahnung vom Kerngeschäft seines Ladens«, fuhr Ralf fort. »Ursprünglich war die JagoPharm eine Tablettenfabrik. Sie stellten irgendwelche Magentabletten aus Sole her, genau weiß ich's auch nicht. Jagoda hat die Firma geerbt, einen soliden, kleinen Laden mit sechzig Mitarbeitern. Die notwendigen Mittel für den Start-up hat er wohl in der Hauptsache von seiner Frau bekommen, und durch Beziehungen kam er an eine echte Biotech-Firma heran, die seit Jahren an einem Krebsmedikament herumforschte. Da hatte er dann seine Wissenschaftler und Labors, um der ganzen Sache einen seriösen Anstrich zu geben. Jagoda hat zweifellos Mut, und er hatte den richtigen Zeitpunkt erwischt.«

»Wie viele Leute beschäftigt die JagoPharm heute?«, erkundigte Bodenstein sich.

»Schwer zu sagen«, Ralf Kirchhoff zuckte die Schultern, »das ist ein ziemlich verschachtelter Laden, eine Holding mit zig Unterfirmen. Sie haben zu besseren Zeiten ein Dutzend kleine Firmen zusammengekauft, Joint Ventures und strategische Partnerschaften abgeschlossen. Jagodas Lieblingswort war ›Synergie‹, aber wirklich durchblicken tut da schon lange keiner mehr. Im Geschäftsbericht vor drei Jahren behaupteten sie, sie hätten knapp viertausend Angestellte, aber im letzten

Jahr waren direkt bei der JagoPharm Holding AG nur noch siebenundzwanzig Leute angestellt.«

»Wie geht denn das?«, fragte Pia.

»Sie haben die Leute in andere Firmen abgeschoben, Segmente verkauft oder die Leute einfach rausgeschmissen. Auf jeden Fall ist der Laden ziemlich am Ende.«

Bodenstein nickte. Kein Wunder, dass Jagoda gestern Abend so angespannt gewirkt hatte.

»Hans Peter Jagoda«, sagte Ralf Kirchhoff, »ist der klassische Selfmademan, ausgesprochen clever und kaltschnäuzig.«

»Meinst du, dass er selber noch Geld hat?«, fragte Pia.

»Man munkelt in der Branche, er habe über Strohmänner Inhaberaktien verkauft, weil er es selbst als Vorstandsvorsitzender nicht durfte«, bestätigte Ralf. »Aber es gibt auch Gerüchte, dass die JagoPharm eigentlich insolvent ist und die Staatsanwaltschaft sich dafür interessiert. Beweise gibt es allerdings keine. Ich habe auch gehört, dass dieses Krebsmedikament wohl wirklich kurz vor der Zulassung steht, und wenn das passiert, ist Jagoda womöglich aus dem Schneider und kann seinen Laden konsolidieren.«

»Weshalb sollte sich die Staatsanwaltschaft für Jagoda interessieren?«, fragte Bodenstein.

»Insiderhandel«, Ralf hob die Schultern, »verdeckte Gewinnausschüttungen, Verstöße gegen das Börsengesetz, Betrug, Insolvenzverschleppung ... alles Mögliche wird spekuliert.«

»Dann sitzt er ziemlich in der Tinte«, sagte Pia.

»Man darf ihn nicht unterschätzen«, erwiderte Ralf. »Dieser Mann ist chemisch gereinigt. Die JagoPharm hat ihn zwar in die Schlagzeilen gebracht, aber auch so muss er nicht am Hungertuch nagen, denn seine Frau ist die Alleinerbin der größten hessischen Privatbrauerei. Drescher-Bräu, habt ihr vielleicht schon mal gehört.«

Bodenstein warf seiner Kollegin einen raschen Blick zu. Wie konnte das Ostermann entgangen sein?

»Marianne Jagoda erbte vor ein paar Jahren alles, als ihre Eltern bei einem Hausbrand ums Leben kamen.«

Während des Essens wandte sich das Gesprächsthema in eine andere Richtung, aber Bodenstein dachte über das Gehörte nach. Es konnte nichts schaden, wenn sich seine Leute auch etwas um Jagoda kümmerten. Ohne sagen zu können weshalb, beschlich ihn das Gefühl, dass hinter dem Fall, an dem er gerade arbeitete, mehr steckte als nur ein Mord.

Donnerstag, 1. September 2005

Als Bodenstein auf dem Kommissariat eintraf, fand er seine Mitarbeiter bei der morgendlichen Besprechung am Tisch des Konferenzzimmers.

»Was gibt es für Neuigkeiten?«, erkundigte er sich und setzte sich an das Kopfende des Tisches.

»Hier«, Ostermann schob ihm das Radarfoto vom 27. August hin. Bodenstein betrachtete es eine Weile, dann reichte er es Pia Kirchhoff.

»Das ist eine Frau«, sagte sie. »Der Beifahrer ist nicht zu erkennen. Schade.«

»Was gibt es über das Kind?«, fragte Bodenstein.

»Beinahe fünfhundert Hinweise«, Kathrin Fachinger, die Leiterin der SoKo »Marie«, seufzte. »Wir gehen allen Spuren nach, aber bisher war nichts dabei. Wir wissen, dass das Mädchen in einem Kindergarten in Kelkheim angemeldet war, aber seit August war sie nicht mehr dort. Die Nachbarin, die uns Kerstner als gelegentliche Babysitterin genannt hat, hat die Kleine seit dem Tag, an dem Isabel sie bei ihr abgeholt hat, nicht mehr gesehen.«

Bodenstein nickte.

»Übrigens«, sagte er dann, »Kerstner kommt definitiv nicht als Täter in Frage.«

Er schilderte seinen Mitarbeitern die gestrige Szene in der Pferdeklinik.

»Über Döring habe ich ein paar nette Sachen herausgefunden«, meldete sich Ostermann zu Wort und blätterte in dem Stoß Papier, der vor ihm lag. »Am 16. Januar wurde einer von Dörings LKW, der aus Italien kam, in Basel vom Zoll gefilzt. Laut Zollpapieren hatte er Apfelsinen und so was geladen, aber die Kollegen von der Zollfahndung fanden zwischen dem Obst elf Kilo Heroin und drei Liter reinen Opiumsaft. Die ganze Ladung wurde beschlagnahmt, der Fahrer verhaftet. Die Stellungnahme von Spedition Döring war lapidar: Der Fahrer hätte wohl auf eigene Rechnung versucht, Rauschgift zu schmuggeln. Der Mann, ein Deutscher italienischer Herkunft, wurde im August zu zwei Jahren verknackt. Wahrscheinlich sitzt er zwei Drittel der Strafe ab, der Rest geht auf Bewährung.«

Alle lauschten ihm aufmerksam.

»Im Mai«, fuhr Ostermann fort, »wurde in England ein Container gefunden, in dem siebzehn tote Inder lagen. Erstickt. Die Ladung in dem Container – Lebensmittel – wurde auch durch Dörings Spedition versendet. Und dann haben wir noch einen ganz aktuellen Fall: In Belgien wurde ein Kühlzug gestoppt, der umdeklariertes Rindfleisch aus England geladen hatte. Auftraggeber war wieder mal die Spedition Döring. Spitze, was?«

»Kriminell«, bemerkte Bodenstein nachdenklich. »Konnte man Döring selbst etwas nachweisen?«

»Wo denken Sie hin? Er schiebt das immer auf Subunternehmer und Fahrer. Und er kommt damit durch, denn es gibt keine Beweise. Bei all diesen Sauereien stoßen unsere Leute nur auf eine Mauer des Schweigens. Die halten alle zusammen. Wahrscheinlich kassieren die Fahrer Schweigegeld, sitzen die Strafe ab und machen dann weiter.«

Ostermann kratzte sich mit einem Kugelschreiber am Hinterkopf.

»Außerdem«, endete er, »wurde Döring 1998 wegen Steuerhinterziehung rechtskräftig verurteilt. Er zahlte eine saftige Strafe und musste deswegen nicht sitzen. Dazu kommen ein paar Vorstrafen wegen Trunkenheit am Steuer und Fahren ohne Führerschein. Außerdem ist er wegen Körperverletzung mit Todesfolge vorbestr…«

»Stopp!«, sagte Bodenstein, und Ostermann blickte auf.

»Das interessiert mich. Haben Sie's auch genauer?«

»Klar«, Ostermann nickte und blätterte wieder, »hier ist es. Am 12. Oktober 1982 wurde er wegen schwerer Körperverletzung mit Todesfolge zu 240 Tagessätzen à zweihundertfünfzig Mark und zu gemeinnütziger Arbeit verurteilt, weil er seine damalige Ehefrau Carmen Juana Döring zusammengeschlagen hat. Die Frau erlitt schwerste Hirnblutungen, fiel ins Koma und starb nach ein paar Tagen. Die Staatsanwaltschaft hatte erst auf Totschlag plädiert, aber das konnte Dörings Anwalt abbiegen. Er hatte zur Tatzeit einen Blutalkoholgehalt von 2,8 Promille. Sein Anwalt kriegte es hin, dass er wegen Schuldunfähigkeit nicht mal in den Knast musste.«

»Sauber«, bemerkte Pia sarkastisch. »Auf jeden Fall ist jetzt nachvollziehbar, weshalb Kerstner Anna Lena Döring schützen wollte. Zweifellos sind die beiden über Dörings Vergangenheit im Bilde.«

Bodenstein rieb sich nachdenklich die Nasenwurzel mit Zeigefinger und Daumen.

»Haben Sie auch schon etwas über Jagoda in Erfahrung gebracht?«

»Ja«, Ostermann kramte in seinen Unterlagen. »Die Jago-Pharm AG ist so gut wie pleite.«

»Haben sie bereits einen Insolvenzantrag gestellt?«, erkundigte sich Bodenstein.

»Nein«, Ostermann schüttelte den Kopf, »und das ist seltsam, denn vor vier Monaten stellten zwei Aktionäre Strafantrag wegen Betruges, und seine Hausbank rückte ihm auf die Pelle. Aber diese Aktionäre zogen ihre Anzeigen zurück, und im Juli versorgte ihn seine Bank mit einem neuen Millionenkredit.«

»Das klingt aber wirklich seltsam«, Pia dachte an das, was ihr Schwager gestern erzählt hatte. Es gab offenbar massive Gerüchte, aber nichts geschah. Andere Firmen, die noch vor sechs oder sieben Jahren so spektakuläre Start-ups wie die JagoPharm hingelegt hatten, gab es schon gar nicht mehr, und ihre Manager waren vor den Augen der Öffentlichkeit vom Olymp des Größenwahns in die Niederungen der Gerichtssäle gezerrt worden. Wie war es Jagoda gelungen, sich und seine bekanntermaßen marode Firma bis heute vor diesem Schicksal zu bewahren? Warum zogen Aktionäre Strafanträge zurück?

»Solange er noch dicke Autos fahren kann, wird es nicht so schlimm sein«, bemerkte Behnke. »Der hat seine Schäfchen sicher lange im Trockenen.«

»Was ist mit der Drescher-Bräu?«, fragte Bodenstein.

»Die haben mehrere Geschäftsführer«, antwortete Ostermann. »Außer Marianne Jagoda sind es noch drei andere. Hans Peter Jagoda hat mit der Firma nichts zu tun.«

»Okay«, Bodenstein nickte, »bleiben Sie da dran. Versuchen Sie, mehr über Jagodas private Vermögensverhältnisse herauszubekommen, und nehmen Sie Kontakt mit den Leuten vom Betrugsdezernat in Frankfurt auf. Vielleicht wissen die etwas mehr über diese Sache.«

Er hielt inne, denn plötzlich fiel ihm etwas ein. Die Stimme auf der Mailbox von Isabel Kerstner hatten sie bisher noch überhaupt nicht weiter beachtet! Dörings Stimme war es nicht, aber konnte es Hans Peter Jagoda gewesen sein? Es war an der Zeit, mit dem Mann zu sprechen, um herauszufinden, in welcher Beziehung er zu Isabel Kerstner gestanden hatte.

Friedhelm Döring war nicht in seiner Firma, sondern zu Hause.

Die Haushälterin öffnete Bodenstein und Pia die Tür, und Letztere staunte nicht schlecht, als sie in der gewaltigen Empfangshalle der palastartigen Villa stand, in der ein etwa fünf Meter hohes und drei Meter breites modernes Gemälde in düsteren Farben als Blickfang an der Wand hing. Auf dem spiegelblanken Marmorboden hallten Schritte, dann erschien Döring mit einer Aktentasche und Autoschlüsseln in der Hand.

Er wirkte ausgesprochen gutgelaunt.

»Ah!«, sagte er leutselig. »Die Kripo. Womit kann ich Ihnen dienen?«

Bodenstein nahm oben auf der Balustrade eine Bewegung wahr und blickte hoch. Er traute seinen Augen kaum, als er Anna Lena Döring erkannte. Sie zögerte beim Anblick von Bodenstein und Pia.

»Liebling«, rief Döring, »das sind Hauptkommissar Bodenstein und seine Kollegin von der Mordkommission. Komm doch mal bitte.«

Anna Lena Döring gehorchte. Die Blutergüsse in ihrem Gesicht waren nur noch zu erahnen und mit Make-up abgedeckt. Sie hatte das dunkle Haar zu einem straffen Pferdeschwanz geflochten und trug eine schwarze Hose und einen Blazer über einer weißen Bluse.

»Darf ich Ihnen meine Frau vorstellen?« Friedhelm Döring lächelte und trat zu seiner Frau. Auf ihrem Gesicht erschien für eine Sekunde ein Ausdruck des Abscheus, als er ihr den Arm um die Taille legte. Äußerlich blieb sie ruhig und beherrscht, ja, ihr gelang sogar ein Lächeln. Bodenstein dachte unwillkürlich daran, wie Anna Lena Döring auf dem Flur des Kommissariats Kerstner begegnet war, wie sie in dessen Arme geflüchtet war. Weshalb war sie zu ihrem Ehemann zurückgekehrt?

»Ich habe gehört, Sie waren in Paris«, sagte Bodenstein, als er ihr die Hand reichte.

»Ja, für ein paar Tage«, antwortete sie, erleichtert, dass er sie nicht verriet.

»Sie wissen, was mit Isabel Kerstner geschehen ist?«

»Ja, entsetzlich«, sie nickte. »Mein Mann hat es mir gesagt.«

»Vielleicht können Sie uns weiterhelfen«, sagte Pia. »Sie haben Frau Kerstner sicher auch gekannt.«

»Natürlich kannte ich sie«, antwortete Anna Lena Döring, »aber nicht besonders gut.«

»Reitlehrer Kampmann sagte uns, sie sei am Samstagabend noch einmal auf Gut Waldhof gewesen. Haben Sie sie dort gesehen?«

Anna Lena Döring überlegte, aber dann schüttelte sie den Kopf.

»Tut mir leid, nein. Ich war auch zu sehr … beschäftigt. Eines unserer Pferde hatte sich … verletzt, und der Tierarzt war da.«

Friedhelm Döring warf einen Blick auf seine Uhr.

»Wir müssen jetzt los ins Geschäft«, sagte er. »Kann ich sonst noch etwas für Sie tun?«

»Ja, möglicherweise«, Bodenstein zog ein Diktiergerät aus seiner Tasche. »Vielleicht erkennen Sie die Stimme auf diesem Band.«

Er drückte auf die Starttaste.

»Es ist jetzt gleich halb zwölf, und ich rate dir, dich schleunigst zu melden. Du hattest einen Termin, und der war wichtig, verdammt!«

Döring schüttelte den Kopf, aber Bodenstein registrierte, dass sich sein Arm fester um die Taille seiner Frau schloss.

»Nein«, sagte er, »die Stimme kenne ich nicht. Du vielleicht, Anna?«

Anna Lena zögerte, bevor auch sie verneinte.

»Sollten wir die Stimme erkennen?« Döring ließ seine Frau los. »Woher stammt die Aufnahme?«

»Von der Mailbox von Isabel Kerstners Handy«, entgegnete Bodenstein und steckte das Diktiergerät wieder ein. »Wissen Sie übrigens, wer noch einen Schlüssel von der Wohnung im Zauberberg haben könnte?«

»Ich habe einen. Und in der Hausverwaltung gibt es sicherlich einen Zweitschlüssel.«

»Als wir die Wohnung kriminaltechnisch untersucht haben, war bereits vor uns jemand dort gewesen. Alles war so aufgeräumt wie in einem Hotelzimmer, und es gab dort überhaupt keine persönlichen Dinge von Frau Kerstner, nicht einmal einen Fingerabdruck. Das erscheint uns sehr seltsam.«

»Tja«, Döring ergriff den Aktenkoffer, den er abgestellt hatte, »wirklich eigenartig. Sie müssen uns jetzt allerdings entschuldigen. Wir haben einen wichtigen Termin.«

»Nur noch eine Frage«, sagte Pia. »Sie waren Freitagnacht in der Wohnung von Isabel Kerstner. Wann sind Sie dort weggegangen?«

Döring schien es nicht zu stören, in Gegenwart seiner Frau davon zu sprechen, dass er bei einer anderen Frau übernachtet hatte.

»Das weiß ich nicht mehr. Um zwei Uhr vielleicht.«

»Tatsächlich?« Pia lächelte. »Man hat Sie aber um Viertel nach sieben aus dem Haus kommen sehen.«

»Dann war es eben Viertel nach sieben«, obwohl bei einer Lüge ertappt, zuckte Döring nur ungerührt die Schultern. »Ist das wichtig?«

»Es lässt uns an der Glaubwürdigkeit Ihrer Aussagen zweifeln«, erwiderte Pia ruhig. »War es nun zwei oder sieben? Hatten Sie einen Schlüssel oder nicht? Haben Sie die Wohnung aufräumen lassen oder nicht?«

»Ich habe nicht auf die Uhr gesehen«, Dörings Miene blieb ausdruckslos.

»Wann ist Ihr Mann denn am Samstagmorgen nach Hause gekommen, Frau Döring?«, wandte Pia sich nun an Anna Lena Döring.

»Ist schon in Ordnung, Frau Kirchhoff«, mischte sich Bodenstein ein, »wir wollen Herrn Döring nicht länger aufhalten. Nur noch eine letzte Frage: Haben Sie am Samstagabend noch einmal mit Frau Kerstner gesprochen? Sie hatte versucht, Sie zu finden, also hat sie ja irgendetwas gewollt.«

»Das habe ich Ihnen doch schon gesagt«, antwortete Döring, »ich habe sie nicht mehr gesehen. Vom Stall bin ich direkt nach Hause gefahren, habe mich geduscht und umgezogen, weil ich eingeladen war.«

»Obwohl Ihr Pferd eingeschläfert werden musste, sind Sie auf eine Party gegangen?«, fragte Pia. Die Selbstbeherrschung von Friedhelm Döring begann zu schwinden.

»Ja«, sagte er, »und jetzt reicht es. Komm, Anna Lena. Guten Tag, die Herrschaften.«

Bodenstein und Pia wechselten einen Blick.

»Ach, Frau Döring«, sagte Pia nun. »Wussten Sie eigentlich, dass Ihr Mann unter Alkoholeinwirkung seine erste Frau so brutal geschlagen hat, dass sie an den Folgen der Verletzungen gestorben ist?«

Döring fuhr herum, sein Gesicht war erstarrt, aber in seinen Augen loderte heißer Zorn.

»Was zum Teufel soll das?«, zischte er.

»Wir sind über Sie im Bilde, Herr Döring«, sagte Bodenstein mit ruhiger Stimme, »und wir haben keine Lust, uns von Ihnen mit Lügen abfertigen zu lassen.«

»Sie können mich mal«, entgegnete Döring kalt. »Ich habe mit der ganzen Sache nichts zu tun. Und jetzt verschwinden

Sie aus meinem Haus, sonst kriegen Sie eine Anzeige wegen Hausfriedensbruch!«

»Wir können unser Gespräch auch gerne auf dem Kommissariat weiterführen«, Bodenstein blieb unbeeindruckt von diesen Drohgebärden, »ganz wie Sie wollen. Unsere Kollegen von der Drogenfahndung hätten da sicherlich auch noch ein paar Fragen zu den Heroinfunden in Ihren LKW. Ganz zu schweigen von der Sache mit den toten Indern in London.«

In diesem Augenblick wurde Friedhelm Döring wohl bewusst, dass sich die beiden Kriminalbeamten nicht so leicht einschüchtern ließen. Er blickte zu seiner Frau hinüber, die mit verschränkten Armen und ausdruckslosem Gesicht dastand.

»Ich habe nicht mehr mit Isabel gesprochen«, sagte er ungehalten. »Das ist die Wahrheit. Das letzte Mal, dass ich sie gesehen habe, war Samstagmorgen in ihrer Wohnung.«

»Hat Isabel Ihnen von ihrem Kind erzählt? Wir wissen, dass sie es irgendwo versteckt hat, aber niemand weiß, wo es ist.«

»Ich habe keine Ahnung wo das Blag abgeblieben ist«, blaffte Döring, »es ist mir auch scheißegal.«

Anna Lena Döring starrte ihren Mann ungläubig an.

»Was glotzt du so blöd?«, brüllte er sie unvermittelt an, worauf sie den Kopf senkte und schwieg. Solche Ausbrüche war sie offenbar gewohnt.

»Schreien Sie nicht so herum«, sagte Bodenstein. »Sagen Sie uns lieber, bei wem und wo Sie am Samstagabend eingeladen waren. Sonst wird aus Ihren Terminen nichts mehr, weil Sie uns dann nämlich begleiten dürfen.«

»Das ist doch wohl ein Witz!«, empörte Döring sich, aber da fiel ihm seine Frau ins Wort.

»Wir waren bei Hans Peter Jagoda eingeladen«, sagte sie.

»Aha«, Bodenstein nickte, »wann sind Sie dort eingetroffen, und wie lange waren Sie da?«

»Ich bin nicht mitgefahren«, erwiderte Anna Lena Döring. »Nach dem Vorfall mit den Pferden fühlte ich mich nicht in der Verfassung, irgendwo zu feiern.«

»Ich war um kurz nach acht dort und blieb bis um zwei«, sagte Döring.

»Das werden wir überprüfen.«

»Wenn es Sie glücklich macht«, Döring ergriff seine Frau am Arm und ging in Richtung Haustür. Anna Lena Döring warf Bodenstein einen kurzen Blick zu, bevor sie ihrem Mann folgte.

Die Firmenzentrale der JagoPharm AG befand sich in einem pompösen U-förmigen Gebäude mit verspiegelter Glasfassade im Gewerbegebiet Sulzbach. Der Mann, der sich in seinem Privatleben gerne in teure Luxusautos setzte, die Wochenenden auf einer Dreißig-Meter-Yacht in Antibes verbrachte und private Hubschrauber und Flugzeuge benutzte wie andere Menschen Bus oder Bahn, schien auch beruflich großen Wert auf den richtigen Rahmen zu legen. Ein beleuchteter JagoPharm-Schriftzug auf dem Dach suggerierte dem Besucher, dass sich in diesem Gebäude ausschließlich Herz und Gehirn eines der meistdiskutierten Unternehmen des längst nicht mehr existenten Neuen Marktes befanden, aber das entsprach nicht der Wahrheit. Eine Hinweistafel vor dem Eingangsportal verriet, dass neben der JagoPharm AG noch verschiedene Anwälte, Steuerberater und andere Firmen mit phantastisch klingenden Namen hier ihre Büros hatten. In der gläsernen Eingangshalle war gerade eine Putzkolonne dabei, den grauen Granitfußboden auf Hochglanz zu polieren. Pia studierte die Hinweisschilder.

»JagoPharm AG – Verwaltung«, las sie, »sechster Stock.«

Sie nahmen den Aufzug ins oberste Stockwerk. Auch hier oben hatte Jagoda nicht gekleckert. In den anderen Stockwerken gab es Teppichböden, bei der JagoPharm war es Parkett. Der Empfangstresen war aus Granit, an den Wänden hingen riesige Pop-Art-Gemälde, die Flachbildschirme der computergesteuerten Überwachungsanlage waren neuestes Hightech. Dagegen wirkte die blondierte Zwanzigjährige mit ostdeutschem Akzent und Nasen- und Augenbrauen-Piercing gewöhnlich. Bodenstein und Pia stellten sich vor und baten um ein Gespräch mit Hans Peter Jagoda. Die Blondierte hatte einige Mühe mit der Telefonanlage und entschuldigte sich verlegen damit, dass sie von einer Zeitarbeitsfirma und heute zum ersten Mal hier im Einsatz sei. Die Kriminalpolizei schien sie zusätzlich zu verunsichern. Irgendwann erreichte sie jemanden und wirkte erleichtert, als sie die Besucher in einen Konferenzraum am Ende des Flures begleiten konnte. Bodenstein blickte sich um. Der Besprechungsraum wurde von einem ovalen Tisch beherrscht, an dem zwölf Stühle mit verchromten Lehnen standen. Auf einem schwarzen Sideboard standen auf einem Tablett Gläser und kleine Wasserflaschen, daneben lag ein Stapel Zeitschriften, den Bodenstein in Augenschein nahm. Neben dem Managermagazin fand er Magazine wie GoingPublic, Capital und Ähnliches. An den mit hellgelbem Stoff bespannten Wänden hingen gerahmte Werbeplakate der JagoPharm AG, die aus besseren Zeiten stammten. Der Parkettfußboden knarrte, als Bodenstein an das Fenster trat, das auf den Hinterhof führte. In diesem Augenblick öffnete sich eine Tür des Firmengebäudes, und ein Mann kam heraus. Bodenstein hätte Robert Kampmann beinahe nicht erkannt, denn statt Reithosen und Stiefeln trug er Anzug und Krawatte.

»Frau Kirchhoff«, sagte Bodenstein leise, »schauen Sie mal.«

Pia trat neben ihren Chef.

»Das ist doch Kampmann«, stellte sie fest. »Was macht der denn hier?«

»Keine Ahnung«, erwiderte Bodenstein. Kampmann stieg in den Cayenne, der neben einem Maybach und einem Ferrari geparkt war.

»Ansehnlicher Fuhrpark«, bemerkte Pia. »Für eine fast bankrotte Firma wirklich sehr beachtlich.«

»Wie kommen Sie darauf, dass die JagoPharm AG bankrott sein soll?«, ertönte eine Stimme hinter ihnen. Hans Peter Jagoda hatte den Raum betreten. Er trug einen dunkelgrauen Zweireiher, dazu eine dezent gemusterte Krawatte und blankpolierte Maßschuhe. Seine wächserne Blässe wirkte kränklich. Pia blieb ihm eine Antwort schuldig und stellte Jagoda ihren Chef vor.

»Nehmen Sie doch Platz«, Jagoda machte eine Handbewegung in Richtung Tisch. »Kann ich Ihnen etwas zu trinken anbieten?«

Bodenstein und Pia lehnten höflich ab und setzten sich. Bodenstein versuchte, aus dem feingliedrigen Mann mit der leisen Stimme klug zu werden. Auf den ersten Blick wirkte Hans Peter Jagoda harmlos, beinahe weibisch, aber eine Karriere, wie er sie gemacht hatte, machte niemand, der rücksichtsvoll und nachsichtig war. Die scharfe Wachsamkeit in den flinken hellen Augen stand in krassem Gegensatz zu seinem höflichen Auftreten. Bodenstein dachte an das, was Ralf Kirchhoff erzählt hatte. Man tat gut daran, sich nicht von seinem Äußeren täuschen zu lassen. Jagoda saß scheinbar ganz locker da, doch das Wippen seines Fußes verriet seine innere Anspannung.

»Wir ermitteln in der Mordsache Isabel Kerstner«, Bodenstein förderte wieder sein Diktiergerät zutage, »und wir möchten von Ihnen gerne wissen, ob Sie die Stimme auf dem Band erkennen.«

Er spielte den Satz vom Anrufbeantworter vor und beobachtete, wie Jagoda ganz kurz das Fußwippen einstellte.

»Das ist meine Stimme«, sagte er dann ruhig. »Ich war ziemlich verärgert über Isabels Nichterscheinen. An diesem Abend habe ich eine Gesellschaft gegeben und sie auch dort erwartet.«

»Warum hatten Sie Isabel eingeladen?«, erkundigte Pia sich. »Am Montag hatte ich den Eindruck, dass Sie nicht besonders viel von ihr hielten.«

Ein leichtes Lächeln spielte um Jagodas Lippen.

»Das tat ich auch nicht«, erwiderte er. »Aber meine persönliche Meinung spielte keine Rolle. Frau Kerstner war bei mir angestellt, und ihren Job machte sie gut.«

»Sie war bei Ihnen angestellt?«

»Ja. Sie klagte immer darüber, dass sie dringend Geld brauchte, und da machte ich ihr den Vorschlag, für mich zu arbeiten.«

»In welcher Position war sie tätig?«, fragte Bodenstein.

»Sie war bei der JagoPharm zuständig für Kundenbetreuung«, Jagoda lächelte wieder, »unsere Kunden schätzten es sehr, wenn sie von Frau Kerstner betreut wurden.«

Bodenstein begann zu verstehen.

»Wie weit ging diese Betreuung denn?«

»Es gab keine genauen Richtlinien«, Jagoda machte eine unbestimmte Handbewegung. »Unsere Kunden waren aber sehr von ihr angetan.«

»Nun gut«, Bodenstein räusperte sich. »Was für einen Termin hat sie am Samstagabend versäumt?«

»Ich hatte Gäste«, antwortete Jagoda, »einige gute Kunden waren anwesend. Isabel sollte sich um sie kümmern.«

»War Friedhelm Döring auch auf Ihrer Party?«

»Ja, das war er. Er kam gegen acht.«

»Ist er auch ein Kunde der JagoPharm?«

»Wir sind Geschäftspartner«, Jagodas Blick war ruhig und unbeirrt, doch unter dem Tisch wippte seine Fußspitze heftig.

»War Ihnen bekannt, dass Frau Kerstner nicht nur ein Verhältnis mit Ihrem Verwalter, Herrn Kampmann, sondern auch mit Friedhelm Döring hatte?«

»Tatsächlich?« Jagodas Miene blieb undurchdringlich. »Nein, das wusste ich nicht.«

»Ist es übrigens üblich, dass Ihre Angestellten bar entlohnt werden? Frau Kerstner hat im Porschezentrum in Hofheim einen Porsche Boxter mit Bargeld bezahlt«, Bodenstein beobachtete Hans Peter Jagoda scharf, aber der verzog keine Miene.

»Frau Kerstner hat darauf bestanden, ihre Bezüge bar zu erhalten«, antwortete er gelassen. »Ich vermute, sie wollte nicht, dass ihr Mann davon erfuhr.«

Plötzlich zuckte Bodenstein ein Gedanke durch den Kopf, so flüchtig, dass er ihn nicht festhalten konnte, aber in seinem Innern blieb ein Gefühl des Misstrauens zurück. Sie stellten Jagoda noch einige Fragen, bevor er ihnen höflich zu verstehen gab, dass er bedauerlicherweise keine Zeit mehr hatte. Und erst als sie das Haus verlassen hatten, kehrte der Gedanke zurück.

Bodenstein erklärte Pia seine Vermutung.

»Erpressung?«, fragte sie erstaunt.

»Ja«, Bodenstein nickte. »Ich halte es für denkbar, dass Jagoda versucht hat, seine Geschäftspartner mit Hilfe von Isabel Kerstners ›Betreuung‹ zu erpressen. Am Samstagabend sollte sie wieder mit einem Kunden, der Schwierigkeiten machen wollte, ins Bett gehen. Und als sie nicht auftauchte, wurde Jagoda nervös. Für ihn steht eine Menge auf dem Spiel – und wenn er seine Kunden nicht mit legalen Mitteln halten kann, dann vielleicht mit anderen.«

Pia nickte nach kurzem Nachdenken.

»Die Aktionäre, die ihre Strafanträge überraschend zurückgezogen haben. Und die Bank, die plötzlich wieder einen Kredit gewährt hat. Schon möglich, dass er da irgendetwas gedreht hat.«

»Wir müssen noch einmal in die Wohnung von Isabel Kerstner«, Bodenstein hatte es auf einmal eilig. »Ich bin sicher, wir haben irgendetwas übersehen.«

Im Dom des Zauberbergs, den Isabel Kerstner bewohnt hatte, erlebten Bodenstein und Pia eine unliebsame Überraschung. Jemand hatte das amtliche Siegel aufgebrochen und die Wohnung geöffnet. Die ganze Wohnung war nicht nur einfach ausgeräumt, sondern beinahe in einen Rohbau verwandelt worden. Sämtliche Möbel waren verschwunden, ja, sogar die Schrankwände waren herausgerissen. War es Friedhelm Döring gewesen, der keine Zeit verschwendet hatte, etwaige Spuren zu vernichten?

»Der verkauft uns wirklich für dumm«, Bodenstein begann sich allmählich wirklich über Döring zu ärgern. Dieser Mann spielte in der ganzen Sache eine äußerst undurchsichtige Rolle. Auch wenn er auf den ersten Blick keinen Grund gehabt haben mochte, Isabel Kerstner zu töten, dann schien er doch mehr zu wissen, als er ihnen verriet. Bodenstein hatte keine Lust, ein weiteres Mal von Döring angelogen zu werden. Während Pia zu den Bewohnern in den unteren Stockwerken ging, um zu erfahren, wann die Wohnung ausgeräumt worden war, schlenderte Bodenstein mit grimmiger Miene durch die Wohnung, die Hände in den Hosentaschen vergraben. Seine Schritte hallten von den kahlen Wänden wider. Es hatte für Döring keinen Anlass gegeben, die Wohnung auszuräumen, denn es waren ja ohnehin keine verwertbaren Spuren mehr zu finden gewesen. Darüber hinaus hatte die Spurensicherung alles dokumentiert, was das erste Aufräumkommando zurückgelassen hatte. Wozu dann diese ungesetzliche Aktion? Bodenstein blieb an der Stelle stehen, an der sich das Bett befunden hatte. Staubkörnchen tanzten in dem hellen Streifen Sonnenlicht, der durch das Fenster fiel, und sein Blick blieb auf einer Stelle des glänzenden, in quadratischen Kassetten verlegten Parkettfußbodens hängen. Eine unregelmäßige Stelle weckte seine Aufmerksamkeit. Er kniete sich hin und ließ seine Fingerspitzen über den Boden gleiten. Tatsächlich! Eines der Vierecke war locker! Bei genauem Hinsehen bemerkte er an den Rändern des Parkettstücks Kratzer. In dem Moment betrat Pia die Wohnung.

»Frau Kirchhoff!«, rief er über die Schulter. »Schauen Sie mal hier!«

Pia erschien im Türrahmen.

»Von den Nachbarn ist entweder keiner da, oder sie machen nicht auf. Was machen Sie denn da?«

»Hier«, Bodenstein deutete auf das lose Holzquadrat. »Haben Sie ein Taschenmesser dabei oder etwas Ähnliches?«

Pia kam näher und ging in die Hocke. Aus ihrer Tasche förderte sie eine Nagelfeile zu Tage. Sie schob die Spitze in die schmale Fuge und hebelte das Parkettstück heraus.

»Ich wette, danach haben die gesucht«, grinste sie und fasste in das Loch im Boden.

»Das denke ich auch«, bestätigte Bodenstein. Pia tastete in dem Hohlraum herum. Als Erstes reichte sie Bodenstein ein zerfleddertes Notizbuch im Taschenbuchformat. Ein triumphierendes Lächeln glitt über Bodensteins Gesicht, während er mit spitzen Fingern das Büchlein durchblätterte. Pia fand in dem Versteck unter dem Fußboden noch einige andere Dinge, unter anderem eine flache Geldkassette, die nicht verschlossen war. In ihrem Inneren befanden sich ein Stapel nagelneuer Fünfhundert-Euro-Scheine, ein Packen Fotos, die mit einem Gummiband umwickelt waren, zwei Goldketten, mehrere Ringe und fünf kleine Kassetten, die zu einem Anrufbeantworter passten. Als Letztes fand sie einen ganzen Stapel DVDs.

»So«, Bodenstein richtete sich auf und klopfte den Staub von seinen Hosenbeinen, »jetzt bin ich aber wirklich mal gespannt, was die liebe Isabel hier so alles versteckt hat.«

Auf dem Bildschirm erschien das Gesicht von Isabel Kerstner, ein wirklich hübsches Gesicht mit hohen Wangenknochen, großen, grünen Augen und einem sinnlichen Mund mit vollen Lippen und strahlend weißen Zähnen. Sie räkelte sich äußerst knapp bekleidet auf einem breiten Bett und hatte ihr Gesicht vor die Kameralinse geschoben.

»Heute ist Sonntag, der 6. August 2005«, sagte sie. »Genau 19:13 Uhr. Ich erwarte hohen Besuch.«

Sie kicherte albern und posierte mit einem lasziven Grinsen vor der Kamera, umfasste ihre Brüste und fuhr sich mit der Zungenspitze über die Lippen. Die Delphin-Tätowierung über ihrem Bauchnabel war deutlich zu sehen.

»Ich habe nämlich eine schöne Überraschung für meinen Boss.«

Im Hintergrund klingelte es.

»Oh«, sagte Isabel, »das ist er. Pünktlich auf die Sekunde.«

Sie tänzelte davon und verschwand aus dem Bild. Im Hintergrund waren Stimmen zu hören. Es dauerte elf Minuten, bis Isabel wieder auftauchte. Hinter ihr erschien Hans Peter Jagoda, der schnurstracks zum Schrank gegenüber ging und einen argwöhnischen Blick hineinwarf. Er ahnte wohl nicht, dass Isabel mit zwei Kameras arbeitete, und die Kamera, die ihn nun aufnahm, war so geschickt angebracht, dass sie das ganze Bett und die Tür zum Badezimmer erfasste.

»Nicht, dass ich auch mit in unser Filmarchiv gerate«, sagte er. Isabel lachte und begann, ihm die Krawatte vom Hals zu ziehen.

»Lass das«, Jagoda warf einen Blick auf seine Uhr. »Ich habe jetzt keine Zeit für solche Spielchen.«

»Ach, komm schon«, sie lächelte ihn verführerisch an.

»Hör auf damit«, er schob sie von sich fort. »Ich will, dass du den Kerl richtig rannimmst. Wenn du ihn dazu bringst, dass er sich vor der Kamera ein paar Lines Koks reinzieht, dann gibt's einen Extrabonus.«

»Kein Problem«, Isabel kicherte. »Der Typ ist so was von scharf, der macht alles, was ich ihm sage. Bei Mutti zu Hause darf er wahrscheinlich nur im Dunkeln. Vielleicht ist sie auch so ein Nilpferd wie deine Frau. Musst du wirklich schon weg?«

Sie ließ sich aufs Bett sinken, reckte und streckte sich. Jagodas Entscheidung schien ins Wanken zu geraten. Er betrachtete Isabel, dann warf er wieder einen Blick auf die Uhr.

»Was soll's«, er knöpfte seine Anzugjacke auf. »Sollen sie auf mich warten. Immerhin bin ich der Boss.«

Interessanter als das, was sie in weniger als sieben Minuten vor laufender Kamera darboten, waren die Inhalte ihrer Gespräche. Sie redeten über Leute, deren Namen Bodenstein und seinen Mitarbeitern nichts sagten, aber sie verstanden, wofür Jagoda Isabel Kerstner wirklich bezahlt hatte. Er, der den seriösen Biedermann spielte, hatte unter anderem verärgerte Aktionäre, den Leiter der Kreditabteilung und den Vorstandschef seiner Bank mit Hilfe einer handfesten Erpressung zu zähneknirschender Loyalität gebracht. Zweifellos hatte ein netter kleiner Film mit kompromittierendem Inhalt eine Menge Überzeugungskraft.

»Er hat mich angelogen, ohne auch nur mit der Wimper zu zucken«, ärgerte Pia sich, als der Film zu Ende war.

»Auf jeden Fall war es nicht Döring, der die Wohnung hat ausräumen lassen«, sagte Bodenstein. »Ich denke, Jagoda wollte genau diese DVD finden, denn ich bin mir ziemlich sicher, dass Isabel ihm von deren Existenz brühwarm erzählt hat. Jagoda war möglicherweise die Geldquelle, die sie dieser Thordis gegenüber erwähnt hat.«

»Sie meinen, sie hat wiederum Jagoda erpresst?«, fragte Hasse.

»Das könnte ich mir vorstellen«, Bodenstein nickte. »Jagoda hat sie nicht umgebracht. Er musste nur diese DVD bekommen, denn er konnte nicht das Risiko eingehen, dass so ein Film jemand anderem in die Hände fallen würde.«

Was noch vor ein paar Tagen wie ein Mord aus gekränkter Eitelkeit oder Eifersucht ausgesehen hatte, wuchs sich allmählich zu einem weitaus komplexeren Fall aus. Hier ging es nicht mehr nur um eine tote junge Frau, sondern um viel mehr, aber Bodenstein konnte die Tragweite der Ereignisse, die genauen Zusammenhänge und Gründe noch nicht verstehen. War Isabel Kerstner wirklich nur ein außer Kontrolle geratenes Werkzeug, oder hatte sie im Auftrag von jemandem gehandelt? Sein Instinkt sagte ihm, dass sie rein zufällig auf dunkle Machenschaften gestoßen waren, aber worum es tatsächlich ging, begriff er noch nicht.

Behnke legte eine der fünf kleinen Kassetten in den Kassettenrecorder ein, der in der Mitte des Tisches im Besprechungsraum stand. Isabel Kerstner hatte mit ihrem Anrufbeantworter Telefongespräche mitgeschnitten. Wie aufschlussreich sie sein würden, war noch nicht zu beurteilen, aber es war durchaus interessant. Mit Jagoda amüsierte sie sich über die gemeinsamen Opfer, sie beschwerte sich über die Unattraktivität mancher Kunden, worauf Jagoda sie an ihr fürstliches Honorar erinnerte. Im Laufe der Zeit änderte sich der Tonfall der Gespräche, und man merkte, wie geschickt Isabel es angestellt hatte, ihren Auftraggeber auch in ihr Bett zu locken. Jagoda schien nicht auf die Idee zu kommen, dass Isabel ein Telefongespräch aufzeichnen könnte. Bei einem Gespräch erging er sich in einer äußerst anschaulichen Beschreibung dessen, was er mit ihr zu tun gedachte, und ließ sich dazu hinreißen, seine Frau mit abfälligen Bemerkungen zu titulieren.

»So viel zur großen Liebe«, sagte Pia sarkastisch. Die zweite Stimme, die den Beamten der Mordkommission bekannt war, war die von Kampmann, aber aus den Gesprächen wurde niemand schlau. Es ging um Pferde und Geldsummen, um Leute, die offenbar von Kampmann Pferde gekauft hatten. Der Name Marquardt fiel mehrfach, ebenso die Namen Hart, Neumeyer und Payden. Auch andere Einsteller von Gut Waldhof, die Bodenstein und Pia bekannt waren, wurden erwähnt. Isabels Stimme klang ganz normal, den verführerischen Tonfall hatte sie sich wohl für Jagoda aufgehoben.

»… ich könnte mich totlachen«, sagte sie belustigt, »du hast der blöden Payden einen total platten Gaul verkauft, der außerdem noch tragend, dämpfig und sechs Jahre älter ist. Was machst du, wenn es rauskommt?«

»Nichts«, Kampmann klang selbstgefällig, »bis die das alles rausfinden, sind die Kinder so vernarrt in das Pony, dass sie es eh nicht mehr hergeben. Ich hole übrigens morgen Abend ein Pferd, das ich für die Conrady vorgesehen habe. Ein echter Kracher und todschick dazu. Du musst es eine Weile reiten. Wenn sie dich auf dem Esel sieht, wird sie verrückt.«

»Was ist der Haken an der Sache?«

»Das Vieh ist völlig über die Uhr«, sagte Kampmann. »Der geht auf keinem Turnier der Welt mehr ins Dressurviereck. Aber zu Hause ist er Spitzenklasse. Wenn die blöde Kuh ihren Alten erst so weit hat, dass er die Kohle lockermacht, sorge ich schon dafür, dass sie nie bis aufs Turnier kommt. Wie immer …«

Die Mitarbeiter des K11 rätselten eine Weile, aus welchem Grund Isabel Kerstner diese Gespräche aufgenommen hatte. Wichtiger erschienen ihnen die anderen Dinge, die Bodenstein und Pia aus dem geheimen Fußbodenversteck gefischt hatten.

»Legen Sie mal eine andere DVD ein«, forderte Bodenstein seine Mitarbeiter auf. Die Sequenzen dieses Films zeigten das Bett in Isabel Kerstners Schlafzimmer aus einer anderen Perspektive. Offenbar befand sich die Kamera üblicherweise in dem Schrank, in den Jagoda so misstrauisch hineingespäht hatte. Auf der zweiten DVD wurde erneut der horizontale Fleiß der jungen Frau dokumentiert, und das mit verschiedenen Männern, die Bodenstein und seine Mitarbeiter nicht kannten. Doch beim vierten Mann auf der zweiten DVD änderte sich das. In dem großen Besprechungsraum herrschte fassungsloses Schweigen.

»O mein Gott«, Pia fand als erste die Sprache wieder. »Das darf doch wohl nicht wahr sein.«

»Das gibt's doch nicht«, sagte Bodenstein. Sie wechselten einen Blick. Plötzlich änderte sich alles. Der Fall bekam eine neue, größere Dimension.

»Sie wollen *was*?« Kriminaldirektor Dr. Heinrich Nierhoff setzte seine Lesebrille ab und musterte Bodenstein verständnislos.

»Ich bin mir sicher, dass der Freitod von Hardenbach und der Mord an Isabel Kerstner zusammenhängen«, sagte Bodenstein. »Hardenbach wurde mit einem Sexvideo erpresst.«

»Hören Sie auf!« Kriminaldirektor Nierhoff erhob sich von seinem Schreibtischstuhl und schüttelte heftig den Kopf. »Sie kannten den Mann doch besser als ich, Bodenstein! Hardenbach war ein Muster an Integrität! Ich kann mir beim besten

Willen nicht vorstellen, dass er seine Karriere und seine politischen Ambitionen mit einer ... einer Bettgeschichte aufs Spiel gesetzt hätte!«

Bodenstein beobachtete seinen Chef, der nervös durch sein Büro wanderte. Es war für ihn keine Überraschung, dass Nierhoff einen Durchsuchungsbeschluss für Hardenbachs Büro und Privathaus rundheraus ablehnte. Der Kriminaldirektor mochte negative Publicity überhaupt nicht. Hardenbach war nach seinem Freitod von der Presse zu einem Heiligen hochstilisiert worden; unangenehme Wahrheiten würden nur Probleme nach sich ziehen.

»Herr Dr. Nierhoff«, setzte Bodenstein zu einem erneuten Vorstoß an, »Hardenbach war in irgendeine dubiose Sache verwickelt. Wir haben erfahren, dass das Dezernat für Wirtschaftskriminalität gegen einen Mann namens Hans Peter Jagoda und sein börsennotiertes Unternehmen ermittelt hat. Wir wissen auch, dass diese Ermittlungen vor ein paar Wochen aus Mangel an Beweisen eingestellt wurden. Und der Staatsanwalt, der dies angeordnet hat, war Hardenbach. Alles, was ich brauche, sind Beweise dafür, dass er seine Finger im Spiel hatte und ...«

»Das sind doch alles nur vage Vermutungen!«, unterbrach Nierhoff ihn scharf. »Stellen Sie sich vor, was passiert, wenn Sie und Ihre Leute den Namen Hardenbachs post mortem verunglimpfen und sich Ihre Verdächtigungen im Nachhinein als falsch erweisen! Wie stehen wir denn dann da? Der Mann kann sich gegen Ihre Vorwürfe nicht mehr wehren.«

»Weil er es vorzog, sich vorher eine Ladung Schrot in den Mund zu schießen«, erwiderte Bodenstein ruhig. »Hardenbach hat sich umgebracht, weil er wusste, dass seine Karriere beendet sein würde, wenn herauskommt, dass er Ermittlungen behindert hat. Strafvereitelung im Amt, Behinderung der Justiz, Bestechlichkeit im Amt ...«

Kriminaldirektor Nierhoff stieß einen abgrundtiefen Seufzer aus.

»Denken Sie doch nur an seine Familie«, wandte er ein. »Solche Vorwürfe beschädigen das Ansehen ihres Ehemanns und Vaters.«

»Ja«, gab Bodenstein zu, »und zwar in beträchtlichem Ausmaß. Das tut mir auch leid, aber ich kann nichts daran ändern. Ich brauche Beweise, dass Hardenbach erpresst wurde, denn ich will Jagoda diese Erpressung nachweisen. Die Frau, die mit Hardenbach im Bett war, wurde ermordet, und es ist meine Aufgabe, diesen Mord aufzuklären.«

Kriminaldirektor Nierhoff drehte und wand sich vor Unbehagen. Er setzte sich wieder hinter seinen Schreibtisch und beäugte die DVD, die Bodenstein ihm hingelegt hatte, so misstrauisch, als ob sie sich jeden Moment in eine Kakerlake verwandeln könnte.

»Hardenbach war nicht nur ein Parteifreund und langjähriger Weggefährte des Ministerpräsidenten und des Innenministers, sie waren auch privat gute Freunde«, sagte er dann und malte sich sein persönliches Horrorszenario in düsteren Farben aus. »Wenn an Ihren Vermutungen nichts dran ist, Bodenstein, dann wird mich die Presse mit Genuss zerfleischen. Der Ministerpräsident und der Innenminister werden mir vorwerfen, ich hätte den Namen Hardenbachs im Nachhinein beschmutzt, um mich selbst zu profilieren. Ich bin ein toter Mann, wenn ich Ihnen jetzt die Erlaubnis gebe, einen Schuss ins Blaue zu wagen.«

Genau daher wehte der Wind.

»Feigling«, dachte Bodenstein, aber seine Miene blieb unbeweglich. Nierhoff strebte auch nach Höherem, dabei hatte er mit seiner parteipolitischen Couleur derzeit überhaupt keine Chance, nach Wiesbaden zu kommen. Spekulierte er vielleicht auf den Posten des Regierungspräsidenten?

»Sie müssen das auf eine andere Weise herausfinden«, Nierhoff schüttelte entschieden den Kopf. »Sie werden keine offizielle Durchsuchung vornehmen. Ende der Diskussion.«

»Sie können ja sagen, dass ich auf eigene Faust einen richterlichen Beschluss erwirkt habe«, schlug Bodenstein vor. Ein kurzer Hoffnungsschimmer erhellte Nierhoffs Gesicht, aber dann zogen gleich wieder Gewitterwolken auf.

»Damit ich mir sagen lasse, ich wüsste nicht, was in meiner Behörde vor sich geht? Vergessen Sie's!«

Bodenstein warf einen Blick auf seine Uhr.

»Wir dürfen nicht mehr lange warten«, sagte er. »Die Spuren werden kalt. Ich möchte mit Hardenbachs Witwe sprechen. Wenn sie etwas weiß, können wir uns den Durchsuchungsbeschluss sparen.«

Nierhoff kämpfte mit sich.

»Das LKA hat die Ermittlungen im Todesfall Hardenbach übernommen«, erinnerte er den Leiter des K11 und hob beide Hände. »Wenn Sie mit Frau Hardenbach sprechen, riskieren Sie Ärger mit denen. Ich weiß auf jeden Fall von nichts.«

Bodenstein wusste, dass er für den Moment nicht mehr erwarten konnte. Er bedankte sich für das Gespräch, erhob sich und verließ das Büro seines Chefs.

Karin Hardenbach, ganz in Schwarz, öffnete mit abweisender Miene selbst die Haustür des verklinkerten Bungalows. Sie konnte sich nicht an Bodenstein und Pia erinnern, der Schock über die Nachricht vom Freitod ihres Mannes am Sonntag hatte eine Gedächtnislücke hinterlassen, und so hielt sie die beiden zuerst für Zeugen Jehovas, die vorzugsweise an Spätnachmittagen Gespräche über die Bibel an Haustüren führen wollten. Erst Bodensteins Ausweis ließ ihr Misstrauen schwinden, und sie bat die beiden herein. Im Hintergrund des Hauses erschienen zwei Mädchen im Teenageralter mit verhuschten, blassen Gesichtern, und Bodenstein wurde bewusst, dass Hardenbach mit seinem Selbstmord die Vorstadt-idylle der heilen Familie für immer und unwiederbringlich zerstört hatte. In das Gesicht von Frau Hardenbach hatten sich scharfe Falten gegraben. Die Frau, die ihrem korrekten Gatten ein Eheleben lang treu ergeben gewesen war, wirkte verhärmt und so hilflos wie ein unerfahrener Matrose am Steuer, nachdem der Kapitän im Sturm über Bord gegangen war. Bodenstein verspürte tiefes Bedauern darüber, dass er das ohnehin aus den Fugen geratene Leben dieser Frau noch tiefer erschüttern musste.

»Wie geht es Ihnen?«, erkundigte er sich mitfühlend, nachdem sie sich für die Störung entschuldigt, ein paar Höflichkeitsfloskeln ausgetauscht hatten und von Frau Hardenbach in das Wohnzimmer geführt worden waren, das die spießige Korrektheit des Mannes widerspiegelte, der es bis vor kurzem bewohnt hatte. Rustikale Eiche, ein altmodischer Fernsehschrank, eine wuchtige Anrichte, Gummibäume.

»Ganz gut«, Frau Hardenbach lächelte tapfer und wahrte die Formen. »Nehmen Sie doch Platz.«

Bodenstein und Pia setzten sich auf das Sofa, das sonst sicher nur an Feiertagen benutzt wurde, Frau Hardenbach entschied sich für einen Sessel. Sie saß unbehaglich und steif auf der vordersten Kante.

»Was kann ich für Sie tun? Ich dachte, das Landeskriminalamt hätte die Ermittlungen im Fall meines Mannes übernommen.«

»Das stimmt«, Bodenstein nickte. »Wir ermitteln in einem Mordfall. Allerdings sieht es so aus, als ob der Selbstmord Ihres Mannes mit unserem Fall zusammenhängen könnte.«

»Ach ja?« Frau Hardenbach zog nur die Augenbrauen hoch.

»Frau Hardenbach«, Bodenstein beugte sich etwas vor, »hat

sich Ihr Mann in den letzten Wochen irgendwie verändert? Hatten Sie den Eindruck, dass ihn etwas belastet hat?«

»Das haben mich die Leute vom LKA auch schon gefragt«, Frau Hardenbach hob die Schultern. »Mir ist nichts aufgefallen. Er war wie immer. Bis … bis er sich dann …«

Sie brach ab und machte eine unbestimmte Handbewegung.

»Hat er einen Abschiedsbrief hinterlassen?«, erkundigte Pia sich.

Frau Hardenbach zögerte, dann senkte sie den Kopf. Bodenstein und Pia wechselten einen kurzen Blick.

»Wissen Sie, warum er sich das Leben genommen hat?«, fragte Bodenstein leise. Die Frau hob den Kopf und starrte ihn an. Dann drehte sie sich um, als wolle sie sich vergewissern, dass die Mädchen außer Hörweite waren.

»Ich werde das Haus verkaufen und von hier wegziehen«, sagte sie mit einer Entschlossenheit, an die sie sich selbst noch gewöhnen musste. »Alles war eine Lüge.«

Sie stand auf, trat ans Fenster, die Arme vor der Brust gekreuzt, und wandte ihnen den Rücken zu.

»Ich komme aus einem streng katholischen Elternhaus«, sagte sie mit gepresster Stimme. »Ich habe mein ganzes Leben lang fest an bestimmte Werte und Moralvorstellungen geglaubt. Mein Mann war im Pfarrgemeinderat, im Schulelternbeirat, im Vorstand des Turnvereins. Er war streng gegen sich, gegen mich und gegen unsere Kinder, aber er war gerecht. Die Rollen waren bei uns klar verteilt, und das war für mich in Ordnung. Ich habe meinem Mann vertraut, an ihn geglaubt. Und jetzt hat er mich einfach allein gelassen.«

Sie drehte sich um. Ihre Stimme bekam einen bitteren Klang.

»Er hat mir keinen Abschiedsbrief hinterlassen. Nichts. Keine Erklärung. Er ging morgens zum Spazierengehen, wie immer vor dem Frühstück und der Kirche. Und dann hat er sich einfach … erschossen.«

Frau Hardenbach straffte die Schultern.

»Ich kann hier nicht mehr bleiben. Ich kann die Blicke der Leute nicht mehr ertragen. Die Schande.«

»Wir vermuten, dass Ihr Mann erpresst wurde«, sagte Bodenstein.

»Erpresst?« Frau Hardenbach zwang sich zu einem gequälten Lächeln. »Unsinn. Sie kannten ihn doch. Er war immer korrekt und absolut gradlinig. Mit was sollte mein Mann denn zu erpressen gewesen sein?«

»Ihr Mann ist in irgendetwas hineingeraten«, sagte Bodenstein behutsam. »Wir haben ziemlich kompromittierende Filmaufnahmen von ihm und einer jungen Frau gefunden.«

»Wie können Sie so etwas behaupten?« Witwe Hardenbach klang ungläubig. Sie setzte sich wieder hin.

»Wir nehmen an«, übernahm Pia, »dass sich Ihr Mann wegen dieses Filmes dazu erpressen ließ, wichtige Unterlagen in einem Betrugsfall zurückzuhalten und damit die ganze Untersuchung scheitern zu lassen. Vielleicht fürchtete er, dass das herauskommen würde, und konnte mit dieser Angst nicht mehr leben. Wir nehmen an, dass dies der Grund für seinen Selbstmord war.«

Als Pia verstummte, herrschte Totenstille. Frau Hardenbach kämpfte mühsam um den Rest an Selbstbeherrschung.

»Mein Mann hat mich tief gekränkt, weil er sich von eigener Hand das Leben genommen hat«, flüsterte sie, »aber nie und nimmer hat er sich erpressen lassen. Und niemals hätte er mich mit einer anderen Frau betrogen. Das ist eine infame Unterstellung.«

»Wir haben kein Interesse daran, das Ansehen Ihres Mannes zu beschädigen«, sagte Bodenstein. »Uns geht es um die Aufklärung eines Mordes, in den der Mann verwickelt ist, von dem wir annehmen, dass er auch Ihren Mann erpresst hat. Wir suchen die Unterlagen, die Ihr Mann möglicherweise zurückgehalten hat. Er könnte diese Unterlagen hier, in Ihrem Haus aufbewahrt haben.«

Frau Hardenbach war hin- und hergerissen zwischen dem tief in ihr verankerten Bewusstsein, der Polizei und dem Recht helfen zu wollen, und dem Wunsch, das Bild ihres Mannes für sich so zu bewahren, wie sie es sich zu seinen Lebzeiten zurechtgebastelt hatte.

»Könnten Sie nicht einmal im Arbeitszimmer Ihres Mannes nachsehen?«, bat Pia die Frau, die dieses Ansinnen jedoch empört zurückwies.

»Ich würde niemals den Schreibtisch meines Mannes durchwühlen«, antwortete Frau Hardenbach mit dumpfer Stimme. »Niemals. Ich glaube das auch alles nicht. Vielleicht wäre es besser, wenn Sie jetzt gingen.«

Bodenstein nickte und erhob sich.

»Danke, dass Sie mit uns gesprochen haben«, sagte er, griff in die Innentasche seines Jacketts und legte die DVD auf den Wohnzimmertisch. »Hier ist der Beweis, dass wir Ihnen die Wahrheit gesagt haben, auch wenn sie schmerzlich ist. Falls Ihr Mann tatsächlich erpresst wurde, so werden wir das nicht an die große Glocke hängen.«

Frau Hardenbach blickte ihn nicht mehr an.

»Sie finden sicher alleine hinaus«, flüsterte sie. »Gehen Sie. Lassen Sie uns in Ruhe.«

Sie saßen kaum im Auto, als Bodensteins Handy summte. Es war Lorenz, der ihm mitteilte, dass eine Frau Döring bei ihm zu Hause auf ihn warte.

»Was ist mit Frau Döring?«, erkundigte sich Pia neugierig.

»Sie wartet bei mir zu Hause auf mich«, Bodenstein ließ

den Motor an. »Kommen Sie mit? Ich bin gespannt, was sie will.«

»Ich müsste vorher schnell meine Pferde in den Stall bringen und füttern«, erwiderte Pia nach einem Blick auf die Uhr.

»Dauert nicht lange. Mein Auto steht allerdings noch am Kommissariat.«

»Ich helfe Ihnen beim Füttern«, schlug Bodenstein vor, »und später fahre ich Sie nach Hofheim zu Ihrem Auto.«

»Wenn Ihnen das nichts ausmacht«, Pia lächelte überrascht.

»Ganz und gar nicht«, Bodenstein grinste. »Ich habe seit Jahren keine Pferde mehr gefüttert.«

Pia dirigierte ihren Chef von der A66 unter der Autobahn hindurch zu dem asphaltierten Feldweg, der zum Birkenhof führte. Bodenstein wartete, bis Pia ausgestiegen war, um das Tor aufzuschließen. Er fuhr die geschotterte Auffahrt entlang, die von hohen Birken bestanden war. Rechts lag ein kleiner Reitplatz, links befand sich eine ordentlich eingezäunte Koppel, an deren Tor zwei Pferde mit gespitzten Ohren warteten. Er parkte vor dem Haus unter einem großen Nussbaum, stieg aus und schaute sich um. Das Grundstück war riesig. In einem von Efeu überwucherten ehemaligen Hundezwinger tummelten sich Meerschweinchen, auf der großen Wiese weiter hinten liefen Enten und Gänse frei herum. Bodenstein schlenderte seiner Kollegin entgegen, die schon mit den beiden Pferden die Auffahrt entlangkam.

»Das ist ja gewaltig groß«, Bodenstein nahm ihr eines der Pferde ab. »Seit wann wohnen Sie hier?«

»Seit zehn Monaten«, Pia öffnete die beiden Boxen, und die Pferde trotteten hinein. »Es war eine glückliche Fügung. Der Vorbesitzer war ziemlich betagt, seine Kinder wohnten im Ausland, und ich hatte genug Geld gespart, um den Hof und das Grundstück kaufen zu können. Alles war allerdings in einem ziemlich desolaten Zustand. Ich fürchte, ich werde in den nächsten Jahren jeden Cent in die Renovierung und Instandhaltung stecken müssen.«

Die Pferde streckten ihre Köpfe über die geöffneten Halbtüren der Boxen und verfolgten aufmerksam, was Pia in der Futterkammer tat. Wenig später kehrte sie mit zwei Eimern zurück.

»Dieser hier ist für die Fuchsstute«, erklärte sie, »der andere für die Braune.«

Bodenstein ergriff die Eimer und versorgte nacheinander die Pferde gemäß Anweisung. Pia schüttelte jedem ihrer beiden Pferde einen Viertelballen Heu unter die Tränke, dann waren sie versorgt.

»Schöne Pferde«, stellte Bodenstein fest.

»Die braune Stute haben mein Mann und ich gekauft, als sie ein Fohlen war«, Pia lächelte. »Die andere ist sieben, aber leider sportuntauglich, nachdem sie sich am Fesselträger verletzt hat. Da sie eine tolle Abstammung hat, haben wir sie gekauft. Sie sind beide tragend.«

»Dann gibt's nächstes Jahr also doppelten Nachwuchs«, Bodenstein lächelte.

»Wenn alles glatt geht«, Pia betrachtete die Pferde, die sich mit Heißhunger auf den Hafer in der Krippe stürzten, mit Zuneigung.

»Und Ihr Mann?«, fragte Bodenstein. Pia hob den Kopf und sah ihn an. Das Lächeln war verschwunden.

»Mein Mann? Was ist mit ihm?«

»Vermisst er seine Pferde nicht?«

»Nein«, sagte Pia knapp und warf einen Blick auf die Uhr. »Ich bin hier fertig. Wir können losfahren.«

Bodenstein verstand, dass seine Kollegin nicht über ihren Mann sprechen wollte.

»Auf jeden Fall können Sie sich über einen Mangel an Arbeit nicht beklagen«, stellte er fest, als sie zurück zu seinem Auto gingen.

»Ganz sicher nicht«, bestätigte Pia und lächelte wieder. »Aber ich liebe es. Nach sechzehn Jahren in schicken, todlangweiligen und sterilsauberen Stadtwohnungen kann ich endlich Pferdemist schaufeln und mit den Händen in der Erde wühlen. Ich möchte niemals mehr anders leben.«

Bodensteins Haus lag in einer der besseren Kelkheimer Wohngegenden. Auf den ersten Blick wirkte es wie ein unscheinbarer Bungalow, aber der Eindruck täuschte: Sie betraten eine großzügige Eingangshalle mit einer Galerie im ersten Stock. Das Haus war ziemlich groß. Ein paar Stufen führten hinunter in das große Wohnzimmer mit einem herrlichen Panoramablick über den Garten auf ganz Kelkheim und Fischbach. Ein junger Mann mit kurzem, dunklem Haar und einem ziemlich schmutzigen T-Shirt tauchte in der Eingangshalle auf, gefolgt von einem kniehohen Mischlingshund, der Bodenstein so erfreut begrüßte, als sei dieser soeben von einer Weltreise heimgekehrt.

»Hallo, Lorenz«, sagte Bodenstein zu dem jungen Mann, »danke, dass du mich angerufen hast. Darf ich dir Pia Kirchhoff, meine neue Mitarbeiterin, vorstellen? Frau Kirchhoff, das ist Lorenz, mein Ältester.«

Der junge Mann lächelte und reichte Pia die Hand. Er war etwa zweiundzwanzig, hatte ein hübsches, etwas spöttisches Gesicht und würde in ein paar Jahren seinem Vater ziemlich ähnlich sehen.

»Ich sehe etwas wild aus«, entschuldigte er sich. »Ich habe mir so einen englischen Oldtimer gekauft, und der braucht jede Menge Pflege.«

»Hoffentlich hast du Frau Döring nicht in die Garage geschleift«, sagte Bodenstein.

»Nein«, der junge Mann grinste, »sie ist in der Küche. Wir haben Konversation gemacht.«

»Okay. Danke«, Bodenstein nickte. Pia folgte ihm in eine geräumige Küche, in der sogar ihr das Kochen Spaß gemacht hätte. Am Küchentisch saß Frau Döring vor einem Glas Wasser.

»Es tut mir leid, dass ich Sie zu Hause störe«, sagte sie und wollte aufstehen.

»Kein Problem«, Bodenstein lächelte, »bleiben Sie sitzen.«

Pia und er setzten sich auch an den Tisch.

»Ich bin im Computer meines Mannes auf eine E-Mail gestoßen«, begann Anna Lena Döring, »und ich bin mir ziemlich sicher, dass sie etwas mit dem Verschwinden von Dr. Kerstners Tochter zu tun hat. Maurice Brault ist ein Geschäftspartner meines Mannes in Belgien, und ich weiß, dass er oft recht zweifelhafte Geschäfte macht. Ihm gehörten die LKW, mit denen das umdeklarierte britische Rindfleisch nach Deutschland geschmuggelt werden sollte.«

»Ach«, schlagartig erwachte Bodensteins Aufmerksamkeit. Er erinnerte sich dunkel, den Namen »Maurice« heute schon einmal irgendwo gehört zu haben.

»Hier«, Anna Lena Döring reichte ihm ein Blatt Papier. Sie saß auf der vordersten Kante des Stuhles, stocksteif und angespannt, die Hände in ihrem Schoß ineinander verklammert. Das Make-up war verschmiert, die Augen gerötet und geschwollen. Sie hatte geweint. Bodenstein wandte den Blick von ihrem Gesicht und starrte auf das Blatt. Es war der Ausdruck einer E-Mail.

»Bonjour, Fred. Habe das Püppchen unbeschadet erhalten. Abreise via Bordeaux wie geplant verlaufen und bereits erfolgt. Ist der Verbleib endgültig? Die Kunden in USA haben

nach wie vor allergrößtes Interesse! Gib mir
bitte umgehend Bescheid, noch kann man die
Route ändern.
Maurice«

Bodenstein schob Pia das Blatt hin. Die E-Mail war am 26. August abgeschickt worden, am Freitag vor Isabels Tod. Am folgenden Tag hatte Isabel am Nachmittag ihrem Mann gesagt, dass ihre Tochter an einem Ort sei, an dem er sie niemals finden würde.

»Wie kommen Sie darauf, dass diese E-Mail irgendetwas mit dem Kind zu tun haben könnte?«, erkundigte sich Bodenstein. Anna Lena Döring sah ihn lange an.

»Ich weiß sehr viel über die Geschäfte meines Mannes«, sagte sie schließlich leise. »Seine Spedition liefert weltweit mehr aus, als offiziell bekannt ist. Es ist üblich, Frauen als ›Puppen‹ zu bezeichnen, kleine Mädchen sind dementsprechend ›Püppchen‹. Isabel hat ihre Tochter mit Hilfe meines Mannes irgendwohin ins Ausland bringen lassen, und ich fürchte, dass sie an adoptionswillige Leute in den USA verkauft werden soll.«

Bodenstein und Pia waren einen Augenblick sprachlos.

»Frau Döring«, Pia beugte sich vor, »wenn Ihr Mann in kriminelle Machenschaften verwickelt ist und Sie davon Kenntnis haben, sollten Sie das sagen. Sie machen sich sonst möglicherweise als Mitwisserin strafbar.«

Ein kurzes freudloses Lächeln flog über ihr Gesicht.

»Sie haben meinen Mann doch kennengelernt«, erwiderte sie. »Er wird nicht zögern, mir etwas anzutun, wenn er befürchten muss, dass ich der Polizei etwas über seine Geschäfte erzähle. Ihm ist ein Menschenleben nicht viel wert.«

»Aber ...«

»Ich habe Angst vor ihm«, sagte Anna Lena Döring. »Aber

ich will nicht, dass Micha seine Tochter verliert. Ich bin nur zu meinem Mann zurückgekehrt, um etwas gegen ihn in der Hand zu haben. Sollte er versuchen, mir etwas anzutun, werde ich das, was ich über ihn weiß, gegen ihn verwenden.«

»Wir werden nichts tun, was Ihr Leben in Gefahr bringen könnte«, versicherte Bodenstein eindringlich.

»Doch«, Anna Lena Döring nickte traurig und senkte den Blick, »wenn es nötig ist, werden Sie das tun. Wenn Sie erst den Mörder von Isabel gefasst haben, gibt es einen neuen Fall für Sie, und dann kann es Ihnen egal sein, was mit mir ist.«

Sie verstummte und biss sich auf die Unterlippe. In ihren Augen schimmerten die Tränen.

»Ich muss gehen«, sagte sie dann und stand auf. »Danke, dass Sie Zeit für mich hatten.«

Bodenstein brachte sie zur Haustür und kam wenig später zurück.

»Maurice«, sagte Pia zu ihm, »diesen Namen erwähnte Jagoda bei einem der mitgeschnittenen Gespräche.«

»Richtig«, Bodenstein nickte nachdenklich. »Es werden immer mehr Puzzlestücke, und die ganze Sache wird unübersichtlich. Sind wir überhaupt noch auf dem richtigen Weg?«

»Tja«, Pia stützte ihr Kinn in die Hand, »in erster Linie suchen wir den Mörder von Isabel Kerstner. Aber ich glaube, dass irgendwie alles zusammenhängt. Das Problem ist, dass sich die Zahl der Verdächtigen beinahe stündlich vergrößert. Jagoda, Kampmann, nun auch noch Hardenbach.«

»Hardenbach?«, fragte Bodenstein erstaunt.

»Ja. Haben Sie nicht auch daran gedacht, dass er durchaus ein Motiv gehabt hatte? Schon die Tatsache, dass er mit Isabel geschlafen hat, macht ihn zu einem potenziell Verdächtigen. Er könnte Angst um seine Karriere gehabt haben. Vielleicht hat er erst sie getötet und dann sich selbst.«

»Ich bitte Sie, Frau Kirchhoff!«

»Hat es alles schon gegeben«, antwortete Pia. »Hardenbach hatte ehrgeizige Pläne. Er wollte Justizminister werden, danach vielleicht sogar Bundesstaatsanwalt. Er hatte Familie, einen makellosen Lebenslauf und sehr, sehr viel zu verlieren. So etwas hat schon ganz andere zu Mördern werden lassen.«

»Möglicherweise wusste er gar nichts von diesen Filmaufnahmen«, überlegte Bodenstein.

»Ganz sicher wusste er Bescheid. Und ganz sicher hatte dieses Filmchen auch schon seinen Zweck erfüllt«, sagte Pia. »Mein Schwager hat etwas von einem Medikament mit Zulassungsreife erzählt. Für Jagoda geht es jetzt um alles oder nichts. Er braucht wenigstens so lange Ruhe, bis dieses Medikament auf dem Markt ist und er damit seine Firma retten kann.«

Bodenstein warf seiner Kollegin einen anerkennenden Blick zu.

»Ganz schön scharfsinnig.«

»Auf jeden Fall hat Jagoda und nicht Döring die Wohnung nach diesen DVDs durchsuchen lassen«, sagte Pia. »Er hat für meine Begriffe ein sehr starkes Mordmotiv.«

»Aber auch ein Alibi«, gab Bodenstein zu bedenken. »Er hatte Gäste, die ganz sicher bezeugen können, dass er den ganzen Abend zu Hause war.«

»Natürlich«, erwiderte Pia. »Er wird sie auch nicht selber umgebracht haben. Aber alleine wegen der Erpressungen, die wir durch die DVDs und Gesprächsmitschnitte nachweisen können, müssten wir einen Haftbefehl für ihn kriegen.«

»Nein«, Bodenstein seufzte, »das reicht nicht aus. Irgendwie sind mir das auch alles zu viele lose Enden. Hat er wirklich nach dieser DVD gesucht? Oder nach etwas ganz anderem?«

Sie sahen sich ratlos an. Lorenz kam in die Küche, gefolgt

von dem Hund. Er hatte offenbar geduscht, denn seine Haare waren noch feucht, und er trug ein sauberes Hemd und frische Jeans.

»Wo ist Rosi?«, fragte Bodenstein seinen Sohn.

»Also, Papa, ehrlich«, der junge Mann schüttelte den Kopf, »manchmal kriege ich echt Angst um dich. Hast du sie nicht selber heute Morgen zur Schule gefahren? Erinnerst du dich nicht an das Köfferchen, das sie dabeihatte?«

»Ach, stimmt ja«, Bodenstein verzog das Gesicht. »Klassenfahrt.«

Lorenz grinste.

»Ich wollte mir gerade Pizza holen. Soll ich euch was mitbringen?«, fragte er.

»Haben Sie heute schon etwas gegessen?«, erkundigte sich Bodenstein bei seiner Kollegin. Plötzlich bemerkte Pia, wie leer ihr Magen war. Ein Sandwich morgens, mittags nur ein Twix, das war sehr wenig.

»Nicht besonders viel«, erwiderte sie also. »Aber ich will keine Umstände machen.«

»Machen Sie nicht«, versicherte Lorenz von Bodenstein. »Also?«

»Für mich einen Salat und eine Thunfisch-Pizza«, sagte Bodenstein. »Und Sie, Frau Kirchhoff? Ich lade Sie ein.«

»Na dann«, sie grinste, »auch einen Salat und eine Pizza mit Sardellen und Knoblauch. Wenn ich schon sündige, dann richtig.«

Bodenstein holte eine Flasche Wasser aus dem Kühlschrank und verschwand kurz im Keller, um nach einer Flasche Wein zu suchen. Pia blickte sich in der Küche um. Getrocknete Kräuter hingen an der Wand, Hundenäpfe standen auf dem Boden, Kochbücher stapelten sich auf dem Fensterbrett, und an einer Pinnwand steckten mehrere Schichten von Postkarten, Kinokarten und allen möglichen Zettelchen. An der Wand über dem Tisch hing ein herrliches Aquarell, das eine provenzalische Landschaft darstellte. Hier lebte eine glückliche Familie. Unwillkürlich dachte Pia an die kalte, immer perfekt aufgeräumte Hightech-Küche, die sie in ihrer Frankfurter Wohnung gehabt hatte. Henning hatte keine Kinder, keine Haustiere, keine bunten Farben und keine Unordnung gewollt, deshalb war ihr Haus immer irgendwie minimalistisch und unpersönlich geblieben. Ganz plötzlich wusste Pia, dass sie viel zu lange mit ihrer Trennung von Henning gewartet hatte. Sie wollte auch eine Küche haben wie diese, eine gemütliche, lebendige Unordnung, einen Obstkorb mit dunkelbraunen Bananen auf dem Tisch, Hundehaaren in den Zimmerecken und einem Berg von Schuhen vor der Tür zur Garage.

»Sie können übrigens ruhig rauchen«, sagte Bodenstein auf einmal hinter ihr, und sie fuhr erschrocken zusammen.

»Nein, nein, muss nicht sein«, sagte Pia rasch. »In Nichtraucherhäusern kann ich mich schon beherrschen.«

»Meine Frau qualmt wie ein Schlot«, Bodenstein grinste. »Irgendwo steht ein Aschenbecher.«

Er zog mehrere Schubladen auf, bis er einen Korkenzieher gefunden hatte. Eine Katze kam herein, blickte sich kurz um und sprang dann mit einem eleganten Satz auf Pias Schoß.

»Das ist Baghira«, erklärte Bodenstein und holte drei Weingläser und drei Wassergläser aus einem der Hängeschränke. »Er ist hier der Chef. Meine Frau neigt dazu, von jeder ihrer Reisen einen Pflegefall mitzubringen. Baghira kommt, wenn ich mich richtig erinnere, aus der Mongolei.«

»Aha«, Pia lächelte und streichelte das Fell des Katers, der es sich schnurrend auf ihrem Schoß bequem machte.

»Mögen Sie Katzen?« Bodenstein zog sich die Krawatte aus und schenkte den Wein ein. Er probierte einen Schluck.

»Ich mag alle Tiere«, erwiderte Pia. »Ich würde mir gerne einen Hund anschaffen. Aber solange ich den ganzen Tag weg bin, geht das wohl nicht. Katzen sind selbstständig, aber für einen Hund braucht man mehr Zeit.«

»Ja, Zeit muss man schon haben«, Bodenstein schob ihr ein Glas hin. »Das mit unserer Menagerie geht auch nur, weil unsere Kinder noch hier wohnen. Cosima ist tagsüber meistens in ihrer Firma.«

»Eine Firma?«

»Sie hat vor zehn Jahren ihre eigene Produktionsfirma gegründet und produziert Dokumentarfilme, die sie mit ihrem Team selber dreht. An Orten, von denen ich nicht mal wusste, dass es sie gibt. Zum Wohl!«

Bodenstein und Pia stießen an.

»Neuguinea, Mongolei, Tadschikistan, Sumatra«, er seufzte und grinste schief. »Unglaublich.«

»Das hört sich sehr interessant und aufregend an«, sagte Pia.

»Für mich wäre das nichts«, gab Bodenstein zu. »Ich bin da eher der spießige Typ und brauche die Routine. Für Cosima wäre das tödlich. Lorenz schlägt ganz nach ihr, er macht gerade ein Volontariat beim Fernsehen und war schon ein paarmal mit auf Expeditionen. Rosalie ist eher wie ich. Sie macht nächstes Jahr Abitur und will Jura studieren.«

»Ich weiß gar nicht, wie ich bin«, sagte Pia. »Früher wollte ich immer die weite Welt sehen, dann habe ich ein paar Semester Jura studiert und festgestellt, dass das nichts für mich ist. Mit zweiundzwanzig habe ich mich bei der Polizei beworben, und das fand ich klasse.«

»Sie haben zwischendurch sieben Jahre lang pausiert. Wieso?«, erkundigte Bodenstein sich. Er war sich bewusst, dass er in einen sehr privaten Teil des Lebens seiner neuen Kollegin vordrang, aber er war neugierig.

»Mein Mann wollte das so«, Pia kraulte Baghira hinter den Ohren. »Er wollte ein Heimchen für Haus und Herd.«

»Das passt aber gar nicht zu Ihnen«, Bodenstein sah sie prüfend an.

»Ich habe relativ lange gebraucht, um das selber zu merken«, sagte Pia leichthin. »Aber jetzt geht's mir gut.«

»Ostermann muss sich morgen um diesen Maurice kümmern«, sagte Bodenstein. »Ich will wissen, wer dieser Mann ist und wo wir ihn finden können. Außerdem sollte er sich erkundigen, welche Flüge an diesem Freitag von Bordeaux abgegangen sind. Möglicherweise findet man auf einer Passagierliste einen Hinweis auf das Kind.«

»Döring hat ziemlich viel Dreck am Stecken, und seine Frau weiß darüber Bescheid«, Pia zündete sich eine Zigarette an. »Sie will aber nichts sagen, weil sie sich vor ihrem Mann fürchtet.«

»Zu Recht, würde ich sagen. Döring kann beängstigend sein«, Bodenstein lehnte sich zurück. »Wir sind zwar auf eine Menge Dinge gestoßen, die zweifellos rechtswidrig oder sogar kriminell sind, aber leider sind wir der Aufklärung unseres Falles kaum einen Millimeter näher gekommen.«

Freitag, 2. September 2005

Bodensteins erster Weg führte ihn an diesem Morgen zum zuständigen Staatsanwalt. Er wollte einen Haftbefehl gegen Hans Peter Jagoda erwirken, bevor er diesen mit den Filmen und den Gesprächsmitschnitten konfrontierte. Der Staatsanwalt zögerte, bis Bodenstein ihm sagte, dass ein hochrangiger Kollege von ihm in die Sache verwickelt sei und die Angelegenheit dadurch eine ganz neue Brisanz erhalten habe.

»Wenn Jagoda erfährt, was wir wissen«, sagte er, »dann wartet er nicht gemütlich auf weitere Schritte von uns. Ich weiß noch nicht, was alles daran hängt, aber ich bin sicher, dass Jagoda sich mit der Erpressung durch die Sexfilme Luft verschaffen wollte. Gegen seine Firma wurde ermittelt, aber plötzlich wurden Strafanträge zurückgezogen.«

Es war ein hartes Stück Arbeit, aber schließlich hatte Bodenstein den Staatsanwalt überzeugt, dass Jagoda auf freiem Fuß die Ermittlungen erheblich behindern konnte.

Isabel Kerstner hatte ihr Notizbuch wie ein Kurztagebuch geführt. Offenbar hatte sie für bestimmte Namen Zeichen erfunden, denn es wimmelte nur so von immer wiederkehrenden Symbolen, Schnörkeln und Buchstabenkombinationen. Ihr Telefonbuch war relativ unverschlüsselt, wobei sie sich allerdings oft Vor- oder Nachnamen gespart hatte. Oberstaatsanwalt Hardenbach tauchte als ›Hardy‹ auf, Isabel hatte Büro- und Handynummern von ihm notiert, und sie hatte sich im letzten halben Jahr neunmal mit ihm getroffen. Bedauerlicherweise brachen die Eintragungen vier Tage vor ihrem Tod ab, so dass nicht klar war, ob sie Termine wie den bei Jagoda am Samstagabend bereits im Voraus wusste oder ob sich so etwas kurzfristig ergab. Von der Telekom waren mittlerweile auch die kompletten Kontoauszüge ihres Handys gekommen, auf das Bewegungsprofil mussten sie noch warten. Leicht zu dechiffrieren waren die Geldsummen, die Isabel Kerstner akribisch notiert hatte. Am Freitag, den 19. August hatte sie von Kampmann dreitausend Euro erhalten, und im Juli war sie von $ mit insgesamt vierundzwanzigtausend Euro entlohnt worden. ›$‹ stellte sich schnell als Hans Peter Jagoda heraus, denn von ihm stammten die meisten und die höchsten Zahlungen, die regelmäßig ab April erfolgt waren.

»Sie hat in der Zeit von März bis Mitte August von Jagoda achtundsiebzigtausend Euro kassiert«, gab Andreas Hasse nach Addition aller Zahlungsvermerke bekannt.

»Und das war ihr noch nicht genug«, bemerkte Behnke. »So ein geldgieriges kleines Luder!«

»Auf jeden Fall hat sie sich gleich mal einen Porsche gekauft«, sagte Hasse. »Eine Kleinigkeit, bei dem Verdienst.«

Bodenstein hörte mit einem Ohr zu, während er die Fotos durchblätterte, die sie im Versteck unter dem Fußboden gefunden hatten. Er betrachtete ältere Fotos, die wohl aus Isabels Kindheit stammten, denn sie zeigten einen Mann in den Fünfzigern mit Hornbrille, eine gutaussehende Frau, einen dicklichen blonden jungen Mann und ein kleines Mädchen. Auf der Rückseite stand in kindlicher Krakelschrift ›Papa, Mama, Walentien und ich – 1981‹. Dann gab es Bilder von Pferden, mit und ohne Isabel, ältere und neuere Fotos von lachenden Menschen, Reitlehrer Kampmann hoch zu Ross und ein anderes Mal in bierseliger Runde im Reiterstübchen,

Fotos von Dr. Kerstner, der mit stolzem Lächeln ein blondes Kleinkind im Arm hielt, und eine ganze Serie unscharfer, grobkörniger Schwarzweißfotos, auf denen eine dicke Frau und ein Mann in Anzug und Krawatte zu sehen waren. Auf die unteren Ränder der Fotos war das Datum 19. April 1997 gedruckt. Plötzlich zuckte Bodenstein wie elektrisiert zusammen.

»Haben wir eine Lupe hier?«, fragte er aufgeregt.

»Irgendwo gibt's eine«, Kathrin Fachinger sprang auf und kam nach einer Minute mit einem Vergrößerungsglas zurück.

»Was ist denn?«, erkundigte sich Pia neugierig. Statt zu antworten, beugte sich Bodenstein über die Schwarzweißfotos, die er vor sich auf der Tischplatte ausgebreitet hatte und begutachtete sie gespannt durch die Lupe. Dann richtete er sich auf.

»Erkennen Sie den Mann?«, fragte er seine Mitarbeiter und schob die Bilder quer über den Tisch. Pia, Ostermann, Behnke, Hasse und Kathrin Fachinger betrachteten die Bilder.

»Das ist Hardenbach«, sagte Frank Behnke sofort.

Bodenstein nickte langsam.

»Aber wer ist die Frau? Und was haben die Bilder bei Isabel Kerstner zu suchen?«

»Dürften wir erfahren, was mit den Fotos los ist?«, fragte Behnke vorsichtig.

»Ich weiß es noch nicht genau«, erwiderte Bodenstein. In diesem Moment kam ein Bote vom Gericht und brachte den Haftbefehl.

»Kommen Sie, Frau Kirchhoff«, sagte Bodenstein, »jetzt besuchen wir unseren Freund Hans Peter Jagoda.«

Jagoda war nicht in der Firma, aber die Empfangsdame, eine kompetentere als die vom Vortag, brachte in Erfahrung, dass er den Vormittag über zu Hause in Kronberg zu erreichen sei. Das Haus von Hans Peter Jagoda war ein erstaunlich normaler Walmdachbungalow mit schmiedeeisernen Gittern vor den Fenstern. Allerdings stand es auf einem beachtlichen Grundstück, das die Ausmaße eines Golfplatzes hatte und auch ähnlich gut gepflegt war. Die Frau, die ihnen die Haustür öffnete, war ungefähr Mitte dreißig, fast so groß wie Bodenstein und nicht nur dick, sondern fett. Früher mochte sie einmal recht hübsch gewesen sein, aber alle Konturen ihres Gesichts waren von einer Fettschicht verwischt. Sie trug eine karierte Reithose und ein zeltartiges dunkelgrünes Polohemd mit dem Aufdruck ›Gut Waldhof‹. Ihr glänzendes dunkles Haar war zu einem Zopf geflochten. Bodenstein dachte sofort an die verächtlichen Bemerkungen auf der Kassette von Isabel Kerstners Anrufbeantworter. ›Fette Henne‹ hatte Jagoda über seine Frau gesagt, und Isabel hatte sie gar als ›Walross‹ bezeichnet.

»Sind Sie Frau Jagoda?«, fragte er höflich. Als sie nickte, stellte er sich und Pia Kirchhoff vor. Sie musterte Pia scharf von Kopf bis Fuß, Bodenstein dagegen streifte sie nur mit einem raschen, uninteressierten Blick.

»Wir wollten mit Ihrem Mann sprechen. Ist er zu Hause?«

»Was wollen Sie von ihm?«

»Mit ihm sprechen«, Bodenstein hatte nicht vor, ihr sein wahres Ansinnen auf die Nase zu binden.

»Warten Sie hier«, Frau Jagoda trat endlich einen Schritt zurück. »Ich hole ihn.«

Sie ließ die Haustür offen, wandte sich ab und stampfte davon.

»Was für eine Walküre«, bemerkte Bodenstein beeindruckt.

»Grotesk«, murmelte Pia, die sich den zarten Hans Peter

Jagoda und diesen Trumm von einer Frau zusammen vorstellte. Bodenstein betrachtete neugierig das Innere des Hauses. Bruchsteinwände und dicke Holzbalken sollten wohl den Eindruck eines Landhauses vermitteln, zu dem der helle Granitfußboden und die dünnen Drähte der Niedervolt-Halogenbeleuchtung nicht recht passen wollten. Die rustikalen Möbel hätte Bodensteins Mutter abwertend als ›Gelsenkirchener Barock‹ bezeichnet, wenngleich sie sicherlich nicht billig gewesen waren. Jagoda tauchte nach wenigen Minuten auf. Heute war er nicht in feinen Zwirn gekleidet, sondern in ein verschwitztes graues T-Shirt und eine weiße Jogginghose.

»Guten Morgen«, sagte er. »Was kann ich für Sie tun?«

Seine Frau baute sich hinter ihm auf wie ein grimmiges Gebirge aus Fleisch und Stoff. Sie überragte ihren Mann um einen Kopf.

»Wir hätten Sie gerne kurz unter sechs Augen gesprochen, Herr Jagoda«, sagte Bodenstein.

»Natürlich«, Jagoda nickte. »Gehen wir in mein Arbeitszimmer.«

Sie mussten sich an Frau Jagoda vorbeiquetschen, da sie keine Anstalten machte, aus dem Weg zu gehen. Ganz offensichtlich passte es ihr nicht, ausgeschlossen zu werden. Das Arbeitszimmer lag auf der rückwärtigen Seite des Hauses mit einem spektakulären Ausblick über den Taunus aus großen Panoramafenstern.

»Also«, Jagoda wies mit einer Handbewegung auf zwei Sessel und nahm dann hinter seinem altmodischen Eichenholzschreibtisch Platz, »was gibt es?«

»Kennen Sie einen Mann namens Maurice Brault?«, fragte Bodenstein und schlug die Beine übereinander.

»Sollte ich ihn kennen?«

»Vermutlich ja. Sie erwähnten seinen Namen Isabel Kerstner gegenüber.«

Jagoda verzog keine Miene. Er hätte einen guten Poker-spieler abgegeben.

»Ach so, ja. Maurice. Wie er mit Nachnamen heißt, weiß ich nicht«, sagte er. »Was ist mit ihm?«

»Wir möchten wissen, wer er ist und wie Ihre Beziehung zu ihm ist.«

»Maurice ist Franzose oder Belgier«, erwiderte Jagoda. »Er ist ein Geschäftspartner von Döring.«

»Und was haben Sie mit ihm zu tun?«, fragte Pia.

»Maurice besaß früher einmal ein Aktienpaket der Jago-Pharm.«

»Früher einmal, aha«, Pia nickte. »Seit wann tut er das nicht mehr?«

»Was spielt das für eine Rolle?«

»Als wir Sie gestern in Ihrer Firma besucht haben«, sag-te Bodenstein, statt ihm zu antworten, »haben wir Herrn Kampmann, den Verwalter Ihrer Reitanlage, aus dem Ge-bäude kommen sehen. Was hat er dort getan?«

»Unsere Buchhaltung kümmert sich auch um die Abrech-nung der Reitanlage«, erwiderte Jagoda glatt. »Er ist gele-gentlich deshalb in der Firma.«

»In Anzug und Krawatte? Hat er vielleicht noch einen an-deren Job als den des Reitlehrers?«

Jagoda sah Bodenstein verständnislos an, aber in seinen Augen erschien ein wachsamer Ausdruck.

»Wie meinen Sie das?«

»Er hat nicht zufällig in der Vergangenheit hin und wieder illegale Strohverkäufe Ihrer Inhaberaktien für Sie getätigt?«

»Ich dachte, Sie seien mit der Aufklärung des Todes von Isabel Kerstner beschäftigt«, Jagoda wirkte plötzlich an-gespannt. »Was stellen Sie denn für Fragen?«

Bodensteins Blick fiel auf ein Fernsehgerät in der Schrank-wand hinter Jagodas Schreibtisch.

»Sie können ja mal darüber nachdenken. Haben Sie hier zufällig einen DVD-Player? Wir möchten Ihnen gerne einen Film vorführen.«

»Bitte«, Jagoda zuckte die Schultern und stand auf, um Fernseher und DVD-Player einzuschalten. Pia legte die DVD ein, dann drückte sie auf die PLAY-Taste. Hans Peter Jagoda betrachtete den Film ohne sichtbare Gemütsregung, aber seine Körperhaltung drückte deutliches Unbehagen aus.

»Kennen Sie einen der Herren?«, fragte Bodenstein. »Frau Kerstner dürfte Ihnen ja sattsam bekannt sein.«

»Wo haben Sie diesen Film her?«, erwiderte Jagoda heiser, statt auf die Frage zu antworten.

»Das tut nichts zur Sache«, Pia wechselte die DVD. Das Gesicht von Isabel erschien auf dem Bildschirm.

»*Heute ist Sonntag, der 6. August 2005*«, ertönte ihre Stimme. »*Genau 19:13 Uhr.*«

Jagoda wurde blass, seine Augen hingen wie magnetisiert am Bildschirm, und während Pia ein Stück vorspulte, registrierten sie und Bodenstein, dass der Mann nervös schluckte. Ein dünner Schweißfilm erschien auf seiner Stirn, und seine Finger begannen, mit einem Kugelschreiber zu spielen. Eine Weile lief der Film unkommentiert.

»Wussten Sie etwa gar nichts von der Existenz dieses Filmes?«, fragte Bodenstein sanft. Er erhielt keine Antwort.

»Ist es möglich, dass Sie Ihre Kunden und Geschäftspartner mit kompromittierenden Filmen dieser Art in irgendeiner Art und Weise ... hm ... beeinflussen wollten?«

Schweigen.

»Haben Sie auf der Suche nach dieser DVD die Wohnung von Frau Kerstner durchsuchen und später, als sie bereits von der Staatsanwaltschaft versiegelt worden war, ausräumen lassen?«

»Machen Sie das aus«, flüsterte Jagoda mit gepresster

Stimme und wandte den Blick ab. Er schwitzte so stark, dass sich unter seinen Achseln dunkle Flecken auf seinem grauen T-Shirt bildeten.

»Sie haben gelogen, als Sie behauptet haben, Sie seien nie mit Isabel Kerstner im Bett gewesen«, sagte Pia nun. »Warum haben Sie nicht die Wahrheit gesagt?«

Bodenstein legte das Diktiergerät auf den Tisch und schaltete es an.

»... ich will dich heute Abend noch mal sehen«, ertönte Jagodas Stimme, »ich denke den ganzen Tag nur an dich.«

»Ich kann heute nicht«, erwiderte Isabel, »ich hab noch was vor.«

»Komm schon, Süße. Ich brauch dich! Wenn ich meine Alte, diese fette Henne nur sehe, könnte ich grad kotzen. Ich bin verrückt nach dir.«

Bodenstein schaltete das Gerät aus. Jagoda holte zitternd Luft, dann biss er sich auf die Lippen und schloss die Augen.

»Frau Kerstner hatte die unfeine Angewohnheit, Telefongespräche mit ihrem Anrufbeantworter mitzuschneiden«, sagte Pia. »Wir spielen Ihnen gerne noch andere Bänder vor. Da geht es um Geld und um diesen Maurice, von dem wir annehmen, dass er Aktien für Sie verkauft hat, weil Sie es als Vorstandsvorsitzender der JagoPharm nicht durften. Isabel hatte die Kassetten übrigens zusammen mit ihrem Notizbuch unter einem losen Parkettstück in ihrer Wohnung versteckt. Warum hat sie das getan? Wollte sie Sie damit unter Druck setzen? Kam sie vielleicht auf diese Idee, weil Sie mit den Sexfilmen Ihre Geschäftspartner erpressten?«

»Ich sage dazu gar nichts«, Jagoda öffnete wieder die Augen, »und ich will mit meinem Anwalt sprechen.«

»Das ist Ihr Recht«, Bodenstein nickte, »später. Sie werden uns jetzt begleiten.«

»Wieso denn das?« Jagoda schien konsterniert.

»Frau Kerstner kam vor sechs Tagen gewaltsam ums Leben«, erinnerte ihn Bodenstein und zog den Haftbefehl aus der Innentasche seines Sakkos. »Nach allem, was wir auf diesen Bändern gesehen und gehört haben, erscheint es uns denkbar, dass Sie etwas mit ihrem Tod zu tun haben.«

Bodenstein präsentierte Jagoda den Haftbefehl.

»Sie können mich doch nicht verhaften!«, plötzlich zeigte der Mann eine Reaktion, denn er wurde totenbleich. »Wissen Sie, was das für eine verheerende Wirkung auf meine Geschäfte haben wird?«

»Zur Abwechslung könnten Sie uns auch reinen Wein einschenken«, schlug Bodenstein vor, »und uns Antworten auf unsere Fragen geben. Was haben Sie zum Beispiel mit Staatsanwalt Hardenbach zu tun?«

Jagoda überlegte ein paar Sekunden, dann schüttelte er den Kopf.

»Ich sage kein Wort mehr«, sagte er.

»Auch gut«, Bodenstein erhob sich. »Packen Sie ein paar Sachen zusammen. Es kann sein, dass Sie für eine Weile auf Staatskosten übernachten dürfen.«

Als Bodenstein am frühen Abend nach Hause fuhr, dachte er darüber nach, wie es wohl kam, dass ein ehrgeiziger und intelligenter Mann wie Hardenbach letztendlich über eine so banale Sache wie eine Sexaffäre stolpern konnte. Er dachte an Jagoda, der am Nachmittag, von seinem Anwalt beraten, verkündet hatte, dass er zu den Vorwürfen kein Wort sagen würde. Er hatte auf die Frage, was Oberstaatsanwalt Hardenbach mit Isabel Kerstner zu tun hatte, genauso geschwiegen wie auf die mehrfach geäußerte Vermutung Bodensteins, Isabel habe ihn erpresst. Trotz des scharfen Protestes von Seiten seines Rechtsbeistandes war Jagoda ins Untersuchungsgefängnis gebracht worden. Dort durfte er bis morgen früh schmoren und sich überlegen, ob es nicht vielleicht doch besser wäre, mit der Polizei zu kooperieren. Behnke und Ostermann kümmerten sich um Durchsuchungsbefehle für die Geschäftsräume der JagoPharm und Jagodas Privathaus. Bodenstein nahm nicht an, dass Jagoda selbst den Mord an Isabel Kerstner ausgeführt hatte. Hatte er ihn vielleicht arrangiert, als er begriffen hatte, dass es mit der Loyalität der jungen Frau nicht weit her war? Er war fast sicher, dass sie Jagoda erpresst hatte, doch was hatte sie gewollt? Noch mehr Geld? Auf jeden Fall musste sie Jagoda zumindest ordentlich in die Enge getrieben haben, damit er so weit ging, sie ermorden zu lassen. Aber wo und wie hatte der Mörder der Frau aufgelauert? War sie nach dem Besuch in der Tierklinik ihres Mannes und ihrem Auftauchen auf der Reitanlage noch einmal nach Hause gefahren? Hatte sie noch eine Verabredung gehabt? Bei Jagoda war sie am Samstagabend auf jeden Fall nicht erschienen, und die letzte Verbindung, die auf der Telefonrechnung ihres Handys zu finden war, war die der Tierklinik um 17:16. Das Gespräch hatte nur ein paar Sekunden gedauert. Wahrscheinlich hatte sie sich erkundigt, ob ihr Mann da war. Wer war der mysteriöse Mann in dem Auto ihres verstorbenen Vaters, mit dem sie auf dem Parkplatz von McDonalds gestritten hatte? Es musste schon ein unglaublicher Zufall sein, wenn jemand ausgerechnet das Auto von Isabels Vater stahl, um damit zu ihr zu fahren. Plötzlich kam Bodenstein ein Gedanke, und er fragte sich, weshalb er nicht viel eher darauf gekommen war.

Nach der Menge der Autos zu urteilen, die auf dem Parkplatz von Gut Waldhof standen, musste an diesem späten Freitagnachmittag noch reger Betrieb herrschen. Bodenstein erblickte den kanariengelben Jeep, an dem die junge Frau namens

Thordis gelehnt hatte, als sie sich neulich Abend unterhalten hatten. Er parkte seinen BMW auf dem letzten freien Parkplatz und schlenderte zum Stall hinüber, doch der war, genauso wie die Reithalle, menschenleer. Bodenstein ging um die Halle herum und schnupperte den Duft von Grillfleisch und Holzkohle. Auf dem Rasen zwischen Reithalle und Reitplatz war ein großer Schwenkgrill aufgebaut. Auf Bänken und Gartenstühlen drängten sich unter den großen Bäumen die Eigentümer der Pferde sorglos lachend, schwatzend und gutgelaunt und genossen den warmen Sommerabend. Von der Verhaftung Jagodas schienen sie nichts zu ahnen. Robert Kampmann stand am Grill. Das Lächeln verschwand schlagartig von seinem Gesicht, als er Bodenstein erkannte. Er hob die Fleischgabel, mit der er die Steaks wendete, wie eine Waffe, als erwarte er einen tätlichen Angriff.

»Hallo, Herr Kampmann«, sagte Bodenstein lächelnd, »lassen Sie sich nicht stören. Ich suche Thordis.«

Der Reitlehrer blickte ihn unsicher an, dann wandte er sich um.

»Thordis!«, rief er und winkte mit seiner Fleischgabel.

Bodenstein spürte, wie sich bei dem appetitlichen Duft gebratener Steaks und Würstchen seine Magennerven zusammenzogen. Er hatte heute sicherlich schon fünfzehn Tassen Kaffee getrunken, aber gegessen hatte er noch nichts.

Die blonde Thordis erschien mit einem Teller in der Hand. Als sie Bodenstein erblickte, flog ein erstauntes Lächeln über ihr Gesicht. Sofort dachte er wieder an Inka Hansen.

»Hallo«, sagte sie. »Was machen Sie denn hier?«

»Ich wollte Sie etwas fragen«, erwiderte Bodenstein. »Haben Sie eine Sekunde Zeit?«

»Klar. Auch zwei Sekunden.«

Die Gespräche der Leute waren verstummt, und alle blickten neugierig zu ihnen herüber.

»Lassen Sie uns vorne zum Stall gehen«, schlug Bodenstein vor.

»Okay«, Thordis nickte. Sie stellte ihren Teller auf den Tisch, der neben dem Grill stand.

»Lassen Sie ja nicht mein Steak verbrennen, Herr Kampmann«, sagte sie scherzhaft, aber dem Reitlehrer schien jeglicher Humor, wenn er denn welchen besaß, abhanden gekommen zu sein. Er lächelte nicht einmal.

»Was gibt's?«, fragte sie neugierig, als sie auf dem leeren Hof vor der Reithalle standen. Bodenstein musterte ihr Gesicht.

Hatte er die junge Frau von ihrer ersten Begegnung im Halbdunkel auf dem Parkplatz als recht hübsch in Erinnerung behalten, so bemerkte er jetzt, im hellen Licht des spätsommerlichen Nachmittags, helle leuchtende Augen mit dichten Wimpern, ausgeprägte Wangenknochen und entzückende Sommersprossen auf der hübschen Stupsnase. Sie trug ein knallrotes ärmelloses T-Shirt, das ihr nur bis knapp über den Bauchnabel reichte, und eine enganliegende ausgewaschene Jeans. Für einen Moment entfiel Bodenstein der Grund seines Besuches.

»Erinnern Sie sich, dass wir über diesen Mann in dem Mercedes Cabrio gesprochen haben, den Sie auf dem Parkplatz von McDonalds im Gespräch mit Isabel gesehen haben?«, fragte er schließlich, und als Thordis nickte, reichte er ihr ein zerknittertes Foto. Es war eines der Fotos, die sie im Notizbuch von Isabel gefunden hatten. Thordis studierte das Bild eingehend und verzog nachdenklich das Gesicht.

»Ich habe diesen Mann nur sehr flüchtig gesehen«, sagte sie nach einer Weile und hob den Blick, »aber es ist schon möglich, dass das der Mann war. Das ist Isabels Bruder, oder?«

»Das nehme ich an, ja«, Bodenstein nickte. »Das Bild ist natürlich schon ein paar Jahre alt.«

»Vielleicht hat Micha Kerstner ja noch ein neueres Foto von seinem Schwager«, schlug Thordis vor.

»Gute Idee«, Bodenstein lächelte, »ich werde ihn mal fragen.«

Thordis steckte die Hände in die Gesäßtaschen ihrer engen Jeans und legte den Kopf schief.

»Wollen Sie etwas essen oder trinken?«, fragte sie.

»Danke. Aber ich will die Party nicht durch meine Anwesenheit verderben«, wehrte Bodenstein ab, obwohl es eine verlockende Aussicht war. Ihm lief schon beim bloßen Gedanken an ein saftiges Steak mit Kräuterbutter das Wasser im Munde zusammen. In dem Augenblick rollte ein schwarzer BMW Touring über den Hof auf sie zu. Sie traten ein Stück zur Seite.

Die Fahrerin, eine schlanke Dunkelhaarige Anfang vierzig in Reithosen und Stiefeln, hielt kurz vor der Wiese und stieg aus.

»Hi, Thordis!«, rief sie.

»Hi, Babsi«, erwiderte Thordis. »Du wirst schon sehnsüchtig erwartet.«

»Ich war in drei Supermärkten, bis ich das Zeug gefunden habe«, die Frau öffnete den Kofferraum und holte vier Kisten mit Pfläumchen heraus, die sie dann zum Grillplatz trug. Dort wurde sie mit lautem Beifall begrüßt. Bodenstein blickte das Auto an, und ihm fiel etwas ein.

»Wer ist die Frau?«, erkundigte er sich.

»Barbara Conrady«, antwortete Thordis. »Wieso?«

»Hat sie hier auch ein Pferd stehen?«

»Zwei.«

»Sie hat nicht zufällig in der letzten Zeit ein Pferd von Herrn Kampmann gekauft?«

»Doch«, Thordis wurde neugierig, »allerdings hatte sie ziemliches Pech. Das Pferd ist lahm, seitdem sie es besitzt.«

Bodenstein überlegte. Die Beschreibung passte auf die Frau, die am frühen Samstagnachmittag vergangener Woche bei Isabel Kerstner aufgetaucht war und mit ihr auf dem Parkplatz gesprochen hatte. Was hatte sie gewollt? *Ich hole noch ein Pferd, das ich für die Conrady vorgesehen habe. Wenn sie es sieht, wird sie verrückt. Ich sorge schon dafür, dass es nie auf ein Turnier kommt.* Langsam dämmerte Bodenstein, was Reitlehrer Kampmann und Isabel Kerstner gemacht hatten. Kampmann verkaufte Pferde weit über ihrem eigentlichen Wert an seine Kunden, die ihm blind vertrauten. Isabel, eine exzellente Reiterin, machte den Leuten die Pferde schmackhaft, und wenn dann der Handel zustande gekommen war, erhielt sie von Kampmann eine Provision. Der Reitlehrer sorgte dafür, dass die Käufer nicht so schnell bemerkten, welche Mängel die teuer bezahlten Pferde hatten, und verdiente weiter an Boxenmiete, Beritt und Unterricht. Das war clever und zugleich ausgesprochen hinterhältig.

»Verkauft Kampmann häufiger Pferde an Leute hier im Stall?«, fragte Bodenstein Thordis.

»Ja«, bestätigte sie. »Fast alle Einsteller haben ihre Pferde von ihm gekauft. Ich würde das allerdings nie machen.«

»So, so«, machte Bodenstein, »und warum nicht?«

»Weil ich keine Lust hätte, mich von ihm betrügen zu lassen«, sagte Thordis freimütig. »Man darf es hier natürlich nicht laut sagen – das wäre Majestätsbeleidigung –, aber ich bin der festen Überzeugung, dass die Pferde, die er besorgt, alle irgendein Problem haben, das er vertuscht.«

»Ein Problem?«, fragte Bodenstein nach.

»Ja«, sie nickte, »entweder sind sie krank oder über die Uhr.«

Das war genau der Ausdruck, den Kampmann Isabel Kerstner gegenüber auch benutzt hatte.

»Über die Uhr«, sagte Bodenstein, »das bedeutet, sie sind turniersauer.«

»Genau.«

Hinter der Reithalle wurde nach Thordis gerufen.

»Ich glaube, mein Steak ist fertig«, stellte sie fest. »Kommen Sie mit? Ein Steak werden Sie wohl essen dürfen, ohne dass man es Ihnen als Bestechung auslegen wird, oder nicht?«

»Ein anderes Mal gerne«, Bodenstein widerstand der Versuchung und lächelte. »Danke für die Auskünfte.«

Das Handy auf Bodensteins Nachttisch piepte durchdringend. Schlaftrunken tastete er nach Lichtschalter und Telefon und warf einen Blick auf die Uhr. Das konnte nur Cosima sein.

»Ja?«, murmelte er. Es war nicht Cosima, sondern Pia Kirchhoff.

»Habe ich Sie geweckt?«, fragte sie.

»Ja«, Bodenstein schloss wieder die Augen und ließ sich zurücksinken. »Es ist halb drei morgens.«

»Oh, tatsächlich«, Pia klang vollkommen hellwach und ziemlich aufgeregt. »Hören Sie, Chef, ich weiß jetzt, wer die Frau auf diesen Schwarzweißbildern mit Hardenbach ist. Es ist Marianne Jagoda.«

Bodenstein öffnete die Augen und blinzelte ins Licht.

»So etwas fällt Ihnen um halb drei morgens ein?«

»Marianne Jagoda hat sich am 19. April 1997 mit Staatsanwalt Hardenbach getroffen«, fuhr Pia fort. »Am 4. April – also fünfzehn Tage zuvor – sind ihre Eltern bei einem Brand in ihrer Villa in Frankfurt umgekommen. Bei der Untersuchung durch Spezialisten des LKA kam heraus, dass es sich um Brandstiftung handeln könnte. Deshalb wurde die Angelegenheit an die Frankfurter Staatsanwaltschaft übergeben.«

Bodenstein war jetzt mindestens genauso hellwach wie seine Kollegin.

»Dreimal dürfen Sie raten, wer damals der zuständige Staatsanwalt war.«

»Hardenbach?«, vermutete Bodenstein.

»Genau«, Pia klang sehr zufrieden, »es gab keine weiteren Ermittlungen. Fall abgeschlossen. Ein Jahr später kaufte Staatsanwalt Hardenbach ein schönes Häuschen in Hochheim.«

»Was wollen Sie damit andeuten?«

»Marianne Jagoda hat Hardenbach bestochen.«

»Wie kommen Sie denn darauf?«

»Als Marianne Jagoda heiratete«, sagte Pia, »kam es zu einem Familienkrach, denn Papa Drescher hielt von seinem Schwiegersohn überhaupt nichts. Jahrelang hatten Marianne Jagoda und ihre Eltern keinen Kontakt miteinander. Anfang 1997 gingen Hans Peter Jagodas Pläne für seinen Börsengang in die heiße Phase – alles, was ihm noch fehlte, war das notwendige Startkapital. Und dann – wie praktisch – starben Mariannes Eltern, und sie wurde schlagartig millionenschwer.«

Bodenstein brauchte ein paar Sekunden, um die Informationen zu verarbeiten.

»Woher wissen Sie das alles?«, fragte er.

»Nächtliche Intensiv-Recherche«, erwiderte Pia bescheiden, »und gute Beziehungen zu einer intimen Kennerin der feinen Frankfurter Gesellschaft. Dreschers waren großzügige Gastgeber und Kunstmäzene. Eigentlich sollte das Familienvermögen in Kunststiftungen angelegt werden, aber bevor Drescher das veranlassen konnte, segnete er das Zeitliche.«

Bodenstein dachte einen Moment über das Gehörte nach.

»Sie können das alles nicht beweisen«, gab Bodenstein zu bedenken, »es können Zufälle gewesen sein.«

»Außer mir hatte schon jemand anders diesen Verdacht«, sagte Pia. »Auf der Rückseite der Fotos befindet sich der

Stempel einer Detektei Stein, die leider nicht mehr existiert, da Herr Stein im Mai 1997 einen tödlichen Verkehrsunfall erlitt. Das kann natürlich tatsächlich ein Zufall sein.«

»Wo sind Sie gerade?«, fragte Bodenstein.

»Im Büro.«

»Ich bin in zwanzig Minuten da.«

Samstag, 3. September 2005

Bodenstein staunte nicht schlecht, als er Pia an ihrem Schreibtisch erblickte, umgeben von einem Chaos an Papieren, Computerausdrucken und Akten. Die Luft war vom Qualm unzähliger Zigaretten zum Schneiden dick.

»Warum schlafen Sie nachts nicht?«, fragte Bodenstein und zog sich einen Stuhl heran.

»Hole ich nach«, Pia schob ihm einen Stapel ausgedruckter Zeitungsartikel hin. »Hier sind die Presseberichte über den Hausbrand, die Untersuchung und die Todesanzeige von Herbert Stein, dem Detektiv. Er war erst achtundzwanzig, als er beim Joggen von einem Auto angefahren wurde. Der Unfallfahrer wurde nie ermittelt. Eigenartig, oder?«

Bodenstein überflog die Zeitungsausschnitte. Ein Bericht über Marianne Jagoda, die tief trauernde Alleinerbin.

»Sie hat fünfzig Millionen Mark geerbt«, staunte er.

»Dazu die Brauerei, Immobilien, Aktien, Kunstsammlungen, Rennpferde und andere Kleinigkeiten«, bestätigte Pia mit einem Nicken. »Das Walross ist ein Goldfisch.«

Bodenstein las weiter. Ein Artikel handelte vom Machtkampf im Drescher-Bräu-Vorstand nach dem Tod des Chefs, den Marianne Jagoda beendet hatte, indem sie den Kronprinzen ihres Vaters kurzerhand gefeuert hatte. Eine kurze Zeitungsnotiz über den Unfalltod des Privatdetektivs aus Frankfurt war dabei. Berichte aus verschiedenen Börsenmagazinen über den kometenhaften Aufstieg von Hans Peter Jagoda. Dann ergriff Bodenstein nochmals die Schwarzweißfotos. Kein Zweifel – die Frau neben Hardenbach war Marianne Jagoda.

»Hardenbach und die Jagodas kannten sich«, sagte Pia, »er hatte ihnen schon einmal geholfen. Aber offenbar reichte die alte Sache nicht aus, um Hardenbach nochmals als Gehilfen zu gewinnen, deshalb musste eine neue Repressalie her. Und zwar Isabel Kerstner.«

»Wie kam sie an diese Fotos?«

»Tja«, Pia seufzte, »ich schätze mal, das Mädchen war ziemlich gerissen. Vielleicht hatte Hardenbach auch geredet, als er mit ihr im Bett war.«

»Niemand hat solche Fotos einfach herumliegen«, Bodenstein schüttelte den Kopf.

»Sie lagen ganz sicher nicht einfach so herum«, Pia drehte ihren Stuhl so, dass sie ihren Chef besser ansehen konnte. »Wollen Sie meine Theorie hören?«

»Schießen Sie los«, Bodenstein wartete gespannt. Bei einer Ermittlung musste alles denkbar sein, selbst scheinbar abwegige Hypothesen.

»Also«, Pia zündete sich eine Zigarette an, »Hardenbach wollte sich von Jagoda nicht mehr bestechen lassen, deshalb hetzte Jagoda ihm Isabel Kerstner auf den Hals. Sie geht mit ihm ins Bett und besorgt damit Material für eine Erpressung. Vielleicht mochte sie Hardenbach wirklich oder versprach sich nur etwas von ihm. Er erzählt ihr von Marianne Jagoda und dem Tod ihrer Eltern, und sie sieht eine Chance, ihrerseits ein Druckmittel gegen die Jagodas in die Hand zu bekommen. Sie überredet ihn, ihr die Fotos zu überlassen …«

»Stopp!«, unterbrach Bodenstein ihren Redefluss, »Hardenbach hätte solche Fotos niemals aufgehoben.«

»Vielleicht doch.«

»Hm«, Bodenstein dachte nach. »Isabel Kerstner versuchte Marianne Jagoda mit ihrem Wissen zu erpressen ...«

»... und schon haben wir eine weitere Person mit einem starken Mordmotiv.«

Die beiden sahen sich an.

»Ziemlich gewagte Theorie«, sagte Bodenstein.

»Wie auch immer«, Pia gab sich so leicht nicht geschlagen, »aber Hardenbach wurde hundertprozentig von den Jagodas erpresst. Jetzt muss Nierhoff akzeptieren, dass wir einen Durchsuchungsbeschluss für sein Haus brauchen.«

»Und wir müssen mit Marianne Jagoda sprechen.«

»Das würde ich noch nicht tun«, Pia schüttelte den Kopf. »Für sie habe ich mir etwas anderes überlegt.«

Außer Bodenstein war an diesem Samstagmorgen niemand vom K11 anwesend. Pia hatte gegen acht ihre freiwillige Nachtschicht mit dem Versprechen beendet, sie sei den ganzen Tag über per Handy erreichbar, auch alle anderen befanden sich in Rufbereitschaft. Bodenstein hatte nichts Besseres vor, außerdem stapelten sich Berge von Akten, die er längst hätte bearbeiten müssen. Lorenz war irgendwo unterwegs, Rosalie noch auf der Abschlussfahrt mit ihrer Klasse in Rom, und Cosima hatte sich seit zwei Tagen nicht mehr gemeldet, aber das deutete er als gutes Zeichen. Er wartete, bis die Zeit angemessen war, und rief den befreundeten Leiter des Frankfurter Dezernats für Wirtschaftskriminalität und Betrug unter dessen Privatnummer an. Schon vor zwei Tagen hatte Bodenstein ganz offiziell um Informationen in Sachen JagoPharm gebeten, aber nun konnte er angesichts der neuen Erkenntnisse nicht bis nächste Woche warten. Das, was er dann von seinem Kollegen erfuhr, war ausgesprochen aufschlussreich. Das Betrugsdezernat hatte die JagoPharm und ihren Vorstandsvorsitzenden Hans Peter Jagoda schon seit längerem wegen Insiderhandels und anderer vermuteter Straftaten im Visier gehabt. Für eine Anklage hatte es nie gereicht, da man trotz aller Bemühungen und Vermutungen keine eindeutigen Beweise hatte vorlegen können. Im Juni waren auf Geheiß der Staatsanwaltschaft die Ermittlungen endgültig eingestellt worden. Bodenstein konnte nicht umhin, Jagodas Gerissenheit anzuerkennen. Mit der Erpressung von Oberstaatsanwalt Hardenbach hatte er sich eine Atempause verschafft, in der es ihm gelingen konnte, seine angeschlagene Firma mit Hilfe des neuen Medikaments wenigstens finanziell auf solide Füße zu stellen. Es war früher Nachmittag, als das Telefon klingelte. Der Hausmeister des Zauberbergs, aufmerksamer Zeitungsleser und begeisterter Anhänger der amerikanischen CSI-Serien, hatte im Hinterhof des Gebäudes einen einzelnen Damenschuh gefunden. Da er aus der Zeitung erfahren hatte, dass die Polizei den zweiten Schuh der toten Frau suchte, gleichzeitig auch wusste, dass jedes Detail für die Aufklärung eines Falles von ungeheurer Bedeutung sein konnte, hatte er die sonst von ihm strikt eingehaltene Befehlskette umgangen und direkt bei der Kripo angerufen, ohne mit seinen Vorgesetzten Rücksprache zu halten. Bodenstein hatte nichts Dringenderes vor und versprach, umgehend nach Ruppertshain zu kommen, um den Schuh in Augenschein zu nehmen. Stolz und aufgeregt präsentierte ihm der Mann eine Stunde später einen Schuh, der leider dem Manolo-Blahnik-Unikat an Isabel Kerstners linkem Fuß so wenig ähnelte wie ein Porsche einem Skoda. Bodenstein bedankte sich trotzdem, packte den Schuh in einen Plastikbeutel, um den hilfsbereiten Mann nicht zu sehr zu enttäuschen, und setzte sich wieder ins Auto. In dem Moment erinnerte er sich an Inka Hansens Einladung. *Komm doch mal auf einen Kaffee vorbei, wenn du in der Gegend bist ...* Er war in der Gegend. Und er hatte nichts vor.

Das alte Bauernhaus war von den Umbauarbeiten in der Pferdeklinik weitgehend verschont worden. Im Vorgarten blühten Sommerblumen und liebevoll beschnittene Rosen in verschwenderischer Fülle, der Rasen war sorgfältig gemäht. Bodenstein zögerte kurz, bevor er das Tor öffnete und zur Haustür ging. Er lächelte, als er den altmodischen Klingelzug sah, und betätigte ihn dann. In den Tiefen des Hauses ertönte ein melodisches Läuten, wenig später näherten sich Schritte der Haustür. Bodensteins Herz machte unversehens einen Satz, als er Inka gegenüberstand.

»Ich hab dich schon kommen sehen«, sagte sie. »Eigentlich dachte ich, du tauchst früher auf.«

Sie wandte sich ab, und er folgte ihr ins Innere des Hauses.

»Hier hat sich kaum etwas verändert«, stellte er fest, »schön.«

»Schön?« Inka hob spöttisch die Augenbrauen. »Ich hätte es gerne etwas moderner, aber mit dem Bau der Klinik habe ich meine finanziellen Mittel vorübergehend erschöpft.«

Sie blickten sich an.

»Komme ich ungelegen?«, fragte Bodenstein. »Ich will nicht stören.«

»Du störst nicht«, erwiderte Inka. »Heute ist es ruhig. Mein Kind ist ausgeflogen, die Pferde sind versorgt, die Buchhaltung hat Zeit.«

Sie gingen hinaus auf die Terrasse und setzten sich in gemütliche Rattansessel unter die Pergola, die von Kletterrosen überwuchert war. Es war ein goldener Spätsommernachmittag. Die warme Luft duftete nach Sommerflieder und Lavendel, der in großen Büschen neben der Terrasse wuchs.

»Erzähl mir was von dir«, forderte Inka ihn auf. Sie hatte ihm gegenüber auf einem Rattansofa Platz genommen, die Füße unter sich gezogen und betrachtete ihn mit wachsamer

Neugier. Bodenstein umriss sein Leben in den letzten Jahren, erwähnte Frau, Kinder und Beruf. Es fiel ihm schwer, unbefangen mit ihr zu reden. Auf einmal fragte er sich, ob es eine gute Idee gewesen war, hierherzukommen. All die Jahre hatte er nicht mehr daran gedacht, wie ausgesprochen gut Inka ihm immer gefallen hatte. Die lang vergessen geglaubten Gefühle kehrten mit einer Heftigkeit zurück, die ihn erschreckte.

»Und du?«, fragte er schließlich. »Was hast du gemacht, seitdem wir uns das letzte Mal gesehen haben?«

Ein flüchtiger Schatten huschte über ihr Gesicht.

»Aus den zwei Semestern Auslandsstudium wurden zehn«, sagte sie nach einer Weile, »wahrscheinlich wäre ich in Amerika geblieben, wenn nicht das mit meinem Vater passiert wäre. Mama hatte mich gebeten zurückzukommen.«

Inka schob sich eine vorwitzige Haarsträhne aus der Stirn.

»Ich habe lange überlegt. In Amerika hatte ich einen tollen Job an einer renommierten Klinik in Kentucky. Meine Tochter hat schließlich die Entscheidung gefällt. ›Wir können Oma nicht alleine lassen‹, hat sie gesagt, und da war es klar. Na ja, und so bin ich nach Ruppertshain zurückgekehrt.«

Sie blickte ihn an.

»Denkst du hin und wieder noch an die Turniere und die Heuernten und den Reitunterricht bei deinem Opa?«

»Kaum«, gab Bodenstein zu. »Erst als ich dich wiedergesehen habe, war auf einmal alles wieder da.«

»So ging es mir auch«, sagte Inka. »In den letzten sieben Jahren drehte sich mein ganzes Leben nur um die Klinik.«

»Ihr habt einen guten Ruf.«

»Ja«, sie nickte, »wenn alles so weiterläuft, sind wir bald aus den roten Zahlen raus.«

Sie zögerte kurz.

»Es wird doch so weiterlaufen, oder?«

Bodenstein wusste, was sie meinte.

»Ich glaube nicht mehr, dass Kerstner etwas mit dem Tod seiner Frau zu tun hat«, erwiderte er deshalb.

»Das könnte ich mir auch nicht vorstellen«, Inka wirkte ein wenig erleichtert. Bodenstein hatte keine Lust, mit Inka über den Fall zu sprechen. Er wollte nicht, dass sie annahm, er sei nur zu ihr gekommen, um sie auszuhorchen.

»Warum bist du hierhergekommen?«, fragte sie schließlich.

Ja, warum? Wegen einer fünfundzwanzig Jahre alten, kindischen Sehnsucht, die er in den Tiefen seiner Erinnerungen längst vergessen und verarbeitet geglaubt hatte, bis zu ihrer Begegnung vor drei Tagen? Sie waren in ihrer Jugend unzertrennlich gewesen, Inka, Quentin, Ingvar, Simone und er. Wie war sie zerbrochen, diese enge Freundschaft? Bodenstein erinnerte sich an den Sommer 1979, als dieser Dr. Hagstedt mit seinen Pferden nach Schloss Bodenstein gekommen war. Latus Lex und Fiorella hatten sie geheißen, die Pferde, und Hagstedt hatte sie Bodenstein zum Reiten zur Verfügung gestellt. Er sollte die Pferde auf Turnieren reiten, deshalb hatte er den ganzen Winter lang in der kleinen Reithalle mit den beiden Pferden gearbeitet, sie trainiert und ausgebildet. Aber es war anders gekommen. Ein schwerer Sturz im Gelände hatte seine Zukunftspläne jäh zerstört. Ingvar hatte die beiden talentierten Pferde übernommen, und was daraus wurde, war längst Geschichte: Latus Lex trug Ingvar über seine ersten S-Springen, mit Fiorella wurde er Europameister der Junioren. Bodenstein stieß einen Seufzer aus. Er hatte lange mit seinem Schicksal gehadert, damals. Wäre er heute ein berühmter Springreiter, wenn er diesen Unfall nicht gehabt hätte? Ingvar hatte die Pferde bekommen – und Inka. Noch auf der Hochzeit von Simone und Roman Reichenbach drei Jahre später hatten sie wie ein Paar gewirkt. Aber irgendetwas war kurz danach vorgefallen, etwas, was Inka dazu veranlasst hatte, nach Amerika zu flüchten. Eigentlich war es eine Ironie des Schicksals, dass sie nun alle wieder hier waren, Ingvar Rulandt, Inka und er. Bodenstein wurde bewusst, dass Inka ihn ansah.

»Latus Lex und Fiorella«, sagte er nun laut.

»Ach Gott«, sie lachte ungläubig, »das ist nicht dein Ernst.«

»Damals war es todernst«, entgegnete er. »Meine ganze Kindheit hindurch war ich fest davon überzeugt, eines Tages Schloss Bodenstein zu leiten und von der Reiterei zu leben.«

Inka wurde ernst und sah ihn aufmerksam an.

»Du hattest dich nach dem Unfall von uns allen zurückgezogen«, sagte sie, »fast so, als hättest du uns die Schuld daran gegeben.«

»Ingvar hatte meine Pferde«, Bodenstein stellte erstaunt fest, dass es tatsächlich noch immer weh tat, daran zu denken. »Ich war ein Krüppel und fühlte mich von ihm verraten und hintergangen. Jeden Tag musste ich euch sehen, dich und Ingvar. Es war ein unerträglicher Zustand für mich.«

»Für mich war es genauso unerträglich«, antwortete Inka. »Wir waren immer gute Freunde, aber du wolltest auf einmal nichts mehr mit mir zu tun haben.«

»Ich hatte den Eindruck, es war genau andersherum«, Bodenstein lächelte leicht. »Ingvar hatte ein schlechtes Gewissen wegen mir, und du warst auf seiner Seite.«

»Das ist nicht wahr«, Inka schüttelte den Kopf. »Aber du hast vor lauter Selbstmitleid nichts mehr bemerkt. Du hast mir ja nicht einmal die Gelegenheit gegeben, mit dir zu reden. Ich meine, du warst schon immer verschlossen und wortkarg, aber plötzlich warst du ...«

Bodenstein spürte, dass er sich auf gefährliches Terrain begab, und doch konnte er nicht anders. Er wollte wissen, was sie damals über ihn gedacht hatte.

»War ich – was?«, fragte er deshalb nach. Inka wirkte ein wenig unbehaglich und verlegen.

»Ach, was soll's denn«, sie verschränkte die Arme vor der Brust und schaute zur Seite, »das sind alles alte Geschichten.«

»Ja, du hast recht. Es ist lange vorbei, wir haben alle unseren Weg gemacht. Wer weiß, wozu alles gut war.«

Es war ganz still. Ihre Verlegenheit übertrug sich auf ihn, und Bodenstein wünschte, er hätte geschwiegen. Plötzlich hob Inka den Kopf und sah ihn mit einem langen seltsamen Blick an. Als sie wieder sprach, tat sie es bewusst leicht und obenhin.

»Das mit Ingvar und mir fing erst viel später an«, sagte sie. »Meine ganze Jugend hindurch gab es nur einen einzigen Jungen, in den ich verliebt war, und das warst du. Ich habe für dich geschwärmt, seitdem ich denken konnte, und immer gehofft, du würdest es bemerken, aber das hast du nicht.«

Sonntag, 4. September 2005

Der Traum begann zu zerfließen, zu zerrinnen, und Bodenstein wachte auf, weil ihm die Sonne direkt ins Gesicht schien und sein Handy klingelte. Er schreckte jäh hoch und tastete nach dem Telefon. Wie spät war es wohl?

»Bodenstein«, murmelte er.

»Hardenbach«, hörte er eine zaghafte Frauenstimme. »Entschuldigen Sie bitte die frühe Störung.«

Bodenstein fuhr in die Höhe, bereute die schnelle Bewegung aber sofort. Ein dumpfer Schmerz presste sich wie ein eiserner Ring um seinen Kopf und erinnerte ihn an die zwei Flaschen Rotwein, die er letzte Nacht geleert hatte. Schlimmer noch als der Kater waren die Schuldgefühle, die ihn quälten. Er hatte einen beschämend realistischen Traum von Inka gehabt. Ganz allmählich kehrte die Erinnerung an den gestrigen Nachmittag zurück, sein Gehirn weigerte sich zu begreifen, welch tiefsitzende Wunde er aufgerissen und welchen Schaden er angerichtet hatte. Bevor es hätte peinlich werden können, hatte der Anruf eines Pferdebesitzers Inkas überstürzten Aufbruch erfordert. Trotzdem, in seinem benebelten Kopf fühlte es sich beinahe wie Ehebruch an.

»Frau Hardenbach«, murmelte er und bemühte sich um Klarheit in seinem Kopf. »Sie stören nicht. Was kann ich für Sie tun?«

»Ich habe lange über unser Gespräch nachgedacht«, sagte

die Frau des toten Oberstaatsanwalts. »Es tut mir leid, dass ich Sie fast aus meinem Haus geworfen habe, aber ich … es ist schwer für mich, zu begreifen, dass mein Mann in Wirklichkeit nicht der war, für den ich ihn all die Jahre gehalten habe. Ich habe … ich habe etwas gefunden, was Sie interessieren dürfte. Können Sie bei mir vorbeikommen?«

»Ja, natürlich«, erwiderte Bodenstein.

»Ich erwarte Sie. Bis später.«

Und schon hatte sie aufgelegt. Bodenstein blinzelte ins gnadenlos helle Sonnenlicht und tippte Pia Kirchhoffs Nummer ein.

»Ich bin leider nicht wirklich in der Lage, Auto zu fahren«, sagte er, nachdem er ihr knapp geschildert hatte, weshalb er sie an einem Sonntagmorgen brauchte. »Können Sie mich abholen?«

»Klar. Bin in einer halben Stunde da.«

Bodenstein taumelte zum Badezimmer und stolperte beinahe über den Hund, der vor seiner Schlafzimmertür geduldig darauf gewartet hatte, dass sein Herrchen aus dem Koma erwachte, um ihn zu füttern und wenigstens kurz in den Garten zu lassen. Eine ganze Weile starrte Bodenstein sein unrasiertes und übernächtigtes Gesicht im Spiegel an, die Hände auf den Rand des Waschbeckens gestützt. Er nahm sich in dieser Minute vor, jeden weiteren Kontakt zu Inka zu unterlassen. Nach einer ausgiebigen Dusche, zwei starken Kaffee und einem langen Telefonat mit Cosima auf der anderen Seite der Erdkugel hatte er sein seelisches Gleichgewicht zurückgewonnen. Das Gespräch mit Inka kam ihm nur noch wie ein entfernter Traum vor. Er hatte die Tür zur Vergangenheit wieder energisch hinter sich geschlossen. Das war besser so.

Die Unterlagen, die Oberstaatsanwalt Hardenbach im Fall der JagoPharm zurückgehalten und damit die Ermittlungen erfolgreich torpediert hatte, füllten zwei Umzugskartons und waren so akribisch abgeheftet, wie es dem pingeligen Naturell des Mannes entsprochen hatte. Ganz oben auf den Akten in der ersten Kiste lag ein Briefumschlag, der an Bodenstein adressiert war. Alle Mitarbeiter des K11 waren ins Kommissariat beordert worden und saßen nun mit erwartungsvoll abwartenden Mienen an dem großen Tisch im Konferenzraum. Nachdem Frau Hardenbach sich den Film mit ihrem Mann in der unfreiwilligen Hauptrolle angesehen hatte, war sie zu dem Schluss gekommen, dass es nicht länger vonnöten war, einen Ehebrecher in Schutz zu nehmen. Einzig um ihre Kinder zu schonen, hatte sie Pia und Bodenstein gebeten, den Namen ihres Mannes so weit wie möglich aus der öffentlichen Berichterstattung herauszuhalten. Bodenstein öffnete den Briefumschlag und überflog das handschriftlich verfasste Schreiben. Er bekam unwillkürlich eine Gänsehaut, so als ob ihn ein kalter Hauch aus einem Grab streifte.

»Sehr geehrter Herr Bodenstein«, las er, »wenn Sie diese Zeilen lesen, werden Sie schon wissen, dass ich zu feige war, die Konsequenzen meines Handelns zu tragen. Da Sie als Leiter des zuständigen K11 in meinem Fall ermitteln werden, adressiere ich dieses Schreiben an Sie. Vielleicht ist es Ihnen möglich, mit Rücksicht auf meine Familie meinen Namen aus der Presse herauszuhalten. In der Anlage übergebe ich Ihnen die Unterlagen, die ich in der Sache JagoPharm zurückgehalten habe. Wir waren Jagoda seit Monaten auf den Fersen, aber ich habe einen Fehler gemacht, indem ich auf dieses Mädchen hereingefallen bin. Ich glaubte, dass mir nichts anderes übrigblieb. Jetzt weiß ich, dass ich anders hätte handeln müssen. Ich hätte ehrlich sein sollen. Menschen machen Fehler. Möglicherweise hätte man mich in die Verbannung geschickt, aber ich hätte mein Leben weiterführen können. Ich habe

mich erpressen lassen und damit meine Lebenseinstellung ad absurdum geführt. Das kann ich mir nicht verzeihen und es auch niemals wiedergutmachen. Hochachtungsvoll Joachim Hardenbach.«

»Damit haben wir Jagoda«, sagte Bodenstein und reichte den Brief an seine Mitarbeiter weiter. »Die Unterlagen werden morgen zum Betrugsdezernat nach Frankfurt gebracht. Aber zuerst schauen wir sie uns an. Vielleicht finden wir ja auch noch Hinweise auf einen Hausbrand, bei dem es zwei Tote gab.«

Montag, 5. September 2005

Hans Peter Jagoda wirkte nach drei Nächten im Untersuchungsgefängnis Weiterstadt leicht angeschlagen. Er war nervös und wütend zugleich, als er Bodenstein in dessen Büro gegenübersaß. Sein Schweigen fiel ihm zunehmend schwerer, und plötzlich explodierte er.

»Herrgott noch mal!« Jagodas hohe Stimme überschlug sich beinahe. »Wissen Sie überhaupt, was Sie da anrichten, wenn Sie mich noch länger wegen dieser lächerlichen Beschuldigungen hier festhalten? Meine Firma geht kaputt! Ich habe die Verantwortung für mehrere tausend Arbeitsplätze, falls Sie begreifen, was das bedeutet!«

Sein Anwalt, ein öliger Typ mit der Angewohnheit, seine Halbbrille abwechselnd in sein Haar und auf die Nasenspitze zu schieben, versuchte ihn zu besänftigen, aber Jagoda schien die Strategie der Aussageverweigerung nicht mehr zu gefallen.

»Genau aus diesem Grund kann ich nicht nachvollziehen, weshalb Sie sich nicht endlich zu den Vorwürfen äußern«, erwiderte Bodenstein gelassen.

»Was wollen Sie denn hören?«, Jagoda stand enorm unter Druck, das war nicht zu übersehen.

»Wenn möglich, die Wahrheit. Haben Sie die Wohnung von Isabel Kerstner durchsucht, ja oder nein?«

»Mein Mandant wird auf diese Frage nicht antworten!«,

sagte Dr. Peters schnell, aber Jagoda kümmerte sich nicht um den Einwand.

»Nein«, sagte er und beachtete die wachsende Nervosität seines Anwaltes nicht.

»Herr Jagoda«, Pia Kirchhoff räusperte sich, »wir wissen, dass Sie Oberstaatsanwalt Dr. Hardenbach mit einem Videofilm erpresst haben, weil er wegen Insiderhandels und Betruges gegen Sie ermittelt hat.«

Alle Farbe wich aus Jagodas Gesicht, seine Augen flogen kurz zu seinem Anwalt, der ihm beschwörende Blicke zuwarf.

»Wir wissen auch, dass Sie einige Ihrer ehemaligen Aktionäre, die gegen Sie Anzeige erstattet haben, auf dieselbe Art und Weise erpresst haben«, fuhr Pia fort, »nicht zuletzt auch den Direktor und den Leiter der Kreditabteilung Ihrer Hausbank. Aber das interessiert uns gar nicht, denn wir suchen nach dem Mörder von Isabel Kerstner.«

»Wer ist Maurice Brault?«, forschte Bodenstein. »Sie haben sich am 23. August mit ihm und Frau Kerstner getroffen, das wissen wir aus dem Tagebuch von Isabel. Worum ging es bei dem Treffen?«

Jagodas Nasenflügel bebten.

»Wir wissen längst, wie es tatsächlich um die JagoPharm bestellt ist. Die Firma ist bankrott. Unsere Kollegen vom Dezernat für Wirtschaftskriminalität und Betrug bereiten in diesem Augenblick eine Anklage wegen Konkursverschleppung gegen Sie vor. Wir wissen, dass die Reitanlage in Kelkheim auf den Namen Ihrer Frau läuft und dass Ihnen offiziell auch sonst nicht viel mehr gehört als die Kleider, die Sie tragen. Sie haben vorgesorgt, weil Sie genau wussten, dass die Jago-Pharm baden geht.«

Jagoda wurde leichenblass, seine Augenlider flatterten. Für einen Moment befürchtete Bodenstein, er würde ohnmächtig.

»Setzen Sie meinen Mandanten nicht so unter Druck«, begann der Anwalt, aber Bodenstein schnitt ihm das Wort ab.

»Sie sollten Ihrem Mandanten raten, endlich den Mund aufzumachen«, schnauzte er, »denn sonst werden auch Sie nichts mehr von ihm haben.«

»Wie meinen Sie das?«, fuhr Dr. Peters auf, die Brille rutschte aus dem Haaransatz auf die Nase.

»Herr Jagoda wird Ihr Honorar wohl kaum noch bezahlen können«, Bodenstein lächelte glatt, »und das wäre sicher ein herber Verlust für Sie, nicht wahr?«

Dr. Peters setzte sich mit einem Ruck auf und öffnete den Mund schon zu einer Entgegnung, aber da meldete sich Jagoda zu Wort.

»Ich hatte gar nicht vor, jemanden mit Videos zu erpressen«, sagte er mit tonloser Stimme und gesenktem Kopf. »Es war Isabels Idee.«

Der ölige Dr. Peters nahm die Brille ab und verzog das Gesicht, als habe er Zahnschmerzen.

»Es war Frau Kerstners Idee, sich beim Geschlechtsverkehr filmen zu lassen?« Bodensteins Stimme wurde scharf. »Sie denken doch wohl nicht, dass wir Ihnen das abnehmen?«

»Nein, ich meine ... ich ...«, Jagoda suchte nach den richtigen Worten, »ich bin in einer verzweifelten Situation. Seit dem Zusammenbruch des Neuen Marktes ist es mir immer wieder gelungen, meine Firma zu retten, aber plötzlich spielten alle verrückt! Anzeigen von Aktionären, die Staatsanwaltschaft, Drohungen ... dabei hatte ich auf einmal die Chance, die ganze Firma auf wirklich solide Füße zu stellen. Alles, was ich brauchte, war noch etwas Zeit.«

»Herr Jagoda!«, bemühte sich Dr. Peters ein letztes verzweifeltes Mal um Schadensbegrenzung. »Sie müssen hier nichts sagen!«

Jagoda hörte nicht.

»Ich war nur Millimeter von meinem Ziel entfernt«, sagte er tonlos. »Ich hatte alles versucht, gebettelt und geredet, aber keiner wollte hören. Keiner traute mir zu, dass ich es tatsächlich schaffen könnte. Und dann kam Isabel auf diese Idee mit den Filmen.«

»Das glaube ich Ihnen nicht«, Bodenstein schüttelte den Kopf.

»Sie redete immer nur von Geld«, fuhr Jagoda fort, ohne auf den Einwand zu achten. »Sie sparte für ein neues Leben ohne Abhängigkeiten. Mal wollte sie eine Tauchschule in Australien eröffnen, dann einen Reitstall in der Toskana oder eine Pension am Strand in Mexiko. Auf jeden Fall hatte sie dauernd Ideen. Eines Tages erzählte sie von dem Angebot, in einer Pornoproduktion mitzuwirken. Sie erwog diesen Gedanken ein paar Tage lang ernsthaft, dann sagte sie, man habe ihr viel zu wenig Geld geboten. Aber das brachte mich auf die Idee mit den Filmen.«

»Warum haben Sie die Wohnung, die amtlich versiegelt war, aufbrechen und ausräumen lassen?«, fragte Pia, ohne die Grimassen, die Jagodas Anwalt schnitt, zu beachten.

»Weil ich nicht wollte, dass ...«, begann Jagoda, besann sich aber anders und verstummte.

»Weil Sie nicht wollten, dass der Film mit Ihnen und Frau Kerstner gefunden würde? War das der Grund?«

»Ja«, Jagoda nickte gequält. »Meine Frau ... ich wollte vermeiden, dass sie davon erfährt. Es ... es hätte sie tief verletzt.«

»Sie ließen sich also zu einer Straftat hinreißen, um die Gefühle Ihrer Frau, die Sie auf einem Tonband selbst als ›fette Henne‹ bezeichnet haben, nicht zu verletzen?« Bodenstein zog die Augenbrauen hoch. »Soll ich Ihnen mal sagen, wie ich das sehe? Unterbrechen Sie mich, wenn ich unrecht habe.

Ich denke, es geht in keiner Weise um Gefühle. Sie brauchten von Ihrer Frau dringend Geld, um die Zeit, bis dieses Medikament auf den Markt kommt, zu überbrücken. Sie konnten es sich nicht leisten, sie zu verärgern.«

Für einen Moment herrschte völlige Stille in dem Raum. Nur gedämpft drang das Klingeln eines Telefons durch die geschlossene Tür.

»Herr Jagoda«, beharrte Bodenstein. »War das Geld Ihrer Frau der wahre Grund für die Wohnungsdurchsuchung?«

Jagoda vergrub sein Gesicht in den Händen und schüttelte den Kopf.

»Und kann es nicht auch sein, dass Sie Isabel beseitigen ließen, weil sie Ihnen im Hinblick auf Ihre Geschäfte viel zu gefährlich geworden war?«

Mit Jagodas Aussagebereitschaft war es vorbei. Er antwortete auf keine Frage mehr, ja, er reagierte nicht einmal mehr, sondern saß nur zusammengesackt da. Sein Gesichtsausdruck war leer. Als Bodenstein nach ein paar Minuten die Vernehmung für beendet erklärte, erhob er sich stumm und ließ sich ohne erkennbare Gemütsregung von dem Vollzugsbeamten, der ihn hergebracht hatte, die Handschellen anlegen.

Pia saß an ihrem Schreibtisch und tippte den Bericht über die Vernehmung Jagodas in den Computer. Der Mann hatte auf jeden Fall ein starkes Motiv. Isabel hatte womöglich versucht, mit dem Film Geld von ihm zu erpressen, Geld, das er nicht hatte. Er musste befürchten, dass Isabel den Film seiner Frau zuspielen würde – und dann war es aus für ihn und für seine Zukunftspläne mit der JagoPharm. Aber warum dann der Aufwand mit dem Pentobarbital und dem vorgetäuschten Selbstmord? Pia hielt inne und starrte auf den Bildschirm. Da war noch etwas anderes, etwas, was bisher überhaupt noch nicht erwähnt worden war, aber sie konnte nicht den Finger auf den Punkt legen. Die Puzzlestücke, die auf den ersten Blick zusammenzupassen schienen, passten nicht wirklich. Um das ganze Bild zu erkennen, fehlten einfach noch zu viele Teile.

»Frau Kirchhoff«, sagte Bodenstein plötzlich neben ihr, und sie fuhr zusammen, »träumen Sie?«

»Valentin Helfrich«, sagte sie.

»Was ist mit ihm?«

»Er hat auch die Möglichkeit, an Pentobarbital zu kommen. Ich muss noch einmal mit ihm sprechen.«

»Gut«, Bodenstein nickte. »Ich versuche, beim BKA mehr über diesen Maurice Brault zu erfahren.«

Das Telefon in Bodensteins benachbartem Büro klingelte, und er ging hinüber. Pia tippte rasch den Bericht zu Ende. Der Gedanke, dass Valentin Helfrich etwas mit der Ermordung seiner Schwester zu tun haben könnte, ließ sie nicht los.

Pia hatte sich das Radarfoto vom 27. August eingesteckt. Ein Stau auf der A66 vor der Abfahrt nach Bad Soden hatte sie aufgehalten, und sie musste feststellen, dass sie zehn Minuten zu spät war. Die Glastür der Löwen-Apotheke war abgeschlossen.

»Na, klasse«, murmelte Pia. »Von eins bis drei Mittagspause.«

Unentschlossen stand sie auf dem Bürgersteig vor der Apotheke und überlegte noch, ob sie warten oder wieder wegfahren sollte, als ein goldenes Mercedes-Cabriolet aus der Einfahrt hinter der Apotheke herauskam. Am Steuer saß eine Frau, auf dem Beifahrersitz Valentin Helfrich. Pia lief winkend zu dem Auto hinüber. Die Fahrerin ließ irritiert die Scheibe hinunter und sah sie misstrauisch an.

»Hallo, Herr Helfrich«, sagte Pia.

»Ach, die Dame von der Kripo«, erwiderte der Apotheker. »Wollten Sie zu mir?«

»Ja, allerdings«, Pia nickte. »Können wir uns irgendwo kurz unterhalten? Ich habe noch ein paar Fragen an Sie.«

Die Frau setzte wieder rückwärts in die Einfahrt. Pia folgte dem Auto in den Hof, in dem sich der Lieferanteneingang der Apotheke und der Eingang der Leopoldspassage befanden.

»Schönes Auto«, bemerkte Pia, als Valentin Helfrich und die Frau, die er ihr als seine Ehefrau Dorothee vorstellte, ausgestiegen waren.

»Was kann ich für Sie tun?«, fragte der Apotheker, ohne auf die Bemerkung einzugehen. Pia zog das Radarfoto aus der Tasche und reichte es ihm.

»Sind Sie das?«, fragte sie.

»Ja«, sagte er und gab das Foto an seine Frau weiter, »meine Frau sitzt am Steuer.«

Dorothee Helfrich war eine große, knochige Frau ohne jede Ausstrahlung. Sie war höchstens Anfang vierzig, aber in ihr Gesicht hatten sich scharfe Linien der Verbitterung eingegraben.

»Wissen Sie, wann und wo das Foto gemacht wurde?«

»Das steht doch sicher drauf«, Dorothee Helfrich machte das erste Mal den Mund auf.

»Ja, das tut es allerdings«, erwiderte Pia, »und zwar am 27. August um kurz nach zweiundzwanzig Uhr an der Ortsausfahrt Königstein, Richtung Kelkheim. Ungefähr anderthalb Stunden zuvor starb laut Obduktionsbericht Ihre Schwägerin Isabel.«

Sie ließ die Bedeutung ihrer Worte auf das Ehepaar Helfrich wirken.

»Das Auto gehört nicht Ihnen, nicht wahr?«

»Es gehörte meinem Vater«, sagte Valentin Helfrich.

»Das weiß ich«, sagte Pia, »aber Ihr Vater ist seit vier Jahren tot. Weshalb ließen Sie es nicht längst ummelden?«

»Es stand bis vor kurzem noch in der Garage des Hauses meiner Eltern in Gießen«, Helfrich zuckte die Schultern. »Ich habe es erst vor ein paar Wochen geholt, als ich das Haus verkauft habe.«

»Sie waren mit diesem Auto nicht nur gegen zweiundzwanzig Uhr in Königstein, sondern auch am Nachmittag des 27. August auf dem Parkplatz von McDonald's in Schwalbach.«

»Ja, das stimmt«, gab der Apotheker zu. »Ich habe mich dort mit meiner Schwester getroffen.«

»Und weshalb?«, fragte Pia.

»Weshalb wohl«, mischte sich Dorothee Helfrich ein und schnaubte verächtlich, »weil sie Geld wollte. Was sonst?«

»Von Ihnen? Warum wollte sie von Ihnen Geld haben?«

Pia blickte das Ehepaar Helfrich an, das dicht nebeneinanderstand, ohne sich anzusehen. Irgendetwas an ihrem Verhalten war eigenartig.

»Sie wollte die Hälfte des Geldes vom Hausverkauf«, Dorothee Helfrich machte keinen Hehl aus ihrer Abneigung gegen die tote Schwägerin. »Dabei hat sie sich um nichts gekümmert, ja, sie hat nicht ein einziges Mal ihre Mutter besucht, die hier in Bad Soden im Pflegeheim lebt. Trotzdem war sie so unverschämt, ihren Erbteil zu verlangen.«

Pia konnte nicht sagen, weshalb, aber aus irgendeinem Grunde glaubte sie nicht, dass Geld der einzige Grund für das Treffen von Valentin Helfrich und seiner Schwester gewesen war.

»Georg Rittendorf hat meinem Kollegen erzählt, dass Isabel vor ein paar Jahren ein Verhältnis mit einem guten Freund von Ihnen hatte«, sagte sie. »Er sagte auch, dass sich der Mann in seiner Garage aufgehängt habe, nachdem Isabel ihm den Laufpass gab. Stimmt das?«

»Ja«, bestätigte Helfrich finster.

»Und dann heiratete sie Dr. Kerstner, einen weiteren engen Freund von Ihnen.«

»Auf was wollen Sie hinaus?«

»Wo waren Sie am Samstagabend zwischen 19:00 und 22:00 Uhr?«, fragte Pia, statt zu antworten.

»Wir waren mit Rittendorfs zum Essen im »Limoncello«, in Königstein.«

»Nur bis kurz vor zehn? Ziemlich früh für einen Samstagabend.«

»Rittendorfs Babysitter hatte nur bis zehn Zeit«, erwiderte Dorothee Helfrich, »sie haben zwei kleine Kinder.«

»Und Sie? Haben Sie auch Kinder?«

Ein paar Sekunden wirkte Dorothee Helfrich wie erstarrt.

»Nein«, sagte sie mühsam beherrscht.

»Kennen Sie einen Bekannten Ihrer Schwester namens Philipp?«, fragte Pia, als außer diesem »Nein« nichts mehr zu kommen schien. »Etwa Mitte dreißig, südländisches Aussehen. Im Notizbuch und im Handy Ihrer Schwester taucht niemand auf, auf den diese Beschreibung passen würde, aber man hat sie mit diesem Mann mehrfach gesehen.«

Sie bemerkte ein winziges Flackern in den Augen hinter den dicken Brillengläsern, aber Helfrichs Stimme klang unverändert ruhig.

»Meine Schwester hatte unzählige Männerbekanntschaften«, sagte er, »ich kann mich an einzelne Namen nicht erinnern.«

Pia verließ den Apotheker und seine Frau in dem sicheren Wissen, mindestens einmal von ihnen belogen worden zu sein. Sie hatte das Ehepaar gebeten, vorerst erreichbar zu bleiben, bis das Alibi vom Samstagabend überprüft worden sei. Da im Kommissariat nichts Dringliches auf sie wartete, beschloss sie, einen Umweg über Kronberg zu machen. Es konnte nicht schaden, Marianne Jagoda zu besuchen und sie zu fragen, was sie an dem betreffenden Samstagabend gemacht hatte.

Das Tor des Jagodaschen Grundstücks stand sperrangelweit offen, deshalb fuhr Pia die Auffahrt hinauf und stellte ihr Auto hinter einem Skoda mit polnischem Kennzeichen ab. In der großen Garage standen ein Maserati und ein Porsche Cayenne mit weit geöffneter Kofferraumklappe. Im Kofferraum standen mehrere prall gefüllte Einkaufstüten. Seltsam. Pia stieg aus und ging zur Haustür, die zu ihrer Überraschung offen war. Aus dem Innern des Hauses drangen Musik und gedämpfte Schreie an ihr Ohr. Pia beschlich das Gefühl, dass hier irgendetwas nicht in Ordnung war. War Marianne Jagoda überfallen worden? Kämpfte sie womöglich gerade gegen brutale Einbrecher, die die wohlhabende Frau in ihre Gewalt gebracht hatten? Beunruhigt griff Pia unter ihre Jacke, zog die Pistole hervor und betrat das Haus.

»Frau Jagoda?«, rief sie und lauschte, woher die Musik kam. Pia erkannte die Scorpions, das *Worldwide Live*-Album mit zweihundert Dezibel. Ihr Herz klopfte wild, und ihre Hände waren feucht, als sie vorsichtig den Flur entlangging. Es sah aus, als hätte ein heftiger Kampf stattgefunden.

Kleidungsstücke lagen herum, eine Bodenvase war umgestürzt und in tausend Scherben zersprungen. Ein schriller Schrei, gefolgt von dumpfen Schlägen, ließ Pia beinahe die Haare zu Berge stehen. War es klug von ihr, hier alleine im Haus herumzulaufen? Wie viele Männer waren mit dem polnischen Skoda gekommen? Was sollte sie tun, wenn sie plötzlich vier oder fünf Bewaffneten gegenüberstand? Aber sie hatte keine Zeit, jetzt eine Streife herzubeordern, die Frau schien in echter Bedrängnis. Pia holte tief Luft, entsicherte ihre Waffe und schob sich an der Wand entlang. Entschlossen betrat sie das große Wohnzimmer. Auf den Anblick, der sich ihren verblüfften Augen bot, war sie nicht vorbereitet, und er verschlug ihr die Sprache. Marianne Jagoda war tatsächlich in Bedrängnis, allerdings nicht in der Art und Weise, wie Pia befürchtet hatte.

Sie und ihr Liebhaber waren so miteinander beschäftigt, dass sie die unfreiwillige Zuschauerin überhaupt nicht bemerkten. Hin- und hergerissen zwischen dem Bedürfnis, vor lauter Erleichterung einfach laut herauszulachen, und dem Wunsch, auf der Stelle das Haus zu verlassen, gelang es Pia, sich unbemerkt zurückzuziehen. Ganz offensichtlich war Hans Peter Jagoda nicht der Einzige, der in dieser Ehe untreu war. Pia lehnte sich vor der Haustür gegen die Mauer und überlegte, was sie nun tun sollte. Sie steckte die Pistole zurück ins Schulterhalfter und zählte rücksichtsvoll bis hundert, bevor sie auf die Klingel drückte. Es dauerte fünf Minuten, bis die Musik im Haus abbrach und sich Schritte der Haustür näherten. Marianne Jagoda erschien im Türrahmen. Sie wirkte derangiert, erhitzt und atemlos und ganz und gar nicht wie eine Frau, deren Mann unter Mordverdacht in U-Haft sitzt.

»Bitte schön?«, fragte sie und fixierte Pia scharf, bevor sie sie erkannte. »Ach, die Polizei.«

»Guten Tag, Frau Jagoda«, erwiderte Pia. »Ich hoffe, ich störe nicht. Aber ich war gerade in der Gegend und hätte noch ein paar Fragen an Sie.«

»Kommen Sie rein«, Marianne Jagoda machte einen Schritt zur Seite. Der Mann, der sie noch vor fünf Minuten zum lustvollen Kreischen gebracht hatte, hockte auf dem Fußboden und sammelte die Scherben der Blumenvase auf. Erstaunt erkannte Pia den ansehnlichen Pferdepfleger von Gut Waldhof.

»Habe ich Sie nicht schon mal im Stall in Kelkheim gesehen?«, sprach sie den Mann an. Er blickte kurz auf, schwieg aber.

»Karol spricht kein Deutsch«, sagte Marianne Jagoda.

»Er hat ein paar Gartenarbeiten für mich erledigt. Gehen Sie schon in die Küche, ich komme sofort.«

Pia akzeptierte diese Lüge widerspruchslos und betrat die Küche, aber sie blieb direkt hinter der Tür stehen und lauschte.

»... noch nicht fertig«, hörte sie Jagodas Frau halblaut sagen, »das hier dauert nicht lange.«

»Ich muss zurück in den Stall«, erwiderte der des Deutschen angeblich Unkundige. »Kampmann wird sauer, wenn ich zu lange wegbleibe.«

»Was interessiert dich Kampmann? Warte oben auf mich, ich komme gleich.«

Pia verstand die Antwort des Polen nicht, aber sie klang nicht gerade begeistert.

»Ich warne dich«, Marianne Jagoda lachte abfällig, »meinst du etwa, ich bezahle dich so gut, weil du so toll Boxen ausmisten kannst?«

Wenig später war sie in der Küche und öffnete den Kühlschrank.

»Wollen Sie auch etwas trinken?«, fragte sie Pia.

»Nein danke«, lehnte Pia höflich ab. Marianne Jagoda zuckte die Schultern, nahm eine Flasche Wasser aus dem Kühlschrank und ein Glas aus dem Schrank. Sie trank in langen, durstigen Schlucken.

»Wo ist eigentlich Ihr Sohn?«, erkundigte Pia sich.

»In einem Internat am Bodensee. Er ist nur an den Wochenenden zu Hause«, Marianne Jagoda warf ihr langes, dunkles Haar über die Schulter und setzte sich an den Küchentisch. »Wie kann ich Ihnen helfen?«

»Ich wollte von Ihnen wissen, was Sie an dem Abend gemacht haben, als Isabel Kerstner gestorben ist.«

»Ich war hier. Wir hatten jede Menge Gäste. Wieso fragen Sie das?«

»Reine Routine«, Pia lächelte. »Es wäre ja möglich, dass es eine Herrenrunde war und Sie keine Lust hatten, dabeizusitzen.«

»Es war tatsächlich eine Herrenrunde«, erwiderte Marianne Jagoda. »Geschäftspartner meines Mannes. Aber da ich die Gastgeberin war, war meine Anwesenheit vonnöten.«

»Ihr Mann sagte uns, er habe an diesem Abend vergeblich auf Isabel Kerstner gewartet, die auch eingeladen gewesen sei.«

»Ja, das stimmt«, bestätigte Marianne Jagoda. »Er war ziemlich sauer, weil sie nicht erschien. Sie war ja für Kundenbetreuung zuständig, dafür wurde sie bezahlt.«

Pia blätterte in ihrem Notizbuch. »Wissen Sie, was Isabel genau für ihr Geld getan hat?«

Marianne Jagoda warf ihr einen misstrauischen Blick zu.

»Wie meinen Sie das?«, fragte sie.

»Kundenbetreuung. Wie habe ich das zu verstehen? Hat sie Kaffee serviert, die Kunden vom Flughafen abgeholt, oder …?«

»Was wollen Sie andeuten?« Marianne Jagodas Stimme klang scharf.

»Nun ja«, Pia betrachtete das Gesicht der Frau eingehend, »wir haben in der Wohnung von Isabel einen ganzen Stapel mit Filmen gefunden, die sie beim Beischlaf mit verschiedenen Männern zeigten. Ihr Mann war so freundlich, uns zu erklären, dass es sich bei den Herren zum großen Teil um abtrünnige Geschäftspartner der JagoPharm handelte.«

»Tatsächlich?«, der Ausdruck auf Marianne Jagodas Gesicht wechselte von Misstrauen zu Neugier, und als sie weitersprach, lag zynische Belustigung in ihrer Stimme. »Deshalb verdiente sie also so viel. Ich habe mich immer gefragt, weshalb sie meinem Mann zehntausend Euro im Monat wert war.«

»Ihr Mann hatte auch ein Verhältnis mit Isabel«, sagte Pia und wartete gespannt auf die Reaktion. Zu ihrer Überraschung lachte Marianne Jagoda schallend.

»Ach was«, sie machte eine verächtliche Handbewegung, »mein Mann steht gar nicht auf so dürre Dinger.«

»Ich fürchte, doch«, Pia legte das Diktiergerät auf den Tisch.

»Was fällt Ihnen ein?« Marianne Jagoda hörte auf zu lachen, ein wütender Funke glomm in ihren dunklen Augen. »Mein Mann liebt mich, er würde nie …«

Pia drückte auf die Play-Taste.

»… *wenn ich nur schon an die fette Henne denke, muss ich kotzen«*, ertönte Jagodas Stimme vom Band, »*dieses keuchende Nilpferd! Na, komm schon, sag mir, was du mit mir machst, wenn ich zu dir komme, das macht mich scharf …*«

Marianne Jagoda starrte mit zusammengepressten Lippen auf das Gerät, ihr Gesicht war wie versteinert und die Hände zu Fäusten geballt.

»Dieser hinterhältige Wurm«, knirschte sie erbost.

»Sie haben nicht gewusst, dass Ihr Mann ein Verhältnis mit Isabel hatte?« Pia steckte das Gerät wieder ein. Marianne Jagodas Blick wanderte von der Tischplatte hoch zu Pias Augen.

»Verdammt, nein«, sagte sie mit gepresster Stimme. »Er kann von Glück reden, dass er in U-Haft sitzt.«

Sie wirkte tief getroffen von dem, was sie gerade ziemlich schonungslos erfahren hatte, und beinahe hätte sie Pia leidgetan. Doch dann fielen ihr wieder Marianne Jagodas Eltern ein, die qualvoll und womöglich unter Mitwirkung ihrer geldgierigen Tochter an einer Rauchvergiftung gestorben waren.

»Als ich meinen Mann kennengelernt habe, war ich nicht so fett wie heute«, sagte Marianne Jagoda plötzlich. »Ich war zwar nie gertenschlank, aber nach der Schwangerschaft nahm ich zu. Erst zehn Kilo, dann zwanzig. Meinem Mann gefiel das. Hat er jedenfalls behauptet.«

Sie senkte den Blick.

»Er sagte mir immer, er würde mich so lieben, wie ich bin.«

»Aber er hat nicht mehr mit Ihnen geschlafen«, vermutete Pia. »Der Pferdepfleger ist doch heute nicht hier, um im Garten zu arbeiten, oder?«

Marianne Jagoda richtete sich auf.

»Hören Sie«, sagte sie beinahe drohend, »ich bin zwar fett, aber ich bin trotzdem eine Frau. Ich bin erst siebenunddreißig Jahre alt. Es ist demütigend, aber ich weiß, dass Leute wie Sie über mich lachen und es als pervers empfinden, wenn eine Dicke wie ich sexuelles Verlangen verspürt.« Ihre Mundwinkel zuckten, als wolle sie in Tränen ausbrechen, aber dann hatte sie sich rasch wieder unter Kontrolle und erhob sich abrupt. »Wollten Sie sonst noch etwas wissen?«

Pia wollte noch eine ganze Menge wissen, aber sie beschloss, es für diesmal gut sein zu lassen. Marianne Jagoda sollte erst einmal ganz in Ruhe verarbeiten, was sie gerade erfahren hatte.

Bodenstein blätterte im Notizbuch von Isabel Kerstner und begann allmählich einige Zusammenhänge zu begreifen, die er und seine Mitarbeiter bis dahin übersehen hatten.

»Hallo, Chef«, Pia Kirchhoff betrat Bodensteins Büro. »Ich war gerade bei Marianne Jagoda, und ich kann Ihnen sagen, da habe ich …«

»Schauen Sie sich das mal an«, Bodenstein schob ihr das Notizbuch hin, und sie beugte sich darüber.

»Was meinen Sie?«, fragte Pia irritiert.

»Hier«, Bodenstein tippte auf eine Eintragung am 12. August. »Wie konnten wir das übersehen?«

»Anna. Bilder Hardy und Fatty«, las Pia und schüttelte ungläubig den Kopf, »Anna? Anna Lena Döring?«

»So verstehe ich das«, Bodenstein nickte. »Hardy ist Hardenbach, und als Fatty bezeichnete Isabel Marianne Jagoda. Das wissen wir aus dem Notizbuch. Vielleicht hat Isabel die Bilder gar nicht von Hardenbach bekommen, sondern von Anna Lena Döring. Die werden wir jetzt erst mal besuchen.«

Das Haus von Dr. Kerstner, in dem sie Anna Lena Döring vermuteten, lag dunkel und verlassen da, als Bodenstein seinen BMW um Viertel nach sechs schräg gegenüber anhielt. Pia hatte ihm während der Fahrt vom Gespräch mit dem Apothekerehepaar Helfrich und ihrem Erlebnis im Hause Jagoda berichtet.

»Glauben Sie der Jagoda, dass sie nichts von ihrem Mann und Isabel wusste?«, fragte Bodenstein.

»Sie schien gekränkt und betroffen zu sein«, überlegte Pia. »Auf jeden Fall hat sie sich nicht einmal nach ihrem Mann erkundigt. Wenn Sie mich fragen, dann wusste sie es und ist deshalb ihrerseits fremdgegangen.«

Bodenstein wählte die Nummer der Pferdeklinik und hoffte halb, dass sich Inka melden würde. Doch es nahm überhaupt niemand ab, nur der Anrufbeantworter sprang an. Ihm fiel ein, dass Rittendorf ihm erklärt hatte, sie würden sofort zurückrufen, weil der Anrufbeantworter den Piepser des diensthabenden Tierarztes alarmierte. Er sprach also seine Handynummer auf Band und legte auf.

»Wir haben Rittendorf noch gar nicht danach gefragt, was er an dem Samstagabend gemacht hat«, brach Pia das Schweigen.

»Dafür gab es auch keine Veranlassung.«

»Vielleicht doch«, sagte Pia. »Mir ist der Gedanke gekommen, dass Helfrich und Rittendorf durchaus Grund hatten,

Isabel zu töten. Sie hat einen der Freunde auf dem Gewissen, und zwar den, der sich in seiner Garage erhängt hat. Und dann noch beinahe Michael Kerstner.«

»Eine Hinrichtung aus Rache für die Freunde?« Bodenstein sah seine Kollegin zweifelnd an.

»So etwas in der Richtung. Denken Sie an dieses Wappen der Studentenverbindung.«

Bodenstein runzelte nachdenklich die Stirn. So abwegig schien dieser Gedanke gar nicht zu sein.

»Aber als gute Freunde mussten sie doch wissen, dass es Kerstner wichtig war, zu erfahren, wo seine Tochter war«, wandte er ein.

»Vielleicht wollten sie Isabel nicht töten, sondern nur ein Geständnis erpressen. Irgendetwas ging schief, und sie starb.«

»Tierärzte und Apotheker wissen, wie Pentobarbital wirkt.«

»Und wenn sie sie nur betäuben wollten?«

»Wir werden das Alibi der beiden überprüfen«, Bodenstein blickte auf seine Uhr. Es wurde acht, halb neun. Nach kurzem Abwägen entschied er, in die Pferdeklinik zu fahren. Ruppertshain lag wie ausgestorben da. Es war schon beinahe dunkel. Als sie das Auto auf dem leeren Parkplatz abstellten, bemerkte Pia, dass das Hoftor einen Spalt offen stand, die Außenbeleuchtung aber nicht eingeschaltet war. Auch im Wohnhaus war alles dunkel. Ihr Blick fiel auf den Verwaltungstrakt. Dort glaubte sie, den umherhuschenden Lichtschein einer Taschenlampe gesehen zu haben. Sie machte ihren Chef darauf aufmerksam. Plötzlich hatten beide das Gefühl, dass hier etwas nicht stimmte.

»Wir gehen rein«, sagte Bodenstein leise und zog seine 38er aus dem Schulterhalfter. Pia nickte und nahm ein zweites Mal an diesem Tag ihre Waffe zur Hand. Bodenstein lauschte in die Dunkelheit, alle Sinne angespannt, doch außer seinen und Pias Atemzügen und dem gelegentlichen Schnauben eines Pferdes war es vollkommen still. Irgendwo im Ort bellte ein Hund, ein anderer fiel ein, dann verstummten beide. Auf der Straße oberhalb der Pferdeklinik fuhr ein Auto vorbei, das Motorengeräusch verklang in der Ferne. Pia öffnete das Hoftor. Das Knarren schien so laut wie Maschinengewehrfeuer. Sie pirschten im Schatten der Mauer über den Hof, in dessen Mitte der Geländewagen von Dr. Kerstner geparkt war. Auf einmal erstarrte Bodenstein, der vorgegangen war. Die Tür des Verwaltungsgebäudes war ins Schloss gefallen, und eilige Schritte näherten sich um die Hausmauer. Bodenstein und Pia spannten jeden Muskel an, sie entsicherten ihre Pistolen und bereiteten sich darauf vor, irgendeiner düsteren Gestalt gegenüberzutreten. Die Person, die um die Ecke bog, stieß einen schrillen Schrei aus und wich erschrocken zurück, als sie plötzlich zwei Leute mit Pistolen im Anschlag vor sich stehen sah.

»Was machen Sie denn hier im Dunkeln?«, fragte Bodenstein, halb erleichtert und halb verärgert, als er die Tierarzthelferin Sylvia Wagner erkannte.

»O Gott«, die Sommersprossige griff sich an den Hals und lehnte sich an die Wand, »wie können Sie mich so erschrecken, verdammt noch mal!«

»Wir dachten, es wären Einbrecher im Büro«, erwiderte Bodenstein und steckte seine Waffe zurück ins Halfter.

»Was schleichen Sie überhaupt hier herum?«, fuhr die junge Frau die beiden an. Sie schien sich von ihrem Schrecken erholt zu haben.

»Wir wollten zu Dr. Kerstner«, erwiderte Pia. »Wir waren bei ihm zu Hause, aber da war er nicht. Dann haben wir auf den Anrufbeantworter gesprochen. Bisher gab es aber keinen Rückruf.«

»Kann es auch nicht geben«, gab Sylvia zurück. »Der Strom ist ausgefallen. Ich wollte die Pferde füttern, denn ich habe heute Abend Dienst, aber als ich hierhergekommen bin, habe ich festgestellt, dass kein Strom da ist. Nichts geht mehr – kein Licht, kein Computer, kein Anrufbeantworter.«

»Um Viertel nach sechs funktionierte der Anrufbeantworter noch«, sagte Pia. »Wissen Sie, wo der Sicherungskasten ist?«

»Ja«, die Tierarzthelferin nickte, »neben dem OP. Weil wir dort Starkstrom brauchten, wurde der neue Kasten damals dort installiert.«

Sie überquerte den Hof, nestelte ihren Schlüsselbund heraus und wollte die Tür aufschließen, als sie bemerkte, dass diese offen war.

»Komisch«, murmelte sie und zog die Taschenlampe aus der Jackentasche.

»Geben Sie her«, Bodenstein nahm ihr die Lampe aus der Hand, »ich gehe vor.«

Das mulmige Gefühl, das ihn gerade verlassen hatte, kehrte zurück. Er leuchtete in den großen Raum, und was er im Schein der Taschenlampe erblickte, ließ ihn zusammenfahren.

»Was ist?«, zischte Frau Wagner.

»Rufen Sie den Notarzt«, befahl Bodenstein, »aber ganz schnell!«

Er durchquerte den Raum und kniete neben der am Boden liegenden Gestalt nieder. Pia ergriff die Taschenlampe und leuchtete ihrem Chef, der versuchte, den Puls an der Halsschlagader des Mannes zu ertasten.

»O mein Gott!«, schrie Sylvia, als sie erkannte, dass es Kerstner war, der in einer unnatürlich verkrümmten Haltung blutüberströmt und bewusstlos an der Wand lag.

»Tun Sie schon, was ich Ihnen gesagt habe!«, herrschte Bodenstein sie unwirsch an, dann begann er die Fessel, mit der dem Tierarzt die Arme auf den Rücken gebunden waren, zu lösen. Da erst fiel ihm auf, womit man den Mann gefesselt hatte. Es war ein Kabel, das direkt in die Starkstromdose führte. Wenn jemand die Sicherungen hineingedrückt hätte, wären ein paar hundert Volt durch Kerstners Körper gejagt und hätten ihn wahrscheinlich getötet. Bodenstein knotete die Kabel auf, und erst nachdem er sich vergewissert hatte, dass nun nichts mehr an den Strom angeschlossen war, drückte er die Hauptsicherung wieder hinein. Sofort flackerte helles Neonlicht auf. Kerstner war übel zugerichtet und ohne Bewusstsein. Gleichzeitig mit dem Rettungswagen tauchten Rittendorf und seine Frau auf. Stumm und erschüttert sahen sie zu, wie die Sanitäter den Bewusstlosen zum Rettungswagen trugen.

»Wo bringen Sie den Mann hin?«, erkundigte sich Bodenstein bei dem Notarzt.

»Nach Bad Soden. Die haben heute Abend Notdienst.«

Erst als der Wagen mit Sirene und zuckendem Blaulicht abgefahren war, fand Rittendorf die Sprache wieder.

»Wo ist eigentlich Anna Lena?«, fragte er.

»Die suchen wir auch«, sagte Bodenstein, dem in der letzten halben Stunde der eigentliche Grund seines Besuches beinahe entfallen war.

»Um kurz vor sechs waren die beiden zusammen bei uns«, Rittendorf setzte seine Brille ab und rieb sich die Augen. »Micha hat heute Nacht Bereitschaft. Er kam vorbei, um sich den Piepser zu holen. Wir haben im Moment nur den einen, der andere ist kaputt. Und da war sie bei ihm.«

Bodenstein erinnerte sich plötzlich an die Worte von Anna Lena Döring, die sie am Freitagabend zu ihm gesagt hatte. *Sollte er versuchen, mir etwas anzutun, werde ich das, was ich über ihn weiß, gegen ihn verwenden ...* Hatte Friedhelm Döring erfahren, dass seine Frau zu Kerstner geflüchtet war?

Hatte er den Mann so zugerichtet? Aber wo war dann Anna Lena Döring?

Dörings Haus lag so verlassen da wie vorher das von Kerstner, und so fuhren Bodenstein und Pia direkt weiter zum Krankenhaus, in der Hoffnung, mit Kerstner sprechen zu können. Auf der Fahrt telefonierte Bodenstein mit Dr. Florian Clasing, der aber auch nicht wusste, wo sich seine Schwester aufhielt. Er hatte das letzte Mal am Samstag mit ihr gesprochen, da war sie bei Kerstner gewesen.

Vor der Tür des Krankenhauses lungerten ein paar alte Männer in Bademänteln herum, die Zigaretten rauchten und neugierig die Besucher beäugten. Die Tür zur Notaufnahme befand sich links hinter den Aufzügen. Das Wartezimmer war leer.

Bodenstein klingelte an der Milchglastür, an der ein Schild darauf hinwies, dass es eine Weile dauern könnte, bis jemand öffnete. So war es auch. Nach beinahe fünf Minuten erschien eine übellaunige Schwester mit einem herrischen Gesichtsausdruck.

»Ja?«, bellte sie unfreundlich.

»Kripo Hofheim«, sagte Bodenstein. »Bei Ihnen wurde ein Michael Kerstner eingeliefert. Können wir bitte mit dem behandelnden Arzt sprechen?«

»Moment«, sagte die Herrische knapp und ließ die Milchglastür zufallen. Wieder verstrichen einige Minuten, dann ging die Tür auf, und ein junger Arzt in einem blauen Kittel, den sein Schildchen als Dr. Ahmed Djafari auswies, kam auf sie zu. Bodenstein stellte sich vor und nannte den Grund ihres Erscheinens.

»Wie geht es Herrn Dr. Kerstner?«, fragte er.

»Er ist ziemlich übel zugerichtet«, erwiderte der Arzt, »aber er ist wieder bei Bewusstsein.«

»Können wir mit ihm sprechen? Es ist dringend.«

Dr. Djafari hob eine Augenbraue.

»Normalerweise sind wir nicht autorisiert ...«, begann er.

»Wir ermitteln in einem Mordfall«, unterbrach Bodenstein ihn grober, als es normalerweise seine Art war. »Die Frau von Dr. Kerstner wurde letzte Woche ermordet, und wir sind der Meinung, dass derselbe Täter nun auch ihn töten wollte.«

Das entsprach zwar nicht ganz der Wahrheit, aber es zeigte Wirkung. Der Arzt riss beeindruckt die Augen auf, dann versprach er, unverzüglich über den Gesundheitszustand Kerstners Bericht zu erstatten.

»Ich geh raus eine rauchen«, sagte Pia.

»Ich komme mit«, antwortete Bodenstein. In der Eingangshalle trafen sie auf Clasing, der mit grimmiger Miene in Richtung Notaufnahme marschierte.

»Wenn das Schwein meiner Schwester etwas antut, mache ich ihn fertig«, Clasing ballte die Hände zu Fäusten. »Dieser Typ ist ein Psychopath.«

»Glauben Sie, dass Ihr Schwager etwas damit zu tun hat?«

»Natürlich«, Clasing schnaubte. »Einschüchterung durch körperliche Gewalt ist seine Spezialität. Das haben Sie doch mittlerweile auch bemerkt, oder?«

»Ihre Schwester hat mir erzählt, dass sie meint zu wissen, wo das Kind von Kerstner ist«, sagte Bodenstein. »Sie war davon überzeugt, dass ihr Mann mit dem Verschwinden des Kindes zu tun hat.«

»Halte ich für möglich«, Clasing nickte düster. »Ich habe Anna schon vor Jahren gesagt, dass sie diesen Kerl verlassen muss. Er hat seine erste Frau mit bloßen Händen totgeschlagen.«

»Ich weiß«, Bodenstein nickte. »Deshalb mache ich mir ja auch Sorgen um Ihre Schwester. Sie deutete mir an, dass sie sehr viel über ihren Mann weiß und auch Beweise für seine kriminellen Machenschaften besitzt. Hat sie sich Ihnen gegenüber einmal geäußert, um was es da ging?«

»Leider nein«, Clasing verzog das Gesicht und fuhr sich mit einer Geste der Hilflosigkeit durch das Haar. »Meine Schwester hat immer zu ihrem Dreckskerl von Mann gehalten, sogar dann noch, als er sie verprügelt hat. Sie wollte mit Gewalt mit ihm glücklich sein, und es ist ihm gelungen, sie völlig von uns fernzuhalten. Eigentlich lag es an Micha, dass sie endlich wach geworden ist.«

»Wir werden gleich mit ihm sprechen können«, sagte Bodenstein, »vielleicht kann er uns ja sagen, was passiert ist.«

Sein Handy summte. Ungeduldig nahm er das Gespräch entgegen.

»Hier ist Thordis … Störe ich gerade?«

»Oh … nein, nein. Wie geht's?«

»Gut«, sie machte eine kurze Pause. »Ich will Sie nicht lange aufhalten, aber ich bin noch im Stall. Frau Jagoda tauchte hier vor einer halben Stunde auf und marschierte hoch zu Kampmann. Sie sah so aus, als würde sie jeden Augenblick explodieren. Und es geht das Gerücht um, dass Jagoda im Knast sitzt.«

»Ach ja?«, machte Bodenstein nur.

»Ich verstehe schon. Hier im Stall ist auf jeden Fall etwas im Gange. Das interessiert Sie vielleicht.«

»Okay. Danke«, er überlegte gerade, was sie wohl meinte, als ihm etwas einfiel. »Ach, Thordis, haben Sie zufällig Friedhelm Döring oder seine Frau heute Abend im Stall gesehen?«

»Nein. Anna habe ich schon ewig nicht mehr gesehen, und Freddy war auch seit letztem Donnerstag nicht mehr da«, erwiderte Thordis, »das weiß ich zufällig, weil der faule Kampmann sich heute darüber aufgeregt hat, dass er seit Tagen Freddys Pferde reiten muss.«

Bodenstein konnte ihr Lächeln förmlich sehen.

»Hören Sie«, sagte sie dann, »mir ist noch etwas eingefallen. Und zwar wegen diesem Philipp. Er war ja ...«

Es rauschte und knackte, ihre Worte verzerrten sich, dann brach das Gespräch ab.

»Scheiße«, fluchte Bodenstein.

»Sie müssen ein Stück vom Krankenhaus weggehen«, sagte Pia. »Hier funktionieren Handys nicht.«

Er ging also ein paar Meter weiter, und prompt summte sein Mobiltelefon wieder.

»Der Empfang ist schlecht«, sagte Thordis. »Können wir uns irgendwo treffen? Heute Abend noch?«

»Ich fürchte, bei mir wird's ziemlich spät«, Bodenstein warf einen Blick auf seine Uhr.

»Macht nichts«, entgegnete Thordis. »Rufen Sie mich einfach an. Egal wann.«

»Ich melde mich, sobald ich hier fertig bin«, versprach er. Als er zurück ins Krankenhaus ging, überlegte er mit einem Anflug von Belustigung, ob Thordis wirklich etwas wusste oder nur ein Rendezvous mit ihm einfädeln wollte. Egal, alles war besser, als zu Hause herumzusitzen und an Inka Hansen und verpasste Gelegenheiten zu denken.

Kerstner lag in einem Einzelzimmer auf der chirurgischen Abteilung. Dr. Djafari hatte Bodenstein nur widerwillig fünf Minuten genehmigt, aber auf keinen Fall mehr. Kerstner hatte eine schwere Gehirnerschütterung erlitten, dazu einen Bruch des Joch- und Nasenbeins. Der Mann sah wirklich übel aus, und Bodenstein hatte kaum noch Zweifel daran, dass es Döring war, der ihn so zugerichtet hatte. Genauso hatte Anna Lena Döring ausgesehen, als sie letzte Woche auf dem Kommissariat erschienen war. Kerstner hatte ein paar Platzwunden im Gesicht, die Unterlippe war genäht worden, ebenso eine Wunde an der Stirn. In seinem linken Arm steckte ein Tropf. Er war sehr blass und benommen, trotzdem bemühte er sich, sich an irgendetwas zu erinnern.

»Das Letzte, was ich weiß«, murmelte er undeutlich, »war, dass ich plötzlich einen Schlag auf den Kopf bekommen habe.«

»War Frau Döring zu diesem Zeitpunkt bei Ihnen?«

Auf Kerstners malträtiertem Gesicht malte sich Entsetzen. Offenbar hatte er sie ganz vergessen, was ihm nicht zu verdenken war.

»Anna!«, er richtete sich auf, sank aber mit einem Stöhnen zurück. »O Gott! Wo ist sie?«

»Wir hatten eigentlich gehofft, dass Sie uns das sagen könnten«, sagte Bodenstein.

»Sie ist verschwunden«, fügte Clasing mit düsterer Stimme hinzu. »Überleg doch bitte, Micha. Hast du auf dem Parkplatz irgendein fremdes Auto bemerkt? Hast du nicht vielleicht doch jemanden gesehen? War da ein komischer Anruf?«

Kerstner schüttelte verzweifelt den Kopf.

»Hat Döring seine Frau in den letzten drei Tagen angerufen?«, wollte Pia wissen.

»Ich … ich weiß nicht mehr«, Kerstner griff sich mit der rechten Hand an den Kopf und stöhnte unwillkürlich. Bodenstein empfand Mitleid mit dem Mann, dem so gar nichts erspart zu bleiben schien. Im Türrahmen tauchte Dr. Djafari auf und tippte nachdrücklich auf seine Uhr.

»Machen Sie sich nicht zu viele Gedanken«, Bodenstein legte seine Hand auf die des Tierarztes. »Ruhen Sie sich aus und werden Sie gesund. Wir finden Frau Döring, und wir finden auch Ihre Tochter, das verspreche ich Ihnen.«

Kerstner nickte langsam, aber seine Augen füllten sich mit Tränen der Hilflosigkeit. Gerade als Bodenstein seine Hand zurückziehen wollte, ergriff er sie und hielt sie fest.

»Meine Herren!«, mahnte der Arzt von der Tür.

»Einen Moment noch«, bat Bodenstein und machte Pia und Clasing ein Zeichen, den Raum zu verlassen.

»Ich konnte es nicht sagen, als Florian dabei war«, flüsterte Kerstner mit gepresster Stimme, und in seinem Blick lag Verzweiflung, »aber Döring wusste, dass Anna bei mir ist. Er hat sie gestern Abend angerufen und ihr gedroht, es werde etwas passieren, wenn sie nicht auf der Stelle zu ihm zurückkäme. Er hat sie beschimpft, und da hat sie vielleicht einen Fehler gemacht.«

»Jetzt reicht es aber«, mischte sich der Arzt ein, »verlassen Sie sofort den Raum.«

Bodenstein reagierte nicht. Er beugte sich näher zu Kerstner hin und bekam eine Gänsehaut, als er hörte, was Anna Lena Döring getan hatte.

»Ich wollte morgen früh mit ihr zu meinen Eltern fahren«, Kerstners Stimme war kaum mehr zu hören, und das Sprechen strengte ihn offensichtlich sehr an, »aber jetzt ist es zu spät.«

Er verstummte keuchend, dann begann er zu husten. Entsetzt sah Bodenstein, dass er Blut hustete.

»Sehen Sie doch, was Sie da angerichtet haben!« Dr. Djafari drängte Bodenstein ärgerlich und besorgt zur Seite, dann beugte er sich über seinen Patienten und drückte auf den Alarmknopf. Wenig später stürmten zwei Schwestern in das Krankenzimmer.

»Bitte!«, keuchte Kerstner und streckte verzweifelt die Hand aus, während ein dünner Faden Blut aus seinem Mundwinkel lief. »Sie müssen Anna Lena finden! Bitte!«

Bodenstein trat auf den Flur hinaus.

»Was ist?«, bestürmte Dr. Clasing ihn. »Was hat er Ihnen noch gesagt?«

»Ich glaube, Ihre Schwester ist in großer Gefahr«, sagte Bodenstein. »Sie hat Döring gegenüber behauptet, sie wüsste von Dingen, mit denen sie ihn ins Gefängnis bringen kann, und gedroht, Gebrauch davon zu machen.«

Clasing wurde bleich vor Schrecken.

»Frau Kirchhoff«, Bodenstein wandte sich zum Gehen, »leiten Sie sofort eine Großfahndung nach Döring und seiner Frau ein. Schicken Sie Leute zu seiner Firma und zu seinem Haus. Jede Streife soll nach den Autos von ihm und seiner Frau Ausschau halten.«

Als sie durch die Glastür auf den Parkplatz des Krankenhauses traten, fragte Bodenstein Pia, ob sie wüsste, wie man eine SMS verschickt.

»Eine SMS?« Pia blieb stehen und starrte ihren Chef befremdet an. »Wem wollen Sie denn eine SMS schicken?«

»Das geht Sie gar nichts an«, Bodenstein grinste. »Also, wissen Sie's oder nicht?«

»Klar.«

»Dann zeigen Sie es mir doch bitte.«

Pia nahm das Handy ihres Chefs und erklärte es ihm. Bodenstein nahm sein Handy zurück und schickte sich an, unter Pias überraschten und neugierigen Augen die erste SMS seines Lebens zu schreiben. Es schien ihm ungehörig, um zehn nach elf bei Thordis anzurufen. Wenn sie noch wach war, würde sie die Kurznachricht erhalten, wenn nicht, würde sie morgen früh sehen, dass er ihre Verabredung nicht vergessen hatte.

»So«, sagte er, als er sein Auto erreicht hatte, »und jetzt auf OK … Senden … He, super! Ist ja ganz einfach!«

Er hob den Kopf und strahlte Pia an.

»Geht's Ihnen gut, Chef?«, fragte diese vorsichtig.

»Ich habe seit drei Tagen kaum geschlafen«, erwiderte Bodenstein. »Ich jage vergeblich einem Mörder nach, und meine Frau befindet sich zehntausend Kilometer entfernt. Aber sonst geht's mir blendend.«

Pia betrachtete ihn zweifelnd und unterdrückte mühsam ein Gähnen.

»Sie kommen mir so vor, als hätten Sie mit dem Finger in eine Steckdose gefasst«, sagte sie, »ich bin todmüde.«

»Legen Sie sich ein paar Stunden aufs Ohr«, schlug Bodenstein vor. »Ich informiere die Zentrale, dass sie mich anrufen, wenn irgendetwas passieren sollte. Falls Döring heute Nacht noch auftaucht, werde ich das erfahren. Ich bin sicher, dass er seine Frau irgendwo eingesperrt hat. Wir werden an ihm kleben wie ein Kaugummi, und wenn wir Glück haben, führt er uns zu ihr hin. Ich will auf keinen Fall riskieren, dass Frau Döring dadurch in Gefahr gerät, weil wir ihren psychopathischen Mann festhalten.«

Er zuckte zusammen, als sein Handy einmal piepte.

»Na«, Pia lächelte müde, »da ist ja schon die Antwort.«

Bodenstein öffnete neugierig die SMS.

»*Kennen Sie das Light and Sound in Bockenheim? Oder ist es Ihnen zu spät?*«, hatte Thordis zurückgeschrieben. Das »Light and Sound« war ihm wohlbekannt, denn dort arbeitete Lorenz seit anderthalb Jahren an den Wochenenden als DJ. Bodenstein machte sich konzentriert daran, eine Antwort zu formulieren. Er war ohnehin viel zu aufgekratzt, um jetzt schlafen zu können.

»*Kann in einer halben Stunde dort sein*«, schrieb er.

Während er den Rückwärtsgang einlegte, piepte sein Handy wieder. Thordis beherrschte das SMS-Schreiben offensichtlich um einiges besser als er.

»*Bin im Bistro. Freue mich.*«

»Ich mich auch«, murmelte Bodenstein und brauste los.

Das »Light and Sound« in einer Nebenstraße der Leipziger Straße in Bockenheim war einer der zurzeit angesagten Clubs in Frankfurt, und Bodenstein war erstaunt, als er feststellte, wie viele junge Leute an einem Montagabend in eine Diskothek gingen. Er gehörte zwar mit Sicherheit zu den Ältesten, aber er fiel höchstens dadurch auf, weil er eine Krawatte trug. Thordis saß mit ein paar jungen Leuten an einem Tisch in der Ecke des Bistros, in dem die Musik etwas leiser war und Gespräche erlaubte, ohne dass man sich die Lunge aus dem Leib brüllen musste. Ihre Bekannten räumten das Feld, als Bodenstein an den Tisch trat.

»Ich wollte Sie nicht verjagen«, sagte er.

»Wir müssen eh los«, erwiderte eines der Mädchen, und ihm entging nicht das kurze Zwinkern, das Thordis galt. Offenbar hatte sie ihn angekündigt.

»Wollen Sie etwas trinken?«, fragte sie ihn. »Die machen hier sensationelle Cocktails.«

»Ich könnte eine Caipirinha vertragen«, erwiderte er und lächelte. Thordis trug ein ziemlich tief ausgeschnittenes enganliegendes Oberteil in Hellblau, das perfekt zu ihren Augen passte, dazu eine dieser schmal geschnittenen schwarzen Hosen, die nur schlanken Menschen gut stehen. Sie winkte einem der Kellner, einem jungen Kerl mit Gel in den Haaren und phantasievollen Tattoos auf den solariengebräunten Oberarmen, und bestellte.

»Gehen Sie häufig noch so spät abends aus?« Bodenstein lockerte die Krawatte.

»Warum nicht?« Thordis lächelte. »Zu Hause kenne ich jeden.«

»Wie alt sind Sie?«, fragte Bodenstein.

Thordis grinste und stützte das Kinn in die Hand.

»Alt genug, um nach zehn Uhr in der Öffentlichkeit Alkohol zu trinken«, erwiderte sie. »Ich bin einundzwanzig. Und Sie?«

»Älter«, er grinste auch, aber dann wurde er ernst. »Sie wollten mir etwas über diesen Philipp erzählen.«

»Ja, genau«, Thordis zog ihre hübsche Nase kraus. »Ich

dachte erst, es sei nicht so wichtig, aber heute ist mir eingefallen, dass Isabel mir mal erzählt hat, wer er ist. Sie hat damit angegeben, dass er ein erfolgreicher Filmproduzent sei und ihr angeboten habe, eine Hauptrolle in einem seiner Filme zu spielen.«

»Aha«, Bodenstein lauschte interessiert.

»Allerdings hätte ihr das wohl nie einen Oscar eingebracht«, Thordis' Lächeln wurde ein wenig spöttisch. »Er produziert nämlich Pornos.«

Bodenstein erinnerte sich, dass Jagoda etwas in dieser Richtung erzählt hatte.

»Philipp ist Freddy Dörings Sohn aus erster Ehe«, fuhr Thordis fort. »Er lebt die meiste Zeit in Argentinien. Aber seine Filmfirma hat hier irgendwo in Frankfurt ein Büro. Isabel hat sich mal darüber amüsiert, dass er im Pass nicht Philipp Döring heißt, sondern Felipe Durango.«

Diese Neuigkeit elektrisierte Bodenstein. Dörings Sohn! Argentinien! Der Kellner tauchte auf, stellte die Getränke auf den Tisch und eine Schale mit Knabbersachen dazu.

Thordis ergriff ihr Glas und prostete ihm zu.

»Hat Isabel etwas über ihn erzählt?«, forschte Bodenstein und vergaß die Caipirinha. »Erinnern Sie sich an etwas?«

Thordis schien ein ganz kleines bisschen enttäuscht. Hatte sie sich etwa tatsächlich mehr von diesem Treffen versprochen?

»Sie hat mal gesagt«, sagte sie, »dass sie jeden Mann haben könnte, den sie haben wollte. Das Problem sei nur, dass die Männer, die ihr gefielen, keine Kohle hätten, und ohne Geld sei alles nichts. Eine Ausnahme sei dieser Philipp, der sei noch kein alter Knacker und habe trotzdem Geld wie Heu.«

»Hat sie sonst noch etwas über ihn gesagt?«, fragte Bodenstein. »Ist es möglich, dass es mit ihm etwas Ernstes war?«

»Keine Ahnung«, Thordis saugte am Strohhalm.

»Was ist mit den Dörings? Wie gut kennen Sie sie?«

»Nicht besonders gut«, sagte Thordis. »Freddy kann sehr jähzornig sein, vor allen Dingen wenn er etwas getrunken hat. Er hat Anna ein paarmal richtig übel verprügelt, einmal sogar vor allen Leuten, bis Kampmann und ein anderer Mann eingegriffen haben. Anna redet nie viel. Sie macht immer den Eindruck, als ob sie unglücklich sei.«

»Döring hatte ein Verhältnis mit Isabel.«

»Niemand hatte ein richtiges Verhältnis mit ihr«, Thordis schüttelte den Kopf. »Isabel hatte etwas an sich, das die Männer verrückt machte. Ihr machte es Spaß, Männer zu verführen. Sie brauchte das Gefühl, jeden Mann haben zu können.«

Bodenstein dachte an das, was Rittendorf über Isabel Kerstner gesagt hatte. *Sie konnte es nicht leiden, wenn ihr ein Mann nicht aus der Hand fraß.* Das passte.

»Was ist mit Kampmann?«, fragte Bodenstein.

Thordis sah ihn nachdenklich an, ohne zu lächeln.

»Tja«, sie drehte ihr Glas zwischen den Fingern, »Isabel hat seine Verkaufspferde geritten, sie haben oft zusammengehockt, aber offiziell waren sie immer per ›Sie‹. Susanne war auf jeden Fall tierisch eifersüchtig auf Isabel.«

»Daher die Verwandlung ...«

»Ha«, Thordis lachte geringschätzig, »sie hat sich zwanzig Kilo abgehungert – und dann diese blondierten Haare! Ich könnte nicht sagen, was an der überhaupt echt ist. Dabei geht sie ihrem Mann nur noch auf die Nerven.«

»Dann gab es also Kampmann. Und Döring und seinen Sohn. Und auch noch Jagoda.«

»Hans Peter?« Thordis schien verwundert.

In diesem Augenblick vibrierte Bodensteins Handy, das er neben sein Glas gelegt hatte.

»Entschuldigung«, sagte er und nahm das Gespräch entgegen.

Es war die Zentrale, die ihm mitteilte, dass die Wasserschutzpolizei vor einer Stunde am Deutschherrenufer in der Höhe der Gerbermühle die Leiche einer Frau aus dem Main gefischt hatte. Der Beschreibung nach konnte es sich um Anna Lena Döring handeln.

»Ich bin in zehn Minuten da«, sagte Bodenstein nur.

»Ist etwas passiert?«, fragte Thordis neugierig.

»Ja, ich muss leider weg«, Bodenstein nickte und winkte dem vorbeigehenden Kellner.

»Ist wirklich etwas passiert, oder haben Sie nur so getan, als hätten Sie einen Anruf bekommen, um mich loszuwerden?«

Bodenstein war einen Moment sprachlos über diese Unterstellung von Raffinesse.

»Man hat eine Frauenleiche aus dem Main gezogen«, sagte er nüchtern. »Es handelt sich möglicherweise um Frau Döring.«

»O Gott, das ist ja furchtbar!« Thordis war entsetzt.

»Ich weiß nicht, ob sie es wirklich ist, aber ich muss hinfahren.«

»Kann ich mitkommen?«

»Müssen Sie nicht mal irgendwann schlafen?«

»Ich komme mit drei Stunden Schlaf pro Nacht aus«, behauptete die junge Frau.

»Na, dann von mir aus«, Bodenstein war in Gedanken schon bei der Leiche, die man im Main gefunden hatte. »Aber Sie bleiben im Auto, verstanden?«

»Klar«, Thordis nickte eifrig, ihre Augen glänzten aufgeregt.

Dienstag, 6. September 2005

Die blinkenden Lichter der Polizeiautos blitzten auf dem tintenschwarzen Wasser des Mains. Bodenstein parkte auf dem Seitenstreifen hinter einem Streifenwagen. Während der Fahrt hatten sie kaum gesprochen, und Bodenstein verspürte wieder die innere Anspannung wie stets, wenn er auf dem Weg zu einer Leiche war. Er dachte an das Versprechen, das er Kerstner gegeben hatte, an die Verzweiflung des Mannes und den Kummer, den er schon erlebt hatte. Wie entsetzlich wäre es für ihn, wenn er nach seinem Kind nun auch die Frau verlieren musste, die er liebte. Bodenstein hoffte inbrünstig, dass es sich bei der Toten aus dem Main nicht um Anna Lena Döring handelte.

»Warten Sie hier auf mich«, sagte er zu Thordis, die beklommen nickte. Er stieg aus und grüßte den Polizeibeamten mit einem Nicken, dann duckte er sich unter dem gelben Absperrband hindurch und ging über den Rasenstreifen hinunter zum Ufer. Dort herrschte rege Betriebsamkeit. Ein greller Scheinwerfer erhellte eine Stelle an der Uferböschung, ein Schiff der Wasserschutzpolizei dümpelte nur wenige Meter entfernt im Wasser.

»Guten Morgen«, sagte Bodenstein zu den anwesenden Männern, Polizeibeamten, Kollegen des Frankfurter K11, einem Team der Spurensicherung und Beamten der Wasserschutzpolizei, sowie zwei Polizeitauchern und Leuten von der Berufsfeuerwehr, die mit einem Nicken antworteten. Die meisten kannte er von ähnlichen unerfreulichen Gelegenheiten wie dieser hier. Man hatte die Leiche schon in den Leichensack gelegt, und nun erkannte Bodenstein auch den Arzt, der die Leichenschau vorgenommen hatte. Es war der Noch-Ehemann seiner Kollegin, Dr. Henning Kirchhoff.

»Morgen, Bodenstein«, der Arzt erhob sich. »Schlechte Angewohnheit der Zentrale, immer mich anzurufen, wenn sie was im Fluss finden. Das hab ich davon, dass ich in Sachsenhausen wohne.«

»Sie haben es wenigstens nicht so weit«, Bodenstein hockte sich hin und blickte in den geöffneten Leichensack. Vom Gesicht der Frau war nicht mehr viel zu erkennen. Bei dem Gedanken daran, was diese Frau in den letzten Minuten und Sekunden ihres Lebens Entsetzliches durchgemacht hatte, schauderte er unwillkürlich. Hatte Friedhelm Döring seine Frau, von der er annehmen musste, dass sie gefährliche Geheimnisse über ihn kannte, auf eine so brutale Art und Weise umgebracht und sie dann irgendwo in den Fluss geworfen?

»Da ist jemand mit schwerem Werkzeug zugange gewesen«, ließ sich Kirchhoff vernehmen. »Ich tippe auf einen Vorschlaghammer oder etwas in der Richtung und dann noch etwas Ätzendes, wahrscheinlich Salzsäure. Sie hat nicht länger als ein oder zwei Stunden im Wasser gelegen. Gestorben ist sie aber nicht an den Gesichtsverletzungen. Man hat ihr die Kehle durchgeschnitten. Ihr Körper ist völlig ausgeblutet.«

Vom Zeitrahmen her konnte es passen. Anna Lena Döring war das letzte Mal gegen sechs Uhr gesehen worden, etwa um sieben war Kerstner in der Klinik überfallen worden. Jetzt war es ein Uhr morgens.

»Wie lange ist sie schon tot?« Bodenstein erhob sich wieder und betrachtete die entstellte Frauenleiche.

»Schwer zu sagen«, erwiderte Kirchhoff, »bei Wasserleichen ist die Rektaltemperatur nicht aussagekräftig.«

»Alter?« Bodenstein starrte die Tote an. Ihr langes, dunkles Haar ähnelte verschlungenen Algen, und der Anblick war umso grausiger, als die Frau jeglicher menschlichen Gesichtszüge beraubt worden war. Anna Lena Döring hatte langes, dunkles Haar.

»Schätzungsweise um die dreißig«, der Rechtsmediziner schürzte nachdenklich die Lippen.

»Kleidung, Schmuck, besondere Kennzeichen?«

»Nichts. Sie war splitternackt«, Kirchhoff beugte sich über die Leiche und nahm nacheinander beide Hände in seine behandschuhte Rechte, um sie genauer in Augenschein zu nehmen. »Keine Einkerbung, die auf das Tragen eines Ringes schließen ließe.«

Er stand auf.

»Morgen Mittag nach der Obduktion kann ich Ihnen mehr sagen.«

»Okay. Sie können mich auf dem Handy erreichen«, sagte Bodenstein. »So lange, bis das Gegenteil bewiesen ist oder die Frau lebendig auftaucht, müssen wir leider davon ausgehen, dass es sich bei der Toten um Anna Lena Döring handelt.«

Er wandte sich ab. Eine tiefe Mutlosigkeit hatte ihn ergriffen. In diesem Augenblick widerte ihn sein Job zutiefst an.

»Wir sehen uns morgen früh in der Rechtsmedizin«, sagte er zu Kirchhoff und fügte mit zusammengebissenen Zähnen hinzu, »Döring wird sich nämlich diese Leiche ansehen dürfen.«

Der Arzt nickte und zog die Latexhandschuhe aus.

»Ich habe gehört, dass Sie seit ein paar Wochen mit meiner Frau zusammenarbeiten«, sagte er scheinbar beiläufig.

»Ja, das stimmt. Seit einem guten Monat.«

Dr. Henning Kirchhoff war ein hochgewachsener Mann mit einem dunklen, sorgfältig ausrasierten Bart. Er hatte die gleiche hohe Stirn und die feingeschnittenen Lippen wie sein Bruder. Ein attraktiver Mann, kultiviert und hochintelligent, mit dem gelassenen Selbstbewusstsein eines Menschen, der weiß, was er kann. Für einen Moment schien es, als ob Kirchhoff noch etwas fragen wollte, aber dann wandte er den Blick ab.

»Richten Sie ihr einen Gruß von mir aus«, sagte er nur.

»Mach ich«, Bodenstein nickte ihm zu. »Gute Nacht.«

Er ging den Uferdamm hinauf. Thordis war aus dem Auto ausgestiegen und lehnte am Kotflügel des BMW.

»Und?«, fragte sie besorgt. »Ist es Anna?«

Bodenstein bemerkte, dass sie tatsächlich einen Sinn für das Schicksal hinter alldem zu haben schien. Seine Sympathie für die junge Frau wuchs durch das Fehlen jeglicher Sensationslust in ihren Augen.

»Das war leider nicht zu erkennen«, sagte er, »wir müssen die Obduktion morgen abwarten. Steigen Sie ein. Kann ich Sie irgendwo absetzen?«

»Nein. Ich bin mit der S-Bahn in die Stadt gefahren. Mein Auto steht am S-Bahnhof in Bad Soden.«

»Wieso denn das?« Bodenstein blickte sie übers Autodach hinweg an. »Waren Sie so sicher, dass Sie jemanden finden, der Sie dorthin zurückfährt?«

Thordis erwiderte seinen Blick erst ungläubig, dann stieß sie ein kleines, verächtliches Schnauben aus.

»Ich habe echt gedacht, Sie sind nicht so«, sagte sie zu seiner Überraschung, »aber offenbar werten Sie meine Hilfsbereitschaft als Anmache. Vielen Dank, Sie sind mir zwanzig Jahre zu alt.«

Bodenstein starrte sie wie vom Donner gerührt an und spürte, wie sich eine vom Hals aufsteigende Röte auf seinem Gesicht ausbreitete. Er kam sich vor wie ein Idiot. Wie ein alter Idiot. Zuerst wollte er ihr widersprechen, aber dann wurde ihm bewusst, dass er ja tatsächlich eine Weile angenommen hatte, sie wolle ihn anmachen.

»Quatsch«, sagte er knapp. »Steigen Sie ein. Ich fahre Sie zu Ihrem Auto.«

»Sparen Sie sich die Mühe. Ich fahre mit der S-Bahn.«

»Jetzt fährt aber keine.«

»Dann nehme ich mir ein Taxi.«

»Ich habe echt gedacht, Sie sind nicht so«, äffte Bodenstein sie nach.

»Was meinen Sie damit?«

Noch immer starrten sie sich über das Autodach hinweg an.

»Ein zickiges, kleines Mädchen.«

»Ich bin nicht zickig«, entgegnete sie kühl. »Und ein kleines Mädchen war ich vor zehn Jahren.«

»Wollen Sie jetzt mitfahren oder nicht? Ich bin müde, und ich wollte heute Nacht wenigstens noch ein paar Stunden schlafen«, er setzte sich hinters Steuer und musste ein Grinsen unterdrücken, als sie auf dem Beifahrersitz Platz nahm.

Während er wendete, das Museumsufer entlang und über die Mainbrücke am Hauptbahnhof vorbeifuhr, blickte sie unnahbar geradeaus und schwieg.

»Ich gebe zu«, sagte Bodenstein, als sie an der Frankfurter Messe vorbeifuhren, »dass ich vorhin wirklich für einen Moment angenommen habe, Sie hätten sich von unserem Treffen ein wenig mehr versprochen als eine Caipirinha und eine Wasserleiche.«

Thordis blickte stur durch die Windschutzscheibe, die gerade, stolze Haltung ihres Körpers verriet, dass sie beleidigt war, und das tat Bodenstein leid. Sie hatte ihm geholfen. Doch plötzlich wandte sie sich ihm zu.

»Okay«, sie lächelte ein halb kokettes, halb zerknirschtes Lächeln, das Bodenstein schon zuvor an ihr gesehen hatte. »Sie haben mich durchschaut. Ich habe gehofft, ich würde Ihnen gefallen und es würde mehr aus dem Abend als das, was es geworden ist.«

Ihn durchfuhr bei diesem Geständnis ein seltsam zitternder Schreck, und er ärgerte sich gleichzeitig, dass er sich von diesem Küken derart provozieren ließ.

»So, so«, sagte er nur und trat aufs Gas, als er die Stadtgrenzen Frankfurts hinter sich gelassen hatte.

»Ich bin nicht wie Isabel«, Thordis richtete ihren Blick wieder auf die Straße, »aber Sie gefallen mir, obwohl Sie steinalt und arrogant und von sich selbst eingenommen sind.«

Bodenstein hob die Augenbrauen.

»Das ist aber nicht die feine, englische Art«, sagte er.

»Ich bin Amerikanerin. Wir sind direkt.«

»Na, das erklärt ja alles«, Bodenstein setzte den Blinker und verließ vor dem Main-Taunus-Zentrum die A66, um nach Bad Soden zu fahren. Sein Blick streifte ihr Gesicht. Er fragte sich, was sie sich wohl vorgestellt hatte. Hatte sie angenommen, er sei so leicht zu verführen, dass er sie mit nach Hause nehmen oder gar eine schnelle Nummer im Auto mit ihr machen würde? Zu seiner eigenen Überraschung bemerkte er, dass ihm die Vorstellung alles andere als unangenehm war. Woran lag es, dass er plötzlich so empfänglich für fremde, weibliche Reize war? War Cosimas Abwesenheit daran schuld oder die Begegnung mit Inka Hansen? Wenig später hielt er am Bad Sodener Kurpark hinter dem gelben Suzuki. Thordis machte keine Anstalten auszusteigen.

»Danke für die Informationen«, sagte Bodenstein. »Das war sehr nett von Ihnen.«

Die junge Frau blickte auf, und da war ein Ausdruck in ihren Augen, werbend und verführerisch zugleich, der sämtliche Alarmglocken in seinem Kopf schrillen ließ.

»Kommen Sie gut nach Hause«, sagte er eine Spur zu kühl. »Gute Nacht.«

Friedhelm Döring traf um Viertel nach sechs zu Hause ein und wurde von der Besatzung des Streifenwagens am Betreten seines Hauses gehindert. Als Bodenstein eine halbe Stunde später dort ankam, war der Mann auf hundertachtzig.

»Was soll diese ganze Schmierenkomödie! Was ist überhaupt los?«, schrie Döring ungeachtet der frühen Uhrzeit und ohne Rücksicht auf seine Nachbarn. Er war unrasiert, wirkte übernächtigt und angespannt.

»Wo kommen Sie jetzt her?«, fragte Bodenstein.

»Was geht Sie das an?«, schnappte Döring. »Was fällt Ihnen ein, mich hier vor meinem Haus festzuhalten?«

»Dafür habe ich meine Gründe«, Bodenstein blieb gelassen. »Also, wo waren Sie letzte Nacht? Und wo ist Ihre Frau?«

»Keine Ahnung«, Döring zuckte die Schultern. »Ich habe sie seit Freitag nicht mehr gesehen. Da ist sie nämlich bei mir ausgezogen und zu ihrem Freund, diesem bescheuerten kleinen Tierarzt gerannt!«

Plötzlich wurde ihm bewusst, dass er mehr gesagt hatte, als er wohl ursprünglich hatte sagen wollen.

»Aha«, Bodenstein hob die Augenbrauen, als hätte er gerade eine Neuigkeit erfahren. »Wo waren Sie gestern Abend zwischen achtzehn und zwanzig Uhr?«

»Ich sage keinen Ton!«, knurrte Döring. »Ich will in mein Haus.«

»Gestern Abend wurde Kerstner in seiner Klinik überfallen«, sagte Bodenstein, »und von Ihrer Frau gibt es keine Spur.«

»Das tut mir aber leid«, versetzte Döring sarkastisch.

»Haben Sie Kerstner zusammengeschlagen und Ihre Frau verschleppt?«

»Sie haben ja eine irrsinnige Phantasie«, spottete Döring. »Wieso sollte ich wohl so etwas tun?«

»Vielleicht weil Ihre Frau Dinge über Sie weiß, die Ihnen mit Sicherheit viel Ärger bescheren könnten«, vermutete Bodenstein, »Ihr Freund Jagoda, der seit ein paar Tagen auf Staatskosten übernachten darf, hat uns schon eine Menge erzählt.«

Bodenstein registrierte, wie Döring erstarrte.

»... über Ihren gemeinsamen Freund Maurice Brault, zum Beispiel. Oder über die Masche mit den Videoaufzeichnungen, mit denen er seine Kunden erpresste. Prima Idee, so eine Kundenbindung mit Körpereinsatz. Dumm für Herrn Jagoda, dass Staatsanwalt Hardenbach ein ausführliches Geständnis abgelegt hat, bevor er sich erschossen hat. Wir wissen jetzt alles über die dunklen Geschäfte der JagoPharm, und wir wissen viel über Sie, Herr Döring.«

»Über mich gibt es nichts zu wissen«, erwiderte Döring, aber die Verärgerung in seinen Augen hatte sich in Besorgnis verwandelt.

Offenbar hatte er von Jagodas Verhaftung noch nichts gewusst, und nun dämmerte ihm, wie nah er selbst am Abgrund stand.

»Sie werden mich jetzt nach Frankfurt ins Leichenschauhaus begleiten«, Bodenstein blickte auf seine Uhr. »Gestern Nacht wurde nämlich die Leiche einer Frau aus dem Main geborgen, und wir nehmen an, dass es sich dabei um Ihre Frau handelt.«

»Sie können mich nicht zwingen!«, protestierte Döring.

»Doch, das kann ich«, Bodenstein öffnete die Tür seines Autos, »bitte sehr, Herr Döring.«

Eine halbe Stunde später stand Friedhelm Döring mit verkniffener Miene im hellen Neonlicht eines der Sektionssäle im Rechtsmedizinischen Institut und starrte auf die grausam entstellte und noch immer unbekannte Frauenleiche. Mit einem Ruck wandte er sich ab. Bodenstein beobachtete ihn scharf, war aber in Gedanken ganz woanders. Er war kein Mann, dessen Ego es nötig hatte, dass ihm die Frauen nachliefen, aber zweifellos hatte er sich von Thordis' unmissverständlichem Ansinnen irgendwie geschmeichelt gefühlt. Was wäre geschehen, wenn er sich dazu hätte hinreißen lassen, sie zu küssen? Was hätte sie getan, wenn er …

»Warum zwingen Sie mich dazu, mir irgendwelche toten Leute anzusehen?«, riss ihn Dörings Stimme aus seinen Gedanken.

»Ist das Ihre Frau?«, fragte Bodenstein.

»Nein, verdammt«, Döring schüttelte heftig den Kopf, »das ist sie nicht. Ich werde mich beim Innenminister persönlich über Sie und Ihre Methoden beschweren, Bodenstein! Das ist Psychoterror, was Sie da machen!«

»Weshalb sind Sie sicher, dass es sich bei der Toten nicht um Ihre Frau handelt?«

»Meine Frau wurde am Blinddarm operiert«, antwortete Döring scharf. »Ich kenne den Körper meiner Frau. Die da ist viel zu dick. Kann ich jetzt gehen?«

»Natürlich«, Bodenstein bemühte sich, Döring seine Erleichterung nicht anmerken zu lassen. »Wenn Sie wollen, kann ich Sie nach Hause fahren lassen und …«

»Sparen Sie sich Ihr Gesülze«, unterbrach Döring ihn. »Das wird ein Nachspiel für Sie haben, das verspreche ich Ihnen.«

Bodenstein zuckte die Schultern und öffnete die Tür zum Gang.

In der Eingangshalle erblickte er seine Kollegin im intensiven Gespräch mit ihrem Noch-Ehemann, der bereits einen grünen Kittel über seinem Anzug trug. Bodenstein verließ das Gebäude des Rechtsmedizinischen Institutes. Döring ließ ihn grußlos stehen und kramte sein Handy aus der Hosentasche. Bodenstein blickte ihm nach, wie er telefonierend die Straße überquerte und zu einem Taxistand ging. Pia erschien neben ihm.

»Und?«, fragte sie.

»Sie ist es nicht. Gott sei Dank. Aber ab jetzt werden wir den Kerl nicht mehr aus den Augen lassen.«

»Unsere Leute sind schon an ihm dran«, Pia wies mit einem Kopfnicken auf einen silbernen Opel, in dem ein Mann und eine Frau in Zivilkleidung saßen. Ihr Handy summte.

»Oh, hallo, Herr Dr. Rittendorf«, sagte sie, dann lauschte sie eine ganze Weile, bis sie sich bedankte und das Gespräch beendete.

»Was wollte er?«, erkundigte sich Bodenstein, aber Pia tippte schon wieder eine Nummer ein.

»Sofort«, murmelte sie. Sie gab ein Autokennzeichen durch, dann blickte sie auf.

»Gestern Abend um Viertel vor sieben fiel einem Mann aus Ruppertshain, der mit seinem Hund im Feld spazieren war, ein dunkelgrüner Jeep Cherokee auf, der auf dem Feldweg hinter der Tierklinik stand. Der Mann ist gehbehindert, und weil ihm das Auto den Weg versperrte, klopfte er an die Scheibe. Der Fahrer machte das Fenster nur einen kleinen Spalt auf und sagte dem Mann, er solle sich dünnmachen. Er trug eine Sonnenbrille, obwohl es fast schon dunkel war.«

»Ach«, machte Bodenstein ungläubig.

»Der Mann war eben bei Rittendorf, um sich darüber zu beschweren. Er beschwert sich wohl dauernd über Kunden der Pferdeklinik, die dort parken, aber er war so aufmerksam, sich das Kennzeichen des Autos zu merken.«

Noch bevor Bodenstein und Pia ihre Autos erreicht hatten, erhielt Pia die Nachricht, wer der Halter des dunkelgrünen Cherokee war.

»Manfred Jäger«, wiederholte sie laut, »Tonisenderstraße 124 b in Sossenheim. Alles klar. Danke.«

»Na«, sagte Bodenstein, »den sollten wir wohl mal besuchen.«

Manfred Jäger wohnte in einem der hässlichen Wohnblocks in einem tristen Viertel von Sossenheim, das allgemein als sozialer Brennpunkt bekannt war. Auf engstem Raum lebten die Menschen in Sozialwohnungen, viele waren arbeitslos, und der Ausländeranteil war so hoch wie sonst nirgendwo in Frankfurt. Die Häuser, die dringend wieder einen frischen Anstrich gebrauchen konnten, waren mit Graffiti beschmiert, sogar vor den Mülltonnen und Haustüren hatten die Sprayer nicht Halt gemacht, die Hausverwaltungen hatten irgendwann kapituliert. Von dem hellen Sonnenlicht drang kein Strahl zwischen die tiefen Häuserschluchten, es hätte genauso gut neblig sein können. Bodenstein verspürte das schlechte Gewissen, das ihn jedes Mal ergriff, wenn ihn sein Beruf in Gegenden wie diese führte. Wie entsetzlich musste es sein, ohne jede Perspektive in einem solchen Wohnblock zu wohnen! Pia suchte ein paar Minuten auf der Klingelanlage, die auch teilweise beschmiert war, die Klingel von Manfred Jäger. Eine unfreundliche Frauenstimme meldete sich.

»Hier ist die Polizei«, sagte Pia. »Wir möchten zu Manfred Jäger.«

Zwei Minuten verstrichen, bevor der Türsummer ertönte.

Das Haus war von innen möglicherweise noch deprimierender als von außen. Der ehemals wohl glänzende Fliesenfußboden war stumpf, es roch nach verschiedenstem Essen, nach abgestandenem Bier und Urin. Die Wände waren in einem undefinierbaren Farbton gestrichen und ebenfalls voller Graffiti. Am Aufzug hing ein Schild mit dem Hinweis, dass die Reparaturarbeiten noch andauern würden. Erboste Bewohner aus den oberen Stockwerken hatten ihrem Zorn an der Metalltür freien Lauf gelassen. Sie stapften die Treppe hoch in den siebten Stock. Hinter der Wohnungstür, die nur einen schmalen Spalt geöffnet war, erwartete sie eine Frau in einem abgeschabten Bademantel, die ein quengelndes Kleinkind auf dem Arm hielt.

Sie war nicht älter als fünfundzwanzig, sah aber doppelt so alt aus. Eine billige Dauerwelle hatte ihr Haar verdorben, der verrutschte Bademantel verströmte den Geruch von altem Schweiß. Das Kind trug nichts anderes als eine Windel, und es schien dringend ein Bad zu benötigen. Im Hintergrund tauchten noch zwei andere Kinder auf.

»Kommse rein«, die Frau drehte sich um und schlappte in ausgetretenen Plüschpantoffeln den düsteren Flur entlang bis in ein Wohnzimmer, das mit Krimskrams und schäbigen Möbeln derart vollgestopft war, dass Bodenstein und Pia den Mann, der vor dem Fernsehapparat saß, erst kaum wahrnahmen.

»Die Bullen«, verkündete die Frau mit scharfer Stimme. »Was hastn schon wieder gemacht?«

Manfred Jäger war ein schmächtiger Bursche Mitte dreißig mit einem nervösen Frettchengesicht und fettigen schulterlangen Haaren. Er grinste unsicher und drückte seine Zigarette in einem überquellenden Aschenbecher aus.

»Ich hab nix gemacht«, verteidigte er sich, bevor Bodenstein oder Pia auch nur den Mund aufgemacht hatten. »Seit ich aus'm Knast raus bin, hab ich nix gemacht. Da könnse meine Bewährungshelferin fragen, echt.«

Bodenstein fragte sich, wie sich dieser Mann, der nur knapp oberhalb der Armutsgrenze zu leben schien, einen vierzigtausend Euro teuren Cherokee-Jeep leisten konnte.

»Besitzen Sie einen Geländewagen mit dem Kennzeichen F-X 122?«, fragte Pia. Die Augen des Mannes flogen hin und her, sein Adamsapfel hüpfte nervös an seinem mageren Hals auf und ab.

»Klar, das is unser Auto«, ließ sich die Frau vernehmen. »Wenn we auch sons nix ham, aber 'n dickes Auto muss es sein.«

Sie lachte bitter, und ihr Mann zog eine Grimasse.

»Ganz schön teuer so ein Cherokee, oder?«, fragte Pia. »Wie können Sie sich so ein Auto leisten?«

»Mann, ich hab ma echt gut Geld verdient«, Jäger wischte sich mit dem Unterarm über die Nase, »hab 'n guten Job gehabt.«

»Wo haben Sie denn gearbeitet?«, erkundigte sich Bodenstein und hoffte, man würde ihm sein Unbehagen nicht allzu deutlich ansehen.

»Bin LKW gefahren. Vierzigtonner. War in ganz Europa«, Jäger tastete nach seinem Zigarettenpäckchen und zündete sich wieder eine Zigarette an. Er rauchte hastig.

»Aha«, Pia nickte, »und weshalb sind Sie verknackt worden?«

»Hab Mist gebaut. Echt blöde Sache. Aber ich hab's abgesessen.«

»Könnten wir mal bitte die Wagenpapiere sehen?«, bat Bodenstein und erntete dafür einen misstrauischen Blick. Jäger pulte ein abgegriffenes Portemonnaie aus der Gesäßtasche seiner Jeans und reichte ihm den Kfz-Schein anstandslos.

»Wow«, Pia pfiff durch die Zähne, »der ist ja nagelneu! Erstzulassung Juli 2005!«

»Ja, Mann, echt abgefahren«, Jäger grinste und entblößte dabei nikotingelbe Zähne.

»Und wie haben Sie das Auto bezahlt?«, fragte Pia. Das Grinsen verschwand schlagartig. Der Mann rauchte die Zigarette mit ein paar Zügen bis zum Filter.

»Wo waren Sie gestern Abend zwischen achtzehn und einundzwanzig Uhr?«, fragte Bodenstein.

»Er wa hier«, mischte sich die Frau mit einem drohenden Unterton ein, »er wa hier und hat sich net aus'm Haus gerührt. Los, Mann, sag denen schon, dass es so wa!«

»Ja, ich wa hier, echt«, Jäger nickte heftig, »hab Fernsehn geguckt.«

»Ihr Auto wurde gestern Abend gegen Viertel vor sieben gut zwanzig Kilometer von hier entfernt gesehen«, Pia verschränkte die Arme vor der Brust. »Wie erklären Sie sich das?«

»Hab's 'nem Kumpel geliehen«, Jägers Blicke schweiften durch den Raum. »Mach ich öfter. Ich krieg dann 'ne Tankfüllung dafür.«

»Gut. Dann seien Sie doch bitte so freundlich und teilen uns jetzt den Namen Ihres Freundes mit«, sagte Bodenstein. »Wo befindet sich das Fahrzeug jetzt?«

»Unten auf'm Parkplatz, hoff ich«, Jäger deutete mit dem Daumen abwärts.

»Den Namen von deinem Kumpel, Mann«, erinnerte Pia, die ihre Ausdrucksweise mühelos den gegebenen Gepflogenheiten anzupassen vermochte.

»Ich weiß nich genau, wie der heißt«, druckste Jäger, »die sagen alle Teddy zu dem.«

»Du verleihst dein nagelneues Auto an einen Typen, von dem du nicht mal weißt, wie er heißt?« Pia riss die Augen auf. »Willst du uns verarschen, oder was?«

»Nee, echt nich! Is aber so, stimmt's?«, er warf seiner Frau einen hilfesuchenden Blick zu.

»Der Teddy war 'n Arbeitskollege von meim Mann, von vorm Knast«, sagte sie, »der is echt okay. Hilft uns imma ma.«

»Aha. Und wo hast du gearbeitet? Vor dem Knast, meine ich«, Pia wurde allmählich ungeduldig.

»Bin LKW gefahren.«

»Das hatten wir schon. Die Firma. Na los.«

»Spedition Döring in Eschborn.«

Während sie auf den Personalchef der Spedition Döring warteten, genehmigte Bodenstein sich einen Espresso. Herbert Rückert war Anfang fünfzig, ein dicker Mann mit einer spiegelnden Glatze und dem roten Gesicht eines Menschen, der unter Bluthochdruck leidet.

»Wir möchten mit einem Mitarbeiter von Ihnen sprechen, der Teddy genannt wird«, sagte Bodenstein, nachdem er sich vorgestellt hatte. »Die Empfangsdame wusste nicht, um wen es sich handelt, aber Sie, als Personalchef, sind doch sicherlich auch mit den Spitznamen Ihrer Leute vertraut.«

Dem dicken Mann stand das Unbehagen ins Gesicht geschrieben.

»Wir hatten mal einen Fahrer, der so genannt wurde«, sagte er nach einer Weile zögernd. »Aber der ist nicht mehr bei uns.«

»Oh«, sagte Bodenstein ungerührt, »uns würden sein richtiger Name und die letzte Adresse fürs Erste ausreichen.«

»Ich bin nicht befugt, Auskünfte zu erteilen«, begann Rückert reserviert.

»Sie sind befugt«, sagte Pia verärgert. »Sie sind sogar verpflichtet. Wir ermitteln nämlich in einem Mordfall.«

Auch Bodenstein verging seine beinahe sprichwörtliche Geduld.

»Name und Adresse«, sagte er knapp und ohne seine übliche Höflichkeit. »Sonst kriegen Sie eine Anzeige wegen Behinderung der Polizei. Also, etwas flott jetzt bitte!«

Personalchef Rückert zeigte sich eingeschüchtert. Er ging hinter den Empfangstresen, nahm den Telefonhörer und beauftragte jemanden damit, die letzte Anschrift eines Theodor van Eupen herauszusuchen. Drei Minuten später verließen Bodenstein und Pia das Gebäude.

»Mir ist nach Pasta, Rotwein und einem geplatzten Alibi zumute«, sagte Bodenstein auf dem Weg zum Auto. Pia warf ihrem Chef einen erstaunten Blick zu. Er reichte ihr den Autoschlüssel.

»Wir fahren nach Königstein ins ›Limoncello‹«, verkündete er. »Wissen Sie, wo das ist?«

»Ja«, Pia setzte sich hinter das Steuer des BMW. Auf dem Weg zu dem italienischen Restaurant tätigte Bodenstein drei Anrufe. Er beauftragte Behnke und Ostermann damit, den Polizeicomputer über Philipp Döring alias Felipe Durango, Manfred Jäger und Theodor van Eupen zu befragen. Eine weitere telefonische Anfrage bei den Bewachern von Friedhelm Döring ergab, dass dieser mit dem Taxi in sein Haus gefahren war und offenbar nicht vorhatte, dasselbe zu verlassen. Kerstner war noch nicht wieder vernehmungsfähig, sein Gesundheitszustand ernst, aber nicht lebensbedrohlich. Bodenstein machte sich mittlerweile ernsthafte Sorgen um Anna Lena Döring, denn eine Rückfrage bei ihrem Bruder hatte ergeben, dass sie weder bei ihm noch bei ihren Eltern aufgetaucht war.

»Wieso ein geplatztes Alibi?«, erkundigte Pia sich bei ihrem Chef, als sie die Treppenstufen zum Eingang des »Limoncello« hinaufstiegen.

»Ich habe über Ihre Vermutung von gestern nachgedacht«,

Bodenstein blieb stehen. »Helfrich und Rittendorf waren genau um die Uhrzeit essen, als Isabel gestorben ist. Von hier bis nach Ruppertshain fährt man abends ungefähr sieben Minuten. Sie hatten also genug Zeit, und sie hatten die nötigen Mittel.«

»Und was war ihr Motiv?«, wollte Pia wissen.

»Vielleicht wirklich Rache«, erwiderte Bodenstein. »Rittendorf hasste Isabel sowieso, und auch ihr Bruder hatte nicht viel für sie übrig. Sie hatten sich am Nachmittag getroffen und haben gestritten. Isabel hat ihren Erbteil verlangt. Außerdem hatte sie Kerstner, einen sehr engen Freund, über Jahre hinweg gedemütigt und gequält.«

»Ich sag's ja«, Pia grinste und folgte ihrem Chef die Stufen hinauf.

Eine halbe Stunde später saßen sie bei Tortelloni alla Nonna und einem Viertel Chianti an einem Tisch in dem halbleeren Nobelrestaurant und wussten, dass die Ehepaare Helfrich und Rittendorf zwischen sieben und zehn Uhr ihren Tisch nur jeweils für wenige Minuten zum Gang auf die Toilette verlassen hatten. Das hatte nicht nur der Inhaber des italienischen Restaurants, sondern unabhängig von ihm auch einer der Kellner bestätigt. Bodenstein hatte Pia ausführlich von seinem Gespräch mit Thordis berichtet und von dem, was sie über Döring gesagt hatte.

»Es wird immer undurchsichtiger«, Bodenstein kaute nachdenklich seine Nudeln. »Alle haben Alibis, wenn auch wacklige.«

»Alle, bis auf Reitlehrer Kampmann und seine Frau«, erwiderte Pia.

»Kampmann«, Bodenstein nickte. »Aber warum sollte der sie umbringen? Sie brachte ihm doch Geld ein.«

Sie hatten bei ihrer Suche nach dem Mörder so viele Steine

umgedreht und so viel Müll zum Vorschein gebracht, dass sie dabei möglicherweise Wesentliches übersehen hatten. Weder Döring noch Jagoda waren die Hauptpersonen in dieser Tragödie, auch wenn sie womöglich etwas damit zu tun hatten, aber keiner der beiden hatte Isabel Kerstner umgebracht. Vor lauter Spuren und Verdächtigungen hatte Bodenstein beinahe vergessen, dass seine Aufgabe darin bestand, den Mord an der jungen Frau aufzuklären. Alles andere, was sie herausbekommen hatten, fiel in die Aufgabenbereiche anderer Dezernate.

»Vielleicht war es niemand von ihnen selbst«, sagte Pia in dem Moment. »Warten wir doch mal ab, bis wir diesen Teddy gefunden haben. Isabel wurde Döring und Jagoda vielleicht zu gefährlich, und sie ließen sie von einem Handlanger aus dem Weg schaffen. Erst als sie tot war, fiel ihnen ein, dass sie nicht wussten, wo diese Filme waren.«

»Wenn ich ehrlich bin«, Bodenstein schob den leeren Teller von sich weg und fuhr sich mit der Hand über das Gesicht, »weiß ich überhaupt nichts mehr. Ich habe den roten Faden verloren, wenn es bei dieser ganzen Geschichte überhaupt schon einmal einen gegeben hat.«

Die Müdigkeit kehrte zurück und lähmte seine Gedanken. Sein Gehirn war wie benebelt, er fühlte sich wie früher in der Schule, wenn er für eine Klausur so viel gepaukt hatte, dass er, wenn er das offene Heft vor sich liegen hatte, für einen panischen Moment gar nichts mehr wusste. Die Erfahrung hatte ihn gelehrt, dass es nur noch eine Möglichkeit gab, wenn er an diesem Punkt angelangt war: völliges Abschalten. Wenn er Glück hatte, würde sich der Nebel verziehen, und er würde wieder in der Lage sein, einen klaren Gedanken zu fassen.

»Ich habe letzte Nacht kein Auge zugemacht«, sagte er schließlich und gähnte. »Vielleicht sollte ich mal ein paar Stunden schlafen.«

Er winkte dem Kellner.

»Ach«, fiel ihm dann ein, »ich soll Ihnen auch einen Gruß von Ihrem Mann ausrichten.«

»Danke«, erwiderte sie, »hat sich erledigt. Ich habe ihn ja heute Morgen gesehen.«

»Ich hatte den Eindruck, er mag Sie noch immer«, bemerkte Bodenstein beiläufig. Trotz seiner Müdigkeit interessierte ihn das Privatleben seiner tüchtigen neuen Kollegin.

»Dieser Eindruck täuscht Sie nicht«, sagte Pia. »Wir haben uns fürs Wochenende verabredet. Mein Mann möchte mein neues Zuhause begutachten.«

Friedhelm Döring hatte sich nicht die Zeit genommen, nach dem Besuch in der Rechtsmedizin zu duschen. Er hatte sich an seinen Schreibtisch gesetzt und ein paar Telefonate geführt. Die Lage war sehr viel ernster, als er angenommen hatte, und das verdankte er ausgerechnet seiner Frau und Isabel Kerstner! Er schnaubte ärgerlich, als er den Tresor aufschloss, der, hinter einem Bücherregal verborgen, bisher schon zweimal der Steuerfahndung entgangen war. Dummerweise wusste er nicht, wie weit seine Frau über seine Geschäfte informiert war, deshalb musste alles verschwinden. Ganz sicher würde er es bald erfahren, denn Anna Lena würde ihr störrisches Schweigen nicht ewig durchhalten können. In seinem Inneren brodelte heißer Zorn. Jagoda hatte bei den Bullen zugegeben, dass er hinter den Sexvideos steckte, die Isabel aufgenommen hatte! Wie konnte der Mann so unglaublich dumm sein? Gerade jetzt, wo alles bestens lief und diese intrigante kleine Schlampe mausetot war, da verlor er die Nerven! Friedhelm Döring verachtete Schwäche und hasste Unprofessionalität, und beides legte Jagoda auf einmal an den Tag, nachdem er jahrelang keinerlei Skrupel gezeigt hatte. Während er ganze Berge von Akten und dicke Papierstöße durch den Wolf jagte und mit starrem Blick beobachtete, wie sich seine sämtlichen wundervollen, in langen Jahren zusammengetragenen Druckmittel in kleine Fetzchen verwandelten, verspürte er das dringende Verlangen, jemanden mit eigenen Händen zu töten! Es war halb sechs, als Döring unter den Schreibtisch kroch, mit einem Schraubenzieher das Gehäuse seines Rechners öffnete, um die Festplatte auszubauen. Als er den Inhalt des ersten Müllsacks im Kamin in Flammen aufgehen sah, hatte sich seine unbändige Wut in kalte Rachsucht verwandelt.

Bodenstein erwachte mit rasendem Herzklopfen aus einem entsetzlichen Alptraum, in dem er bis zum Hals in einem eisigen See eingefroren war. Als er die Augen aufschlug, brauchte er ein paar Sekunden, bis er begriff, dass er noch immer in der Badewanne saß. Das Wasser war inzwischen eiskalt geworden, und vor den Fenstern war es stockdunkel.

»So ein Mist«, fluchte er und bemühte sich, seinen erstarrten Körper aus der Wanne zu bewegen. Anfälle von Schüttelfrost ließen seine Zähne klappernd aufeinanderschlagen, und als er endlich das Wasser verlassen und mit steifen Fingern den Lichtschalter betätigt hatte, drohten seine Knie unter ihm nachzugeben. Sein ganzer Körper war vom Wasser aufgequollen, außerdem schmerzte sein Genick von der unnatürlichen Lage in der Badewanne. Bodenstein stolperte aus dem Badezimmer hinaus, benommen vor Müdigkeit und der eisigen Kälte, die ihn schüttelte. Mit Entsetzen bemerkte er, dass es schon Viertel vor zehn war. Er hatte beinahe sieben Stunden in der Badewanne gelegen und wie ein Toter geschlafen! Zitternd und zähneklappernd suchte er nach seinem Handy. Als er es in der Tasche seines Sakkos gefunden hatte, musste er feststellen, dass es aus war. Akku leer.

»Verdammt, verdammt, verdammt«, flüsterte er vor sich hin, schlüpfte in eine Unterhose und versuchte sich daran zu erinnern, wo er das Aufladekabel zuletzt gesehen hatte. Er fand es in der Küche. Seine Hände zitterten so stark, dass es eine Weile dauerte, bis er das Kabel angeschlossen und das Handy wieder angeschaltet hatte. Die Mailbox kündigte ihm neun neue Nachrichten an. Um kurz nach fünf hatte Pia insgesamt dreimal auf das Band gesprochen, um ihm mitzuteilen, dass nach ersten Untersuchungen im Cherokee von Manfred Jäger Blutspuren gefunden worden waren, deren Blutgruppe Anna Lena Döring zugeordnet werden konnte. Das Auto war zwar sorgfältig gereinigt worden, aber man hatte Fasern von Kleidern und ein paar Haare gefunden. Fingerabdrücke waren Fehlanzeige, dafür gab es vier Zigarettenkippen in dem überquellenden Aschenbecher, die eine andere Marke hatten als die Marlboro, die Jäger rauchte. Im Labor wurde auch die Erde untersucht, die im Profil der Reifen, unter dem Autoboden und an allen möglichen anderen Stellen des Autos gefunden worden waren. Manfred Jäger war im Februar 2003 zu anderthalb Jahren Haft verurteilt worden, weil man in seinem LKW bei einer Zollkontrolle Drogen gefunden hatte. Jäger hatte sofort zugegeben, dass er auf eigene Rechnung geschmuggelt hatte, und da er nicht vorbestraft und überdies geständig war, hatte er nur neun Monate absitzen müssen, der Rest war in eine Bewährungsstrafe umgewandelt worden. Theodor van Eupen war nicht vom Polizeicomputer erfasst und bei der von Personalchef Rückert angegebenen Adresse nicht anzutreffen. Allerdings schien er dort noch zu wohnen. Zwei Beamte warteten vor dem Haus auf sein Erscheinen. Felipe Durango war weder mit seinem neuen noch mit seinem alten Namen im Polizeicomputer zu finden. Im Internet gab es hingegen bei Google zweihundertachtundfünfzigtausend Treffer, was daraus resultierte, dass dieser Name im Spanischen ungefähr so geläufig war wie Karl Müller. Nachdem die Suche etwas eingegrenzt worden war, hatte Ostermann sich auf einen Felipe Durango konzentriert, der zweiunddreißig Jahre alt und argentinischer Staatsbürger war. Seine Produktionsfirma mit dem bezeichnenden Namen »Neue Horizontal« mit Hauptsitz in Buenos Aires hatte unter anderen eine Dependance in Frankfurt und stellte billige Pornofilme am Fließband her, vorwiegend in Rumänien und der Tschechei. Döring hatte sich nicht aus dem Haus gerührt, die Bewachung wurde aber fortgesetzt. Danach hatte jemand mit unbekannter Nummer fünfmal angerufen, ohne eine Nachricht zu hinterlassen. Bodenstein legte das Handy zur Seite, ging zur Couch im Wohnzimmer und legte sich hin. Lorenz war so freundlich gewesen, den Hund mitzunehmen. Er schloss die Augen und zwang seine Gedanken, die nun sieben Stunden Auszeit gehabt hatten, wieder um den Fall Isabel zu kreisen. Hoffentlich hatte er sich im Eiswasser der Badewanne nicht eine Erkältung oder Schlimmeres geholt! Allmählich wärmte sich sein Körper wieder auf, das Blut kribbelte schmerzhaft in Händen und Füßen. Er war schon wieder halb eingedöst, als zwei Dinge zur gleichen Zeit geschahen: Es klingelte an der Tür, und in derselben Sekunde krachte irgendetwas mit einem ohrenbetäubenden Klirren durch die große Glasscheibe des Wohnzimmers und knallte gegen seinen Kopf. Bodenstein stand vor Schrecken sofort senkrecht neben der Couch und tastete nach seinem Kopf. Sein Herz klopfte zum Zerspringen. Diesmal zitterte er nicht vor Kälte, sondern vor Schreck. Er ging zur Haustür und öffnete sie. Sein Herz machte einen weiteren, wilden Satz. Vor ihm stand Inka Hansen. Ihr ungläubiger Blick glitt an seinem Körper hinab und wieder hoch zu seinem Gesicht.

»Inka!«, rief er überrascht und fragte sich, ob er vielleicht doch noch schlief und nur träumte. »Was machst du denn hier?«

»Empfängst du Besuch an der Haustür immer so?«, fragte sie. Irritiert blickte Bodenstein an sich herunter und merkte, dass er bis auf die Unterhose splitternackt war.

»Du siehst ja aus, als hättest du einen Geist gesehen«, sagte Inka, als er sie ins Haus gelassen hatte.

»Ich bin in der Badewanne eingeschlafen«, gab Bodenstein zu. »In dem Augenblick, als du geklingelt hast, ist irgendetwas durch das Wohnzimmerfenster geflogen und hat mich am Kopf getroffen.«

Er tastete nach der Beule und sah Blut an seinen Fingern. Erst jetzt fiel ihm ein, wie leichtsinnig es von ihm gewesen war, einfach so die Haustür aufzureißen, ohne sich vorher zu vergewissern, wer oder was ihn dort erwartete. Inka drückte entschlossen auf den Lichtschalter und betrat furchtlos das Wohnzimmer. Die große Glasscheibe war in Trümmern, die Glassplitter lagen auf dem ganzen Boden verteilt. Inka bückte sich und hob einen Stein auf.

»Bleib besser da stehen«, Inka wandte sich um. »Hier ist alles voller Splitter.«

Bodenstein betrachtete den Stein in ihrer Hand. Hatte dieser Steinwurf ihm gegolten? Noch nie in zwanzig Jahren bei der Kripo hatte ihn jemand persönlich bedroht! Bodenstein schauderte bei dem Gedanken, dass sich jemand die Mühe gemacht hatte, herauszubekommen, wo er wohnte, und dann in seinen Garten eingedrungen war. Wer hatte ein Interesse daran, ihn einzuschüchtern? Inka watete durch das Scherbenmeer und ließ den Rollladen an dem zerstörten Fenster herunter. Sie warf ihm einen scharfen Blick zu.

»Du blutest«, stellte sie fest. »Lass mich mal gucken.«

Sie gingen in die Küche. Er setzte sich auf einen Küchenstuhl.

Inka schob sein Haar auseinander und begutachtete die Wunde.

»Es ist nur ein Kratzer«, sagte sie. »Du solltest etwas Eis draufpacken, sonst hast du morgen eine ordentliche Beule.«

»Mach ich«, Bodenstein blickte sie an. »Warum bist du eigentlich hier?«

»Ich habe ein paarmal versucht, dich zu erreichen«, sagte Inka.

»Mein Akku war leer«, antwortete Bodenstein, »ich meine ... der Akku meines Handys ...«

»Na, deiner wohl auch«, Inka lächelte. »Offenbar hast du die ganze letzte Nacht in Damenbegleitung verbracht.«

Bodenstein starrte sie sprachlos an.

»W... wie ... was ... woher weißt du das?«, stotterte er.

»Meine Tochter hat es mir erzählt. Sie ist ganz beeindruckt von dir.«

Bodenstein kapierte. *Meine Tochter.* Thordis. *Ich bin Amerikanerin.* Diese Ähnlichkeit hatte er sich also nicht nur eingebildet. Gott sei Dank hatte er sich nicht hinreißen lassen, das Mädchen zu küssen!

»Ich wusste gar nicht, dass Thordis deine Tochter ist«, sagte er lahm.

»Eigentlich wollte ich nur wissen, wie es Micha geht«, Inka ging auf seine Bemerkung nicht ein. »Im Krankenhaus sagen sie mir nichts, und Georg wusste auch nichts Genaues. Weißt du etwas?«

»Ja. Es geht ihm nicht gut. Man musste ihn operieren, und er liegt auf der Intensivstation«, Bodenstein hatte Mühe, sich daran zu erinnern. Er hasste es, am helllichten Tag zu schlafen, denn dadurch geriet sein gesamter Biorhythmus durcheinander. Er fühlte sich verwirrt und unwirklich, wie in einem Traum.

»O Gott«, sagte Inka. Sie sah wunderschön aus, wie sie da vor ihm stand mit den geröteten Wangen und leicht geöffneten Lippen. Plötzlich ergriff ihn bei ihrem Anblick ein heftiges Verlangen, wie ein scharfer Schmerz. Schlagartig lösten sich die letzten fünfundzwanzig Jahre in Luft auf, und ihm war, als sei er wieder achtzehn und dies die letzte Möglichkeit vor seiner Abfahrt nach Hamburg, Inka zu gestehen, wie sehr er sie liebte und brauchte.

»Inka, ich … ich muss die ganze Zeit an das denken, was du am Sonntag gesagt hast, und ich …«, begann er mit gepresster Stimme. So viele Missverständnisse und verpasste Gelegenheiten!

»Nicht«, unterbrach sie ihn schnell, »bitte, Oliver. Sag nichts.«

»Ich habe dich auch geliebt«, flüsterte er. »Aber ich dachte, dass du und Ingvar, dass ihr …«

»Hör auf damit!«, stieß sie hervor. Er erhob sich und schloss sie in seine Arme. Sie stemmte die Hände gegen seine Brust, aber dann gab sie ihren Widerstand auf und lehnte sich gegen ihn.

»Es ist zu spät, Oliver«, murmelte sie, »bitte. Lass es, wie es ist.«

Es war absolut vernünftig, was sie sagte, aber Bodenstein wollte nicht länger vernünftig sein. Das war er sein Leben lang gewesen.

Mittwoch, 7. September 2005

Friedhelm Döring schlief vom Alkohol benebelt tief und fest. Er lag auf seinem breiten Bett und schnarchte laut, wie immer, wenn er etwas getrunken hatte. Bis zum Schluss der Vernichtungsaktion hatte er die Flasche Wodka ganz geleert, danach war er die Treppe hoch in sein Schlafzimmer mehr getaumelt als gelaufen. Er glaubte zu träumen, als ihn plötzlich jemand an der Schulter rüttelte. Beinahe widerwillig öffnete er die Augen und blinzelte schlaftrunken in grelles Licht. Der Schrecken fuhr ihm in alle Glieder, als er zwei Gestalten mit Strumpfmasken über dem Gesicht vor seinem Bett stehen sah. Der Adrenalinstoß machte ihn mit einem Schlag hellwach und stocknüchtern.

»He!«, er richtete sich auf. »Was soll das? Was tun Sie hier?«

Er erhielt keine Antwort, aber bevor er sich versah, beugte sich eine der beiden vermummten Gestalten über ihn und presste ihm einen nach Äther stinkenden Lappen auf Mund und Nase. Friedhelm Döring versuchte sich zu wehren, aber er spürte, dass seine Bewegungen kraftlos waren, dann fiel er in eine tiefe Bewusstlosigkeit.

Polizeimeister Möhrle gähnte und rieb sich die Finger. Seit zehn Uhr saß er in seinem Auto vor dem Haus von diesem Döring, und seitdem hatte sich dort nichts gerührt, außer dass gegen halb eins die Lichter ausgegangen waren. Das war jetzt zwei Stunden her, und während dieser Kerl gemütlich in seinem warmen Bett lag, froren sich Möhrle und seine Kollegin Nadja Engel in der ersten beinahe schon herbstlich kühlen Nacht dieses Sommers den Hintern ab. Observation nannte man das, und es gehörte mit zu den langweiligsten Aufgaben der Polizeiarbeit. Hin und wieder war es ganz amüsant, vor allen Dingen dann, wenn man hinter dem zu observierenden Subjekt herfahren musste und dabei sein fahrerisches Können unter Beweis stellen konnte, aber nachts vor einem Haus herumzustehen und die misstrauischen Blicke der Anwohner, die mit ihren Hunden spazieren gingen, auf sich zu ziehen, das war ätzend. Möhrle gähnte noch einmal herzhaft. »Wie viel Uhr ist es?«, fragte PM Engel mit verschlafener Stimme. Sie hatten ausgemacht, dass sie immer abwechselnd observieren und schlafen wollten, und im Augenblick war sie mit der Schlafschicht dran.

»Zehn nach drei«, erwiderte Möhrle. »Der Kerl pennt in aller Seelenruhe.«

»Noch drei Stunden, bis wir abgelöst werden«, Nadja Engel wandte sich um und suchte auf dem Rücksitz des Zivilfahrzeuges, das sie für Jobs wie diesen benutzten, die Thermoskanne mit Kaffee. Sie schenkte sich und ihrem Kollegen einen Kaffee ein.

»Du kannst jetzt ruhig schlafen«, sagte sie. »Ich bin wieder fit.«

Weder PM Möhrle noch PM Engel bemerkten den schwachen Lichtschein einer Taschenlampe im Inneren des Hauses, das sie beobachten sollten. Sie hörten nicht das leise Geräusch der Kellertür, die sich öffnete und schloss, und sie sahen erst recht nicht die beiden dunklen Gestalten, die ein großes, sperriges Paket über den Rasen, vorbei am Schwimmbad bis zum hinteren Teil des Gartens schleppten, dieses dort über den

Gartenzaun hoben, in einem dunklen Kombi verstauten und dann mit ausgeschalteten Scheinwerfern im Rückwärtsgang die schmale Sackgasse hinabfuhren.

Als Friedhelm Döring wieder zu sich kam, dröhnte sein Kopf, und in seinem Mund hatte er ein ekliges, pelziges Gefühl. Er wollte die Augen öffnen, musste aber feststellen, dass man sie ihm verbunden hatte. Durch den Nebel, den das Betäubungsmittel in seinem Gehirn hinterlassen hatte, kroch eine beängstigende Erinnerung in ihm empor. Vermummte Gestalten, die vor seinem Bett gestanden hatten. Ein kalter Windzug strich über seinen Körper, und er spürte mit einem Anflug von Panik, dass er splitternackt und völlig hilflos war. Seine Hand- und Fußgelenke steckten in Fesseln und ragten in die Luft. Der Zorn darüber, dass man ihn betäubt und entführt hatte, wich schnell einem eigenartig beklemmenden Gefühl.

Die Erkenntnis, dass er wahrhaftig *Angst* empfand, entsetzte ihn zutiefst. Diesmal war es nicht die Polizei, die ihn festhielt, diesmal konnte er sich weder mit einem Zornausbruch noch mit Geschicklichkeit oder Scharfsinn aus seiner Lage herausmanövrieren. Er befand sich in der Gewalt von entschlossenen Männern mit schwarzen Strumpfmasken, die ihn aus seinem eigenen Haus, das er für so unglaublich sicher gehalten hatte, verschleppt hatten.

»Was wollt ihr von mir?«, fragte er laut, und obwohl er seine Stimme hatte herrisch klingen lassen wollen, kam nur ein komisches Krächzen aus seiner Kehle. Döring glaubte die Anwesenheit von anderen Menschen zu spüren, aber er hörte nichts.

»Wer seid ihr, verdammt?«, krächzte er. »Sagt doch was!«

Er spürte, wie etwas Kaltes seinen Oberschenkel berührte, dann summte es, und im gleichen Moment jagte völlig unvermittelt ein Stromstoß durch seine Glieder, so heftig, dass er sich aufbäumte und vor Schmerzen laut aufjaulte.

»Jetzt ist dir doch sicher ein bisschen wärmer, oder?«

Er konnte nicht antworten, so sehr raste sein Herz. Seine Zähne klapperten, und Arme und Beine zuckten, ohne dass er etwas dagegen tun konnte.

»Zweihundertzwanzig Volt. Das ist so, wie wenn man in eine Steckdose greift«, ein leises Lachen. »Das ist doch eine amüsante Sache, hm?«

Wieder ein Stromstoß, wieder zuckte Dörings Körper konvulsivisch. Der Schweiß rann in Strömen, die Augenbinde wurde nass von Tränen, und er spürte, dass ihm nicht nur der Speichel aus dem Mundwinkel rann, sondern dass er sich auch noch vollgepinkelt hatte. Mit einem Mal hatte er keine Angst mehr, sondern nackte Panik.

»W… w… was w… w… wollt ihr v… von m… m… mir?«, er war kaum noch Herr über seine eigene Stimme, die wie ein unverständliches Brabbeln in seinen Ohren klang.

»Wir wollen nur eine einzige Antwort von dir«, erwiderte die Stimme. »Wenn du uns anlügst, schneiden wir dir Stück für Stück Körperteile ab. Als Erstes deine Eier. Hast du das verstanden?«

Döring nickte wie ein Irrer.

»Was wollt ihr von mir?«, flüsterte er. »Wollt ihr Geld?«

»Nein. Wir wollen wissen, wo deine Frau ist.«

Eine Welle der Erleichterung schoss durch seinen Körper. Es ging um Anna Lena – und er hatte schon geglaubt, es sei etwas Ernsthaftes! Die Angst ließ nach. Er hatte es nicht mit Profis zu tun.

»Ich weiß nicht, wo sie ist«, behauptete er deshalb. »Ich weiß es wirklich ni…«

Bevor er die letzte Silbe ausgesprochen hatte, bereute er es schon, aber es war zu spät.

Um halb fünf morgens wurde Anna Lena Döring an der Aral-Tankstelle am Königsteiner Kreisel abgesetzt. Sie zählte bis fünfzig, wie man es ihr gesagt hatte, nahm dann die Augenbinde ab und ging die paar Meter zur Polizeiwache. Von dort aus rief sie ihren Bruder an, der wiederum Bodenstein eine Stunde später vom Wiederauftauchen seiner Schwester in Kenntnis setzte. Bodenstein rief Pia Kirchhoff an. Sie war natürlich hellwach und schon im Büro. Um sechs Uhr. Eine wirklich gnadenlose Frühaufsteherin.

»Florian Clasing hat mich eben angerufen«, sagte er. »Seine Schwester ist wieder aufgetaucht.«

»Ich wurde schon von den Kollegen aus Königstein informiert«, erwiderte Pia. »Ich wollte Sie nur nicht schon wieder mitten in der Nacht aus dem Schlaf reißen.«

»Danke. Sehr rücksichtsvoll«, Bodenstein überlegte, ob er vielleicht allmählich alt wurde, weil er dauernd müde war. »Ich habe Clasing gesagt, dass wir sie um zehn Uhr auf dem Kommissariat erwarten. Haben Sie etwas von Teddy oder Döring gehört?«

»Teddy kam heute Morgen um fünf nach Hause und sitzt jetzt bei uns in einer Zelle. Döring hat sein Haus bisher immer noch nicht verlassen.«

»Sehr gut«, sagte Bodenstein, »ich komme gleich ins Kommissariat, dann reden wir mit Teddy und Frau Döring.«

Er legte sein Handy weg. Die Erinnerung an den gestrigen Abend kehrte zurück. Inka. In seinem Haus, in seinen Armen. Mit einer Mischung aus Frustration und Erleichterung dachte er daran, wie sie ihn kühl und distanziert zurückgewiesen hatte. Die bittere Wahrheit war die, dass ihr offenes Gespräch fünfundzwanzig Jahre zu spät gekommen war.

Robert Kampmann stand vor dem Spiegel in der Diele. Wie schon seit Wochen gefiel ihm auch an diesem Morgen gar nicht, was er sah. Alles hatte sich geändert, seit Isabel tot war. Es kam ihm so vor, als sei alle Energie, aller Lebenswille aus seinem Körper gewichen und lediglich eine leere Hülle übrig. Die Hoffnung auf bessere Zeiten hatte sich in Luft aufgelöst. Eines Tages würde alles herauskommen, und dann war er ganz erledigt.

»Robert?«

Seine Frau tauchte plötzlich hinter ihm auf.

»Ja?« Kampmann bückte sich, um in die ausgetretenen Stallschuhe zu schlüpfen.

»Kannst du die Kinder in die Schule fahren?«

»Nein«, er richtete sich langsam auf und verzog dabei gequält das Gesicht. Seine lädierten Bandscheiben verursachten ihm höllische Schmerzen.

»Wirst du eines Tages wieder mehr als drei Worte am Tag mit mir wechseln, oder bleibt das jetzt so?« Susannes Stimme klang spitz. Er wollte sie nicht ansehen, wollte nicht den kalten Triumph in ihren Augen sehen.

»Sie ist tot«, sagte sie gehässig. »Das solltest du langsam kapieren.«

»Ich habe es kapiert«, erwiderte er. »Vor allen Dingen habe ich kapiert, wie sehr dir das gefällt.«

»Da hast du recht. Ich bin froh, dass es so ist«, sie verschränkte die Arme vor der Brust. »Jetzt lacht diese kleine Schlampe nicht mehr über mich, und ich brauche keine Angst mehr zu haben, dich mit ihr in irgendeiner Pferdebox zu überraschen.«

Jedes ihrer Worte schmerzte Kampmann wie ein Messerstich, aber er biss die Zähne zusammen und tat gleichgültig.

Niemand sollte wissen, wie sehr er Isabel vermisste. Er zog seine Jacke an und verließ das Haus ohne ein weiteres Wort.

Zuerst ließ er die Hunde aus ihrem Zwinger, die übermütig bellend um ihn herumtollten und die Freiheit genossen. Mit steifen Schritten überquerte Kampmann den Hof und atmete auf, als er in den allmählich heller werdenden Himmel blickte und feststellte, dass es heute ein trockener, sonniger Tag werden würde. Das bedeutete, dass er die meisten Pferde auf die große Koppel lassen konnte und nicht gezwungen war, sämtliche Scheißtiere seiner bescheuerten Kundschaft zu reiten. Der Gedanke an seine Arbeit verdoppelte seinen Missmut. Er hatte es gründlich satt, jeden Tag die Launen seiner anspruchsvollen Kunden und seiner neurotischen Chefin zu ertragen, er hatte es satt, zehn Pferde am Tag zu reiten, er hatte es satt, freundlich und höflich und gleichmütig zu sein. Aber schlimmer noch als das war das elende Gefühl, gefangen zu sein. Keinen Schritt, keine Bewegung konnte er machen, ohne dass seine Frau ihn mit Argusaugen verfolgte. Seine Sehnsucht nach Freiheit schmerzte in seinem Innern wie eine eiternde Wunde. Er war so nah davor gewesen, dies alles hinter sich lassen zu können! Das Geld für die Reitanlage mit einem kleinen Hotel im Südwesten Irlands direkt am Meer hatte er zusammengehabt, im Geiste hatte er schon das Kündigungsschreiben an die Jagoda aufgesetzt. Aber dann hatte Isabel ihm aus heiterem Himmel mitgeteilt, leider würde doch nichts aus ihren gemeinsamen Zukunftsplänen werden.

Er ging den gepflasterten Weg zum Stall hinunter, zog seinen Schlüsselbund heraus und schloss die Stalltür auf. Der muffige Ammoniakgeruch drang ihm entgegen, die Pferde begannen zu wiehern. Sechsundfünfzig Pferde warteten darauf, mit Heu und Hafer gefüttert zu werden, sechsundfünfzig Boxen mussten ausgemistet werden. Von ihm selbst, falls Karol heute wieder nicht auftauchte. Seit ein paar Tagen war der Kerl noch aufsässiger und unverschämter als sonst. Es störte Kampmann nicht im Geringsten, dass Karol hinter Susanne her war wie der Teufel hinter der armen Seele. Susanne hatte dem jungen Mann Hoffnungen gemacht, weil sie annahm, er würde sich darüber ärgern, aber damit lag sie falsch. Ihm war alles gleichgültig. Im Osten zeigte sich ein schmaler, heller werdender Streifen. In einer halben Stunde würde die Sonne aufgehen, deshalb musste er jetzt schnell füttern und die Pferde auf die Koppel jagen, bevor der erste blöde Einsteller seine Nase in den Stall stecken konnte. Gerade als er die letzte Boxentür hinter sich geschlossen hatte, fiel ihm auf, dass seine Hunde nicht mehr im Stall waren. Kampmann ging an die Stalltür und stieß einen schrillen Pfiff aus. Normalerweise gehorchten die drei Köter gut, aber heute blieben sie verschwunden. Von weitem hörte er ihr Gebell und machte sich mit einem Fluch auf die Suche. Susanne würde wieder lauthals lamentieren, wenn die Hunde auf die Idee kamen, den Misthaufen umzugraben! Er erblickte seine Hunde oben auf dem Hof am verschlossenen Tor, wo sie aufgeregt winselnd hin und her rannten.

»Hierher!«, rief er mit gedämpfter Stimme. »Los, ihr dämlichen Mistköter!«

Keine Reaktion. Sie sprangen wie die Irren an dem Tor hoch, jaulten und machten eigenartige Geräusche. Ein flaues Gefühl beschlich Kampmann und verdrängte seine Verärgerung, während er den leeren Parkplatz überquerte. Im dämmerigen Zwielicht des frühen Morgens glaubte er, am Tor die Umrisse eines Menschen zu sehen, mit ausgebreiteten Armen. Leider konnte er auf die Entfernung nicht mehr so scharf sehen wie früher, und für eine Brille war er zu eitel. Die Hunde kamen angerannt, aufgeregt, mit heraushängenden Zungen. Kampmann näherte sich dem Tor und sah mit Grausen, dass es sich bei dem Umriss wirklich um einen Menschen handelte. Es war ein Mann, und er war nackt. Er stand nicht am Tor, sondern jemand hatte ihn dort festgebunden, die Arme ausgebreitet. Es sah aus, als sei er gekreuzigt worden, der Kopf hing schlaff vornüber. Zögernd ging Kampmann noch näher.

Die Hunde rannten auf die Gestalt zu, und voller Ekel sah Kampmann, dass sie an den Beinen des Mannes schnüffelten und leckten. Mit Entsetzen erkannte er Friedhelm Döring, um dessen Hals ein Pappschild hing. Seine nackten Beine waren eigenartig dunkel gestreift. Das war – o Gott! – geronnenes Blut! Kampmann las mit wachsendem Grauen den Text, der mit großen Buchstaben auf das Schild geschrieben war. *LEVITICUS, 24, 19–20* stand da. Zu Füßen des Mannes stand ein Einmachglas und in dem Glas ...

Mit einem entsetzten Keuchen fuhr der Reitlehrer zurück, als Döring sich bewegte und leise röchelte. Ihn überfiel ein heftiger Brechreiz, er taumelte zu einem Blumenbeet, um sich zu übergeben.

»Leviticus, Kapitel 24, Vers 19 bis 20«, sagte Bodenstein nachdenklich. »Wenn ich mich nicht täusche, dann ist das die Stelle Auge um Auge, Zahn um Zahn.«

Als sie vor einer Stunde eingetroffen waren, hatten Notarzt und Sanitäter gerade versucht, den bewusstlosen Friedhelm Döring, der an das Tor gekettet war, zu befreien. Dies hatte sich ohne passendes Gerät als schwierig erwiesen. Bodenstein war auf die Idee gekommen, aus der benachbarten Autowerkstatt einen Mechaniker mit einem Schneidbrenner zu holen. Währenddessen hatten sich Schaulustige versammelt. Die ersten frühen Einsteller kamen, dazu Arbeiter und Angestellte, die in den Büros und Firmen des nahen Gewerbegebiets arbeiteten. Die Sanitäter hatten Döring eine kreislaufstabilisierende Infusion gelegt und festgestellt, dass man ihn tatsächlich seiner Männlichkeit beraubt hatte, und zwar ziemlich professionell. In dem verschlossenen Einmachglas schwammen seine abgetrennten Hoden in einer Formaldehyd-Lösung.

»Wer tut bloß so etwas?« Reitlehrer Kampmann war am Rande eines Nervenzusammenbruchs. Er saß mit einer grünlichweißen Gesichtsfarbe und am ganzen Körper zitternd auf dem Rand eines der steinernen Blumenkübel. Rings um die Stelle vor dem Tor, wo Döring gefunden worden war, war die Spurensicherung damit beschäftigt, Fußabdrücke und Reifenspuren zu sichern, allerdings ohne große Erfolgsaussicht. Der Boden war knochentrocken, es gab unzählige Fuß-, Huf- und Reifenabdrücke an der Einfahrt. Bodenstein und Pia fragten sich, warum man Döring an das Tor der Reitanlage geschmiedet hatte. War der Ort mit Bedacht gewählt worden, weil ihn hier genügend Leute in dieser erniedrigenden Lage sehen würden? Der Verweis auf das Bibelzitat ließ die Vermutung aufkommen, dass es sich bei dem oder den Tätern um einigermaßen gebildete Menschen handeln musste. Jemand hatte sich an Friedhelm Döring gerächt, jemand, der wusste, dass er auf Gut Waldhof bekannt war. Reitlehrer Kampmann hatte nichts gehört oder gesehen, weil sein Schlafzimmer zur anderen Richtung des Hauses ging.

Bodenstein fiel auf, dass der Reitlehrer schlecht aussah und außerdem abgenommen hatte, seitdem er ihn das letzte Mal gesehen hatte.

»Herr Kampmann«, wandte er sich an den Mann, »wussten Sie eigentlich, dass Isabel Telefongespräche mit Ihnen aufgezeichnet hat?«

»Was für Telefongespräche?« Kampmann sah ihn verwirrt an.

»Wir haben den Inhalt auch nicht verstanden«, Bodenstein musterte den Mann scharf. »Vielleicht können Sie uns erklären, worum es ging.«

»Ich weiß nicht, wovon Sie sprechen«, Kampmanns Blick flog hinüber zu seiner Frau, die ein paar Meter entfernt mit zwei anderen Frauen in Reithosen und Stiefeln sprach, ihn aber nicht aus den Augen ließ.

»Sie haben Pferde an Ihre Kunden verkauft, dabei hat

Ihnen Frau Kerstner geholfen«, half Bodenstein ihm auf die Sprünge.

»Pferde verkaufen gehört zu meinem Job«, klärte Kampmann ihn auf, aber er war plötzlich auf der Hut.

»Das glaube ich Ihnen«, Bodenstein nickte. »Nur wenn ich das richtig verstanden habe, dann haben Sie minderwertige Pferde für sehr viel Geld verkauft.«

Der Reitlehrer wurde noch eine Spur blasser, als er es ohnehin schon war, aber seine Miene blieb ausdruckslos.

»Kann es sein, dass Sie das Vertrauen Ihrer Kunden ausgenutzt und sie betrogen haben?«

»Ich habe niemanden betrogen«, widersprach Kampmann entschieden. »Meine Kunden sind zufrieden. Wären sie sonst seit Jahren bei mir im Stall?«

»Da mögen Sie recht haben«, sagte Bodenstein, »aber vielleicht war Frau Kerstner nicht mehr ganz so zufrieden. Ich vermute, sie hat ein doppeltes Spiel gespielt, indem sie von Ihnen Provisionen kassiert hat, Ihnen später aber damit gedroht hat, Ihre Betrügereien auffliegen zu lassen.«

Bodenstein bemerkte ein winziges, erschrockenes Flackern in Kampmanns Augen, sein Mund zuckte in einem Anflug von Panik. Er hatte voll ins Schwarze getroffen. Auf ein Zeichen von Pia ließ er den Mann stehen, allerdings mit der Ankündigung, auf die Sache zurückzukommen.

»Was gibt's?«, erkundigte Bodenstein sich.

»Ostermann hat gerade angerufen«, sagte Pia. »Jagoda ist zu einer Aussage bereit, und Maurice Brault wurde an der Grenze in der Nähe von Aachen festgenommen.«

»Sehr gut«, Bodenstein nickte und rieb sich nachdenklich das Kinn. »Jagoda kann warten. Ich fahre erst noch mal zu Rittendorf. Auge um Auge, Zahn um Zahn. Wenn mich nicht alles täuscht, bezieht sich das auf Kerstner und Frau Döring.«

Rittendorf und Inka Hansen waren gerade gemeinsam mit der Behandlung eines Pferdes beschäftigt, als Bodenstein den Hof der Pferdeklinik betrat. Bei Inkas Anblick schoss sein Adrenalinspiegel augenblicklich in die Höhe, aber er setzte eine undurchdringliche Miene auf. Beim Näherkommen bemerkte er einen raschen Blick des Einverständnisses, den die beiden wechselten, und er ahnte, dass sie über ihn gesprochen hatten.

»Oh, hallo«, Rittendorf grinste ohne große Begeisterung. »Sie schon wieder. Wollen Sie vielleicht ein Praktikum bei uns machen?«

»Guten Morgen«, Bodenstein blieb ernst, »vielleicht. Wäre mal eine Abwechslung.«

Rittendorf richtete seine Aufmerksamkeit wieder auf das Pferdebein und legte einen fachmännischen Verband an.

»Was führt dich hierher?«, erkundigte sich Inka sachlich. Bodenstein spürte, dass sich sein unsinniger Wunsch, die Zeit zurückzudrehen, in Luft aufgelöst hatte.

»Ich muss kurz mit Dr. Rittendorf sprechen«, sagte er. Der gab gerade dem Pferdebesitzer noch ein paar Verhaltensmaßregeln mit auf den Weg und drehte sich dann zu Bodenstein und Inka um.

»Also?«, er zündete sich eine Zigarette an. »Was gibt's?«

»Wo waren Sie gestern Nacht?«, fragte Bodenstein.

»Gestern Nacht?«, der Tierarzt tat verwundert. »Können Sie den Zeitrahmen etwas eingrenzen?«

»Allerdings. Zwischen ein und fünf Uhr morgens.«

»Da war ich zu Hause.«

»Zeugen?«

Ein spöttischer Ausdruck erschien auf dem Gesicht des Tierarztes.

»Meine Frau.«

»Ihre Frau scheidet als Zeugin aus, das wissen Sie genau.«

»Tja, sonst war keiner dabei«, Rittendorf schob die Hände in die Gesäßtaschen seiner Jeans und wippte auf den Zehenspitzen.

»Sie fühlen sich sehr sicher, nicht wahr?« Bodenstein spürte, dass er langsam ärgerlich wurde.

»Sicher? Weswegen sollte ich mich sicher oder unsicher fühlen?«

»Friedhelm Döring ist heute Morgen vor dem Tor von Gut Waldhof aufgefunden worden«, sagte Bodenstein. »Er wurde fachmännisch kastriert.«

»Oh«, Rittendorf war nicht sonderlich betroffen, »das ist tragisch.«

Inka sagte gar nichts.

»Ich weiß nicht, ob ›tragisch‹ in diesem Zusammenhang das richtige Wort ist«, Bodensteins Stimme bekam einen scharfen Unterton. »Der Mann wurde gefoltert und nackt an das Hoftor gekettet. Aber wie komme ich bloß auf den Gedanken, dass Sie das überhaupt nicht überrascht?«

Ein zynisches Lächeln umspielte die Lippen des Tierarztes, in seine Augen hinter den Brillengläsern trat ein schwer zu deutender Ausdruck. War es Triumph, Zufriedenheit oder Genugtuung?

»Der Mensch ist für den Menschen ein Wolf«, sagte er.

»Steht das auch im Alten Testament? So, wie Leviticus, 24, Vers neunzehn bis zwanzig?«, versetzte Bodenstein und erntete dafür einen langen Blick.

»Nein, das stammt von Plautus«, Rittendorf blieb ungerührt, »*homo homini lupus.*«

»Hören Sie schon auf mit dem Theater«, sagte Bodenstein ungeduldig. »Ich schicke ein Team der Spurensicherung hierher. Bis dahin betritt niemand euren OP. Körperverletzung ist nämlich kein Kavaliersdelikt.«

Wie auf ein Stichwort öffnete sich in diesem Moment die

Tür mit dem Schild »OP«, und Sylvia Wagner kam heraus. Sie blickte erstaunt zwischen Inka, Rittendorf und Bodenstein hin und her.

»Ihr könnt mit der OP anfangen«, sagte sie. »Wir sind fertig mit der Desinfektion, und das Pferd ist so weit, dass wir es hinlegen können.«

Rittendorf warf Bodenstein einen Blick zu.

»Zu spät für die Spurensicherung«, sagte er, sein gespieltes Bedauern war der reine Hohn.

Als Bodenstein um kurz nach elf auf dem Kommissariat eintraf, hatten Behnke und Ostermann Theodor van Eupen, genannt Teddy, bereits so weichgekocht, dass er bereit war zu reden.

Anna Lena Döring hatte ihn als den Mann identifiziert, der sie am Montagabend entführt und seitdem bewacht hatte. Teddy arbeitete seit vielen Jahren für Döring. Offiziell war er Kraftfahrer, aber eigentlich war er zuständig für die Drecksarbeit. In der Öffentlichkeit hatte sich Döring nie in Gesellschaft von Teddy sehen lassen, denn er war sehr darauf bedacht, ein Image als seriöser Geschäftsmann aufzubauen. Die Anwesenheit einer solchen Schlägertype wie Teddy war dafür nicht gerade förderlich. Ostermann und Behnke verließen den Verhörraum, denn Bodenstein wollte mit Pia das Verhör weiterführen. Er hoffte, dass der Mann Vertrauen zu Pia fassen würde. Teddy war ein bulliger, dunkelhaariger Mann mit einem von einer schlimmen Akne zerfressenen Gesicht, das von übertrieben häufigen Solarienbesuchen geradezu gegerbt war.

Er trug einen roten Jogginganzug, seine Muskelberge ließen seine Bewegungen schwerfällig erscheinen. Um seinen Hals, der die Ausmaße eines Oberschenkels hatte, spannte sich eine protzige goldene Panzerkette. Auch wenn er eine geradezu hündische Loyalität zu Friedhelm Döring hegte, hatte er den Ernst seiner Lage erkannt und erstattete nun freimütig Bericht: In Dörings Auftrag hatte er Kerstner und Anna Lena aufgelauert, den Tierarzt niedergeschlagen, gefesselt und die Frau entführt. Auf Geheiß seines Chefs hatte er für diese Aktion das Auto von Manfred Jäger ausgeliehen. Nachdem er Anna Lena in der Döring'schen Jagdhütte bei Rennerod im Westerwald gefesselt zurückgelassen hatte, hatte er das Auto gereinigt und zurückgebracht, bevor er mit seinem eigenen Wagen wieder nach Rennerod fuhr. Unterwegs führte er allerdings noch einen anderen Befehl aus: einen Stein durch das Wohnzimmerfenster von Bodensteins Haus zu schleudern. Bei dieser Äußerung warf Pia ihrem Chef einen fragenden Blick zu, auf den dieser jedoch nicht reagierte.

»Weiter«, sagte er zu Teddy. »Sie fuhren also in diese Hütte zurück.«

Über den Grund der Entführung wusste Teddy nichts, aber er gab zu, dass eine Freilassung von Anna Lena Döring nicht geplant war.

»Ich sollte sie bewachen, bis der Chef mit ihr gesprochen hatte«, erklärte Teddy. »Und dann sollte ich sie verschwinden lassen.«

Pia bekam eine Gänsehaut angesichts der Ungerührtheit, mit der dieser Mann einen geplanten Mord eingestand. Weil Teddy niemals Dörings Befehle in Frage stellte, hatte er auch nicht gezögert, als dieser ihn mitten in der Nacht angerufen und hysterisch angeschrien hatte, er solle Anna Lena auf der Stelle zur Polizeistation nach Königstein bringen.

»Döring hat Sie gestern Nacht angerufen?«, hakte Bodenstein nach. »Um wie viel Uhr war das?«

Teddy kratzte sich am Kopf, das hässliche Gesicht nachdenklich verzogen.

»So um halb vier«, sagte er schließlich.

»Haben Sie danach noch etwas von Ihrem Chef gehört?«

»Nee.«

»Sagt Ihnen der Name Maurice Brault etwas?«

Wieder minutenlanges Überlegen. Bodenstein klopfte ungeduldig mit seinen Fingerknöcheln auf die Tischplatte.

»Ja.«

»Ja – was? Woher kennen Sie ihn?«

»Ich hab für ihn gearbeitet, bevor ich zu Döring gegangen bin.«

»Aha. Wann haben Sie Brault das letzte Mal gesehen?«

»So vor zwei Wochen.«

»Und wo? Weshalb?« Bodenstein verdrehte die Augen. Diesem Mann musste man wahrhaftig alles aus der Nase ziehen!

»Er hat mich angerufen«, sagte Teddy, »wegen 'nem Spezialauftrag.«

»Weiter!«, drängte Bodenstein.

»Das gibt immer Kohle extra. Maurice wollte, dass ich 'ne Fahrt nach Bordo mache.«

»Nach Bordeaux?«, fragte Pia nach. »Warum? Was für eine Fahrt?«

Teddy überlegte angestrengt.

»Ich sollte ein Kind nach Bordo bringen.«

Bodenstein und Pia wechselten einen Blick.

»Ein Kind?«

»Ja«, Teddy nickte, »'n Mädchen. Hab's in Eschborn abgeholt.«

»Was hatte Maurice Brault damit zu tun?«

»Er organisiert so Sachen«, der bullige Mann zuckte die Schultern.

»Also«, rekapitulierte Bodenstein, »Sie haben also auf Anweisung von Maurice Brault das Kind in Eschborn bei der Spedition Döring abgeholt. Ist das richtig?«

»Ja«, bestätigte Teddy, »es schlief tief und fest. Ich bin morgens um drei losgefahren, das war am Freitag vorletzte Woche. Hab elf Stunden gebraucht. Um vier war ich in Bordo am Hafen.«

»Und was geschah dort?«, forschte Pia nach.

»Da hab ich das Kind abgegeben. An den Skipper vom Schiff vom Boss seim Sohn.«

»Wie heißt der Sohn von Ihrem Boss?«

Teddy schien über diese Frage erstaunt.

»Döring natürlich«, antwortete er, »Philipp Döring.«

»War er auch da?«, fragte Pia.

»Nee. Der is doch in Argentinien. Ich hab dem Skipper das Kind gegeben. Und dann bin ich zurückgefahren.«

»Noch am gleichen Tag?«

»Ja. Hab zwischendurch ein paar Stunden gepennt, aber am Sonntagmorgen war ich wieder hier.«

Damit schied Teddy eindeutig als der Mörder Isabels aus.

»Was für ein Schiff hat der Philipp Döring denn?«, fragte Pia.

»So 'ne Art Yacht war das. Echt schick. So mit Holz innen drin und so.«

»Eine Motoryacht? Oder eine Segelyacht? Wie groß war das Schiff?« Pia blieb geduldig. Teddy kratzte sich ausgiebig seine fettige Kopfhaut, dann erhellte sich sein stumpfes Gesicht.

»Ich weiß den Namen von dem Schiff. Fand ich nämlich witzig.«

»Ach ja? Wie hieß es?«

»Das Schiff hieß ›Goldfinger‹ …«

Ostermann fand ohne größere Probleme heraus, dass die »Goldfinger II« eine Feadship 45 Vantage war, eine luxuriöse, hochseetaugliche Motoryacht, die mit vierzehneinhalb

Knoten unter der Flagge Argentiniens über die Weltmeere schipperte.

Auf das Schwesterschiff der »Goldfinger II«, nämlich auf die »Goldfinger I«, hatte Hans Peter Jagoda in besseren Zeiten, als er noch als Selfmade-Milliardär und Börsenstar für Schlagzeilen sorgte, gerne gute Geschäftspartner, Journalisten und Freunde eingeladen, um sich für seine Erfolge in passendem Rahmen feiern zu lassen. Regelmäßig war die »Goldfinger I«, die ebenfalls Eigentum von Philipp Döring alias Felipe Durango war, Schauplatz von ausschweifenden Partys in den Häfen von Antibes, Nizza, Monte Carlo oder Palma de Mallorca gewesen. Der junge Mann musste wahrhaftig im Geld schwimmen.

Eine Weile war es ganz still in dem Besprechungszimmer. Bodenstein blickte in die Runde der Gesichter seiner Mitarbeiter.

»Ich habe das Gefühl, wir stehen kurz vor der Aufklärung von einem ganzen Haufen Verbrechen, denn ich sehe jetzt glasklar, dass wir hier auf einen internationalen Verbrecherring gestoßen sind. Jagoda, Döring, Dörings Sohn, dieser Maurice – das hängt alles zusammen.«

»Drogenhandel, Menschenhandel«, Ostermann nickte. »Für einen Logistik-Profi wie Döring ist so was ein Klacks.«

»Leider sind wir aber Isabels Mörder nicht sehr viel näher gekommen«, bemerkte Frank Behnke. »Meine Lieblingskandidaten Kerstner und Teddy können es nicht gewesen sein.«

»Abwarten«, Bodenstein erhob sich. »Ich werde jetzt erst mal mit Anna Lena Döring reden, und ich wette, da erfahren wir genau das, was wir noch nicht wissen.«

Er sollte recht behalten. Anna Lena Döring, blass, aber entschlossen, präsentierte Bodenstein und Pia einen ganzen Stapel von Kopien, die Dörings dunkle Machenschaften dokumentierten, angefangen bei schwarzen Lohnlisten über geheime Telefonnummern bis hin zu Schwarzgeldkonten in beinahe jedem Steuerparadies der Welt. Bodenstein blätterte die Kopien durch.

»Weshalb waren Sie so sicher, dass diese E-Mail, die Ihr Mann von Brault erhalten hat, etwas mit Marie Kerstner zu tun hatte?«, fragte er.

»Weil ich ähnliche E-Mails gelesen habe, in denen es jedes Mal um Menschenschmuggel ging.« Anna Lena Döring registrierte die überraschten Blicke, dann holte sie tief Luft und begann zu erzählen. Bodenstein und Pia hüteten sich, sie zu unterbrechen.

»Die LKW meines Mannes fahren selten ohne Ladung und ganz sicher niemals, wenn sie aus dem Nahen Osten, aus Osteuropa oder Marokko kommen. Hin und wieder werden die Fahrer geschnappt, aber sie werden gut genug bezahlt, um sich dumm und stumm zu stellen. In achtundneunzig Prozent aller Fälle geht es ohnehin gut. In Belgien existiert eine Firma namens Cargotrans S. A., die offiziell einer Frau namens Magalie Deslauriers gehört, aber in Wirklichkeit steckt mein Mann dahinter. Es gibt kein Firmengebäude und auch keine LKW sondern nur eine Briefkastenadresse in Genk. Über Cargotrans werden Aufträge abgewickelt, die es eigentlich nicht gibt. Cargotrans stellt Rechnungen an die Spedition Döring, und Döring überweist das Geld, oder auch umgekehrt. Eigentlich überweist mein Mann dieses Geld jedes Mal an sich selbst. Schwarzgeld wird weiß. Geld aus Menschenhändlergeschäften wird mit einem Mal zu legalem Geld. Ganz einfach. Aus diesem Grund betreibt er zig solcher Firmen in Holland, Belgien, Luxemburg und Gibraltar, aber auch in Übersee. Friedhelms Sohn Philipp organisiert alles, was in die USA und nach Kanada geht, von Buenos Aires aus. Für den Transport eines Menschen von Pakistan oder

Rumänien nach Amerika gibt es fünfzigtausend Euro. Davon kriegen die Schleuser einen geringen Teil, aber der Rest gehört ihm. Philipps angebliche Filmgesellschaft bringt auf illegalem Wege Hunderte von jungen Frauen aus dem Osten und Asien nach Deutschland. Sie glauben an eine Filmkarriere und Freiheit, aber hier landen sie alle in irgendwelchen Puffs als Prostituierte.«

»Welche Rolle spielt Hans Peter Jagoda?«, fragte Pia.

»Die JagoPharm«, mischte sich nun Florian Clasing ein, »war von vorne bis hinten Betrug pur, eine Seifenblase, denn nicht ein einziges Mal wurde eine wirkliche Leistung erbracht. Eine Geldwäschefirma. Allerdings hatte niemand damit gerechnet, dass es so eine erfolgreiche Seifenblase werden würde. Sie machten riesige Gewinne, weil sich Investoren und Analysten erstaunlich lange mit Prognosen und Wachstumsstrategien zufriedengaben. Als sie irgendwann Fakten sehen wollten, ging es bergab. Jagoda und Döring hatten ihren Einsatz durch den Börsengang längst verhundertfacht und wieder aus dem Geschäft gezogen, das Geld wurde ins Ausland verschoben.«

»Ach«, machten Bodenstein und Pia wie aus einem Mund.

»Mein Schwager wollte die JagoPharm fallenlassen«, führte Clasing weiter aus, »aber Jagoda hatte sich in die Idee verrannt, wirklich ein Star am Neuen Markt zu sein. Er gefiel sich in seiner Rolle. Das Ansehen, das Medieninteresse, der Rummel um seine Person, das brauchte er. Plötzlich wollte er die JagoPharm auf solide Füße stellen, aber da spielte Friedhelm nicht mit. Die beiden haben zusammen ein paar Leichen im Keller, damit hat mein Schwager Druck auf seinen Geschäftspartner ausgeübt.«

»Woher wissen Sie das denn alles?«, fragte Pia.

»Ich verfolge seit Jahren die Aktivitäten meines Schwagers«, Clasing zuckte die Schultern. »Ich habe Freunde an der

Börse, außerdem habe ich diese Unterlagen geprüft und etwas kombiniert. Ich weiß nur noch nicht, was für ein Druckmittel Döring gegen Jagoda in der Hand hat.«

»Das wissen wir aber«, erwiderte Bodenstein und lächelte, als er die Verblüffung in den Gesichtern von Dr. Clasing und seiner Schwester sah. »Ich glaube, Sie, Frau Döring, wissen das auch.«

»Wie bitte?«, fragte Clasing.

»Warum haben Sie Isabel Kerstner die Fotos von Marianne Jagoda und Staatsanwalt Hardenbach gegeben?«, fragte Pia.

»Was für Bilder?« Clasing wirkte beunruhigt.

»Fotos, die beweisen, dass Hardenbach sich schon früher von den Jagodas bestechen ließ«, Bodenstein öffnete die Akte, nahm die Schwarzweißfotos heraus, reichte sie Clasing und blickte Anna Lena Döring an.

»Ihr Mann wusste davon, dass Marianne Jagoda etwas mit dem Tod ihrer Eltern zu tun hatte, nicht wahr?«

»So war es nicht«, sagte Anna Lena Döring mit leiser Stimme, und ihr Bruder fuhr herum. »Marianne hat zwar gewusst, dass Hans Peter und Friedhelm etwas planten, aber sie war es nicht. Sie wissen auch nicht, dass ich etwas davon mitbekommen habe. Hans Peter brauchte damals im Vorfeld für seinen Börsengang drei Millionen Mark, die er nicht hatte. Auch Friedhelm hatte zu der Zeit nicht so viel Geld flüssig. Richtig reich ist er ja erst durch die JagoPharm geworden. Hans Peter pumpte seinen Schwiegervater an, aber der warf ihn einfach raus. Und da kam Friedhelm auf die Idee, Mariannes Eltern ... zu töten. Ich habe damals nicht kapiert, was sie planten. Erst als ich von dem Brand erfahren habe und Hans Peter ohne jedes Anzeichen von Trauer bei uns zum Feiern auftauchte, habe ich eins und eins zusammengezählt. Ich dachte, die Polizei würde ihnen auf die Schliche kommen, aber nichts geschah. Friedhelm hatte Marianne überwachen lassen. Er traute ihr nicht, sie ist nämlich ziemlich clever. Vor ein paar Wochen habe ich mitbekommen, dass Hans Peter und Friedhelm Videofilme hatten, auf denen Isabel mit verschiedenen Männern zu sehen war. Es waren unzufriedene ehemalige Aktionäre, Banker, Staatsanwälte und sogar jemand von der Steuerfahndung. Sie erpressten die Männer mit diesen Filmen. An einem Abend kam Hans Peter zu uns, er war ganz außer sich. Sie gingen ins Arbeitszimmer und vergaßen, die Tür zu schließen, deshalb konnte ich hören, was sie sagten. Hans Peter war so dumm gewesen, selbst mit Isabel ins Bett zu steigen, und auf einmal gab es auch einen Film mit ihm in einer Hauptrolle. Friedhelm machte ihm Vorwürfe. Er sagte, mit den Filmen könnten sie das alles noch eine Weile hinziehen bis drüben alles klar sei. Was genau er damit meinte, weiß ich nicht. Er versprach Hans Peter, dafür zu sorgen, Isabel aus dem Weg zu schaffen, weil sie ohnehin zu viel wüsste und zu unverschämt sei. Hans Peter sagte, je schneller, desto besser, denn er wollte ihre Wohnung auf den Kopf stellen, um diesen Film zu finden. Friedhelm ging es um Geld, aber Hans Peter wollte seinen Traum verwirklichen und die JagoPharm groß rausbringen. In dem Moment erkannte ich meine Möglichkeit, allen dreien eins auszuwischen.«

»Wie das?«, fragte Pia neugierig.

»Ich wusste, dass die Fotos im Tresor meines Mannes lagen. Ich nahm ein paar, schickte sie Isabel anonym in einem Umschlag. Dazu schrieb ich einen Brief, in dem stand, dass sie damit die Jagodas in der Hand habe, weil man mit Hilfe der Bilder beweisen könne, dass sie hinter dem Tod von Mariannes Eltern steckten. Ich hatte ja keine Ahnung, dass Isabel auch Hardenbach kannte.«

»Aber warum hast du das getan?« Florian Clasing war entgeistert. »Du hast dich doch selbst strafbar gemacht!«

»Es war mir egal«, sie lächelte unglücklich. »Ich wusste,

dass Isabel so gierig sein und Hans Peter mit ihrem Wissen erpressen würde. Ich wollte nur, dass sie Micha in Ruhe lässt, und gleichzeitig Friedhelm einen Strich durch die Rechnung machen. Hans Peter hätte angenommen, dass Isabel die Bilder von ihm hat. Schließlich hat er ihm schon immer misstraut.«

»Wahrscheinlich musste Isabel Kerstner wegen dieser Bilder sterben«, bemerkte Bodenstein.

»Das habe ich schon vermutet«, gestand Anna Lena Döring ein, aber sie machte nicht den Eindruck, als ob ihr diese Tatsache auch nur eine einzige schlaflose Minute bereiten würde.

»Ich befürchte, du brauchst einen Anwalt«, sagte Florian Clasing niedergeschmettert.

»Was Ihrem Mann widerfahren ist, haben Sie wohl schon gehört, oder?«, fragte Pia.

»Nein«, Anna Lena schüttelte den Kopf. »Ich habe gar nichts von ihm gehört. Aber von mir aus kann er tot sein.«

»Das ist er nicht«, erwiderte Pia und beobachtete jede Regung im Gesicht der Frau, »aber man hat ihn offenbar mit Stromstößen gefoltert. Und außerdem hat man ihn ... entmannt.«

»Wie bitte? Kastriert?« Anna Lena Döring blickte von Pia zu ihrem Bruder. Einen Moment blickte sie ungläubig und fassungslos drein, aber dann schlug sie die Hände vor den Mund und begann zu lachen. Ein Staudamm der lange zurückgehaltenen Ängste und Unterdrückung brach, sie lachte und lachte, geradezu hysterisch.

»Anna Lena«, zischte ihr Bruder, peinlich berührt von so viel offen zur Schau gestellter schadenfroher Befriedigung. »Hör doch auf!«

»Ich kann nicht«, sie schnappte nach Luft und wischte sich die Tränen von den Wangen. »Das ist einfach herrlich.

O mein Gott, ist das herrlich! Wie ich ihm das gönne, diesem Schwein.«

Bodenstein stand im Schatten der Bäume des Bad Sodener Friedhofs. Die kleine Trauergemeinde, die lediglich aus Valentin Helfrich, seiner Frau Dorothee und einer älteren Frau bestand, verfolgte schweigend, wie sich der Sarg in das ausgehobene Grab senkte. Die Sargträger gingen zur Seite, der Pfarrer sprach ein paar Worte, die Bodenstein nicht verstehen konnte. Es gab keine Tränen, kein lautes Schluchzen, nur beherrschte Gesichter. Isabel Kerstner hatte ihrer Familie in ihrem Leben viel Kummer bereitet, und ihr früher und gewaltsamer Tod hatte diese wohl kaum noch mehr erschüttern können als das, was sie zu ihren Lebzeiten angerichtet hatte. Was für ein Gefühl musste es sein, das eigene Kind zu Grabe zu tragen? Bodenstein hatte Eltern und Geschwister von Menschen erlebt, die zu Mördern und Vergewaltigern geworden waren, er hatte ihre Fassungslosigkeit und ihr Entsetzen, aber auch ihre Hilflosigkeit kennengelernt. Sie alle hatten die Schuld für die Taten ihrer Kinder bei sich gesucht, sich mit Vorwürfen und Zweifeln gequält und furchtbar darunter gelitten. Mit Unbehagen überlegte Bodenstein, wie er empfinden würde, wenn sein Sohn oder seine Tochter eines Tages etwas so Entsetzliches tun würden, und er wusste, dass auch er sich vorwerfen würde, irgendwo an einem wichtigen Punkt als Vater versagt zu haben. Die Sargträger verbeugten sich würdevoll und traten zurück. Gemeinsam mit dem Pfarrer gingen sie und überließen die Familie ihrer Trauer. Sie hatten ihre Arbeit getan. Bodenstein sah zu, wie Valentin Helfrich vor das offene Grab trat, den Arm um die Schulter seiner Mutter gelegt. Er warf keine Erde auf den Sarg und auch keine Blumen. Mit trockenen Augen nahm er Abschied von seiner schönen Schwester, die ihn ihr Leben lang nur bitter enttäuscht hatte. Am Ausgang des Friedhofs sprach Bodenstein die Familie der toten Isabel Kerstner an.

»Ich bedaure, dass ich Sie in diesem Augenblick der Trauer stören muss«, sagte Bodenstein, nachdem er Valentin Helfrich und den beiden Frauen kondoliert hatte. Er erinnerte sich daran, dass Helfrichs Mutter an Alzheimer litt. Womöglich hatte sie überhaupt nicht begriffen, was sich soeben abgespielt hatte.

»Kein Problem«, erwiderte der Apotheker nach kurzem Zögern. Bodenstein fiel auf, dass Helfrich übernächtigt, beinahe krank aussah, als habe er seit Nächten nicht geschlafen. Seine Augen waren blutunterlaufen, seine Wangen eingefallen.

»Ich bringe Mutter zurück«, sagte Dorothee Helfrich. »Bis später.«

Valentin Helfrich half ihr, seine Mutter ins Auto zu setzen. Er wartete, bis sie weggefahren war, und wandte sich dann wieder Bodenstein zu. Der war in den letzten Stunden immer mehr zu dem Schluss gekommen, dass Helfrich trotz seines Alibis etwas mit dem Tod seiner Schwester zu tun haben könnte. Er war einer der lachenden, jungen Männer auf dem Foto in der Pferdeklinik, ein enger Freund von Kerstner und Rittendorf, und er hatte das Tun seiner Schwester zutiefst missbilligt.

»Herr Helfrich«, begann er nach kurzem Zögern, »warum haben Sie sich am Nachmittag des 27. August mit Ihrer Schwester auf dem McDonald's-Parkplatz getroffen?«

»Sie wollte dieses Treffen«, Valentin Helfrich verschränkte die Hände hinter dem Rücken. »Sie vermuten, dass ich etwas mit dem Tod meiner Schwester zu tun haben könnte, nicht wahr?«

»Ich habe den Eindruck, dass Sie Ihre Schwester für das, was sie Ihren Freunden angetan hat, hassten«, antwortete Bodenstein.

»Hass ist ein zu großes Wort«, Helfrichs Stimme klang flach. »Ich habe sie verachtet. Meine Schwester hat ungeheuerliche Dinge getan. Unverzeihliches. Sie hat einen meiner besten Freunde auf dem Gewissen und einem anderen Freund das Leben zur Hölle gemacht. Sie hat sich meinen Eltern gegenüber unglaublich schlecht benommen. Aber gehasst habe ich sie nicht.«

»Ihr Freund Georg Rittendorf schon«, entgegnete Bodenstein. »Das stimmt«, Helfrich nickte müde.

»Was wollte Isabel also von Ihnen?«

Helfrich antwortete nicht sofort.

»Meine Frau und ich wünschen uns seit Jahren vergeblich ein Kind«, sagte er schließlich scheinbar zusammenhanglos. »Wir haben uns um ein Adoptivkind beworben, aber für eine Adoption in Deutschland sind wir beide mittlerweile zu alt. Eine andere Alternative kam für uns nicht in Frage. Es war im Mai, als Isabel einen Vorschuss auf ihren Erbteil wollte. Ich lehnte ab. Solange meine Mutter lebt, gehört ihr das Geld meines Vaters, und ich verwalte es. Das habe ich Isabel gesagt. Dann wollte sie von mir ein Darlehen. Das war schon häufiger vorgekommen. Ich sagte, es gebe kein Geld mehr, denn ich bekäme mein Geld nie von ihr zurück. Sie blieb beharrlich.«

»Wie viel Geld hat sie von Ihnen verlangt?«

»Fünfzigtausend Euro.«

»Das ist viel«, Bodenstein überlegte. Im Mai war Isabel Kerstner doch schon gut im Geschäft mit Jagoda und Kampmann gewesen. »Hat sie Ihnen gesagt, wofür sie das Geld brauchte?«

»Nicht direkt. Sie sagte, sie bräuchte es für eine Investition in ihre Zukunft. Und sie bat mich, Micha nichts davon zu sagen.«

»Und? Hielten Sie sich daran?«

»Ja«, Valentin Helfrich nickte. »Die Ehe von ihnen war doch ohnehin nur eine Farce. Micha und Anna Lena waren sich nähergekommen, und ich war der Ansicht, dass mein Freund mit ihr glücklicher werden würde als mit meiner Schwester.«

»Gaben Sie Isabel das Geld?«, wollte Bodenstein wissen.

»Ja«, Helfrich nickte. »Aber diesmal nicht ohne Gegenleistung.«

»Aha. Und was für eine Gegenleistung war das?«

»Ein Kind.«

»Wie bitte?« Bodenstein glaubte, sich verhört zu haben.

»Isabel war zu diesem Zeitpunkt schwanger. Sie bot mir an, das Kind Dorothee und mir zu geben. Für fünfzigtausend Euro.«

Bodenstein verschlug es für einen Augenblick die Sprache.

»Wer war der Vater des Kindes?«, fragte er dann.

»Ich habe sie nicht gefragt. Es war mir auch egal«, Helfrich zuckte die Schultern. »Isabel bekam das Geld und ich von ihr die Zusage, dass sie nach der Geburt des Kindes auf Nimmerwiedersehen aus meinem Leben verschwinden würde. Mit dem Geld wollte sie die Anzahlung für eine Tauchschule in Australien leisten, die sie günstig zum Kauf angeboten bekommen habe.«

»Glaubten Sie ihr das?«

»Ja«, Helfrich nickte. »Es gab diese Tauchschule wirklich. Ich hätte allerdings wissen müssen, dass sie ihre Meinung so schnell ändern konnte wie der Wind seine Richtung. Ein paar Wochen später war von der Tauchschule keine Rede mehr, dafür fuhr sie einen Porsche.«

Er setzte seine Brille ab und rieb sich die Augen.

»Am Samstagmorgen rief sie mich an und sagte, sie müsse mit mir reden. Unter vier Augen. Sie schlug Uhrzeit und Treffpunkt vor, und ich war pünktlich da. Isabel eröffnete mir, sie habe das Kind abtreiben lassen, da sich etwas ergeben habe und sie in Kürze Deutschland verlassen werde. Ich war wie vor den Kopf gestoßen. Die Leichtfertigkeit, wie sie mit ungeborenem Leben umging, erschütterte mich tief. Als ich ihr deswegen Vorwürfe machte, lachte sie nur und sagte, ich könne den Porsche haben, dann hätte ich mein Geld ja wieder zurück.«

Eine Weile sprachen weder Helfrich noch Bodenstein. Es war ganz still, nur der Wind rauschte in den Blätterkronen der Bäume.

»Sind Sie sich darüber im Klaren, dass Sie mit dem, was Sie mir gerade erzählt haben, in meinen Augen ein echtes Tatmotiv besitzen?«, sagte Bodenstein leise.

»Ja«, Valentin Helfrich setzte seine Brille wieder auf und straffte die Schultern, »das ist mir durchaus klar. Aber ich war es nicht.«

Bodenstein verschränkte die Arme vor der Brust.

»Kann es nicht sein«, begann er, »dass Sie und Rittendorf Ihre Schwester überwältigten, töteten und in den Kofferraum ihres Autos legten, um die Leiche später – nachdem sie sich mit dem Essen in Königstein ein Alibi verschafft hatten – auf den Aussichtsturm zu tragen und hinunterzuwerfen, in der Hoffnung, man würde es für einen Selbstmord halten?«

Valentin Helfrich dachte eine Weile nach.

»Das könnte sein«, räumte er ein, »aber es war nicht so. Tut mir leid. Wir haben gegessen, dann mussten Georg und seine Frau nach Hause, weil der Babysitter nur drei Stunden Zeit hatte. Dorothee und ich sind auch nach Hause gefahren. Allerdings waren wir noch in Kelkheim etwas trinken. In einer Cocktailbar namens XXS auf der Frankfurter Straße. Dort waren wir bis etwa ein Uhr. Ich habe mit Kreditkarte bezahlt, weil ich kein Bargeld mehr hatte. Sie können das alles nachprüfen.«

»Das werde ich«, Bodenstein ließ sich seine Enttäuschung über das erweiterte Alibi nicht anmerken. »Wo waren Sie übrigens gestern Nacht?«

»Gestern Nacht?«, Helfrich blickte ihn überrascht an. »Wann?«

»Zwischen ein und vier Uhr morgens.«

»Wo soll ich denn Ihrer Ansicht nach gewesen sein?«, die Andeutung eines Lächelns erschien in seinen Mundwinkeln.

»In einer Folterkammer«, entgegnete Bodenstein. »Mit Ihren Verbindungsbrüdern.«

Der Ausdruck der Genugtuung in Valentin Helfrichs Augen war Bodenstein Antwort genug. Er hatte erfahren, was er wissen wollte.

Hans Peter Jagoda sackte in sich zusammen wie ein Luftballon, dem man die Luft herausgelassen hat, als Bodenstein und Pia ihn am späten Nachmittag mit der Aussage von Anna Lena Döring konfrontierten. Er hatte mittlerweile erfahren, dass Oberstaatsanwalt Hardenbach vor seinem Freitod ein schriftliches Geständnis abgelegt und ihn damit schwer belastet hatte. Seine Gläubiger, die er mit den kompromittierenden Sexfilmen erpresst hatte, hatten sich zusammengeschlossen und eine Anklage wegen Betruges und Erpressung gegen ihn eingereicht; die Insolvenz der JagoPharm war nicht mehr aufzuhalten, und Jagoferonil, das Medikament, in das er alle Hoffnungen gesetzt hatte, würde nur noch dem Insolvenzverwalter Geld einbringen. Jagoda hatte begriffen, dass es keinen Zweck mehr hatte, zu schweigen und zu leugnen, und so hatte er beschlossen, reinen Tisch zu machen. Er gab zu, dass die JagoPharm tatsächlich ursprünglich nur gegründet worden war, um ordentlich abzukassieren, und dass es deswegen zwischen ihm und Döring zu einem Streit gekommen war. Über die komplizierten Einzelheiten wollte Bodenstein nichts wissen, das würde in den nächsten Wochen und Monaten Sache der Staatsanwaltschaft und des Betrugsdezernates sein. Ihn interessierte lediglich, ob Isabel versucht hatte, Jagoda mit den Schwarzweißfotos zu erpressen.

»Nein«, sagte Jagoda nach einem kurzen Blick auf die Bilder. »Ich habe diese Fotos noch nie gesehen. Weshalb sollte man mich mit diesen Bildern erpressen können?«

»Sind Sie ganz sicher?«, fragte Bodenstein beharrlich nach.

»Natürlich bin ich das«, Jagoda fuhr sich mit beiden Händen über das Gesicht. »Warum sollte ich Sie jetzt noch anlügen? Es ist doch vorbei.«

Donnerstag, 8. September 2005

Bodenstein parkte auf dem Parkplatz vor den historischen Gebäuden von Schloss Bodenstein, stieg aus und öffnete die hintere Klappe, um den Hund herauszulassen. Bei gutem Wetter und an Wochenenden war der Parkplatz überfüllt, denn Schloss Bodenstein, das am unteren Ende des Tales lag, das bis nach Ruppertshain führte, war ein beliebtes Ausflugsziel für Erholungssuchende aus Frankfurt und der Umgebung. In den letzten Jahren hatten sein Vater und sein Bruder, der eine äußerst geschäftstüchtige Frau geheiratet hatte, einiges dafür getan, um Schloss Bodenstein noch attraktiver und vor allen Dingen lukrativer zu machen. Neben dem traditionsreichen Reitbetrieb war die Waldgaststätte oberhalb des Gutshofes wieder belebt und gut verpachtet worden, und im Innenhof fanden regelmäßig kulturelle Veranstaltungen statt. Das Schloss selbst, in dem Bodenstein aufgewachsen war, beherbergte ein Restaurant der gehobenen Klasse, dessen Küchenchef im vergangenen Jahr mit Gault-Millaut-Kochmützen und Michelin-Sternen ausgezeichnet worden war. Bodenstein hatte keine Lust, seinen Bruder zu treffen. Er wollte mit seinen Gedanken allein sein, ging daher am Hoftor vorbei und wählte den asphaltierten Weg zum Schloss und zur Wegspinne, von der aus geschotterte Feldwege nach Fischbach und nach Ruppertshain führten. Der Hund flitzte begeistert über die abgeernteten Felder, erfreut über den unerwarteten Spaziergang nach Tagen der Vernachlässigung. Bodenstein schlug den Weg Richtung Ruppertshain ein. Wie immer, wenn sich ein Fall in einer Sackgasse befand, hoffte er, durch einen Fußmarsch ein wenig Klarheit in seine Gedanken bringen zu können. Gestern Abend war er noch ins Krankenhaus nach Höchst gefahren, in der Hoffnung, mit Döring sprechen zu können, aber der Mann stand noch unter Schock und dem Einfluss starker Beruhigungsmittel. Die belgische Polizei hatte Maurice Brault wegen Kindesentführung verhaftet, und die Staatsanwaltschaft hatte bereits einen Auslieferungsantrag gestellt. Behnke, Hasse und Ostermann hatten alle Gäste überprüft, die am Abend des 27. August bei Jagoda zu Gast gewesen waren. Unabhängig voneinander gestand jeder von ihnen ein, von Jagoda erpresst worden zu sein, und sie bestätigten, dass ihr Gastgeber den ganzen Abend über das Haus nicht verlassen habe. Auch Marianne Jagoda war bis mindestens ein Uhr dabei gewesen. Bodenstein beobachtete beim Laufen seinen Hund, der in weiten Kreisen über die Äcker rannte. Irgendwann in der Nacht von Dienstag auf Mittwoch war Friedhelm Döring aus seinem Haus entführt worden. Die Spurensicherung hatte bei einer gründlichen Überprüfung Fußspuren im Garten gefunden, einen heruntergedrückten Maschendrahtzaun, Reifenspuren auf dem Waldweg hinter Dörings Grundstück und zwei benebelte Rottweiler. Für Bodenstein stand fest, dass Rittendorf hinter der Aktion steckte. Allein hatte er das nicht bewältigen können, deshalb fiel sein Verdacht auf Clasing und Helfrich als Mittäter. Die drei hatten Rache an Döring genommen, für all das, was Anna Lena widerfahren war. Aber wenn sie auf diese sicherlich höchst strafbare Art und Weise nicht erfahren hätten, wo Döring seine Frau versteckt gehalten hatte, dann wäre sie wahrscheinlich jetzt tot. Das hatte Teddy van Eupen zugegeben. Ein Verdacht gegen Helfrich oder Rittendorf wegen Mordes an Isabel Kerstner ließ sich auf jeden Fall nicht erhärten, beide hatten für den Zeitpunkt, als Isabel gestorben war, ein Alibi. Was war mit Florian Clasing? Nein, Unsinn. Der bekannte Strafverteidiger würde sich niemals auf eine solche Unternehmung einlassen. Bodenstein hoffte verzweifelt auf eine Inspiration, einen Gedankenblitz, eine Erkenntnis, die ihm seinem Ziel, einen Mörder zu finden, näher bringen konnte. Langsam ging er alles durch, was er bisher in Erfahrung gebracht hatte, rief sich Tatsachen und Personen vor Augen, fragte sich, wer am meisten vom Tod der jungen Frau profitiert hatte. Da waren Döring und Jagoda, die zweifellos beide einiges zu verlieren gehabt hatten, Kerstner, der jahrelang gedemütigt worden war, und Valentin Helfrich, der seine Schwester aus nachvollziehbaren Gründen von Herzen gehasst hatte. Diese vier Personen waren diejenigen, die das offensichtlichste Interesse an Isabels Tod haben konnten, aber was war mit den vielen Menschen, denen die junge Frau in ihrer Gedanken- und Rücksichtslosigkeit ebenfalls Leid, Schmerz und Kummer zugefügt hatte? Wer konnte schon beurteilen, was einen Menschen dazu brachte, einen anderen umzubringen? Nach außen hin mochte der Grund wie eine Lappalie wirken, für den Menschen, der aus Verzweiflung, Zorn oder Hilflosigkeit zum Mörder wurde, mochte es einer Katastrophe gleichkommen. Bodensteins Gedanken wanderten zu Robert Kampmann, der fürchten musste, Isabel könnte ihre gemeinsamen Geschäfte seiner Kundschaft preisgeben. Ein Alibi hatte er nicht. Was war mit Frau Kampmann, der eifersüchtigen Ehefrau? Bodenstein fiel ein, dass er mit ihr noch überhaupt nicht gesprochen hatte, dabei waren die Spannungen zwischen ihr und ihrem Mann kaum zu übersehen. Und welche Rolle spielte Marianne Jagoda? War sie wirklich so ahnungslos, was den Tod ihrer Eltern anging? Das Handy summte mitten in seine Gedanken, und Bodenstein kramte es aus der Tasche seiner Jeans. Es war Pia Kirchhoff, die ihm verkündete, dass man vor einer halben Stunde Philipp Döring am Frankfurter Flughafen verhaftet hatte.

»Wir können ihn allerdings nicht lange festhalten«, ihre Stimme klang bedauernd. »Er hat einen Diplomatenpass.«

»Das habe ich befürchtet«, sagte Bodenstein. »Ich komme sofort. Hat er etwas über das Mädchen gesagt?«

»Bis jetzt noch nicht. Aber noch etwas: das Labor hat festgestellt, dass die Fingerabdrücke und das Haar in Isabels Porsche von Kampmann stammen.«

»Ich bin in einer halben Stunde da«, Bodenstein steckte sein Handy ein, pfiff seinen Hund zurück und machte auf dem Absatz kehrt.

Philipp Döring alias Felipe Durango war ein gutaussehender Mann mit einem markanten, männlichen Gesicht und einem durchaus sympathischen Lächeln. Seine Gesichtszüge ähnelten denen seines Vaters, aber er besaß nicht dessen aggressives Selbstbewusstsein. Er war schlank und sonnengebräunt, trug einen teuren Designeranzug und eine Patek Philippe am Handgelenk.

»Sie können mich hier nicht festhalten«, stellte er zu Beginn des Gesprächs klar. »Ich besitze diplomatische Immunität.«

Pia machte eine Miene, als würde sie ihm am liebsten ins Gesicht schlagen, aber Bodenstein lächelte nur.

»Das wollen wir auch gar nicht«, erwiderte er ruhig. »Nehmen Sie doch bitte Platz. Möchten Sie einen Kaffee trinken oder etwas anderes?«

»Ein Wasser, bitte«, erstaunt und ein wenig verunsichert über die freundliche Behandlung setzte Philipp Döring sich auf den angebotenen Stuhl. Pia goss ihm ein Glas ein und stellte es vor ihm auf den Tisch.

»Sie kommen direkt aus Buenos Aires«, begann Bodenstein, nachdem der junge Mann einer Tonbandaufzeichnung ihres Gesprächs zugestimmt hatte. »Wieso?«

»Ich habe erfahren, dass mein Vater einen Unfall hatte«, sagte Döring junior. »Ich muss mich um die Geschäfte kümmern, bis er das wieder selbst tun kann.«

»Ja, eine böse Sache«, Bodenstein nickte. »Er wurde mit Stromstößen gefoltert und anschließend auf fachmännische Weise entmannt.«

Philipp Döring, der gerade das Glas ansetzen wollte, ließ es wieder sinken. Sein Unterkiefer sackte herab, und sein Mund stand offen.

»Ach, das wussten Sie noch gar nicht?« Bodenstein lehnte sich zurück. »Ja, da war wohl jemand ziemlich wütend auf Ihren Vater. Er hat sich offenbar viele Feinde gemacht.«

Pia lehnte mit verschränkten Armen an der Wand und grinste leicht. Jetzt durchschaute sie die Strategie ihres Chefs.

»Feinde?«, wiederholte Philipp Döring, weiß wie die Wand.

»Man hat ihn nachts aus seinem Haus entführt, nachdem man die Hunde betäubt hatte«, fuhr Bodenstein fort. »Das müssen sehr entschlossene und skrupellose Leute gewesen sein. Ich meine, da gehört schon etwas dazu, einem Mann bei lebendigem Leib und vollem Bewusstsein die …«

»Hören Sie auf!«, der junge Döring sprang auf, seine Hände zitterten. »Das ist ja widerlich!«

»Bevor Sie sich so leichtfertig um die Geschäfte Ihres Vaters kümmern, würde ich mich an Ihrer Stelle erst mal bei ihm erkundigen, was dazu geführt hat«, Bodenstein tat mitfühlend. »Nicht, dass Sie der Nächste sind, den wir nackt und kastriert von einem Tor losschweißen müssen, an das man Sie angekettet hat. Stellen Sie sich vor, die hatten die abgetrennten Hoden Ihres Vaters in Formaldehyd eingelegt und in einem Glas vor seine Füße gestellt.«

Befriedigt beobachtete er die Reaktion des jungen Mannes. Seine Menschenkenntnis hatte ihn nicht getrogen. Philipp Döring war kein sonderlich starker Mann. Auch wenn er versuchte, einen coolen Eindruck zu machen, so stand ihm die nackte Panik in den Augen.

»Sie wollen mich einschüchtern«, flüsterte er.

»Aber ganz und gar nicht«, Pia stieß sich von der Wand ab, ergriff einen Ordner und präsentierte ihm ungerührt die Fotos, die von Friedhelm Döring am Tor der Reitanlage gemacht worden waren. Philipp Döring warf nur einen kurzen Blick auf die Bilder, verzog angeekelt das Gesicht und sank wieder auf den Stuhl. Von Rachsucht keine Spur. Er wollte nur sein eigenes Leben in Sicherheit wissen.

»Wo ist die Tochter von Isabel Kerstner?«, fragte Bodenstein.

»Auf meiner Hazienda«, murmelte der junge Mann, ohne zu zögern. »Ich sorge dafür, dass man sie sofort nach Deutschland zurückbringt.«

Über seinen Kopf hinweg wechselten Bodenstein und Pia einen zufriedenen Blick. Philipp Döring war ein Weichei.

Bodenstein verließ den Verhörraum und ging in sein Büro. Ihm war die Frau eingefallen, die am frühen Samstagvormittag mit Isabel gesprochen hatte. Er tippte die Handynummer von Thordis Hansen in sein Telefon, und diese meldete sich beinahe sofort.

»Hallo, Geheimniskrämerin«, sagte Bodenstein zur Begrüßung.

»Wieso das?«, erwiderte Thordis, ihre Stimme klang belustigt. »Ich dachte, Sie, als Kripomensch, würden schnell herausfinden, wer ich bin.«

Bodenstein musste zugeben, dass er in diesem Fall eine sehr lange Leitung gehabt hatte.

»Sie hatten vergessen, mir Ihren Nachnamen mitzuteilen«, sagte er deshalb.

»Stimmt«, gab sie freimütig zu. »Und warum rufen Sie mich jetzt an?«

»Ich will mich mit Ihnen treffen«, sagte Bodenstein mit geheimnisvoll gesenkter Stimme und konstatierte zufrieden, dass Thordis für ein paar Sekunden die Schlagfertigkeit abhandengekommen zu sein schien.

Eine Stunde später betrat Bodenstein die Pizzeria in Kelkheim-Münster, die Thordis ihm genannt hatte. Thordis und Barbara Conrady, in Reithosen und Stiefeln, saßen am Tisch in einer Ecke und tranken Mineralwasser. Es war nur wenig los, vorne am Tresen warteten die Pizzaboten gelangweilt und starrten auf den Fernseher, der mit voller Lautstärke lief. Bodenstein begrüßte Barbara Conrady, eine energische, sommersprossige Person mit einem sympathischen Grübchengesicht.

»Es geht um den Samstag vor vierzehn Tagen«, erklärte er. »Sie waren am frühen Nachmittag bei Isabel Kerstner, und ich hätte gerne gewusst, was Sie von ihr wollten.«

»Das kann ich Ihnen sagen«, sagte Frau Conrady. »Ich habe im April von Kampmann ein Dressurpferd gekauft. Er hatte es schon ein paar Monate im Stall, und Isabel hat es geritten. Das Pferd gefiel mir gut, aber Kampmann wollte sehr viel Geld haben.«

»Wie viel?«

»Achtzigtausend Euro.«

Bodenstein war beeindruckt. »Das ist eine Menge Geld.«

»Das Pferd war kerngesund, zehn Jahre alt, hatte Erfolge bis St. Georg«, fuhr Barbara Conrady fort. »Eigentlich passte der Preis. Ich ritt ihn ein paarmal, und irgendwann wurden wir handelseinig. Kurz nachdem ich das Pferd gekauft habe, verletzte es sich, und ich konnte es nicht mit aufs Turnier nehmen. Das ist eine Sache, die eben passieren kann. Anfang Juni war wieder alles o. k., und ich meldete erneut ein Turnier. Am Abend vorher legte sich das Pferd angeblich in der Box fest und war wieder lahm.«

Sie machte eine Pause und trank einen Schluck Wasser.

»Danach fuhr ich in den Urlaub. Kampmann sollte das Pferd solange reiten, aber als ich wiederkam und mich auf mein Pferd setzte, war es kaum noch reitbar. Ich bekam Streit mit Kampmann und sagte ihm auf den Kopf zu, er habe das Pferd nicht wie vereinbart geritten, sondern nur longiert. Dafür gab es jede Menge Zeugen, aber die hatten natürlich Angst, es sich mit Kampmann zu verscherzen, und wollten deshalb nicht namentlich genannt werden. Da wurde ich sauer und rief den Vorbesitzer des Pferdes an. Der sagte mir dann nach einigem Hin und Her, er habe das Pferd verkauft, weil es auf Turnieren überhaupt nicht mehr zu reiten sei. Schon beim Verladen gäbe es Probleme, und im Viereck hätte es nur noch auf den Hinterbeinen gestanden«, Barbara Conrady verzog das Gesicht. »Er hatte das Pferd für dreitausend Euro an Kampmann als Lehrpferd verkauft!«

»Glatter Betrug«, bemerkte Bodenstein. »Was haben Sie gemacht?«

»Kampmann stritt ab, davon gewusst zu haben«, erwiderte die Frau, »er behauptete, er habe selbst sehr viel Geld für das Pferd bezahlt. Ich fragte seine Frau, aber die tat ahnungslos. Dann kam ich auf die Idee, mit Isabel zu sprechen. Sie und Kampmann waren ja dicke Freunde. Aber Isabel wich mir immer aus. Am Samstag erwischte ich sie dann zu Hause und fragte sie, warum sie nie mit dem Pferd aufs Turnier gegangen wäre.«

»Schaut mal!«, rief Thordis in diesem Moment und deutete aufgeregt auf den Fernseher. »Das ist doch Hans Peter!«

Alle drei wandten sich um und verfolgten den Bericht im Fernsehen bei n-tv. Ein Reporter, der vor dem Polizeipräsidium in Frankfurt stand, berichtete ausführlich über die Zusammenhänge zwischen der Insolvenz der JagoPharm, dem Selbstmord von Oberstaatsanwalt Hardenbach, der Verhaftung von Hans Peter Jagoda und den Erpressungsvorwürfen gegen ihn.

»Das darf doch nicht wahr sein!« Barbara Conrady schüttelte schockiert den Lockenkopf. Bodenstein wandte sich wieder ab.

»Sie scheinen nicht sehr überrascht zu sein«, stellte Thordis fest und sah Bodenstein scharf an. Der zuckte nur die Schultern und grinste.

»Wahnsinn«, Barbara Conrady schüttelte den Kopf, »dabei hat Jagoda immer einen so seriösen Eindruck gemacht.«

»Gab es am Neuen Markt auch nur eine seriöse Firma?«, Thordis grinste. »Jedenfalls werden wir Hans Peter wohl eine Weile nicht sehen.«

»So an die zehn Jahre sicherlich nicht mehr«, bestätigte Bodenstein, aber dann fiel ihm ein, weshalb er hier saß.

»Was hat Isabel denn nun zu Ihnen gesagt?«, fragte er deshalb.

»Sie gab zu, dass mit dem Pferd nicht alles mit rechten Dingen zugegangen sei«, erwiderte Frau Conrady. »Ich wollte Genaueres wissen. Da sagte sie, ich solle noch ein paar Tage Geduld haben. Das war's.«

»Und was sagt Kampmann dazu?«

»Gar nichts«, Frau Conrady lächelte bitter. »Gekauft ist gekauft. Ich hoffte ja, dass ich ihn durch Isabel wenigstens dazu hätte bringen können, mir einen Teil des Kaufpreises rückzuerstatten, aber das hat sich jetzt ja erledigt.«

Im Bad Sodener Krankenhaus hatte man Kerstner mittlerweile auf eine normale Station verlegt. Bodenstein betrat die Station 23 und klopfte an die Tür des Zimmers 14. Kerstner sah unter seinem Kopfverband noch ziemlich blass aus, aber er lächelte matt, als er Bodenstein erkannte. Um seine Augen hatten sich dunkle Hämatome gebildet, die davon zeugten, mit welchem Nachdruck Teddy seinen Auftrag ausgeführt hatte.

»Hallo«, Bodenstein zog einen Stuhl heran. »Wie geht's Ihnen?«

»Besser«, Kerstner verzog das Gesicht. »Der Chefarzt hat vorhin gesagt, ich dürfte vielleicht in ein, zwei Tagen nach Hause.«

»Das ist gut«, Bodenstein lächelte, »da wird sich Ihre Tochter sicher freuen.«

Das Lächeln erstarb auf Kerstners Gesicht. Er richtete sich mühsam auf.

»Meine Tochter?«, flüsterte er.

»Habe ich Ihnen nicht versprochen, dass wir sie finden werden?«

»Das ist ... das ist nicht wahr ...«

»Doch. Sie ist in Argentinien, wird aber morgen von einer Mitarbeiterin der deutschen Botschaft nach Frankfurt gebracht. Spätestens übermorgen haben Sie sie wieder.«

Kerstner holte tief Luft, dann schloss er die Augen und atmete wieder aus. Eine Träne rann über seine Wange, eine zweite folgte. Er öffnete die Augen, und plötzlich strahlte er so glücklich, wie Bodenstein es ihm nicht zugetraut hätte.

»Ich weiß nicht, wie ich Ihnen danken soll. Ich habe es Ihnen schwergemacht, das weiß ich, und es tut mir leid, aber ...«

»Schwamm drüber«, sagte Bodenstein, gerührt von der Freude des Mannes, dem die ganze Zeit über sein Mitgefühl gegolten hatte.

»Sie wissen aber immer noch nicht, wer Isabel getötet hat, oder?«, fragte Kerstner, nachdem er sich wieder gefangen hatte.

»Leider nein«, Bodenstein hob bedauernd die Schultern. »Jeder Verdacht endete bisher in einer Sackgasse, und ich …«

Es klopfte an der Tür, Bodenstein verstummte. Die mopsgesichtige Tierarzthelferin Sylvia Wagner erschien mit einem Blumenstrauß in der Hand. Bodenstein erhob sich.

»Sie haben Besuch«, er reichte Kerstner die Hand, die dieser herzlich ergriff. »Ich wünsche Ihnen gute Besserung und für die Zukunft alles Gute.«

»Danke«, antwortete Kerstner, »Ihnen auch alles Gute. Vielleicht sehen wir uns unter anderen Umständen mal wieder.«

»Das würde mich freuen.«

Die beiden Männer lächelten sich an, dann drehte Bodenstein sich um und ging zur Tür. Und ganz plötzlich, wie ein Blitz aus heiterem Himmel, traf ihn die Erkenntnis, auf die er seit Tagen vergeblich gewartet hatte: Sylvia, die unscheinbare Tierarzthelferin, die der Meinung war, dass Isabel einen Mann wie Kerstner überhaupt nicht verdient hatte! Er wandte sich noch einmal um und sah, wie die junge Frau ihrem Chef mit einem schüchternen Lächeln den Blumenstrauß überreichte. Der verliebte, schwärmerische Ausdruck in ihren Augen sprach Bände, aber Kerstner schien ihn nicht zu bemerken.

»Das ist aber nett, dass du mich besuchst«, sagte er. »Komm, setz dich und erzähl mir, wie ihr ohne mich zurechtkommt.«

Bodenstein verließ das Krankenzimmer, aber er ging nur den Flur entlang, durch die Milchglastür der Station und setzte sich in dem großen Raum, von dem aus man in die einzelnen Krankenstationen gelangen konnte, auf einen der Stühle.

Sylvia war eifersüchtig auf Isabel gewesen, die körperlich das vollkommene Gegenteil von ihr selbst gewesen war. Sie hatte die schöne junge Frau gehasst, weil diese den Mann hatte, in den sie selbst hoffnungslos verliebt war, und ihn doch verschmähte. Wann hatte Sylvia Wagner den Plan gefasst, die Frau zu töten? Bodenstein fuhr zusammen, als die Tür der Station 23 aufging und die junge Frau mit gesenktem Kopf hinauskam. Sie hatte die Hände in die Taschen ihrer Weste gesteckt und bemerkte Bodenstein nicht, der sich nun erhob und ihr folgte. Erst im Foyer des Krankenhauses sprach er sie an. Das Erschrecken in ihren Augen interpretierte Bodenstein als schlechtes Gewissen.

»W…was wollen Sie?«, stotterte die Frau.

»Ich möchte Ihnen eine Frage stellen«, erwiderte Bodenstein.

»Ich hab's eilig«, die mopsgesichtige Sylvia schien sich ausgesprochen unbehaglich zu fühlen. Sie wich vor ihm zurück.

»Sie mögen Ihren Chef, den Dr. Kerstner, sehr gerne, nicht wahr?«

Sylvia Wagner nickte langsam.

»Sie mögen ihn so gerne, dass Sie es kaum ertragen konnten, wie er von seiner Frau behandelt wurde, oder?« Bodenstein wusste, dass er in diesem Augenblick gegen eine eiserne Regel verstieß, die er selbst einmal aufgestellt hatte. Diese Regel besagte, dass man in einem Verhör keine Suggestivfragen stellen sollte. Genau das tat er jetzt, aber es war ihm egal. Er war felsenfest davon überzeugt, der Mörderin Isabel Kerstners gegenüberzustehen, es schien schlüssig, ja, eindeutig, und er war müde und ungeduldig, beides denkbar schlechte Voraussetzungen für gute Ermittlungsarbeit. Auf Sylvia Wagners Gesicht malten sich Verwirrung und Angst, ihre Blicke flogen hin und her.

»Sie konnten Isabel nicht ausstehen.«

»Nein«, sie flüsterte kaum hörbar. Schweiß glänzte auf ihrer Oberlippe, sie atmete schnell. Bodenstein frohlockte innerlich. Gleich hatte er sie so weit!

»Wann haben Sie beschlossen, dass Sie sie töten würden?«

»Wie bitte?«, die Tierarzthelferin Sylvia Wagner, die nach Bodensteins Ansicht völlig aussichtslos in ihren Chef verliebt war und ihn aus einer höllischen Ehe hatte befreien wollen, stellte sich begriffsstutzig.

»Na, kommen Sie schon«, sagte Bodenstein. »Sie haben eine günstige Gelegenheit abgewartet, nachdem Isabel die Klinik verlassen hatte. Sie sind ihr nachgefahren, die Spritze mit dem Pentobarbital hatten Sie dabei, das war ein Leichtes für Sie, schließlich haben Sie Zugang zu der Klinikapotheke.«

»Ich glaube, bei Ihnen tickt's nicht ganz richtig«, Sylvia tippte sich an die Stirn. »Das ist ja wohl die Höhe!«

»Ich muss Sie bitten, mit mir zu kommen.«

»Einen Dreck werde ich tun!« Die Angst in ihrem Gesicht hatte sich in Empörung verwandelt. Sie warf ihm einen verächtlichen Blick zu, ließ ihn einfach stehen und marschierte auf den Ausgang zu.

»Halt!« Bodenstein ergriff sie an der Schulter, doch da drehte sich die stämmige Sylvia mit einer erstaunlich graziösen Bewegung um, packte seinen Arm, und schon schleuderte er mit einem Gefühl der Schwerelosigkeit durch die Luft. Der Schmerz explodierte in seinem Rücken, als er krachend auf den glänzenden schwarzen Fliesen des Krankenhausfußbodens aufschlug. Vor seinen Augen kreisten rote Punkte, er rang mit einem verzweifelten Keuchen um Atem. Er war ganz sicher, dass er sich das Rückgrat gebrochen hatte und dazu wahrscheinlich alle Rippen und das Steißbein! Bodenstein brach der kalte Schweiß aus, er brachte kein Wort über die Lippen, als sich besorgte Gesichter über ihn beugten.

»Schnell!«, rief jemand. »Der Mann muss in die Notaufnahme!«

»Gut, dass das im Krankenhaus passiert ist.«

»Holt einen Arzt!«

»Nein, nein«, murmelte Bodenstein, benommen vor Schmerzen, »schon gut, es ist nichts.«

Zwei Sanitäter und ein Arzt näherten sich im Laufschritt, der Kreis der Neugierigen wurde größer. Der wahnsinnige Schmerz ebbte allmählich ab, und zurück blieb eine rotglühende, grauenvolle Scham. Welcher Teufel hatte ihn geritten, die Frau so unprofessionell in die Zange zu nehmen? Bodenstein bemühte sich mit einem unterdrückten Stöhnen, wieder auf die Beine zu kommen, und schleppte sich hinaus zu seinem Auto. Später einmal, in ein paar Wochen oder Monaten, würde er vielleicht über diese erniedrigende Szene lachen können, aber jetzt war ihm nicht unbedingt danach zumute. Mit geschlossenen Augen blieb er in seinem Auto sitzen. Seine Theorie, dass die Tierarzthelferin Isabel gefolgt war, diese überwältigt, zu Tode gespritzt und danach in stockdunkler Nacht auf den Aussichtsturm geschleift hatte, um sie in die Tiefe zu stoßen, war wahrhaftig völlig an den Haaren herbeigezogen. Bodenstein konnte nur hoffen, dass niemand von seinen Leuten von diesem peinlichen Auftritt Wind bekam. Es klopfte an der Scheibe seines Autos, und er fuhr erschrocken zusammen, als er Sylvia Wagner erkannte. Dann aber ließ er die Zündung an und die Scheibe herunter.

»Ich wollte mich entschuldigen«, sagte die junge Frau zerknirscht. »Es … ich … es tut mir schrecklich leid, aber …«

»O Gott«, Bodenstein schüttelte den Kopf. »Ich muss mich bei Ihnen entschuldigen! Ich weiß auch nicht, was mit mir los war.«

Sylvia biss sich auf die Lippen, aber dann platzte sie heraus und lachte prustend. Bodenstein warf ihr einen gekränkten

Blick zu, doch als er das Groteske der Situation begriff, lachte er mit.

»Entschuldigung«, Sylvia Wagner wischte sich die Lachtränen aus den Augen. »Es sah nur so komisch aus!«

»Schon gut. Wer den Schaden hat, braucht für den Spott nicht zu sorgen.«

»Sie haben mich doch wohl nicht ernsthaft verdächtigt?«, fragte die junge Frau, wieder halbwegs beherrscht.

»Doch, leider. Für einen Moment schien es mir absolut plausibel.«

»Es stimmt zwar, dass ich Micha sehr gern mag, aber ich bin nicht in ihn verliebt. Ich habe einen Mann und zwei kleine Kinder. Micha ist einfach nur ein großartiger Tierarzt und ein sehr liebenswerter Mensch.«

»Es ist mir wirklich ausgesprochen peinlich«, beteuerte Bodenstein. »Meinen Sie, wir könnten unsere ... hm ... kleine Schaueinlage einfach vergessen?«

»Hab ich schon«, erwiderte die junge Frau und zwinkerte ihm zu.

»Danke«, Bodenstein grinste erleichtert, dann verzog er schmerzhaft das Gesicht. »Sie sind auf jeden Fall ganz schön fit.«

»Karate«, Sylvia lächelte bescheiden. »Deutsche Juniorenmeisterin 1999, schwarzer Gürtel.«

»Hätten Sie das nicht eher sagen können?« Bodenstein grinste schief. »Dann hätte ich das Überfallkommando geschickt.«

Gut Waldhof lag an diesem sommerlich heißen Nachmittag verlassen da. Auf dem Parkplatz standen nur zwei Autos. Eines davon war der gelbe Jeep von Thordis, wie Bodenstein feststellte. Er parkte neben ihrem Jeep und ging mit zaghaften Schritten in den Stall, wobei er sorgfältig darauf achtete, keine unbedachte Bewegung zu machen. Spätestens heute Abend würden sämtliche gezerrten Muskeln höllisch weh tun, und er war sicher, dass sein Rücken durch den unsanften Aufprall grün und blau war. Die Stallgasse war menschenleer, er fand Thordis nach einem Rundgang über die halbe Reitanlage auf dem Springplatz. Sie saß auf einem Braunen mit Blesse.

»Hallo«, sie parierte mit einem überraschten Lächeln neben ihm durch und pustete sich eine Haarsträhne aus dem erhitzten Gesicht. »Was machen Sie denn hier?«

»Ich wollte Sie mal auf dem Pferderücken bewundern«, Bodenstein lächelte auch. »Sie reiten gut.«

»Danke«, sie grinste, »ich gebe mir Mühe.«

»Sagen Sie mal«, Bodenstein lehnte sich an die Umzäunung, »stimmt es eigentlich, dass nicht Herr Jagoda, sondern seine Frau die eigentliche Inhaberin dieser Reitanlage ist?«

»Das kann schon sein«, Thordis nickte nachdenklich. »Ihn habe ich hier nur selten gesehen, aber sie war früher jeden Tag hier. Ihr Interesse hat erst im Sommer nachgelassen. Seitdem habe ich sie kaum noch gesehen. Die Jagodas hatten ihre Pferde wohl vorher in dem Stall stehen, in dem Kampmann als Reitlehrer gearbeitet hat. Da gab es dann Krach, und weil es hier damals fast völlig leer war, kamen sie mit noch zwanzig anderen plus Kampmann hierher. Drei Monate später haben die Jagodas den Stall gekauft.«

Sie blickte sich um und senkte die Stimme.

»Es wird getuschelt, dass die Jagoda den Stall nur gekauft hat, weil sie scharf auf Kampmann ist, aber das hat ihr wohl nichts genützt. Der steht eher auf Konfektionsgröße 36«, Thordis kicherte, dann beugte sie sich vor und starrte Bodenstein neugierig an. »Sagen Sie mal, was ist denn mit Ihnen passiert?«

»Wieso?« Bodenstein tat arglos.

»Sie haben eine Riesenbeule an der Stirn!«

Er hob die Hand, um seine Stirn abzutasten, bereute die unbedachte Bewegung jedoch sofort.

»Was ist denn?«, fragte Thordis ernstlich besorgt.

»Ich bin mit einer Karatekämpferin, die den schwarzen Gürtel hat, zusammengerasselt.«

»Ach was?« Thordis kicherte. »Doch nicht etwa mit Sylvia Wagner?«

»Später mehr«, Bodenstein schnitt eine Grimasse, »ich muss jetzt hoch zu den Kampmanns.«

Susanne Kampmann war nicht anzumerken, was sie von Bodensteins unerwartetem Erscheinen hielt.

»Mein Mann ist im Augenblick leider nicht da«, flötete sie und strahlte Bodenstein an.

»Das macht nichts. Ich wollte mit Ihnen sprechen.«

»Mit mir?« Frau Kampmann riss die Augen auf, aber dann öffnete sie die Tür und ließ Bodenstein eintreten. Sie führte ihn durch das makellos aufgeräumte Esszimmer in die Küche, was ihn etwas erstaunte, und schloss die Tür hinter sich.

»Kann ich Ihnen etwas zu trinken anbieten? Einen Kaffee?«, zwitscherte sie beflissen, aber Bodenstein lehnte dankend ab.

»Es geht noch einmal um den Samstag, an dem Isabel gestorben ist«, sagte er. »Leider können wir noch immer nicht den gesamten Ablauf dieses Tages rekonstruieren. Sie könnten mir möglicherweise dabei helfen.«

»Gerne«, Frau Kampmann sah ihn aufmerksam an.

»Ihr Mann hat uns erzählt, dass Isabel am Abend gegen sieben Uhr noch einmal hier auf der Reitanlage gewesen ist«, begann Bodenstein. »Wussten Sie das?«

»Nein«, die Frau schüttelte den Kopf. »Ich bin am späten Nachmittag zu meinen Eltern gefahren.«

»Hat Ihr Mann Ihnen auch später nicht erzählt, dass Isabel noch einmal hier war?«

»Nein. Warum sollte er?«, erwiderte Frau Kampmann. »Das war ja nichts Besonderes.«

»Ihr Mann hat häufig Pferde an seine Kunden hier im Stall verkauft«, fuhr Bodenstein fort, »und Isabel hat ihm bei der Vermittlung geholfen. Dafür bekam sie Geld von Ihrem Mann. Wissen Sie etwas darüber?«

»Isabel hat die Verkaufspferde von Gut Waldhof geritten«, Frau Kampmann ergriff ein Küchenmesser und spielte gedankenverloren damit herum, »sie war eine sehr gute Reiterin. Natürlich bekam sie etwas dafür.«

»Zwanzig Prozent von achtzigtausend Euro sind aber mehr als ›etwas‹.«

»Wer behauptet, dass sie so viel bekommen hat?«, mit einem Mal verschwand das aufgesetzte Strahlen.

»Ich weiß es«, Bodenstein beobachtete interessiert ihr Mienenspiel. »Ihr Mann macht diese Geschäfte auf eigene Rechnung, nicht wahr? Die Jagodas bekamen nur einen kleinen Anteil vom Verkaufserlös, den großen Batzen steckte er in die eigene Tasche, oder?«

»Davon weiß ich nichts.«

»Glauben Sie, dass Frau Jagoda etwas davon weiß?«

»Mit Sicherheit nicht«, entgegnete Frau Kampmann. »In Roberts Vertrag steht eindeutig, dass er keine Geschäfte auf eigene Rechnung machen darf. Sämtlicher Gewinn gehört den Jagodas. Ich denke auch nicht, dass er sich das getraut hätte, außerdem wüsste ich es doch, wenn er größere Mengen Geld nebenher verdient hätte.«

»Sind Sie sicher? Er kann das Geld doch vor Ihnen geheim gehalten haben.«

Ein ärgerlicher und verletzter Ausdruck trat in ihre Augen, aber ihre Miene blieb unergründlich.

»Wenn Isabel nun versucht hätte, Ihren Mann mit ihrem Wissen über diese geheimen Geschäfte zu erpressen«, sagte Bodenstein, »was glauben Sie, wie er darauf reagiert hätte? Was stand für ihn auf dem Spiel?«

»Eine Menge«, murmelte die Frau nachdenklich. Sie schwieg eine Weile. Aus der Nähe betrachtet waren die Spuren, die Hungerkuren und häufige Solarienbesuche in ihrem Gesicht hinterlassen hatten, deutlich zu erkennen.

»Mein Mann ist kein guter Geschäftsmann«, sagte sie dann, »vor Jahren hat er die Reitanlage, die er von seinen Eltern geerbt hatte, verloren. Der Hof wurde zwangsversteigert. Uns blieb weniger als nichts, und Robert musste als Angestellter arbeiten gehen, was ihm nicht gefiel. Zufällig lernten wir in dem Reitstall, in dem er arbeitete, die Jagodas kennen, wir verstanden uns gut mit ihnen. Jagoda schlug meinem Mann vor, seinen Namen für irgendeine dubiose Firma, über die er noch dubiosere Geschäfte abwickelte, herzugeben. Er bot dafür hunderttausend Mark bar auf die Hand, und Robert tat es. Es war kaum ein Risiko dabei, denn diese Firma existierte in Wirklichkeit überhaupt nicht. Als ich einmal fragte, um was es da eigentlich ging, antwortete Jagoda, es sei eine Großwäscherei.«

Frau Kampmann lachte ein bisschen zu schrill.

»Geldwäsche – klar. Uns war's egal. Dann kauften die Jagodas diese Reitanlage und stellten meinen Mann als Verwalter und mich als Bürokraft an. Sie zahlen sehr großzügig, dazu haben wir das Haus mietfrei, einen Geschäftswagen und andere Vergünstigungen. Jagoda löste unsere Schulden bei der Bank ab. Irgendwann kam die nächste Firma, bei der Robert ›Geschäftsführer‹ wurde, und auch da ging alles gut. Mittlerweile hatte Jagoda seine Firma an die Börse gebracht.

Da er als Inhaber seine Aktien nicht verkaufen durfte, gab er meinem Mann eine Million, die wir in Aktien der Jago-Pharm anlegen mussten. Der Aktienkurs schoss in die Höhe, Robert verkaufte die Aktien und bekam dafür von Jagoda hundertfünfzigtausend Euro Provision. In den vergangenen Jahren haben sie drei oder vier Firmen gegründet, und jedes Mal bekam Robert Geld dafür.«

Für Bodenstein war das nur die Bestätigung seiner Vermutungen. Jagoda hatte an seiner Firma auf illegale Weise unglaublich viel Geld verdient.

»Und wo ist dieses Geld jetzt?«, wollte Bodenstein wissen und fragte sich, weshalb die Frau ihm, einem Polizeibeamten, so freimütig über diese höchst zweifelhaften Machenschaften berichtete.

»Wie gewonnen, so zerronnen«, erwiderte Frau Kampmann, und ihre Stimme bekam einen bitteren Unterton. »Mein Mann hat das Geld in Aktien investiert, obwohl er von so etwas keinen blassen Schimmer hat. Er meinte, er würde etwas davon verstehen, weil es damals jeder gemacht hat. Es wäre ja auch zu schön gewesen.«

»Das heißt, Sie sind pleite.«

»So pleite wie die JagoPharm«, sie lachte leise, nicht erheitert, sondern resigniert. »Und wenn die Jagoda jetzt noch rauskriegen sollte, dass Robert sie mit den Pferdegeschäften betrogen hat, dann ist er auch noch diesen Job hier los.«

»Ich denke, das ist nicht so einfach. Sie und Ihr Mann wissen doch viel zu viel über die kriminellen Geschäfte von Herrn und Frau Jagoda.«

»Von *Herrn* Jagoda vielleicht«, Frau Kampmann verzog das Gesicht, »*sie* hat sich immer aus allem herausgehalten. Es hat sie nicht interessiert, warum auch? Immerhin hat sie ja genug Kohle. Ihr war nur diese Reitanlage hier wichtig.«

Bodenstein sah durchs Fenster, wie sich das Hoftor öffnete, wenig später fuhr der silberne Geländewagen Kampmanns auf den Hof.

»Wussten Sie, dass Ihr Mann ein Verhältnis mit Isabel hatte?«

Frau Kampmann fuhr herum. Ihre Augen flackerten. Sie wandte sich abrupt ab, ergriff wieder das Küchenmesser und begann, mit hektischen Bewegungen Gemüse zu zerkleinern. Plötzlich sah Bodenstein die Frau mit anderen Augen. Susanne Kampmann war nicht etwa eine Meisterin der Selbstverleugnung, sie war eine Löwin, die ihr Eigentum wenn nötig mit Klauen und Zähnen verteidigte. Und zu diesem Eigentum gehörte auch ihr Mann, selbst wenn er ihr untreu gewesen sein sollte.

»Nun ja«, sagte Bodenstein, »wissen Sie, was Ihr Mann an dem Samstagabend gemacht hat, nachdem Sie zu Ihren Eltern gefahren sind?«

»Keine Ahnung«, Susanne Kampmann starrte aus dem Fenster und beobachtete, wie ihr Mann aus dem Auto ausstieg und zur Haustür ging. »Wahrscheinlich hat er etwas getrunken und vor dem Fernseher gesessen. Als ich nach Hause kam, lag er auf der Couch und schlief.«

»Tatsächlich?« Bodenstein hob die Augenbrauen. »Ihr Mann sagte mir, Sie seien in dieser Nacht gar nicht nach Hause gekommen.«

»Unsinn«, widersprach sie, »ich bleibe nie über Nacht weg.«

Die Tür ging auf. Robert Kampmann erschien in der Küche. Er war blass und wirkte angespannt.

»Hallo«, sagte er zu Bodenstein, dann flog sein Blick nervös zum Fenster, als erwarte er irgendein Unheil, das noch größer war als die Kriminalpolizei im Haus.

»Guten Tag, Herr Kampmann«, erwiderte Bodenstein.

»Ich will Sie und Ihre Frau nicht länger stören. Schönen Tag noch.«

Er bedankte sich bei Frau Kampmann für die Auskünfte und verließ das Haus.

Thordis war gerade fertig mit ihrem Pferd, dem sie eben den Sattel abnahm. In dem Moment raste draußen vor dem Stall ein Auto mit quietschenden Reifen auf den Hof, ein zweites folgte im gleichen Tempo. Bodenstein und Thordis beugten sich vor und blickten durch das geöffnete Boxenfenster neugierig hinaus.

»Wer ist das?«, fragte Bodenstein, als ein Mann nun mit grimmigem Gesicht schnurstracks in Richtung Wohnhaus marschierte. Ihm folgte ein zweiter Mann auf dem Fuß. Er dachte an Kampmanns Nervosität. Hatte er diesen Besuch erwartet?

»Das ist Dr. Helmut Marquardt«, erklärte Thordis. »Der andere ist John Payden. Was ist denn in die gefahren?«

Bodenstein erinnerte sich dunkel daran, die beiden Namen schon einmal gehört zu haben.

»Die Marquardts«, erklärte Thordis mit leicht ironischem Tonfall, »sind die hörigsten und treuesten Kunden vom großen Guru Kampmann. Sie haben in den letzten vier Jahren drei wirklich teure Dressurpferde von ihm gekauft, aber keines von ihnen war auch nur einen Schuss Pulver wert.«

»So ähnlich wie bei Barbara Conrady?«

»Noch schlimmer«, erwiderte Thordis. »Was Kampmann alleine von Marquardts in den letzten Jahren für Beritt, Unterricht der Tochter und Turnierbetreuung kassiert hat, geht schon in die Hunderttausend. Dazu die überteuerten Pferde, da kommt schon was zusammen.«

»Aber wieso haben die Leute nie etwas bemerkt?«, fragte Bodenstein.

»Niemand hätte je gewagt, Kampmann in Frage zu stellen«, Thordis grinste, wurde aber dann ernst. »Wenn hier mal jemand den Mund aufgemacht hat, galt der sofort als Querulant und wurde umgehend weggemobbt. Die Kampmanns haben eine todsichere Strategie entwickelt, wie sie Leute bestrafen, nämlich die, dass sie nicht mehr mit ihnen reden.«

»Nicht mehr mit ihnen reden?«, wiederholte Bodenstein erstaunt. »Sie reden nicht mehr mit ihren Kunden?«

»Das ist hier wie in einer Sekte«, Thordis senkte die Stimme, »jeder will nur bei Kampmann beliebt sein. Eine Strafe durch Nichtbeachtung ist gleichbedeutend mit der Verbannung.«

Sie kicherte.

»Trotzdem müssen sich die Leute doch wundern, wenn sie nie Erfolg mit ihren teuren Pferden haben«, sagte Bodenstein.

»Ich glaube an Robert Kampmann, den Allmächtigen, den einzig wahren Gott …«, spottete Thordis. »Die haben doch alle keine Ahnung und vertrauen Kampmann blind. Selbst wenn es denen jemand ins Gesicht gesagt hätte, was Kampmann in Wirklichkeit mit ihren Pferden macht – oder besser gesagt *nicht* macht –, dann hätten sie es nicht einmal geglaubt. Sie wollen es einfach nicht sehen.«

Thordis schüttelte verächtlich den Kopf. Draußen rollten zwei weitere Autos mit Pferdeanhängern auf den Hof, gefolgt von einem großen Pferdetransporter. Leute betraten den Stall.

»Wir ziehen aus«, teilte ein Mädchen Thordis im Vorbeigehen schluchzend mit. »Mein Vater platzt vor Wut!«

»Anscheinend haben es einige Leute jetzt doch verstanden«, sagte Bodenstein trocken.

»Man soll ja nicht schadenfroh sein«, entgegnete Thordis,

»aber ich bin's doch irgendwie. Was haben die alle von Kampmann geschwärmt, dabei hat er sie allesamt nur eiskalt abgezockt.«

»Mir scheint, er ist ziemlich in der Bredouille«, bemerkte Bodenstein.

»Geschieht ihm ganz recht«, Thordis' Stimme klang verächtlich, »das ging schon viel zu lange gut.«

»Ich habe mich wohl in Kampmann getäuscht«, gab Bodenstein zu und blickte nachdenklich durch das Stallfenster zum Wohnhaus hinüber. »Ich hatte den Eindruck, er sei nicht besonders intelligent.«

»Ist er auch nicht«, Thordis führte das Pferd in die Box, »er ist nur neidisch auf jeden, der in seinen Augen mehr besitzt als er selbst. Sein Götze ist das Geld, und dafür tut er alles.«

Ein weiteres Auto kam und fuhr direkt bis vor das Wohnhaus. Bodenstein erkannte Marianne Jagoda, die sich aus ihrem Cayenne wuchtete und mit energischen Schritten zu Kampmanns Haustür ging, vor der die Herren Marquardt, Neumeyer und Payden bereits heftig und lautstark mit dem Reitlehrer diskutierten.

»Schade«, sagte Bodenstein und warf einen Blick auf seine Uhr, »ich muss noch einmal aufs Kommissariat. Ich würde gerne wissen, wie das hier ausgeht.«

»Ich bleibe noch hier und erstatte Ihnen dann Bericht«, versprach Thordis.

Freitag, 9. September 2005

»Hier ist das Vernehmungsprotokoll von Philipp Döring«, Pia betrat Bodensteins Büro und legte ihm ein paar Blätter auf den Schreibtisch.

»Danke«, er warf ihr einen nachdenklichen Blick zu, »glauben Sie die Geschichte, die Döring junior uns erzählt hat?«

»Hundertprozentig«, Pia setzte sich auf einen der Besucherstühle. »Er hatte die Hose viel zu voll, um uns anzulügen. Und er hatte auch keinen Grund, um zu lügen.«

Bodenstein blätterte in dem Protokoll, suchte nach einer bestimmten Stelle und las sie nochmals durch.

»Er hatte Isabel durch seinen Vater kennengelernt«, murmelte er. »Sie hat sich in ihn verliebt, bis sie gemerkt hat, dass er gar nicht auf Frauen steht. Aber trotzdem schmiedeten sie gemeinsame Zukunftspläne und wollten sogar heiraten. Was soll das?«

»Vielleicht haben sie sich einfach gut verstanden«, mutmaßte Pia. »Er hat Geld wie Heu, kann ihr das Leben bieten, von dem sie immer geträumt hat, und will dafür aber keine großartige Gegenleistung.«

»Ja, schon klar«, Bodenstein rieb sich die Augen, »aber was für einen Vorteil hätte *er* denn davon gehabt? Das verstehe ich nicht.«

»Schon eigenartig«, überlegte Pia laut, »obwohl er wusste,

dass sie mit wildfremden Männern in die Kiste sprang und sich dabei filmen ließ, wollte er sie heiraten.«

Das Telefon auf Bodensteins Schreibtisch klingelte.

»Wir fahren gleich nach Weiterstadt. Ich will noch mal mit Jagoda sprechen«, sagte er zu Pia, bevor er den Hörer abnahm.

Sie nickte und verließ das Büro. Am Telefon war Cosima mit guten und schlechten Neuigkeiten.

»Ich bin im Krankenhaus«, verkündete sie, »ich habe mir gestern den Knöchel gebrochen.«

»O Gott! Was ist denn passiert?« Bodenstein ahnte Schlimmes. Cosima begann grundsätzlich mit den Kleinigkeiten.

»Wir waren auf dem Weg durch ziemlich schlechtes Gelände«, berichtete sie, »unser Führer meinte, es wäre eine Abkürzung, aber leider hatte es durch die starken Regenfälle einen Erdrutsch gegeben. Glücklicherweise war unsere ganze Ausrüstung in den beiden anderen Jeeps, weil der, in dem ich saß, jetzt in einer Schlucht ein paar hundert Meter tiefer liegt.«

Bodenstein schloss die Augen. Allein die Vorstellung, wie knapp Cosima Tod oder Verstümmelung entronnen war, verursachte ihm Herzschmerzen. Diese Expeditionen mussten aufhören!

»Es ist aber keiner großartig zu Schaden gekommen, außer mir«, sie lachte. »Ich kam nicht ganz so schnell aus der Kiste raus wie die anderen. – Bist du noch dran, Olli?«

»Mir hat's die Sprache verschlagen«, gab er zu. »Wann kommst du nach Hause? Ich schwör dir, ich lass dich nie wieder irgendwohin fliegen, höchstens nach …«

»Ich kann dich nicht verstehen«, unterbrach sie ihn, und Bodenstein musste wider Willen grinsen.

»Wann kommst du nach Hause?«, wiederholte er, »ich vermisse dich ganz schrecklich!«

Er zögerte einen Moment.

»Außerdem«, er senkte seine Stimme, »kann ich dir nicht mehr lange für meine Treue garantieren, denn mir ist eine ausgesprochen attraktive Jugendliebe über den Weg gelaufen, zusammen mit ihrer noch attraktiveren einundzwanzigjährigen Tochter.«

Er hatte es noch nie ertragen können, vor Cosima ein Geheimnis zu haben, und auf diese Weise hatte er der ganzen Sache mit Inka die ernsthafte Dimension genommen.

»Na, dann werde ich mich ganz besonders beeilen«, sagte Cosima auf der anderen Seite der Erdkugel. »Früher habe ich vier Wochen wegbleiben können, ohne dass du gleich an Ehebruch gedacht hast.«

»Ein Grund mehr, in Zukunft in meiner Nähe zu bleiben.«

»Wir werden sehen«, sie lachte, aber dann wurde sie ernst. »Ich vermisse dich auch, mein Schatz. Ich muss noch warten, bis der Gips trocken ist, aber dann fliegen wir nach Buenos Aires und von dort aus nach Hause. Wenn das mit den Anschlussflügen klappt, bin ich vielleicht schon am Samstagabend wieder bei dir und zu allen Schandtaten bereit.«

»Nach Buenos Aires, sagst du?«, fragte Bodenstein. Plötzlich hatte er eine Idee. Vielleicht könnte Cosima in Argentinien mehr über Philipp Döring in Erfahrung bringen …

Jagoda machte einen gefassten, ja, beinahe heiteren Eindruck, als er Bodenstein und Pia wenig später im Besuchszimmer des Untersuchungsgefängnisses gegenübersaß.

»Ich bin irgendwie froh, dass alles vorbei ist«, gestand er.

»Sie werden ziemlich lange im Gefängnis sitzen«, erinnerte Pia ihn.

»Tja«, Jagoda zuckte die Schultern, »das habe ich wohl verdient. Ich habe ein paar krumme Dinger gedreht, aber trotzdem ist es ein gutes Gefühl, diesen furchtbaren Druck los zu sein, die Angst davor, ein falsches Wort zu sagen. Diese dauernde Lügerei hat mir die Nerven ruiniert.«

»Nun«, Bodenstein räusperte sich, »dann kommt es ja auf ein paar Jahre mehr oder weniger nicht an.«

»Wie meinen Sie das?« Jagoda hörte auf zu lächeln.

»Wir sind mittlerweile ziemlich sicher, dass Isabel Kerstner sterben musste, weil Sie fürchteten, dass sie Sie erpressen würde.«

»Wie bitte?« Jagoda richtete sich auf. »Aber das ist nicht wahr!«

»Ich finde die Geschichte ganz schlüssig«, Bodenstein lehnte sich bequem zurück. »Sie haben Leute erpresst, und Isabel wusste davon. Sie hatten damals bereits gemeinsam mit Döring dafür gesorgt, dass Ihre Schwiegereltern bei einem Brand ums Leben kamen, auch das wusste sie. Und dann gibt es das Video von Ihnen. Isabel hatte Affären mit Kampmann und Döring. Ist es nicht durchaus denkbar, dass Ihnen das alles zu heiß wurde?«

Hans Peter Jagoda wurde bleich.

»Nein«, murmelte er, »nein, nein, das stimmt alles nicht!«

»Was stimmt denn dann?«, fragte Pia und deutete auf das Tonbandgerät, das mitlief. »Erzählen Sie uns doch mal Ihre Version vom 27. August. Und wenn möglich bleiben Sie diesmal bei der Wahrheit. Märchen haben wir schon genug auf Band.«

Jagoda erhob sich und trat hinter seinen Stuhl.

»Gut«, sagte er nach einer Weile entschlossen. »Es ist ohnehin alles vorbei. Wo fange ich an?«

»Wir wissen schon eine ganze Menge«, half Bodenstein ihm, »zum Beispiel über Kampmanns Aktivitäten als Geschäftsführer für Ihre Briefkastenfirmen, über die Zahlungen, die Sie an ihn geleistet haben.«

»Die Kampmanns«, Jagoda stieß einen Seufzer aus, »hatten Schulden bis über beide Ohren und den Drang, mit den großen Hunden pinkeln gehen zu wollen. Ich sorgte dafür, dass er seine Schulden abbezahlen konnte, und ließ ihn etwas verdienen, dafür tat er mir hin und wieder einen kleinen Gefallen, völlig risikolos.«

»Sie haben ihn als Strohmann für Ihre Aktienkäufe benutzt«, warf Bodenstein ein. »Das ist im höchsten Maße kriminell.«

»Mag sein. Dafür werden sie mich ja auch bestrafen, aber mit einem Mord habe ich nichts zu tun!«, erwiderte Jagoda heftig.

»Wie hat Isabel davon erfahren, dass Sie mit dem Tod Ihrer Schwiegereltern zu tun hatten?«, fragte Pia.

»Ich bin mir ziemlich sicher, dass sie das von Döring wusste.«

»Aus welchem Grund sollte er Isabel so sehr vertrauen, dass er ihr von einer so brisanten Angelegenheit erzählte, die ja auch ihn in nicht unerheblichem Ausmaß betraf?«

»Friedhelm erzählt viel, vor allen Dingen, wenn er betrunken ist«, erwiderte Jagoda. »Warum fragen Sie ihn nicht selbst danach?«

»Das ist im Augenblick nicht möglich«, bemerkte Bodenstein, »er wurde verletzt und ist noch nicht wieder vernehmungsfähig. Aber das spielt hier jetzt auch keine Rolle. Woher wusste Isabel von dem Mordkomplott gegen die Eltern Ihrer Frau? Hat sie versucht, Sie mit den Fotos von Hardenbach und Ihrer Frau zu erpressen?«

Jagoda setzte sich wieder auf den Stuhl und seufzte.

»Nein.«

»Sind Sie sicher?«, bohrte Pia.

»Ja, das bin ich«, sagte Jagoda. »Ich habe diese Bilder nie gesehen. Mich hat sie mit diesem Film erpressen wollen, aber ich habe ihr klargemacht, dass sie mich nicht erpressen kann.«

»Wieso nicht?«

»Weil ich pleite bin«, Jagoda machte eine hilflose Bewegung mit den Armen und lächelte dünn. »Ich bin arm wie eine Kirchenmaus.«

»Ach? Und was ist mit dem Geld, das Sie bei den Strohverkäufen der JagoPharm-Aktien verdient haben? Es müssen Millionen sein.«

»Einen großen Teil habe ich ausgegeben. Alles andere habe ich wieder in die JagoPharm gesteckt. Ich dachte, ich kriege es hin.«

»Wie hat Isabel darauf reagiert?«

»Sie wurde sauer«, antwortete Jagoda. »Sie war ein ziemlich undankbares Mädchen. Immerhin hatte sie ja eine ganze Weile ordentlich Geld von mir bekommen.«

»Dafür hat sie ja auch etwas getan«, warf Pia ein.

»Nichts, was sie nicht selbst tun wollte«, sagte Jagoda.

»Auf jeden Fall hat sie kein Geheimnis daraus gemacht, dass sie Geld brauchte, um frei zu sein und ihre Zukunftspläne zu verwirklichen.«

»Was für Pläne waren das?«, erkundigte Pia sich, während Bodenstein in der Akte mit den Vernehmungsprotokollen des Falles blätterte, die vor ihm auf dem Tisch lag.

»Die änderten sich ständig«, erwiderte Jagoda, »das habe ich Ihnen ja schon erzählt. Aber dann kam alles anders, denn Philipp Döring machte ihr einen Heiratsantrag.«

»Aber der ist doch schwul, oder nicht?«

»Ja«, Jagoda schüttelte nachdenklich den Kopf, »das fand ich auch zuerst seltsam, aber dann wurde mir klar, dass das für Isabel überhaupt keine Rolle spielte. Ihr war nur das Geld wichtig. Señora Durango auf der großen Hazienda in Argentinien. Urlaub auf der Luxusyacht, Geld wie Heu.«

»Aber was hat Philipp Döring dazu veranlasst, Isabel heiraten zu wollen?«

»Keine Ahnung«, Jagoda zuckte die Schultern. »Ich hielt es erst für einen Witz. Er wird seine Gründe gehabt haben.«

»Wusste Friedhelm Döring etwas von den Plänen seines Sohnes?«

»Ja.«

»Tatsächlich?« Bodenstein hatte die Stelle aus dem Gespräch mit Anna Lena Döring in den Protokollen gefunden, nach der er gesucht hatte. »Wir haben erfahren, dass er das alles gar nicht so lustig fand, erst recht nicht die Tatsache, dass es von Ihnen und Isabel einen ziemlich brisanten Film gibt. Ich zitiere: ›… *Friedhelm machte ihm Vorwürfe. Er sagte, mit den Filmen könnten sie das alles noch eine Weile hinziehen, bis drüben alles klar sei. Was genau er damit meinte, weiß ich nicht. Er versprach Hans Peter, dafür zu sorgen, Isabel aus dem Weg zu schaffen, weil sie ohnehin zu viel wüsste und zu unverschämt sei. Hans Peter sagte, je schneller, desto besser, denn er wollte ihre Wohnung auf den Kopf stellen, um diesen Film zu finden …*‹«

Bodenstein blickte Jagoda an.

»Wie ist das zu verstehen? Und was bedeutet ›bis drüben alles klar ist‹?«

»Mit ›drüben‹ meinte er Paraguay«, sagte Jagoda. »Ich hatte die Staatsbürgerschaft von Paraguay beantragt und wartete nur noch auf das Okay. Falls es hier mit der Jago-Pharm schiefgegangen wäre, wäre ich nach Südamerika gegangen. Paraguay ist eines der wenigen Länder, das kein Auslieferungsabkommen mit Deutschland getroffen hat.«

»Und wie wollte Döring Isabel aus dem Weg schaffen?«

Jagoda schwieg beinahe eine ganze Minute lang. Bodenstein und Pia sahen ihn geduldig an.

»Isabel wäre nie lebend in Argentinien angekommen«, sagte er schließlich. »Friedhelm hatte seine Leute schon genau instruiert. Auf einer dreihundert Hektar großen Hazienda kann man eine Leiche wunderbar verschwinden lassen.«

Das klang schlüssig. Und damit fielen Jagoda und Döring als Verdächtige aus. Sie hätten Isabel ein paar Tage später getötet, aber irgendjemand war ihnen zuvorgekommen. Dieser Jemand hatte ihnen zwar einen Mord abgenommen, aber gleichzeitig den Stein losgetreten, der ihr ganzes Leben wie ein Erdrutsch vernichtet hatte.

»Noch eine Frage«, sagte Bodenstein. »War Ihre Frau den ganzen Samstagabend zu Hause, als Sie Gäste hatten?«

»Ja. Sie war zwar nicht die ganze Zeit dabei, weil sie sich nicht besonders für geschäftliche Themen interessiert, aber sie …«, er brach ab und blickte auf.

»Ja?«, fragten Bodenstein und Pia gleichzeitig.

»Sie kam zu spät«, sagte Jagoda langsam. »Es ist mir nicht aufgefallen, weil ich viel dringender auf Isabel gewartet hatte, aber jetzt weiß ich es wieder. Marianne kam erst dazu, als wir unten in der Bar waren.«

Bodenstein war es gelungen, Haftbefehle für Robert Kampmann und Marianne Jagoda zu bekommen, aber Frau Jagoda war nicht zu Hause. Auch ihr Geländewagen stand nicht in der Garage, und die Haushälterin sagte, sie habe das letzte Mal am Vortag mit ihrer Chefin gesprochen. Seitdem war ihr Handy abgeschaltet.

»Wir fahren nach Gut Waldhof und verhaften Kampmann«, beschloss Bodenstein. »Vielleicht weiß er etwas über die Jagoda. Gestern Nachmittag habe ich sie nämlich gesehen, wie sie in Kampmanns Haus marschiert ist.«

»Wahrscheinlich hat sie sich längst abgesetzt«, befürchtete Pia. »Dazu ist sie nicht der Typ«, Bodenstein schüttelte den Kopf, »außerdem ist da noch ihr Sohn im Internat.«

Vor dem Wohnhaus der Kampmanns parkte der luxuriöse silberne Geländewagen, an den ein Pferdeanhänger angehängt war. Bodenstein und Pia warfen im Vorbeigehen einen Blick hinein und sahen statt eines Pferdes hastig übereinandergestapelte Umzugskartons. In diesem Augenblick kam Kampmann mit einer weiteren Kiste aus der geöffneten Haustür. Er wurde kreidebleich und starrte die beiden Kriminalbeamten mit einer Mischung aus Fassungslosigkeit und Angst an.

»Hallo, Herr Kampmann«, sagte Bodenstein. »Was geht denn hier vor? Ziehen Sie aus?«

»Ich … äh …«, die Augen des Mannes huschten nervös hin und her, »nein … wir räumen das Büro um.«

»Wo sind Ihre Frau und Ihre Kinder?«, fragte Pia.

»Zu meinen Schwiegereltern gefahren«, erwiderte Kampmann. »Wir sind … sie sind …«

»Herr Kampmann«, unterbrach Bodenstein ihn, »wie haben Sie eigentlich darauf reagiert, als Isabel Ihnen mitteilte, dass sie Philipp Döring heiraten und mit ihm nach Argentinien gehen würde?«

Mit einem Krach landete die schwere Kiste auf dem Boden, und Kampmann starrte Bodenstein wie versteinert an.

»Es ist doch so, dass Sie eine ganze Weile in dem Glauben waren, Isabel würde mit Ihnen gemeinsam von hier weggehen wollen, oder? Ganz plötzlich änderte sie ihre Pläne zugunsten eines anderen Mannes. Das muss Sie sehr gekränkt haben.«

»Was haben Sie wirklich am Abend des 27. August getan?«, fragte Pia. Für eine Sekunde machte es den Eindruck, als ob Kampmann ohnmächtig werden wollte. Seine Augen flogen hin und her, sein Adamsapfel bewegte sich hektisch auf und ab.

Eine Frau mittleren Alters kam mit ihrem Pferd auf den Hof geritten und winkte Kampmann freundlich zu, aber dieser reagierte darauf gar nicht. Die Frau saß ab und führte ihr Pferd zum Wasserschlauch, um dem Tier die Hufe abzuspritzen.

Völlig unvermittelt versetzte Kampmann Pia einen heftigen Stoß, worauf diese unsanft gegen ihren Chef prallte. Alle beide gingen zu Boden, und Bodensteins Rücken machte innerhalb von vierundzwanzig Stunden ein zweites Mal schmerzhafte Bekanntschaft mit der harten Realität des Erdbodens. Aus den Augenwinkeln sah er Kampmann, der erstaunlich flink über den Hof rannte, der rundlichen Frau die Zügel ihres Pferdes aus der Hand riss und mit einem geschmeidigen Satz im Sattel saß. Der Frau hatte es die Sprache verschlagen. Sie stand mit offenem Mund da, den Wasserschlauch in der Hand, und starrte ihrem Pferd nach, das Kampmann auf dem Hof schon angaloppieren ließ. Pia rannte mit einem wütenden Fluch los. Bodenstein gelangte mit einem Stöhnen mühsam auf alle viere, es dauerte aber beinahe eine Minute, bis er aufrecht stehen und loslaufen konnte. Er sah gerade noch, wie Kampmann im gestreckten Galopp über eine angrenzende Wiese verschwand. Pia hatte Bodensteins BMW bereits erreicht und den Motor angelassen. Sie gab Gas, kaum dass Bodenstein auf dem Beifahrersitz saß. Mit quietschenden Reifen raste sie vom Hof und bog gleich hinter dem Tor auf einen betonierten Feldweg ab. Während sie über die Erdbrocken fluchte, die Traktorreifen auf dem Weg hinterlassen hatten, forderte Bodenstein über Funk bei der Zentrale Hilfe an.

»Flüchtiger ist auf einem Pferd in Richtung Hofheim unterwegs«, gab er durch, »von der Gemarkung Kelkheim in südwestliche Richtung.«

Nach ein paar hundert Metern musste Pia feststellen, dass es geradeaus nicht weiterging. Kampmann war quer über einen Acker geritten und drohte, in der Ferne zu verschwinden.

»Fahren Sie rechts«, sagte Bodenstein. »Er muss den Golfplatz von Hof Hausen umgehen. Ich wette, er will versuchen, uns im Wald abzuhängen.«

Pia legte den Rückwärtsgang ein, stieß zurück und bog nach rechts ab. Sie gab Gas und raste mit achtzig über den Betonweg, der wiederum nach ein paar hundert Metern scharf abknickte. Beinahe wäre der BMW in einen Acker geschlittert. Zwar mussten sie einen Umweg fahren, aber auf dem flachen Feld konnten sie den Flüchtenden im Auge behalten. Kampmann überquerte auf selbstmörderische Weise die B519, ohne sich vorher zu vergewissern, ob ein Auto kam, und galoppierte auf der anderen Straßenseite mit unvermindertem Tempo weiter.

»Flüchtiger weiter in Richtung Hofheim unterwegs«, gab Bodenstein an die Zentrale durch, »dreht jetzt ab in Richtung ehemalige B519, Höhe Hof Hausen vor der Sonne.«

»Sie kennen sich gut aus«, bemerkte Pia.

»Tja«, sagte Bodenstein grimmig und beobachtete, wie Kampmann die Asphaltstraße zum Tierheim verließ und sein Pferd über die Apfelbaumwiesen jagte, »das Gelände rings um Kelkheim kenne ich wie meine Hosentasche. Pech für Kampmann.«

»Nein, Pech für uns, Chef«, erwiderte Pia. »Mit dem Auto komme ich hier nicht weiter.«

»Wir fahren über Hofheim«, bestimmte Bodenstein. »Ich kann mir schon denken, wo Kampmann entlangreiten wird.«

Sie fuhren nach Hofheim, bogen kurz hinter dem Ortseingang nach rechts ab und folgten der ehemaligen Bundesstraße wieder in die entgegengesetzte Richtung. Pia musste scharf auf die Bremse treten, als nur wenige Meter vor ihnen plötzlich das Pferd mit Kampmann im Sattel über die Straße schoss. Im Rückspiegel sah sie schon das Blaulicht eines Streifenwagens.

»So ein Vollidiot!« Pia war vor Schreck blass geworden.

»Hier gleich links!«, rief Bodenstein, und Pia gehorchte reflexartig. Das Auto schleuderte dank ESP nicht, und auf der schnurgeraden Straße, die zum Ausflugslokal »Viehweide« führte, konnte Pia die knapp 300 PS von Bodensteins 7er ausspielen. Kampmann ritt weiter ein scharfes Tempo, aber das Pferd war bereits mit weißem Schaum bedeckt. Sehr lange würde es nicht mehr durchhalten, und dann hatten sie ihn! Bodenstein und Pia sahen, wie Kampmann das Pferd anhielt und sich unentschlossen umblickte. Bodenstein erkannte, weshalb Kampmann zögerte. Der Weg in den Wald wurde ihm von einem mannshohen Maschendrahtzaun versperrt. Er öffnete die Tür und stieg aus, und der Streifenwagen kam hinter ihm zum Stehen.

»Kampmann!«, schrie Bodenstein. »Seien Sie doch vernünftig! Steigen Sie von dem Pferd ab! Sie machen doch alles nur noch schlimmer!«

Der Reitlehrer warf ihm einen wilden Blick zu, dann riss er das Pferd herum und galoppierte direkt auf die Polizeibeamten zu. Bodenstein war klar, was er vorhatte. Es waren nur noch knapp dreihundert Meter bis zum Wald. Kampmann wollte ein kurzes Stück die Straße entlangreiten, um den Zaun zu umgehen, der seine Flucht behinderte.

»Wir schießen auf den Gaul!«, rief einer der Streifenpolizisten aufgeregt und zückte seine Dienstwaffe.

»Nein!«, brüllte Bodenstein. Kampmann kam schnell näher, auf seinem Gesicht lag ein Ausdruck wilder Entschlossenheit. Sein Pferd war vollkommen erschöpft, dem Zusammenbruch nahe. Wahrscheinlich hatte es in seinem ganzen Leben noch niemals eine solche Strecke in einem so mörderischen Tempo zurücklegen müssen. Kampmann zwang das Pferd in vollem Galopp auf die Straße. Bodenstein, der dem Pferd eigentlich in die Zügel greifen wollte, bekam angesichts der sechshundert Kilo, die auf ihn zudonnerten, Zweifel an seinem Wagemut und rettete sich in letzter Sekunde mit einem Satz in den Straßengraben. Funken stoben unter den Hufeisen des Pferdes, als es die Asphaltstraße hochgaloppierte.

»Hinterher!«, schrie Bodenstein und sprang wieder ins Auto. Am Ausflugslokal am Waldrand herrschte nachmittäglicher Hochbetrieb. Der Parkplatz war voll. Kampmann hielt in unverminderter Geschwindigkeit auf die geschlossene rotweiße Schranke am Ende der Straße zu. Die Menschen spritzten erschrocken auseinander, als das Pferd kurz entschlossen vor der Schranke stoppte. Kampmann wurde aus dem Sattel geschleudert, landete unsanft auf dem geschotterten Boden und kam gerade wieder auf die Beine, als Pia vor der Schranke anhielt. Bodenstein war schon draußen, bevor der BMW ganz zum Stehen gekommen war. Der Reitlehrer rannte in den Wald. Das erschöpfte Pferd stand mit pumpenden Flanken und herausquellenden Augen mitten auf dem Weg. Aus dem Restaurant strömten die unvermeidlichen Schaulustigen, angelockt vom Tumult.

»Rufen Sie einen Tierarzt für das Pferd!«, rief Bodenstein einem der uniformierten Beamten zu und machte sich gemeinsam mit Pia an die Verfolgung. Kampmann war bereits hinter der ersten Wegbiegung verschwunden, und Bodenstein begann zu laufen, ungeachtet seines schmerzenden Rückens. Der Mann würde ihnen nicht entkommen. Eine Weile liefen sie den breiten Weg entlang, bis Pia feststellte, dass Kampmann sich ins Gebüsch geschlagen haben musste. Fluchend kehrte Bodenstein um. Ausgerechnet in diesem Moment war kein Fußgänger, Radfahrer oder Jogger unterwegs, der den Flüchtenden gesehen hatte. Aus dem Augenwinkel nahm er eine Bewegung unterhalb des Fußgängerweges wahr: Tatsächlich, das war Kampmann!

»Da ist er«, sagte er zu Pia, dann schrie er: »Bleiben Sie stehen, Kampmann! Das hat doch keinen Sinn!«

Der Reitlehrer reagierte nicht und lief weiter.

»Ich versuche, ihm den Weg abzuschneiden«, sagte Pia und rannte den Fußgängerweg weiter. Bodenstein nickte und brach durch das Unterholz. Der Schweiß lief ihm in Strömen über das Gesicht, das Hemd klebte nass an seinem Rücken. So ein Irrsinn, bei diesen Temperaturen! Zweige klatschten ihm gegen Arme und Beine, er stolperte beinahe über einen verfaulten Baumstumpf und strauchelte – aber das war sein Glück. Unmittelbar vor seinen Füßen tat sich ein steiler Abhang auf, und dort unten lag Kampmann! Bodenstein ging in die Hocke und rutschte durch das trockene Laub vom letzten Jahr hinunter in den beinahe zugewucherten Steinbruch. Sein Herz schlug wie rasend gegen seine Rippen, er schnappte nach Luft, als er unten ankam, doch Reitlehrer Kampmann ging es noch erheblich schlechter als ihm. Er kauerte mit blutüberströmtem Gesicht benommen da, hielt seinen linken Arm umklammert und war in einem kaum besseren Zustand als das Pferd, das er an der »Viehweide« zurückgelassen hatte.

»Ich verhafte Sie«, keuchte Bodenstein, »wegen Mordes an Isabel Kerstner.«

An der »Viehweide« hatte sich der Menschenauflauf eine Dreiviertelstunde später verzogen. Kampmann war mit einem Rettungswagen nach Hofheim ins Krankenhaus gebracht worden, eskortiert von zwei Polizeibeamten, um jeden weiteren Fluchtversuch zu vereiteln. Bodenstein hielt Ausschau nach dem Pferd, das der Reitlehrer beinahe zu Schanden geritten hätte. Zu seinem Erstaunen erblickte er Dr. Rittendorf, der an der geöffneten Kofferraumklappe seines Autos stand.

»Na, Herr Kommissar«, sagte der Tierarzt spöttisch. »Haben Sie Ihren Mörder dingfest gemacht?«

»Das wird sich herausstellen«, erwiderte Bodenstein reserviert. »Wie geht es dem Pferd?«

Rittendorf warf ihm einen schwer zu deutenden Blick mit einer Mischung aus Argwohn und Neugier zu.

»Wir bringen den alten Burschen in die Klinik«, der Tierarzt schob mit dem Zeigefinger seine Brille zurück auf die Nasenwurzel und steckte sein Stethoskop in die Jackentasche, »ich denke, dass wir ihn wieder auf die Beine bekommen.«

»Das ist gut«, sagte Bodenstein.

»Haben Sie im Zuge Ihrer Ermittlungen ein Herz für Pferde entdeckt?«, fragte Rittendorf, nicht ohne Sarkasmus.

»Nein, das hatte ich schon immer«, sagte Bodenstein. »Ich bin mit Pferden aufgewachsen.«

»Ach ja«, Rittendorf taxierte ihn, »Inka hat so was erzählt. Sie sind der Bruder von Quentin Bodenstein. Richtig?«

Bodenstein nickte. Sie hatten über ihn gesprochen, Inka und ihre Kollegen. Natürlich.

»Sie sind vielleicht gar nicht so übel«, sagte Rittendorf.

»Woraus schließen Sie das?«, nun war es an Bodenstein, sarkastisch zu sein. »Weil ich der Bruder von Quentin bin, oder weil ich Pferde mag?«

»Weder noch«, Rittendorf schüttelte den Kopf. »Sondern daraus, wie Sie sich für Michas Tochter eingesetzt haben.«

»Das ist mein Job.«

»Nein, Marie hätte für Ihre Ermittlungen keine Rolle gespielt.«

»Wie auch immer. Allerdings ist es auch mein Job, in einem Fall von Selbstjustiz zu ermitteln, der sich erst kürzlich ereignet hat.«

Rittendorf schloss die Kofferraumklappe und lehnte sich dagegen.

»Sie können nichts beweisen«, er verschränkte die Arme vor der Brust und machte sich nicht die Mühe zu leugnen.

»Freiheitsberaubung und schwere Körperverletzung sind keine Kavaliersdelikte.«

Die beiden Männer sahen sich an.

»Ich dachte gerade, dass ich Sie eigentlich doch ganz sympathisch finde«, Rittendorf stieß sich von seinem Auto ab und lächelte dünn, »aber ich habe mich wohl geirrt. Sie können nicht aus Ihrer Haut.«

»Es gibt Gesetze, die jeder achten muss. Wenn alle Menschen so handeln würden, wie Sie es getan haben, hätten wir die pure Anarchie.«

Rittendorf zog die Augenbrauen hoch.

»Beweisen Sie mir, dass ich es war, und ich werde dafür geradestehen.«

Bodenstein fuhr noch einmal zurück nach Gut Waldhof, während Pia im Hofheimer Krankenhaus bei Kampmann ausharrte, um zu verhindern, dass der Mann ein zweites Mal die Flucht ergriff. Er fand den Parkplatz beinahe leer und das Haus der Kampmanns mit weit geöffneter Haustür. Neben dem Geländewagen mit dem angehängten Pferdehänger stand ein silberner Golf. Ohne sich mit Klingeln oder Rufen aufzuhalten, betrat Bodenstein das Haus und überraschte Frau Kampmann im Büro. Ungeschminkt, das Haar zu einem schlichten Pferdeschwanz gebunden und mit einem grauen Pullover bekleidet, war die Frau des Reitlehrers kaum wiederzuerkennen. Sie saß am Computer, als Bodenstein mit einem Räuspern auf sich aufmerksam machte. Die Frau fuhr wie von der Tarantel gestochen herum und starrte ihn aus weit aufgerissenen Augen an.

»Herrgott, haben Sie mich erschreckt!«, stieß sie hervor und drückte rasch eine Taste, um das Programm, mit dem sie arbeitete, zu verlassen. Bodenstein hatte jedoch schon gesehen, dass sie mit Online-Banking beschäftigt gewesen war.

»Ich wusste nicht, dass Sie zu Hause sind«, erwiderte Bodenstein. Frau Kampmann stand auf und lehnte sich gegen den Schreibtisch, die Arme vor der Brust verschränkt. Ihr Blick glitt über Bodensteins verschmutzte und blutverschmierte Kleidung.

»Interessiert es Sie, wo sich Ihr Mann gerade aufhält?«, fragte er.

»Haben Sie ihn erwischt?« Ihre Besorgnis hielt sich sehr in Grenzen. Susanne Kampmann schien keinen großen Anteil mehr am Schicksal ihres Mannes zu nehmen, dafür wirkte sie nervös. Ihre übertriebene Fröhlichkeit war verschwunden, und das erste Mal, seitdem Bodenstein sie kannte, wirkte die Frau wie ein echter Mensch.

»Ja«, erwiderte Bodenstein, »das haben wir. Er hat sich verletzt und ist jetzt in Hofheim im Krankenhaus.«

Es war nicht zu erkennen, ob diese Nachricht Frau Kampmann erschütterte oder nicht, denn ihr Gesicht war vollkommen ausdruckslos, unbewegt wie das einer Marmorfigur, nur ihre Augen huschten hin und her. Bodenstein bemerkte, dass ihre Hand verbunden war.

»Haben Sie sich auch verletzt?«, fragte er.

»Ich habe mich geschnitten«, Frau Kampmann zog den Ärmel ihres Pullovers über den Verband.

»Der Zustand Ihres Mannes scheint Sie nicht besonders zu berühren«, bemerkte Bodenstein. »Habe ich Sie übrigens bei einer wichtigen Arbeit unterbrochen?«

»Ich mache die Abrechnung für die Leute, die gestern hier ausgezogen sind«, log Frau Kampmann, ohne rot zu werden.

»Während Ihr Mann von der Polizei gejagt wird, weil er des Mordes verdächtigt wird, setzen Sie sich in aller Seelenruhe ins Büro und machen Abrechnungen?«, fragte Bodenstein ungläubig. Sein Blick wanderte zu dem hoffnungslos überladenen Schreibtisch, dort erblickte er unter einem Haufen von Papieren einen Stapel Bargeld. Plötzlich dämmerte ihm, was die Frau wirklich tat. Sie hatte ganz sicher keine Abrechnungen gemacht. Offenbar hatte sie nicht damit gerechnet, dass so bald die Polizei wieder auftauchen würde.

»Das kann ich ja nicht wissen«, entgegnete Frau Kampmann schnippisch. »Als ich nach Hause kam, stand die Tür sperrangelweit auf, und im Hof lagen Umzugskisten. Von meinem Mann keine Spur.«

Sie verzog abfällig das Gesicht, und die Verachtung in ihrem Blick war abgrundtief.

»Er könnte jetzt Ihre Hilfe gebrauchen«, sagte Bodenstein.

»Ich habe ihm oft genug geholfen«, antwortete die Frau des Reitlehrers. »Jetzt kann er sich selber aus der Misere befreien, in die er sich manövriert hat. Es ist mir egal.«

Mit einem Mal wusste Bodenstein, dass Frau Kampmann ihren Mann hasste, weil er die perfekte Fassade der harmonischen Familie, die für sie so lebenswichtig gewesen war, durch sein Techtelmechtel mit Isabel zerstört hatte.

»Vielleicht erzählen Sie mir jetzt einmal, was sich am Samstag vor vierzehn Tagen wirklich abgespielt hat«, sagte er, und zu seiner Verblüffung kam Frau Kampmann ohne Umschweife zur Sache.

»Mein Mann hat Isabel umgebracht«, sagte sie, »weil sie nichts mehr von ihm wissen wollte.«

»Woher wissen Sie das?«, fragte Bodenstein. »Hat Ihr Mann Ihnen das erzählt?«

»Spielt das eine Rolle? Sie sollten froh sein, dass Sie den Mord aufgeklärt haben«, Frau Kampmann schob sich mit einer fahrigen Bewegung das Haar, aus dem am Ansatz die Blondierung ein paar Zentimeter herausgewachsen war, hinter das Ohr. Ohne Schminke wirkte ihr Gesicht grob und gewöhnlich.

»Ich denke schon, dass es eine Rolle spielt«, erwiderte Bodenstein.

»Mein Mann hat mich für blöd gehalten«, ihre Stimme wurde bitter. »Er hat geglaubt, ich würde nicht mitbekommen, wie scharf er auf dieses blonde Flittchen war. Er hat mir gesagt, er hätte das ganze Geld bei Aktiengeschäften verloren, dabei wollte er ein Haus in Irland kaufen. Da wollte er mit ihr hin.«

Sie lachte kurz und gehässig.

»Aber dann hat sie ihn abserviert, eiskalt. Weil sie nämlich keine Lust hatte, mit einem Langweiler wie ihm im verregneten Irland herumzusitzen«, sie zuckte die Schultern. »Es war für Roberts Eitelkeit ein schwerer Schlag, als er erkennen musste, dass er für sie nichts anderes als ein Zeitvertreib gewesen ist. Und dann drohte sie ihm noch damit, seine Geschäftchen hier im Stall auffliegen zu lassen. Als er kapierte, dass er keine Chance mehr bei ihr hatte, begann er sie zu hassen.«

»So sehr, dass er sie tötete?« Bodenstein blieb misstrauisch, trotz Kampmanns Verhaftung.

»Gekränkte Eitelkeit«, Frau Kampmann schnaubte verächtlich. »Und genauso gekränkt war die Jagoda. Die konnte Isabel nie leiden. Es war ganz aus, als sie erfuhr, dass Isabel auch ihren Mann in ihr Bett gezerrt hat.«

»Sie wusste gar nichts davon«, sagte Bodenstein, aber da lachte Frau Kampmann ihn regelrecht aus.

»Natürlich hat sie es gewusst. Mein Mann und sie haben Mordpläne geschmiedet. Sie haben ihr aufgelauert.«

»Ihr Mann hat Isabel zusammen mit Marianne Jagoda getötet?« Bodenstein richtete sich auf.

»So ist es«, Frau Kampmann nickte. »Sie haben sie von diesem Turm gestoßen.«

Bodenstein blickte die Frau nachdenklich an. Frau Kampmann wusste nicht, wie Isabel Kerstner wirklich gestorben war.

»Sie haben mir gesagt, dass Sie Ihren Mann schlafend auf

346

der Couch angetroffen haben, als Sie nach Hause gekommen sind. Wie viel Uhr war es?«

»Halb zwei, ungefähr«, Frau Kampmann hielt seinem Blick stand, ohne mit der Wimper zu zucken.

»Und wann haben Sie davon erfahren, dass Ihr Mann und Frau Jagoda Frau Kerstner getötet haben?«

»Genau weiß ich's nicht. Letzte Woche irgendwann.«

»Von wem?« Bodenstein verlagerte vorsichtig sein Gewicht.

Jeder Muskel und jeder Knochen in seinem Körper schmerzte höllisch.

»Ich hab's erfahren. Fertig. Aus.«

»Ich würde gerne Ihr Alibi überprüfen. Können Sie mir die Telefonnummer und die Adresse Ihrer Eltern geben?«

»Aber selbstverständlich«, Frau Kampmann lächelte frostig. Sie drehte sich um, ergriff einen Kugelschreiber und kritzelte etwas auf einen Zettel. Bodensteins Handy summte. Auf dem Hof bellte ein Hund, das Bellen verwandelte sich dann aber in ein freundschaftliches Jaulen. Frau Kampmann blickte aus dem Fenster, und Bodenstein nahm das Gespräch entgegen. Es war Pia. Er wandte sich ab.

»Ich kann jetzt nicht«, sagte er leise, »ich rufe gleich zurück.«

Aus den Augenwinkeln nahm er eine Bewegung wahr. Als er aufblickte, stand Pferdepfleger Karol wie aus dem Boden gewachsen mit ausdruckslosem Gesicht vor ihm. In der Hand hielt er einen Baseballschläger. Bodenstein wich zurück, das Herz schlug ihm bis in den Hals.

»Gib dein Handy!« Karol streckte die Hand aus. Bodenstein erkannte, dass er keine Möglichkeit zur Flucht hatte. Karol war ein Riese von einem Kerl, dazu durchtrainiert bis in die Fingerspitzen, während ihm selbst jeder Millimeter seines Körpers höllisch weh tat.

»Machen Sie keinen Unsinn«, beschwor er Frau Kampmann, aber die lächelte nur kalt. Karol griff unter Bodensteins Sakko, zog seine Dienstwaffe aus dem Schulterhalfter und reichte sie Frau Kampmann. Dann stieß er ihn auf einen der Bürostühle, zwang ihm die Arme auf den Rücken und fesselte ihm mit Paketklebeband die Handgelenke und die Füße.

»Sie machen einen gewaltigen Fehler, Frau Kampmann«, rief Bodenstein und hoffte verzweifelt, dass die Frau des Reitlehrers so klug sein würde, ihn nicht zu erschießen. Wie hatte er nur in eine solche Situation geraten können?

»Halt die Klappe!«, knurrte der Pferdepfleger und klebte ihm kurzerhand einen Streifen Paketband über den Mund. Da er mit dem Gesicht zur Wand auf dem Stuhl saß, konnte er nur hören, was sich hinter seinem Rücken abspielte.

»Beeil dich«, hörte er die Stimme von Frau Kampmann, »wir müssen hier endlich weg, bevor einer auftaucht!«

»Hast du alles fertig?«, erwiderte Karol.

»Ja, ja …«

Das war das Letzte, was Bodenstein hörte, denn ein unerwarteter Schlag traf ihn so heftig auf den Hinterkopf, dass er nur noch Sternchen sah und das Bewusstsein verlor.

Wie durch einen Nebel hörte Bodenstein eine Stimme. Als er die Augen aufschlug, blickte er in das besorgte Gesicht einer ältlichen Frau. Er sah alles doppelt und brauchte ein paar Sekunden, um sich daran zu erinnern, wo er überhaupt war.

»Können Sie mich hören?« Die Frau war aufgeregt und durcheinander. »O mein Gott, wie entsetzlich, das alles. Was soll ich denn bloß machen?«

Bodenstein rollte mit den Augen und hoffte, dass die Frau so schlau sein würde, ihn zu befreien. Mit hysterischem Gegacker entfernte sie das Klebeband von seinem Mund, was höllisch weh tat, dann schnitt sie mit einer Schere die Fesseln an seinen Hand- und Fußgelenken durch.

»Vielen Dank«, Bodenstein holte erst einmal tief Luft und rieb benommen seine Handgelenke. Wie lange hatte er hier ohnmächtig gesessen? Vor den Fenstern war es schon fast dunkel.

»Was geht denn nur hier vor?« Die Stimme der Frau war unangenehm schrill. »Und was ist mit meinem Pferd?«

Bodenstein erinnerte sich, dass er die rundliche Frau heute schon einmal gesehen hatte. Ihr gehörte das Pferd, auf dem Kampmann geflüchtet war.

»Ihr Pferd ist in der Pferdeklinik in Ruppertshain«, sagte er und erhob sich. »Wissen Sie, wie viel Uhr es ist?«

»Gleich halb neun«, erwiderte die Frau vorwurfsvoll. »Ich bin ganz allein auf dem Hof. Hier ist ja gestern der halbe Stall ausgezogen. Ich weiß gar nicht, was los ist.«

»Haben Sie Frau Kampmann gesehen?«

»Nein«, die Frau schüttelte den Kopf, »aber ihr Auto ist nicht da. Wahrscheinlich ist sie wieder mal einkaufen.«

Mit unsicheren Schritten schleppte Bodenstein sich zum Schreibtisch. Sein Kopf dröhnte, alles drehte sich vor seinen Augen. Er tastete nach seinem Handy und musste feststellen, dass es nicht mehr da war. Mit einem Fluch ließ er sich auf den Stuhl sinken. Das Bargeld, das auf dem Schreibtisch gelegen hatte, war verschwunden, der Tresor, der sich in der Wand zwischen den Regalen befand, stand sperrangelweit offen und war leer. Frau Kampmann und Karol hatten gründlichen Kassensturz gemacht und waren wahrscheinlich bereits über alle Berge.

»Ist das hier Ihr Handy?«

Er blickte auf.

»Das lag im Hof«, die Frau reichte ihm das Mobiltelefon. Bodenstein bedankte sich. Das Telefon hatte zwar einen

Sprung im Display, aber es funktionierte noch. Er tippte die Nummer von Pia ein, doch es meldete sich nur ihre Mailbox. Kein Wunder, in Krankenhäusern hatten Mobiltelefone keinen Empfang.

»Was soll ich denn jetzt machen?«, fragte die Frau.

»Fahren Sie zu Ihrem Pferd«, schlug Bodenstein vor und stand auf. Eigentlich sehnte er sich nur noch nach einem heißen Bad und seinem Bett, aber vorher musste er dringend mit Kampmann sprechen. Er verließ das Haus und ging zu seinem BMW, um über Funk die Fahndung nach Frau Kampmann und Pferdepfleger Karol, die offenbar zu allem entschlossen und nun auch zu allem Unglück noch bewaffnet waren, einzuleiten.

Robert Kampmann lag benommen und bleich im Bett in einem Einzelzimmer. Man hatte ihm den Arm eingegipst und die Platzwunde am Kopf genäht. Ein Polizeibeamter saß auf dem Flur vor der Zimmertür.

»Ihre Frau hat mir ein paar interessante Sachen erzählt«, sagte Bodenstein, der sich kaum besser fühlte als der Mann, der vor ihm im Bett lag. »Sie sollten allmählich mit der Wahrheit herausrücken.«

Kampmann starrte ihn aus blutunterlaufenen Augen an.

»Kommen Sie schon, Kampmann«, Pia verzichtete auf eine förmliche Anrede. »Wir wissen, dass Sie am Abend des 27. August nicht zu Hause waren. Ihre Frau hat uns erzählt, dass Sie gemeinsam mit Marianne Jagoda Isabel Kerstner getötet haben.«

Der Reitlehrer holte tief Luft, seine aufgesprungenen Lippen zitterten. Mit dem ramponierten Gesicht, dem eingegipsten Arm und den durchscheinenden Schatten unter den Augen gab er ein Bild des Jammers ab, aber Bodenstein vermochte kein Mitleid mehr mit ihm zu empfinden.

»Auch gut«, sagte er nach einer Weile. »Sie müssen nichts sagen, womit Sie sich selbst belasten würden. Morgen werden Sie ins Untersuchungsgefängnis gebracht, und die Staatsanwaltschaft wird offiziell Anklage gegen Sie wegen Mordes an Isabel Kerstner erheben. Da kommen Sie nicht mehr raus.«

Kampmann presste die Lippen aufeinander. Er wandte den Kopf ab und machte eine hilflose Geste mit seiner unverletzten Hand. Die Ausweglosigkeit seiner Situation schien ihm plötzlich in ihrer ganzen Tragweite bewusst zu werden.

»Ich hab sie nicht umgebracht«, seine Stimme klang weinerlich. »Aber Sie glauben mir ja doch kein Wort.«

»Sie haben nicht ein einziges Mal die Wahrheit gesagt, sondern nur gelogen«, Pia beugte sich vor. »Weshalb sollten wir Ihnen diesmal glauben?«

Kampmann starrte in stummer Verzweiflung an die Wand.

»Sie verstehen das alles nicht«, sagte er schließlich mit tonloser Stimme, in die sich Bitterkeit mischte. »Sie wissen nicht, wie das ist, wenn man kein Geld hat. Sie kennen das erniedrigende Gefühl nicht, *arm* zu sein, umgeben von Leuten, die einfach mal so einen Porsche kaufen, die übers Wochenende nach New York fliegen und auf einer Auktion für eine halbe Million ein Pferd ersteigern können, ohne mit der Wimper zu zucken. Leute, die nicht darüber nachdenken, wenn sie einen Sattel für dreitausend Euro kaufen, obwohl ihr Kind kaum richtig auf dem Pferd sitzen kann!«

Er fuhr sich mit einer kraftlosen Bewegung über die Augen.

»Meine Frau hat hohe Ansprüche«, fuhr er fort, »und ich bin ein Versager. Nachdem die Reitanlage meiner Eltern zwangsversteigert wurde, wusste ich nicht, wie ich jemals meine Schulden bezahlen sollte, aber dann wendete sich ganz unerwartet alles zum Besseren. Ich lernte die Jagodas kennen, und sie boten mir die Gelegenheit, Geld zu verdienen. Ich habe nie gefragt, ob diese Geschäfte seriös waren oder nicht, ich wollte nur meine Schulden los sein. Sie kauften eine Reitanlage, stellten mich als Verwalter ein. Das erste Mal nach langen Jahren hatte ich keine Sorgen mehr. Wir hatten ein schönes Haus, zwei Autos, ich verdiente gutes Geld. Meine Frau konnte in Boutiquen einkaufen gehen, und ich war in der Lage, ihr schönen Schmuck zu schenken. Sie hielt endlich den Mund. Alle finanziellen Sorgen hatten sich in Luft aufgelöst.«

Kampmann seufzte abgrundtief.

»Ganz plötzlich«, flüsterte er, »war ich jemand. Die Leute respektierten mich. Sie liefen mir nach, fragten mich um Rat, ja, sie himmelten mich kritiklos an! Es hat ihnen nicht weh getan, mehr für ein Pferd zu bezahlen, als es in Wahrheit wert war, sie haben es ja nicht einmal bemerkt und waren zufrieden.«

»Ihre Frau behauptet, dass Isabel Sie erpressen und Ihren Kunden die Wahrheit über die Pferdegeschäfte erzählen wollte«, bemerkte Pia. »Das hätte Sie Ihren lukrativen Job gekostet, wenn Frau Jagoda davon erfahren hätte, oder nicht?«

»Ja, wahrscheinlich«, Kampmann seufzte.

»Und obwohl sie versucht hat, Sie zu erpressen, wollten Sie Ihre Familie verlassen und mit Isabel nach Irland gehen?«

»Das hat sich meine Frau so zusammengereimt«, Kampmann schüttelte den Kopf. »Ich hatte ihr gesagt, dass ich das Geld, das ich bei den Geschäften für Jagoda verdient hatte, verspekuliert hätte. Ich wollte nicht, dass sie es einfach so aus dem Fenster schmeißt. Dann kriegte meine Frau heraus, dass ich ein Haus in Irland kaufen wollte. Das hatte überhaupt nichts mit Isabel zu tun, aber meine Frau hat mir damit gedroht, Marianne Jagoda alles über meine Geschäfte zu sagen, wenn ich nicht auf der Stelle dafür sorgen würde, dass

Isabel aus dem Stall und aus unserem Leben verschwinden würde.«

»Und was haben Sie getan?«, fragte Pia.

Kampmann zuckte die unverletzte Schulter.

»Nichts. Ich dachte, Susanne beruhigt sich wieder, wenn Isabel erst in Argentinien ist.«

»Ach, Sie wussten davon?«

»Ja«, bestätigte Kampmann. »Isabel sagte mir, eine Heirat mit Dörings Sohn sei die Chance ihres Lebens. Der Mann sei steinreich, er könne ihr all das bieten, wonach sie sich sehnte. Sie bot mir sogar an, mit nach Argentinien zu kommen. Auf so einer großen Hazienda gäbe es sicher einen Job für mich.«

»Hat es Ihnen überhaupt nichts ausgemacht, dass Isabel einen anderen Mann heiraten wollte?«, fragte Bodenstein. »Ich hatte den Eindruck, dass sie Ihnen sehr viel bedeutet hat.«

Kampmann hob den Blick und starrte Bodenstein an. Seine Augen waren blutunterlaufen und glänzten stark.

»Ich habe sie gemocht«, antwortete er. »Sie hat mir viel geholfen, mich aber im Gegensatz zu allen anderen nie unter Druck gesetzt. Ich war gerne mit ihr zusammen, das war alles. Als Frau wäre sie mir viel zu anstrengend gewesen.«

»Weshalb waren Sie am Samstag noch einmal bei ihr?«, erkundigte sich Bodenstein.

»Ich habe ihr das Geld gegeben, das sie noch zu bekommen hatte«, flüsterte Kampmann, »und ich wollte sie davon überzeugen, nicht nach Argentinien zu gehen, denn ich fürchtete, sie würde niemals lebend dort ankommen.«

»Wieso das?«

»Sie hatte diese Fotos, mit denen sie Marianne Jagoda erpressen wollte. Ich habe sie angebettelt, es nicht zu tun, aber sie war fest davon überzeugt, die Jagoda würde ihr für die

Fotos einfach so zweihundertfünfzigtausend Euro geben und sie dann in Ruhe lassen.«

»Isabel hat Marianne Jagoda erpresst?«, fragte Bodenstein nach.

»Ja«, Kampmann nickte. »Irgendwie hatte sie herausgefunden, dass die Eltern von Marianne Jagoda damals nicht bei einem Unfall gestorben waren, sondern durch Brandstiftung. Sie bekam Fotos in die Hände, mit denen sie das angeblich beweisen konnte, und ging damit zur Jagoda. Die versprach ihr das Geld. Aber ich war mir ganz sicher, sie hatte niemals vor, Isabel wirklich Geld zu geben.«

Bodenstein und Pia blickten sich an. Wenn das stimmte, hatte Marianne Jagoda gelogen.

»Was spielte sich am 27. August wirklich ab?«, wollte Bodenstein wissen. Kampmann schloss für einen Moment die Augen, dann öffnete er sie wieder und begann leise zu sprechen.

»Als ich mittags nach Hause kam«, sagte er mit gepresster Stimme, »fiel meine Frau wie eine Furie über mich her. Sie wusste, dass ich bei Isabel gewesen war, und beschimpfte mich, dann fuhr sie wutentbrannt weg. Abends kam Isabel auf den Hof. Sie wollte mit ihrem Mann reden, aber der hat sie gar nicht beachtet. Dann versuchte sie, Döring zu erreichen. Ich sagte zu ihr, ich hätte ein ungutes Gefühl und sie solle sich auf gar keinen Fall mit der Jagoda treffen. Aber sie erwiderte, sie wolle noch das versprochene Geld haben, bevor sie am nächsten Morgen nach Buenos Aires fliegen würde. Da beschloss ich, hinter ihr her zu fahren, denn ich habe echt Angst um sie gehabt. Marianne Jagoda ist keine Frau, die sich erpressen lässt.«

Kampmann brach ab. Er brauchte eine Weile, bis er weitersprechen konnte.

»Ich fuhr also nach Ruppertshain, ging hoch zu Isabels Wohnung. Sie schrie mich an, sagte, sie brauche das Geld und ich würde ihr alles verderben«, Kampmann seufzte wieder. »Plötzlich standen Karol und die Jagoda in der Wohnung. Da war mir klar, dass ich recht gehabt hatte mit meiner Befürchtung.«

Kampmanns Stimme versagte, er kämpfte mit den Tränen. Sein eingefallenes Gesicht war wie versteinert. Bodenstein war zum ersten Mal, seitdem er ihn kannte, davon überzeugt, dass er die Wahrheit sagte.

»Ich bekam Angst«, flüsterte er. »Karol stürzte sich auf Isabel. Sie schrie, ich solle ihr helfen, aber … aber das tat ich nicht. Ich stand einfach so da und habe gesehen, wie er sie umgebracht hat. Die Jagoda sagte zu mir, sie wisse alles über mich und Isabel. Wenn … wenn ich mich in Zukunft wie ein deutscher Schäferhund benehmen würde, würde mir nichts passieren.«

»Wie ein deutscher Schäferhund?«, fragte Pia überrascht.

»Klappe halten und gehorchen.«

Er seufzte tief.

»Karol hat Isabel eine Spritze gegeben«, fuhr er dann fort, »die Jagoda sah zu. Dann sagte sie, sie müsse weg und ich solle Karol helfen, die Wohnung zu durchsuchen und anschließend gründlich zu reinigen. Wenn ich auch nur einen Ton über das, was ich gesehen hatte, sagen würde, würde mir dasselbe passieren wie Isabel. Daran habe ich keine Sekunde gezweifelt. Was hätte ich auch tun sollen? Isabel war tot.«

Für einen Augenblick herrschte Schweigen in dem Krankenzimmer. Kampmann atmete schwer. Die Erinnerung an jenen Samstagabend schien ihm schwer zu schaffen zu machen.

»Was passierte dann?«, fragte Bodenstein unerbittlich.

»Wir haben die Wohnung geputzt. Isabel hatte es ihnen ja leicht gemacht und alle Sachen schon für ihre Abreise am nächsten Tag in Koffer gepackt. Karol hat Isabels Leiche in eine Folie gewickelt und in die Tiefgarage getragen«, Kampmanns Stimme zitterte. »Er legte sie in den Kofferraum ihres Autos. Ich musste aufpassen, dass ihn niemand dabei überraschte. Er hat mich gezwungen, den Porsche auf einen Parkplatz in der Nähe zu fahren. Dort hat er Isabel aus der Folie ausgewickelt, ihr den Autoschlüssel in die Hosentasche gesteckt, sie wie einen Sack über die Schulter gelegt und auf diesen Turm getragen. Dann hat er sie hinuntergeworfen.«

»Und was haben Sie in dieser Zeit getan?«, fragte Pia. »Sie hätten weglaufen können.«

»Das habe ich auch versucht«, Kampmann lachte, aber es klang bitter. »Karol hat mich eingeholt und mir eins mit dem Baseballschläger verpasst. Daher das blaue Auge. Ich habe seitdem Angst um mein Leben. Wir sind zu Fuß zurück zum Zauberberg gelaufen und mit meinem Auto nach Hause gefahren. Ich habe zwei Flaschen Rotwein getrunken, um irgendwie meine Nerven zu beruhigen. Und das war's.«

»Glauben Sie ihm?«, fragte Pia ihren Chef, als sie wenig später durch die langen Flure hinunter zum Ausgang des Krankenhauses gingen.

»Ja, ich denke, so hat es sich abgespielt«, Bodenstein nickte nachdenklich. »Marianne Jagoda hat Isabel gehasst, außerdem musste sie befürchten, dass die Sache mit dem Mord an ihren Eltern rauskommt, über den sie sehr wohl Bescheid wusste. Sie hat Karol dafür bezahlt, dass er Isabel umbringt.«

»Aber woher hatte sie das Pentobarbital? Das kann man nicht so einfach in der Apotheke kaufen.«

»Das werden wir auch noch erfahren«, Bodenstein zuckte die Schultern und stöhnte auf, weil selbst diese Bewegung weh tat.

»Was haben Sie denn?«, fragte Pia besorgt.

»Ich habe überall Prellungen«, Bodenstein drückte auf den

Knopf des Aufzuges und überlegte, ob er seiner Kollegin von dem peinlichen Vorfall im Bad Sodener Krankenhaus erzählen sollte. Die Aufzugtür glitt zur Seite. Bodenstein ließ Pia den Vortritt und sah sie an.

»Wenn Sie mir schwören, es keiner Menschenseele zu erzählen, dann erzähle ich Ihnen von einem der peinlichsten Erlebnisse meines Lebens.«

Pia starrte ihn überrascht an, dann hob sie die Hand zum Schwur.

»Ich schwöre«, versicherte sie feierlich. Der Aufzug hielt im Erdgeschoss. Die Eingangshalle des Krankenhauses lag verlassen da, nur am Empfang saß ein junger Mann, der sich durch die Nachtschicht langweilte.

»Lassen Sie uns irgendwo eine Kleinigkeit essen gehen«, sagte Bodenstein. »Dann kann ich es Ihnen ausführlich erzählen. Aber wehe, Sie vergessen Ihren Schwur!«

Samstag, 10. September 2005

Es war stockdunkel, als Bodenstein hochschreckte, und er spürte, wie sein Herz aufgeregt gegen seine Rippen hämmerte. Regen trommelte dumpf auf die schrägen Dachfenster der Loggia des Schlafzimmers. Nachdem er gestern Abend kurz nach Mitternacht nach Hause gekommen war, hatte er noch mit Thordis Hansen telefoniert. Sie hatte ihm mit schadenfroher Belustigung vom spontanen Massenexodus der Einsteller von Gut Waldhof tags zuvor erzählt. Kurz darauf hatte Cosima vom Flughafen in Buenos Aires angerufen. Sie hatte ihm mitgeteilt, was sie über Philipp Döring alias Felipe Durango herausgefunden hatte. Der junge Mann hatte Ambitionen, in seinem neuen Heimatland in die Politik zu gehen, und kandidierte für den Posten des Gouverneurs in dem Bezirk, in dem seine Hazienda lag. Offenbar hatte er sich gedacht, dass ihm die Ehe mit einer schönen jungen Frau mehr Ansehen und Seriosität verleihen würde. Völlig erschöpft war Bodenstein daraufhin in einen tiefen Schlaf gefallen, aber nun war er hellwach. Der Digitalwecker zeigte an, dass es erst kurz nach vier Uhr morgens war, und er versuchte, sich daran zu erinnern, was ihn aufgeweckt hatte. Plötzlich fiel es ihm ein. Er richtete sich auf und tastete nach seinem Handy, dann drückte er die Wiederwahltaste. Es dauerte nur ein paar Sekunden, bis Thordis' Stimme erklang.

»Es tut mir leid, wenn ich Sie wecke«, sagte Bodenstein leise, »aber mir ist gerade etwas eingefallen.«

»Wie viel Uhr ist es?«, sie klang verschlafen.

»Zehn nach vier«, erwiderte Bodenstein, »aber Sie sagten doch, dass Sie nur drei Stunden Schlaf brauchen, oder?«

»Ha, ha«, murmelte Thordis undeutlich. »Was ist denn los?«

»Sie haben doch am Donnerstagnachmittag Marianne Jagoda in Kampmanns Haus gehen sehen, oder?«

»Was?«, sie schien verwirrt. »Wann?«

»Als ich am Donnerstag auf Gut Waldhof war, sind doch die Leute mit ihren Pferden ausgezogen, weil sie erfahren haben, dass Kampmann sie betrogen hat. Später tauchte Marianne Jagoda auf«, sagte er. »Können Sie sich zufällig daran erinnern, dass sie wieder weggefahren ist?«

Thordis, jäh aus dem Tiefschlaf gerissen, bemühte sich, ihre Gedanken zu ordnen.

»Ich weiß es gar nicht genau«, sie gähnte. »Der Geländewagen von ihr stand mitten im Hof, so, wie sie ihn immer hinstellt.«

Bodenstein stand auf, vorsichtig, um seine schmerzenden Muskeln nicht zu sehr zu belasten, und ging hinüber ins Badezimmer.

»Sind Sie noch dran?«, fragte er.

»Ja«, Thordis' Stimme klang jetzt deutlich wacher, »ich denke nach. Und jetzt erinnere ich mich auch. Das Auto stand den ganzen Nachmittag und Abend da. Es war ja ein unglaubliches Durcheinander. Ich war ungefähr bis um acht da, bis alle mit ihren Pferden abgereist waren.«

»Aber Frau Jagoda haben Sie nicht mehr gesehen?«

»Nein, stimmt«, erwiderte Thordis zögernd. »Aber … Moment mal! Als ich zu meinem Auto ging, fuhr ihr Cayenne an mir vorbei. Karol saß am Steuer, aber ich habe dem keine größere Bedeutung beigemessen. Er fährt öfter die Autos von Jagodas in die Werkstatt oder zum Tanken.«

»Und wo ist er hingefahren?« Bodenstein war wie elektrisiert.

»Zu der neuen Reithalle, in der das Laufband steht«, sagte Thordis, »aber dann bin ich ja auch nach Hause gefahren. Keine Ahnung, was dann passiert ist. Wieso wollen Sie das eigentlich mitten in der Nacht wissen?«

»Marianne Jagoda ist seit Donnerstag spurlos verschwunden«, Bodenstein setzte sich auf den Rand der Badewanne. »Sie ist weder zu Hause aufgetaucht noch sonst irgendwo. Ihr Handy ist ausgeschaltet. Nach ihr, Frau Kampmann und diesem Karol läuft eine Großfahndung, aber bisher ergebnislos. Und ich vermute ...«

Er brach ab. Ihm fiel das Messer ein, mit dem Frau Kampmann während ihres Gesprächs in der Küche so gedankenverloren gespielt hatte. Karol hatte einen Baseballschläger und mittlerweile auch seine Dienstwaffe. War es möglich, dass die beiden eine Mitwisserin getötet hatten, um sich dann mit deren Geld aus dem Staub zu machen?

»Was vermuten Sie?«, fragte Thordis.

»Ich muss nach Gut Waldhof«, sagte er.

»Jetzt? Um die Uhrzeit?«

»Ja«, Bodenstein ging zurück ins Schlafzimmer, um nach seinen Kleidern zu suchen.

»Ich komme auch hin«, sagte Thordis kurz entschlossen. »Ich bin in zwanzig Minuten am Stall.«

Es war die Stunde tiefster Dunkelheit, die der Morgendämmerung vorausgeht. Der Regen hatte aufgehört, es roch nach feuchter Erde und nassem Asphalt. Das große Tor, an das vor ein paar Tagen Friedhelm Döring gekettet worden war, stand weit offen. Da Kampmann nicht da war, hatte anscheinend niemand daran gedacht, es zu schließen. Ein Streifenwagen wartete bereits dort, und Thordis stieg aus ihrem Auto aus, als sie Bodensteins BMW erkannte. Zwei Polizeibeamte kamen quer über den Hof, begrüßten Bodenstein und warfen Thordis neugierige Blicke zu.

»Hier hat sich nichts gerührt«, meldete der eine Beamte.

»Wohin hat Karol das Auto gefahren?«, erkundigte sich Bodenstein bei Thordis.

»Dorthin«, sie wies auf das Tor der vorderen Reithalle. Zu viert gingen sie über den Rasen zu der Halle. Ein Bewegungsmelder sprang an, und ein greller Strahler erhellte die Dunkelheit. Die große Schiebetür der Halle war nicht abgeschlossen.

»Der Lichtschalter ist gleich rechts«, sagte Thordis. Wenig später flackerten die Neonröhren an der Decke des Hallenvorraums, in dem sich zwei provisorische Pferdeboxen, Heu- und Strohballen, das Trainingslaufband für die Pferde und einige landwirtschaftliche Maschinen befanden. Neben dem Laufband parkte das Golf-Cabrio, das am Vortag im Hof gestanden hatte.

»Das ist Frau Kampmanns Auto«, erklärte Thordis. Bodenstein zählte eins und eins zusammen und begriff, was geschehen war. Karol und Frau Kampmann waren nicht mit dem Golf geflüchtet, sondern mit dem Cayenne von Marianne Jagoda, der über Nacht genau an dieser Stelle gestanden hatte. Das bedeutete, dass Frau Jagoda hier irgendwo war. Und wahrscheinlich war sie tot.

»Geben Sie eine Fahndung nach dem Auto von Frau Jagoda heraus«, wies er einen der Beamten an. »Das Kennzeichen fängt mit HG an.«

»Stimmt nicht«, mischte Thordis sich ein. »Das Auto ist auf Gut Waldhof zugelassen. MTK-GW 17.«

Bodenstein blickte sie an und grinste.

»Kluges Mädchen«, sagte er. »Warum kommen Sie nicht zur Kripo? Wir brauchen Leute mit einer guten Beobachtungsgabe.«

»Das ›Mädchen‹ habe ich überhört«, antwortete Thordis würdevoll, aber ihr war deutlich anzusehen, dass sie sich geschmeichelt fühlte. Bodenstein rief ungeachtet der frühen Stunde bei Pia Kirchhoff an und beorderte sie nach Gut Waldhof, während sie die Halle verließen und den Parkplatz überquerten, um zum Haus der Kampmanns zu gelangen.

»Ich habe es mir gedacht«, murmelte Bodenstein. »Die Jagoda hat die Reitanlage nicht mehr verlassen.«

»Glauben Sie, dass sie tot ist?«, fragte Thordis beklommen.

»Das ist nicht auszuschließen«, Bodenstein nickte. »Wir sehen uns jetzt im Haus um. Ich habe das Gefühl, dass wir Frau Jagoda dort finden werden.«

Bodenstein ging die Stufen zur Haustür hinauf und stellte fest, dass sie zu war.

»Kriegen Sie die Tür auf?«, fragte er die beiden Polizeibeamten.

»Eigentlich nicht«, sagte der Jüngere, aber sein Tonfall verriet, dass es ein Kinderspiel für ihn war.

»Na los«, Bodenstein nickte ihm ermunternd zu, »ich gebe Ihnen den Befehl. Und dann warten wir auf meine Kollegin.«

Zehn Minuten später war Pia da, und sie betraten das Haus. Die Polizeibeamten machten überall Licht und kontrollierten jedes Zimmer. Auf den ersten Blick wirkte alles so ordentlich und aufgeräumt wie sonst auch, nur die aufgerissenen und geplünderten Kleiderschränke im Schlafzimmer zeugten von einer überstürzten Flucht.

»Frau Jagoda?«, rief Bodenstein immer wieder laut und horchte, aber es gab keine Antwort.

»Nichts anfassen«, warnte er Thordis, die nur nickte. Mit aufgerissenen Augen und angespannten Muskeln folgte sie Bodenstein, Pia und den beiden Streifenpolizisten durch das leere Haus. In der Küche herrschte Verwüstung. Zerschlagenes Porzellan lag auf dem Boden zwischen zertretenem Obst. Ein zweiter Streifenwagen hielt auf dem Hof vor dem Haus, das zuckende Blaulicht erlosch, und wenig später kamen zwei weitere Polizeibeamte ins Haus. Bodensteins Blick glitt über die Arbeitsfläche, den Tisch und den Fußboden. Der Abdruck einer halben Profilsohle erweckte seine Aufmerksamkeit. Pia hatte den seltsamen Abdruck ebenfalls entdeckt. Sie wechselten einen kurzen Blick. Wie kam ein Schuhabdruck zur Hälfte unter einen Küchenschrank?

»Rücken Sie mal den Schrank zur Seite«, bat er die Streifenpolizisten. »Ich schätze, dahinter finden wir, was wir suchen.«

Tatsächlich befand sich hinter dem Schrank eine Tür.

Bodenstein drückte die Klinke hinunter und sah eine steile Treppe, die in den Keller führte.

»Sie bleiben hier oben«, sagte er zu Thordis, die tapfer nickte. Bodenstein, Pia und zwei Polizeibeamte gingen die Treppe hinunter und gelangten in einen erstaunlich weitläufigen Keller. Links führte eine Tür zu den Sozialräumen der Reitanlage und zu einem Aufenthaltsraum. Rechts gab es einen großen Raum mit Regalen, die bis unter die Decke reichten.

Auch im Heizungskeller war nichts.

»Und jetzt?« Pia blickte ihren Chef an. »Hier ist niemand.«

Bodenstein verzog nachdenklich das Gesicht.

»Die Jagoda *muss* hier sein«, sagte er leise.

»Sie hatten einen ganzen Tag Zeit, sie woanders hinzubringen«, erinnerte Pia ihn. »Sie können sie erschossen und auf dem Misthaufen verscharrt haben. Immerhin hatten sie eine Waffe.«

»Danke, dass Sie mich daran erinnern«, sagte Bodenstein säuerlich. Die beiden Beamten, die ihnen gefolgt waren, untersuchten ergebnislos die Wände des großen Raumes. Bodenstein fluchte leise. Sie gingen zurück, und plötzlich fiel Pias Blick auf einen Kanaldeckel, der in den Betonboden vor dem Heizungskeller eingelassen war.

»Hier«, sagte sie und bedeutete einem Beamten, mit seiner Taschenlampe darauf zu leuchten. Sie bückte sich.

»Der Deckel wurde vor kurzem bewegt«, stellte sie fest. »Hier sind ganz frische Kratzspuren an den Rändern.«

Es dauerte einen Moment, bis sie geeignetes Werkzeug gefunden hatten, um den Deckel aus dem Boden zu stemmen.

Bodenstein leuchtete in das dustere Loch, in das eine Steigleiter führte. Feuchte, modrige Luft drang ihm entgegen. Bodenstein rümpfte die Nase. Es roch scharf nach Urin und Exkrementen.

»Die Zisterne«, sagte Pia. »Scheint kein Wasser drin zu sein. Sie oder ich?«

»Eigentlich heißt es ja Ladies first«, entgegnete Bodenstein, »aber diesmal gehe ich vor.«

Er kletterte die glitschige Leiter hinunter, gefolgt von Pia und einem der Beamten, und verzog angeekelt das Gesicht, als er im Lichtkegel der Taschenlampe Mäuse und Ratten weghuschen sah.

»Leuchten Sie mal durch den Raum«, wies er den Beamten an, ganz in Erwartung des Anblicks einer Leiche, aber dann holte er erstaunt Luft. Auf dem lehmigen Boden mit dem Rücken an der Wand saßen zerzaust und ziemlich mitgenommen Marianne Jagoda und Susanne Kampmann und blinzelten ins helle Licht der Taschenlampe. Während Frau Kampmann einem Häufchen Elend glich, schien Marianne Jagoda lediglich erbost über die wenig schmeichelhafte Lage, in der sie sich befand. Ohne fremde Hilfe kam sie auf die Beine und strich sich ihre Kleidung glatt.

»Na endlich«, ihre Stimme klang verächtlich. »Das wurde auch langsam Zeit. Sehr scharfsinnig scheinen Sie ja nicht zu sein.«

»Sie haben sich ja auch gut versteckt«, entgegnete Bodenstein sarkastisch und erntete dafür einen frostigen Blick.

Eine Stunde später lieferte Marianne Jagoda in einem Verhörraum auf dem Kommissariat in Hofheim ihren Verwalter, ohne mit der Wimper zu zucken, ans Messer.

»Wer hat Sie in dem Keller eingesperrt?«, fragte Bodenstein. »Was ist am Donnerstagnachmittag passiert?«

»Ich wurde am Donnerstag von einem unserer Einsteller angerufen«, erwiderte Marianne Jagoda und nippte geziert an einem Glas Wasser. »Er beschimpfte mich und drohte damit, mich zu verklagen, weil er von Kampmann betrogen worden sei. Daraufhin bin ich nach Gut Waldhof gefahren, um die Angelegenheit aufzuklären. Da hatten sie sich schon im Hof zusammengerottet und fielen über mich her.«

»Wer?«

»Fast alle Einsteller«, sie schnaubte verärgert. »Sie hatten herausgefunden, dass Kampmann sie alle beim Pferdekauf betrogen hat, und verlangten von mir Schadensersatz.«

»Wie hatten sie das auf einmal erfahren?«, erkundigte Pia sich. »Diese Betrügereien liefen doch wohl schon über Jahre hinweg.«

»Die Kampmann wollte ihrem Mann eins auswischen«, antwortete Marianne Jagoda, »deshalb hat sie den Einstellern brühwarm erzählt, was er getan hat. Als es mir gelungen war, ins Haus zu kommen, war sie gerade schwer in

Fahrt und überschüttete ihn mit den übelsten Beschimpfungen.«

»Und was tat er?«, fragte Pia nach.

»Nichts«, Marianne Jagoda zuckte geringschätzig die Schultern. »Er stand nur da wie ein begossener Pudel und ging dann einfach weg. Typisch für ihn. Konflikte lösen war noch nie seine Stärke.«

»Was geschah dann?«

»Ich versuchte, die Kampmann zu beruhigen«, sagte Marianne Jagoda mit wachsender Empörung, »aber die war ja völlig durchgedreht. Plötzlich ging sie auf mich los – mit einem Küchenmesser! Ich flüchtete Richtung Garten, da stürzte er sich auf mich. Als ich zu mir kam, lag ich in dem Loch.«

»Wer stürzte sich auf Sie? Kampmann?«

»Ach was! Dieser undankbare Zigeuner.«

»Wer?«

»Der *Stallknecht*!«, sie spie das Wort aus wie verfaulten Fisch.

»Vielleicht dachten die beiden, was schon einmal so gut geklappt hat, könnte auch ein zweites Mal funktionieren«, bemerkte Pia.

Marianne Jagoda warf ihr einen verständnislosen Blick zu.

»Wovon reden Sie?«, fragte sie.

»Von Isabel Kerstner«, erwiderte Pia, »die Sie mit Hilfe von Karol getötet haben.«

Marianne Jagoda musterte sie einen Moment, als sei sie nicht ganz bei Trost, dann lachte sie spöttisch.

»Ich habe dieses billige Flittchen nicht getötet«, sagte sie verächtlich.

»Wir wissen, dass Sie den Mord nicht selbst ausgeführt haben«, mischte sich Bodenstein ein. »Aber Sie haben jemanden zu diesem Mord angestiftet, und zwar Ihren Liebhaber Karol.«

Eine steile Falte erschien zwischen Marianne Jagodas Augenbrauen.

»Wieso sollte ich das tun?«

»Kampmann hat uns alles erzählt«, sagte Bodenstein. »Isabel Kerstner wollte Sie mit Fotos von Ihnen und Staatsanwalt Hardenbach erpressen, die beweisen, dass der Tod Ihrer Eltern damals kein Unfall war. Zum Schein gingen Sie auf die Erpressung ein, aber Sie hatten niemals vor, Isabel wirklich das Geld zu geben.«

Marianne Jagoda schien nicht im Geringsten eingeschüchtert.

»Ich weiß nichts von irgendwelchen Fotos«, behauptete sie und verschränkte die dicken Arme vor der Brust.

»Und warum waren Sie am Samstag vor vierzehn Tagen abends um sieben Uhr mit Isabel in deren Wohnung verabredet?«

»Ich wollte mir die Wohnung ansehen«, erwiderte Marianne Jagoda, ohne zu zögern. »Friedhelm Döring hatte mir die Wohnung zum Kauf angeboten.«

Für einen Moment waren Bodenstein und Pia sprachlos über die unverfrorene Dreistigkeit, mit der Marianne Jagoda log.

»Ich war selbst erstaunt, als Kampmann dort war und er und Karol sich auf Isabel stürzten«, fuhr die Frau fort. »Als ich merkte, was sie vorhatten, bin ich gegangen. Das Einzige, was Sie mir vorwerfen können, ist vielleicht unterlassene Hilfeleistung. Aber selbst damit haben Sie schlechte Karten. Karol und Kampmann waren zu allem entschlossen, ich musste also um mein eigenes Leben fürchten. Kein Staatsanwalt der Welt wird mir vorwerfen, dass ich geflüchtet bin.«

Ihr Blick wanderte von Pia zu Bodenstein, und sie wirkte sehr selbstzufrieden.

»Darf ich jetzt gehen?«, fragte sie. »Ich würde gerne ein Bad nehmen und frische Kleider anziehen.«

Bodenstein starrte sie an. Er zermarterte sein Gehirn nach einer Möglichkeit, sie festzuhalten, aber ihm fiel nichts ein.

»Das gibt's doch nicht«, sagte Pia, als Frau Jagoda den Verhörraum verlassen hatte.

»Nicht zu fassen«, pflichtete Bodenstein ihr bei. »Aber dummerweise hat sie recht: Wir können ihr die Erpressung durch Isabel genauso wenig nachweisen wie eine Anstiftung zum Mord. Solange dieser Karol nicht wieder auftaucht, steht Aussage gegen Aussage. Und Kampmann hat schlechte Karten, weil seine Fingerabdrücke in Isabels Auto sind.«

»Sie meinen, die Jagoda könnte ungeschoren davonkommen?«, fragte Pia empört.

»So, wie es im Moment aussieht, ja«, Bodenstein nickte niedergeschlagen. »Mit ihrem Geld wird sie sich die besten Strafverteidiger nehmen, und dann wird es schwierig.«

Susanne Kampmann saß aufrecht auf dem Stuhl und starrte hohläugig vor sich hin. Ihre zwanghaft gute Laune war verschwunden, sie hatte dunkle Schatten unter den Augen und sah krank aus.

»Was ist am Donnerstag passiert, als Frau Jagoda bei Ihnen im Haus war?«, fragte Bodenstein und betrachtete die Frau eingehend. Hätte er nicht gewusst, wer sie war, so hätte er sie nicht mehr wiedererkannt. Sie blickte auf. Ihre Augen waren glasig und starr. Alle Illusionen, die sie sich über ihr Leben und ihre Zukunft gemacht haben mochte, lagen in Trümmern.

»Sie kam anmarschiert und hat Robert niedergemacht wie

einen ungehorsamen Schuljungen«, sagte Frau Kampmann. »Ich bin auf sie losgegangen, sie wollte über die Terrasse flüchten, aber da wartete Karol und schlug sie nieder. Da lag sie dann, wie ein gestrandeter Wal, mit ihren Klunkern um den Hals.«

Frau Kampmann lachte gehässig bei der Erinnerung an die Situation.

»Robert hatte sich verdrückt, der Feigling. Karol hatte die Idee, sie zu beseitigen. Zusammen haben wir Moby Dick in die Zisterne geschleift.«

»Was geschah dann?«

»Am Freitag habe ich die Kinder nach der Schule zu meinen Eltern gebracht«, fuhr Frau Kampmann fort. »Als ich zurückkam, stand die Haustür offen, und die Umzugs-kartons stapelten sich im Pferdehänger. Da wusste ich, dass Robert abhauen wollte. Karol erzählte mir, dass Robert mit einem Pferd vor der Polizei geflüchtet sei. Wir beschlossen, die Gunst der Stunde zu nutzen, die Konten abzuräumen und das Bargeld mitzunehmen. Aber dann tauchten Sie auf.«

»Wären Sie tatsächlich mit Karol und dem Geld ver-schwunden?«, fragte Bodenstein. »Was war mit Ihren Kin-dern und Ihrem Mann?«

Susanne Kampmann warf Bodenstein einen düsteren Blick zu.

»Meine Kinder waren bei meinen Eltern. Und auf meinen Mann hatte ich eine wahnsinnige Wut. Ich habe alles für ihn getan, habe immer zu ihm gehalten, fünfzehn Jahre lang. Als Dank dafür betrügt er mich mit dieser Schlampe.«

Ihre Hände ballten sich zu Fäusten.

»Karol sagte, wir würden eine Weile untertauchen, bis sich hier die Wogen geglättet haben«, sagte Frau Kampmann mit bitterer Stimme. »Ich hatte hier alles so satt. Jeder hat mich nur ausgenutzt. Karol hat das Auto von der Jagoda aus der

Reithalle geholt und meins reingestellt. Ich gab ihm das Geld und wollte noch ein paar Sachen holen. Das Nächste, an das ich mich erinnere, war, dass ich neben der Jagoda in dem Loch saß.«

Mit einer Hand wischte sie ungeduldig die Tränen ab.

»Er hat mich auch nur angelogen«, sagte sie mit so viel Selbstekel in der Stimme, dass Bodenstein beinahe Mitleid empfand. »Robert wollte mich nicht mehr, das hat er mir gesagt. Karol hat so getan, als würde er mich mögen. Er hatte die Arbeit im Stall satt und schon lange keine Lust mehr, bei der Jagoda den Deckhengst zu spielen. Karol war ... so aufmerksam und hilfsbereit.«

Eine Weile herrschte Schweigen.

»Was geschah an dem Samstag, als Isabel Kerstner starb?«, fragte Pia. »Wir wissen, dass Ihr Mann dabei war, und wir sind davon überzeugt, dass Sie darüber auch Bescheid wissen.«

Frau Kampmann senkte den Blick.

»Frau Jagoda sagt, Ihr Mann und Karol hätten Isabel gemeinsam getötet. Ihr Mann behauptet das Gegenteil. Ohne die Aussage von Karol wird sich die Wahrheit nicht beweisen lassen. Da Frau Jagoda sich die besseren Anwälte leisten kann, sieht es schlecht aus für Ihren Mann.«

»Karol hat übrigens die besten Chancen, nie gefunden zu werden«, ergänzte Bodenstein. »Wir haben nämlich bei der Überprüfung seiner Arbeitspapiere festgestellt, dass diese genauso falsch waren wie der Name, den er angegeben hat.«

»Das bedeutet«, ließ Pia sich wieder vernehmen, »dass Ihr Mann und damit auch Sie und Ihre Kinder die Dummen sind, die alles allein ausbaden werden. Ihr Mann wird wegen Mordes lebenslang ins Gefängnis gehen, und ich glaube nicht, dass Marianne Jagoda Sie und die Kinder weiterhin auf Gut Waldhof wohnen lässt.«

In Frau Kampmanns Augen loderte unterdrückte Wut, aber sie schwieg.

»Was hat Marianne Jagoda mit dem Mord an Isabel Kerstner zu tun? Stimmt es, dass sie sich nur die Wohnung ansehen wollte und zufällig Zeugin wurde, wie Ihr Mann und Karol Isabel töteten?«

»Hat sie das gesagt?«, fragte Susanne Kampmann ungläubig.

»Ja.«

Die Frau schwieg einen Moment, dann platzte es aus ihr heraus.

»Das ist gelogen«, ihr Gesicht glühte vor Wut und Empörung.

»Ich weiß von Karol, dass es um diese Fotos ging, mit denen Isabel die Jagoda erpresst hat. Die Jagoda ging zum Schein auf die Erpressung ein, aber sie hatte längst beschlossen, dass Isabel sterben musste. Wenn man so viel Geld hat wie die Jagoda, dann kann man sich alles kaufen, auch einen Killer.«

Sie machte eine Pause, ihre Mundwinkel zuckten, und plötzlich hatte sie Tränen in den Augen.

»Marianne Jagoda glaubt, sie kann alle Menschen herumschieben wie Schachfiguren«, ihre Stimme klang mit einem Mal bitter. »Sie hat Gut Waldhof nur gekauft, um Robert zu kriegen. Wenn schon nicht ins Bett, dann wenigstens unter ihre Fuchtel. Sie war eifersüchtig auf mich, weil ich Roberts Frau war, dann hat sie Isabel gehasst und schließlich auch Robert. Jetzt will sie ihm den Mord an Isabel in die Schuhe schieben.«

»Wieso sollte sie das tun?«, hakte Pia nach.

»Aus Rache«, Susanne Kampmann zuckte die Schultern, »weil er sie nicht wollte, trotz ihres Geldes. Er war eine Fehlinvestition.«

»Aber er konnte ihr als Mitwisser doch gefährlich werden. Warum hat sie ihn am Leben gelassen?«

»Um zu sehen, wie er leidet. Die Jagoda ist total krank im Kopf. Ein fetter Minderwertigkeitskomplex auf zwei Beinen.«

»Wissen Sie, wie Isabel gestorben ist?«, fragte Bodenstein, und Susanne Kampmann nickte.

»Die Jagoda hatte alles genau geplant und an alles gedacht«, sagte sie. »Um den Verdacht auf Isabels Mann zu lenken, musste Karol aus seinem Auto zwei Ampullen Eutha entwenden. Das ist nicht sehr schwer, denn wenn die Tierärzte im Stall Pferde behandeln, schließen sie ihr Auto nie ab. Das weiß jeder. Die Jagoda hatte Karol genau gesagt, was er tun sollte. Er hat die beiden Ampullen also aus den Schubfächern in Kerstners Auto geholt, etwa eine Woche vor dem Mord an Isabel. Dafür hat er zwei Ampullen mit Wasser reingelegt, damit es Kerstner bei der Überprüfung seiner Bestände nicht auffällt, dass ein so gefährliches Mittel fehlt. Dazu hat er die Schildchen der echten Ampullen umgeklebt. Eine Handvoll Einwegspritzen und Kanülen wegzunehmen fällt schon gar nicht auf.«

Bodenstein erinnerte sich an den Tag in der Pferdeklinik, als er dabei zugesehen hatte, wie ein Pferd eingeschläfert wurde. Die erste Injektion, die Kerstner dem Pferd verabreicht hatte, hatte nicht gewirkt. Es war durchaus möglich, dass Frau Kampmann die Wahrheit sagte und in der Ampulle nur Wasser gewesen war.

»Das hat Karol Ihnen alles erzählt?«, fragte Pia jetzt. »Hat er Ihnen so sehr vertraut?«

»Ja, das hat er. Aber er war auch ziemlich sauer auf die Jagoda. Sie hatte ihm zweihunderttausend Euro versprochen und nicht gegeben. Er hat Isabel umgebracht und von diesem Turm geworfen, zweimal die ganze Wohnung geputzt und bis auf den Rohbau auseinandergenommen, weil sie diese Fotos haben wollte, er hat dreimal alle Koffer durchwühlt, die sie schon gepackt hatte – und dann lachte die Jagoda ihn aus. ›Pech für dich‹, hat sie zu ihm gesagt, ›Kampmann war dabei und hat alles gesehen.‹ Er sollte auch meinen Mann töten, bevor er das Geld bekam.«

»Warum hat er das nicht getan?«, wollte Bodenstein wissen. »Es konnte ihm doch egal sein.«

»Robert hat Karol immer fair und gut behandelt. Vielleicht hat er sich gedacht, er kriegt das Geld auch auf eine andere Art. Und so war es ja auch. Ich habe 1,5 Millionen Euro vom Konto von Gut Waldhof auf ein Konto in Litauen überwiesen.«

»Wieso war so viel Geld auf dem Konto der Reitanlage?«, fragte Pia erstaunt.

»Haben Sie das noch nicht gehört?«, Susanne Kampmann lächelte bitter. »Marianne Jagoda hat den Spaß an der Reitanlage verloren, nachdem nichts so lief, wie sie es sich ausgemalt hatte. Sie hat Gut Waldhof vor drei Tagen verkauft.«

Bodenstein und Pia wechselten einen raschen Blick. Das hatten sie wirklich nicht gewusst.

»Ich habe gewartet, bis das Geld da war«, sagte Susanne Kampmann, »dann hieß es handeln, denn die Jagoda hätte es nicht lange auf dem Konto stehenlassen. Zu dumm, dass es ausgerechnet an diesem Tag so ein Durcheinander gab.«

»Wissen Sie, wer der Käufer von Gut Waldhof ist?«, wollte Bodenstein wissen.

»Ja, natürlich weiß ich das«, Susanne Kampmann nickte. »Friedhelm Döring hat Gut Waldhof gekauft. Er war schon immer scharf darauf.«

Marianne Jagoda schien sich sehr sicher zu fühlen. Als Bodenstein und Pia eine halbe Stunde später an ihrer Haustür klingelten, öffnete sie im Bademantel und mit frisch gewaschenen Haaren.

»Sie schon wieder«, sagte sie und ließ die beiden einfach in der offenen Tür stehen. Bodenstein warf Pia einen kurzen Blick zu, dann folgten sie der Frau in die Küche ihres Hauses.

»Sie haben Gut Waldhof verkauft«, sagte Bodenstein, »warum?«

»Ich hatte keinen Spaß mehr daran«, Marianne Jagoda zuckte die Schultern und setzte sich an den Küchentisch, um eine Literpackung Mövenpick-Eis in sich hineinzulöffeln. »Und Döring wollte es unbedingt haben.«

»Für 1,5 Millionen Euro ist eine Reitanlage in der Lage ja auch ein Schnäppchen«, Bodenstein beobachtete, wie Frau Jagoda den Löffel sinken ließ.

»Wie kommen Sie auf diese Summe?«, fragte sie misstrauisch.

»Das ist die Summe, die Frau Kampmann vom Konto des Gutes auf ein Konto in Litauen überwiesen hat«, erwiderte Pia und ergötzte sich an dem Ausdruck der Fassungslosigkeit in Marianne Jagodas Gesicht.

»Ach, das wussten Sie noch gar nicht?« Pia tat scheinheilig. »Stimmt ja, Sie waren ja in der Zisterne eingesperrt, während Karol und Frau Kampmann Ihre Konten und den Tresor geplündert haben. Karol hat sich mit Ihrem Auto und dem Geld aus dem Staub gemacht.«

Frau Jagoda legte den Löffel mit einem Knall auf die Tischplatte. »So ein mieser, hinterhältiger Dreckskerl«, zischte sie erbost. »Was fällt diesem Schwein eigentlich ein?«

»Frau Kampmann sagte, Sie hätten Karol noch Geld geschuldet«, sagte Bodenstein.

»Ich?« Marianne Jagoda sprang auf. »Ich habe ihm weiß Gott nichts geschuldet! Wie kommt sie dazu, solche Behauptungen aufzustellen?«

»Na ja«, Bodenstein hob die Schultern, »das Geld und Ihr Auto sind auf jeden Fall weg. Da die Arbeitspapiere von Karol gefälscht waren, werden wir ihn wohl auch bei einer internationalen Fahndung nicht erwischen. Pech für Sie, Frau Jagoda.«

Marianne Jagoda starrte Bodenstein an, sie lief dunkelrot an, und ihre Augen funkelten vor Zorn.

»Pech für ihn«, sagte sie dann. »Ich weiß, wie er heißt und wo er herkommt. Ich habe seine echten Papiere damals behalten, als Döring ihm neue besorgt hat.«

»Wieso hat er das überhaupt getan?«

»Keine Ahnung. Ist mir auch egal. Ich will mein Geld und mein Auto zurück«, in ihrem rasenden Zorn über den Betrug und die erlittenen Demütigungen vergaß Marianne Jagoda alle Cleverness und tappte mitten in die von Bodenstein geschickt gestellte Falle. Sie stampfte wie ein wütender Elefant direkt ins Wohnzimmer, riss ein Bild von der Wand und schmetterte es auf den Boden. Es war ihr in ihrer Wut gleichgültig, dass die Polizei beobachtete, wo sich der geheime Tresor, der sogar bei der Hausdurchsuchung unentdeckt geblieben war, befand. Mit den Fingernägeln fuhr sie in eine kaum sichtbare Fuge im Putz und öffnete eine Klappe, hinter der sich ein Wandsafe verbarg. Nach kurzem Wühlen zog sie einen Umschlag hervor, sah kurz hinein und knallte ihn Bodenstein in die Hand.

»Hier«, schnaubte sie zornig, »verhaften Sie diesen miesen kleinen Dieb.«

»Das werden wir tun«, Bodenstein nickte, »allerdings muss ich Sie auch verhaften.«

»Mich?« Marianne Jagoda lachte schrill. »Das hatten wir doch schon. Verschwinden Sie aus meinem Haus, sonst zeige ich Sie an.«

Bodenstein griff in die Innentasche seines Sakkos.

»Hier«, sagte er, »ist der Haftbefehl gegen Sie. Ich verhafte Sie wegen Anstiftung zum Mord an Isabel Kerstner. Sie müssen nichts mehr sagen, was Sie belasten könnte, und Sie haben das Recht auf anwaltlichen Beistand.«

»Ihr könnt mir gar nichts beweisen«, sagte Marianne Jagoda höhnisch, »rein gar nichts.«

»Stimmt«, Bodenstein lächelte, »wir nicht. Aber Karol kann es. Und da wir dank Ihnen nun seine wahre Identität kennen, werden wir ihn finden und hierher bringen lassen. Er wird ganz sicher gegen Sie aussagen, oder zweifeln Sie daran?«

Da erst begriff Marianne Jagoda, zu welch gigantischem Fehler sie sich hatte provozieren lassen. Sie betrachtete Bodenstein aus schmalen Augen, dann gab sie sich fürs Erste geschlagen.

»Ich habe Sie unterschätzt, Herr Hauptkommissar«, gab sie zu, »aber erst mal müssen Sie ihn finden. Bis dahin komme ich gegen Kaution auf freien Fuß. Und dann sehen wir weiter.«

Sonntag, 11. September 2005

Pia saß in ihrem Büro und tippte den abschließenden Bericht in ihren Computer. Marianne Jagoda hatte die erste Nacht im Untersuchungsgefängnis hinter sich, Susanne Kampmann war ins Krankenhaus gefahren, um ihren untreuen, aber reumütigen Ehegatten abzuholen. Dr. Michael Kerstner und Anna Lena Döring hatten auf dem argentinischen Konsulat in Frankfurt die kleine Marie abgeholt. Friedhelm Döring war auf die Krankenstation ins Untersuchungsgefängnis Weiterstadt gebracht worden, in dem auch Hans Peter Jagoda untergebracht war. An seiner neu erworbenen Reitanlage würde er nicht viel Freude haben. Kestutis Dautartas, alias Karol, der in Wirklichkeit kein Pole, sondern Litauer war, war von der litauischen Polizei in seinem Heimatort Klaipéda verhaftet worden. Marianne Jagodas Cayenne hatte die Frankfurter Polizei in der Nähe des Hauptbahnhofs sichergestellt. In Karols Zimmer auf Gut Waldhof waren einige der Gepäckstücke gefunden worden, die Isabel Kerstner vierzehn Tage zuvor für ihre Reise in ihr neues Leben in Argentinien gepackt hatte. In einem der Koffer fand sich der fehlende Schuh, der Grund für die ersten Zweifel an einem Suizid gewesen war.

Pia grinste, als sie hörte, wie ihr Chef seinem Sohn detaillierte Anweisungen gab, was er im Haus und im Garten noch zu erledigen hatte. Sie wusste, dass Cosima am späten Abend aus Südamerika zurückkommen würde. Wenig später beendete Bodenstein das Telefonat und kam in Pias Büro. Er ließ sich auf den Besucherstuhl vor ihrem Schreibtisch fallen, verschränkte die Arme hinter dem Kopf und grinste sie an.

»Was ist?«, erkundigte Pia sich. »Sie sehen so zufrieden aus.«

»Bin ich auch«, gab Bodenstein zu, »hochzufrieden. Wir haben den Fall gelöst.«

»Sieht so aus«, Pia nickte und gab einen Druckbefehl. Sie streckte ihren verkrampften Rücken und gähnte hinter vorgehaltener Hand. Heute Nacht würde sie wie eine Tote schlafen und morgen erst um acht Uhr im Büro erscheinen.

»Was haben Sie heute Nachmittag vor?«, fragte Bodenstein.

»Um eins treffe ich mich mit meinem Noch-Ehemann«, erinnerte Pia ihn, »wieso fragen Sie?«

»Wir haben eine Einladung zu einem Grillfest bekommen«, sagte Bodenstein. »Raten Sie mal, von wem.«

»Keine Ahnung. Von Nierhoff?«

»Unsinn«, Bodenstein lächelte, »von Rittendorf. Sie feiern die Rückkehr von Kerstners Tochter. In der Pferdeklinik.«

»Und dazu haben sie uns eingeladen?« Pia nahm den Stapel Papier aus dem Drucker. »Ich fasse es nicht.«

»Sie werden mich doch nicht alleine dahin gehen lassen, oder?«

»Ist das ein dienstlicher Befehl oder moralische Erpressung?«, erkundigte sich Pia mit einem Lächeln und heftete den Abschlussbericht in einen Ordner.

»Weder noch«, Bodenstein wurde ernst, »Ihr Ehemann geht eindeutig vor. Aber eines möchte ich Ihnen noch sagen.«

»Und das wäre?«

»Es war unser erster gemeinsamer Fall«, erwiderte Bodenstein, »und ich möchte mich bei Ihnen für die gute Zusammenarbeit bedanken. Ich finde, wir beide sind ein gutes Team.«

Pia ließ sich nicht anmerken, wie gut ihr dieses aufrichtige Lob tat.

»Na«, sagte sie trocken, »das ist ja fast so gut wie das Bundesverdienstkreuz.«

Sie lächelten sich verständnisinnig an.

»So, und jetzt machen Sie Feierabend und treffen sich mit Ihrem Mann«, Bodenstein erhob sich. »Ich fahre aufs Grillfest.«

»Sie müssen noch den Abschlussbericht unterschreiben«, Pia schob die Papiere über den Schreibtisch, »dann dürfen Sie gehen.«

EPILOG

Im Hof der Tierklinik war ein großer Schwenkgrill aufgebaut, Tische und Bänke standen unter den Ästen der weit ausladenden Kastanie, und es duftete nach gegrilltem Fleisch. Bodenstein lächelte. Hier hatten sie früher sehr oft gegrillt, früher, als der alte Dr. Hansen noch gelebt hatte, und als Inka und er jung und Freunde ohne Hintergedanken gewesen waren.

»Hallo, Oliver«, Inka erhob sich von einer Bank, auf der sie neben zwei anderen Frauen gesessen hatte, und kam auf ihn zu. »Schön, dass du kommen konntest.«

»Ich habe mich über die Einladung gefreut«, erwiderte Bodenstein. »Wer ist denn der Gastgeber?«

»Wir alle«, Inka lächelte, es war ein befreites, fröhliches Lächeln.

»Dann ist das hier auch für euch alle«, Bodenstein drückte ihr die Flasche Champagner, die er noch schnell als Gastgeschenk aus dem Keller geholt hatte, in die Hand.

»Das wäre nicht nötig gewesen«, sagte Inka, »komm mit. Lass uns feiern und etwas über alte Zeiten quatschen.«

Sie ergriff seine freie Hand und zog ihn mit sich. Dr. Michael Kerstner war wie verwandelt. Die dunklen Ränder unter seinen Augen waren verschwunden, sein fröhliches Lachen verjüngte ihn um zehn Jahre. Von seiner kurzen, aber folgenreichen Begegnung mit Teddy zeugte nur noch eine schmale Narbe an der Augenbraue, ansonsten hatte er sich ausgesprochen gut und schnell erholt. Kerstner begrüßte Bodenstein mit einem herzlichen Händedruck und versicherte noch einmal seine Dankbarkeit. Die kleine Marie schien kein Trauma von ihrer Entführung davongetragen zu haben. Sie spielte mit ein paar anderen Kindern im Hof und machte einen genauso glücklichen Eindruck wie ihr Vater, der eigentlich gar nicht ihr Vater war. Auch Anna Lena Döring, in Jeans und kariertem Hemd und mit offenen Haaren, war eine andere geworden. Sie wirkte entspannt und schüttelte Bodenstein lächelnd die Hand.

Er wusste, dass ihr Leidensweg ein Ende gefunden hatte, denn ihr entmannter Mann würde eine sehr lange Zeit gefilterte Luft atmen. Außer der gesamten Belegschaft der Pferdeklinik waren Kerstners Eltern und Geschwister mit ihren Kindern da, ebenso wie die Familie von Anna Lena Döring und Valentin Helfrich mit Frau. Sylvia Wagner reichte Bodenstein die Hand und zwinkerte ihm komplizenhaft zu.

»Ich habe niemandem etwas gesagt«, raunte sie ihm zu.

»Ich weiß Ihre Diskretion zu schätzen«, erwiderte Bodenstein mit einem leicht gequälten Grinsen. Hinter dem Grill stand Thordis und winkte ihm lächelnd zu. Wenig später saß Bodenstein an einem der Tische, von Thordis fürsorglich mit einem Steak und einem Krug Bier bewirtet. Während er mit gutem Appetit aß und trank, dachte er über den gelösten Fall nach. Im Laufe der Ermittlungen war er in so viele Sackgassen geraten wie nur selten zuvor. Was hatten sie nicht alles hinter dem Mord an Isabel Kerstner vermutet, welche Motive und Komplotte hatten sie erwogen! Und dann stellte sich heraus, dass es weder um gewaltige Geldsummen noch um Menschenhändler oder sonst etwas Spektakuläres gegangen war, sondern ganz profan um Eifersucht, Rache und die Vertuschung einer Straftat. Ganz nebenbei hatten Bodenstein und seine Mitarbeiter die Deckel zu allerhand Kloaken geöffnet und den Mord am Ehepaar Drescher aufgeklärt.

Dazu hatten sie einen internationalen Ring von organisierten Menschenhändlern und ein ganzes Netz von Drogenkurieren enttarnt. Bodenstein erlaubte es sich, stolz auf sein Team zu sein. Nun waren die Staatsanwälte damit beschäftigt, Klarheit in die einzelnen Vorgänge zu bringen. Die Kollegen vom Dezernat für Wirtschaftskriminalität und Betrug waren im Einsatz, denn der Bankrott der JagoPharm und der Inhalt der Unterlagen, die Frau Döring Bodenstein übergeben hatte, zogen weite Kreise. Bodensteins Blick wanderte zu dem großen Holzkohlegrill, an dem drei Männer standen. Georg Rittendorf, Florian Clasing und Valentin Helfrich – die drei Freunde, Brüder einer Verbindung, die für einen Mitbruder und Freund alles getan hatten, sogar etwas höchst Ungesetzliches, ja Kriminelles. Bodenstein war fest davon überzeugt, dass es diese drei Männer gewesen waren, die Friedhelm Döring entführt und gefoltert und damit nicht nur Anna Lena das Leben gerettet, sondern auch ihren Freund Kerstner für erlittene Demütigungen und Qualen gerächt hatten. Auge um Auge, Zahn um Zahn. In diesem Augenblick wandte sich Rittendorf um, ihre Blicke trafen sich. Der Tierarzt sagte etwas zu seinen Freunden, dann kam er zu Bodenstein herüber und setzte sich ihm gegenüber an den Tisch.

»Ich habe Ihnen ein frisches Bier mitgebracht«, sagte er und lächelte.

»Oh, danke«, erwiderte Bodenstein, der seines gerade ausgetrunken hatte, »sehr aufmerksam.«

»Sie sehen nachdenklich aus«, stellte der Tierarzt fest, »dabei haben Sie Ihren Fall doch gelöst, sogar mehr als das.«

»Ja, der Fall ist gelöst«, Bodenstein nickte. »Ich habe nur gerade nachgedacht.«

»Das hört sich gefährlich an. Und worüber haben Sie nachgedacht?« Rittendorf warf ihm einen wachsamen Blick zu.

»Über Freundschaft ... im Allgemeinen und Besonderen.«

Danksagung

Dies ist ein Roman. Alle Figuren und die Geschichte sind von mir frei erfunden. Ich danke meinen Schwestern Claudia Cohen und Camilla Altvater sowie Marleen Riedel für wertvolle Tipps und großartige Unterstützung bei der Entstehung des Buches. Danke an Dott. Ekkehart Schmidt für die Information, wie Natrium-Pentobarbital in der Veterinärmedizin eingesetzt wird.

Mein Dank gilt Lothar Strüh, der die schwierige Aufgabe hatte, dieses Buch in die nun vorliegende Form zu bringen. Ich finde, gemeinsam haben wir einen ziemlich guten Job gemacht.

Zuletzt danke ich meinem Mann Harald für seine Geduld. Ich bin sicher, er ist stolz auf mich.

Nele Neuhaus
Kelkheim, im Februar 2009

Kriminalroman. ISBN 978-3-548-60887-7

2. Fall: Mordsfreunde
Kriminalroman. ISBN 978-3-548-60886-0

3. Fall: Tiefe Wunden
Kriminalroman. ISBN 978-3-548-60902-7

4. Fall: Schneewittchen
Kriminalroman. ISBN 978-3-548-60982-9

Zuletzt als Taschenbuch erschienen:
5. Fall: Wer Wind sät
Kriminalroman. ISBN 978-3-548-28351-7

»Nele Neuhaus versteht es perfekt, die Spannung auf konstant hohem Niveau zu halten.« *krimi-couch.de*

www.ullstein-buchverlage.de